CORA CARMACK

Forever in Love – Keine ist wie du

CORA CARMACK

FOREVER IN LOVE

KEINE IST WIE DU

Roman

Ins Deutsche übertragen von
Nele Junghanns

LYX
EGMONT

Die Originalausgabe erschien 2014 unter dem Titel *All Broke Down*
bei William Morrow, an imprint of HarperCollins Publishers,
New York, NY.

Deutschsprachige Erstausgabe Dezember 2015 bei LYX
verlegt durch EGMONT Verlagsgesellschaften mbH,
Gertrudenstraße 30–36, 50667 Köln

Published by Arrangement with Brittany Howard.
Dieses Werk wurde vermittelt durch die Literarische Agentur
Thomas Schlück GmbH, 30827 Garbsen.

1. Auflage
Redaktion: Catherine Beck
Satz: Greiner & Reichel, Köln
Printed in Germany (670421)
ISBN 978-3-8025-9797-8

www.egmont-lyx.de

MIX
Papier
FSC FSC® C083411

Kapitel 1

Silas

Das Blitzlicht einer Kamera blendet mich, als ich mich vorne im Raum auf meinen Platz setze. Ich rücke meinen Stuhl heran, und das Geräusch, als er über den Boden kratzt, reißt an meinen Nerven.

Ein zweiter Blitz. Dann ein dritter. Dann höre ich auf zu zählen. In meinem Nacken sammelt sich der Schweiß, und ich habe Mühe, noch langsam und gleichmäßig zu atmen.

Was für ein Scheiß.

Ich will nicht hier sein. Ich spiele Football, damit ich *nicht* denken oder reden muss. Generell rede ich lieber mit dem Körper, wenn irgend möglich.

Football. Fights. Ficken.

Damit kenne ich mich aus.

Hiermit nicht.

Der Coach hat sich endlich hingesetzt, und als er beginnt, zur Presse zu sprechen, spüre ich, wie die Anspannung in meiner Wirbelsäule nachlässt. Er sitzt in der Mitte, ich, Carson McClain, Jake Carter und Mateo Torres, die Anführer der Mannschaft, um ihn herum. Der Coach bringt das Vorgeplänkel hinter sich und fängt an, über seinen Plan für das Vorsaison-Trainingslager zu reden, während ich unsere Gruppe betrachte. Alle außer mir wirken ruhig. McClain ist ein verfluchter Chorknabe. Wahrscheinlich lebt er für solchen Mist. Torres ist noch keinem Streit begegnet, aus dem er sich nicht rausreden konnte, und keinem Rock, in den er sich nicht reinzureden *versucht* hat. Und Carter hat so viel Schwachsinn im Kopf, dass er kein Problem damit hat, die anderen damit zuzutexten. Und ich? Meine Hände zittern unter dem Tisch wie bei einem Junkie, der dringend einen Schuss braucht.

Wenn der Coach nicht so streng und wachsam wäre, hätte ich versucht, meine Nerven vor diesem ganzen Medienrummeltag ein bisschen mit Gras zu beruhigen. Aber nie im Leben hätte ich es an ihm vorbeischmuggeln können. Und seit Levi hopsgenommen wurde, versuche ich das zu lassen. Der Coach ist wie einer von diesen sadistischen Lehrern geworden, die liebend gern unangekündigte Tests schreiben lassen … nur dass es Drogentests sind.

»Wir haben ein junges Team. McClain und Moore haben beide noch zwei Jahre Spielberechtigung«, sagt der Coach, was mich schlagartig wieder in die Gegenwart versetzt. »Torres drei. Und es ist zwar Carters letztes Jahr mit uns, aber wir haben eine solide Gruppe von *Linemen,* die aufrücken. Wir haben unser Fundament, und ich denke, wir werden die Leute damit überraschen, was wir in dieser Saison aufbauen können.«

Der Coach stellt sich den Fragen, und obwohl ich weiß, was kommt, verkrampft sich mein Körper trotzdem bei der ersten.

»Coach Cole, Ihr Team wurde im letzten Jahr von einem Skandal erschüttert, nämlich der Verhaftung des *Starting Quarterback*, Levi Abrams. Trotzdem konnte die Mannschaft ein paar beeindruckende Siege einfahren, aber in der zweiten Saisonhälfte ist dann doch alles auseinandergebrochen. Wo steht Ihr Team im Moment mental?«

»Letzte Saison mussten wir aus dem Stegreif einiges lernen und herausfinden. Und unglücklicherweise gleichzeitig versuchen, Spiele zu gewinnen. Aber ich bin stolz auf die Saison, die diese Jungs hingelegt haben.«

Sein Ausdruck wird hart, und ich bin froh, dass ich nicht der Einzige bin, der ein finsteres Gesicht macht. Ich widerstehe dem Drang, die Flasche Wasser vor mir zu nehmen und sie nach dem Reporter zu schmeißen.

»Ich finde nämlich nicht, dass sie auseinandergebrochen sind. Die letzte Hälfte unseres Zeitplans war sicherlich anspruchsvoller, mit größeren und besseren Konkurrenten. Aber gewonnen oder verloren, *die Mannschaft* ist nie auseinandergebrochen. Sie hat jedes Mal bis zur letzten Sekunde gekämpft, und ich bin mir sicher, dass sie alles gegeben hat. Wo die Jungs jetzt mit ihren Köpfen sind, kann ich natürlich nicht mit Sicherheit sagen. Aber ich weiß, wo ich ihnen rate zu sein.«

Ein Lachen geht durch den Raum, und derselbe Reporter sagt: »Carson McClain, möchten Sie das kommentieren?«

McClain beugt sich zum Mikrofon vor und sagt in aller Seelenruhe: »Die Mannschaft ist konzentriert. Wir haben in diesem Sommer konzentriert und hart gearbeitet. Wir sind bereit für das Trainingslager. Alles in allem sind wir fest entschlossen, dass dieses Jahr hauptsächlich darüber gesprochen wird, was wir auf dem Spielfeld tun, nicht außerhalb davon.«

Ein neuer Journalist meldet sich zu Wort. »Silas Moore, Sie waren eng mit Levi Abrams befreundet. Sie haben als *Freshman* mit ihm zusammen mit *Redshirt* zu trainieren begonnen. Wie ist es, ohne ihn zu spielen?«

Besser. Schlechter. Beschissen. Keine Ahnung.

Ich kann nicht über Levi sprechen. In meinem Kopf beginnt sich alles zu drehen, wenn ich über ihn nachdenke. Er hatte alles – eine gute Familie, Geld, ein Stipendium, Talent, Köpfchen –, und er hat es total vergeigt. Ich habe von alldem nicht halb so viel. Es ist ein Witz, dass ich überhaupt hier sitze. Wenn er es nicht packt, ohne abzukacken, wie viel Hoffnung hab ich dann?

Meine Hand zittert, als ich das Mikrofon zurechtrücke, und ich balle sie zu einer harten Faust. »McClain ist ein guter *QB*.« Der ganze Raum hält den Atem an, und der Reporter schaut mich erwartungsvoll an, und mir wird klar, dass ich *mehr* sagen soll. Mist. »Er ist ehrgeizig und konzentriert, und der Rest der Mannschaft arbeitet seinetwegen härter.«

Ich belasse es dabei, denn über Levi rede ich nicht. Als die Diskussion weitergeht, ist es, als hätte man mir einen Felsbrocken von der Brust gerollt. Ich habe kein Lampenfieber oder so was. Es ist nur … ich gehöre einfach nicht hierher. Und immer wenn wir so was hier haben, fühle ich mich, als würden die mich unter ein Mikroskop klemmen, und wenn sie mal richtig hinsehen, werden sie feststellen, wie sehr ich mich von diesen anderen Jungs hier unterscheide, und mir alles wegnehmen.

Ein anderer Reporter fragt mich, ob ich glaube, dass unsere *Offense* trotz des turbulenten letzten Jahrs (wer zum Geier sagt *turbulent*?) gut zusammengefunden hat.

»Ich denke schon.«

Wieder warten sie darauf, dass ich mehr sage, aber diesmal gebe ich ihren Blicken nicht nach. Wenn sie wollen, dass jemand munter drauflosplappert, hätten sie Torres fragen müssen.

Der Reporter stochert nach: »Was glauben Sie, wodurch das gelungen ist?«

»Harte Arbeit«, sage ich.

Mir wird nur noch eine Frage gestellt, und als ich wieder eine knappe Antwort gebe, fangen sie an, mich zu ignorieren, und halten sich an den Coach und die anderen Spieler. Endlich gelingt es mir, mich ein bisschen zu entspannen. Ich will nur noch nach Hause und das Wochenende damit verbringen,

Dampf abzulassen, bevor am Montag das Vorsaison-Trainingslager beginnt.

Als die Pressekonferenz zu Ende ist, hole ich Torres ein, der diesen Sommer Levis WG-Zimmer übernommen hat.

Ich frage ihn: »Was dagegen, wenn heut Abend 'n paar Leute vorbeikommen? Sonst schick ich Brookes 'ne Nachricht, er soll es weitersagen.«

»Da fragst du noch? Ich bin ziemlich sicher, mein erstes Wort war Party.«

»Ich halte das für keine gute Idee«, sagt McClain, der sich im Gehen zu uns gesellt.

Torres stöhnt. »Jetzt lass uns doch auch unseren Spaß. Nicht jeder von uns hat das Glück, mit der Tochter vom Coach nach Hause zu gehen.«

McClain verpasst Torres einen Faustschlag gegen die Schulter, und ich sehe mich um und versichere mich, dass der Coach nicht in Hörweite ist. Nein. Er ist mit ein paar Presseleuten ins Gespräch vertieft. Als ich wieder zu Torres schaue, lässt er seinen Arm kreisen, als würde er versuchen, den Schmerz wegzutrainieren.

»Mann, *QB*. Wenn du schon bei ihrer bloßen Erwähnung so reagierst, wie soll ich denn dann die ganzen schmutzigen Witze loswerden, die ich auf Lager habe?«

Torres macht nur Spaß. Das wissen wir alle, aber McClain versteht keinen Spaß, wenn es um Dallas geht. Bei allem anderen ist er locker, aber nicht bei ihr. Vielleicht, weil er sich wochenlang anhören musste, wie Levi damit rumgeprahlt hat, dass er auf der Highschool mit ihr zusammen war (ja, okay, und wie ich auch ziemlichen Mist verzapft habe). Oder vielleicht wegen der ganzen Gerüchte, die es ihnen letztes Jahr für eine Weile vermasselt haben. Jedenfalls ist der Kerl heftig drauf, wenn es um sie geht. Heftiger als auf dem Spielfeld.

Wo er schon verdammt heftig ist.

»Reiß deine schmutzigen Witze doch über Carters Freundin«, sage ich.

Torres macht ein spöttisches Gesicht. »Carters Beziehungen werden schneller schlecht als das Essen in unserem Kühlschrank. Als würde ich mein Comedy-Gold dafür verschwenden.«

Carter gibt als Antwort nur ein Grunzen von sich.

»Und du.« Torres wendet sich an mich, »ich bin mir nicht mal sicher, ob du ohne Anfall bis zur dritten Silbe in dem Wort Beziehung kommen würdest.«

Ich verdrehe die Augen und lenke das Gespräch wieder auf wichtigere Themen. »Ich will mich heute Abend volllaufen lassen. Mir egal, ob zu Hause oder in der Kneipe. Aber der arme Torres hier ist noch minderjährig, ich versuche ihm also nur entgegenzukommen.«

»Du alter barmherziger Samariter«, sagt Carson. Er seufzt und fügt hinzu: »Haltet einfach den Ball flach. Den ganzen Morgen haben wir diesen Reportern erzählt, wie konzentriert wir sind. Seht zu, dass es nicht aus dem Ruder läuft.«

Sein Blick fällt erst auf Torres, dann auf mich.

Er versucht mir ein schlechtes Gewissen zu machen, damit ich zum Langweiler werde, aber da hat er sich geschnitten. Ich lasse mir kein schlechtes Gewissen machen. Ich mache, was ich will. Das Leben ist zu kurz und zu beschissen für irgendwas anderes.

»Oh, ich werde aus dem Ruder laufen, McClain. Verlass dich drauf. Wenn du uns vor Ärger bewahren willst, wirst du wohl selbst aufkreuzen müssen.«

Torres grinst. »Ja, und bring –«

Carson boxt ihm so hart in die Magengrube, dass er verstummt.

Er keucht ein paarmal, um es hochzuspielen, und sagt: »Chips, wollte ich sagen, Mann. Bring Chips mit.«

Die Party ist schon voll im Gange, als wir am Nachmittag nach Hause kommen. Offensichtlich bin ich nicht der Einzige, der etwas Entspannung gebrauchen kann. Im Garten haben sie eine Wasserrutsche aus Plastikfolie ausgerollt, und Mädchen tragen ihre Bikinis zur Schau. Ein paar Leute spielen Frisbee. Ich gehe direkt rein, um mir ein Bier zu schnappen und das Unwohlsein zu vertreiben, das mich nach dem Pressetag immer noch verfolgt.

Ich warte nach wie vor darauf, dass es weggeht. Dieses Gefühl, als würde jeden Moment etwas passieren. Aber nachdem ich es schon drei Jahre mit mir rumtrage, hat es keinerlei Anzeichen gezeigt, nachzulassen.

Ich nehme mir ein Bier aus dem Kühlschrank, und schon als sich meine Finger um den kalten Flaschenhals legen, fühle ich mich etwas mehr in meinem Element. Als mein Bruder mir zum ersten Mal ein Bier in die Hand gedrückt hat, war ich zehn, vielleicht elf. Das ist meine Welt. Es ist das, was ich kenne. Heute muss ich mich darauf konzentrieren, das alles zu verdrängen, der Silas Moore zu sein, den die Leute beobachten und respektieren und von dem sie etwas erwarten. Der Silas Moore, der zählt.

Anscheinend mache ich meine Sache nicht besonders gut, denn mein Mitbewohner Brookes taucht neben mir auf. Ein dunkler Arm greift nach einem Bier, und er fragt: »Alles klar?«

Überaufmerksamer Wichser. Woher der bloß immer auf einen Blick weiß, was mir durch den Kopf geht, ist mir schleierhaft. Aber es gefällt mir nicht.

Es gibt einen Grund, warum ich mein Bestes tue, entspannt und lässig zu wirken. Wenn du aussiehst, als wäre dir alles scheißegal, löchern die Leute dich nicht mit Fragen, wie es dir geht. Sie löchern dich nicht mit Fragen, Punkt.

»Klar«, antworte ich und köpfe mein Bier an der Kante der Küchenarbeitsplatte. Ich nehme einen großen Schluck, stoße mit der Flasche in seiner Hand an und verschwinde aus der Küche, bevor er noch auf die Idee kommt, den Seelenklempner zu spielen.

Mein Handy summt, die dritte Nachricht in der letzten Stunde, und fast ignoriere ich sie. Ich weiß, von wem sie sein wird. Und genau deshalb bin ich gerade beschissen darin, Haltung zu bewahren … weil mein altes Ich zu nah an der Oberfläche ist.

Ich nehme stark an, dass der Pressekram heute Morgen mich irgendwie auf ihren Schirm gebracht hat. Vielleicht hat sie zufällig auf einem Regionalfernsehsender reingeschaltet oder einen Artikel im Internet gelesen, denn das Gesimse hat eine oder zwei Stunden nach dem Pressetermin angefangen.

Vielleicht haben alle abwesenden Moms Google Alerts für ihre Söhne eingerichtet. Oder meine hat einfach einen unheimlichen sechsten Sinn, der ihr verrät, wann ich ihre Aufmerksamkeit wert bin.

Das letzte Mal, als sie die Hand ausgestreckt hat, war in meinem *Senior*-Jahr auf der Highschool, als die Anwerber in Scharen kamen. Damals hat mir mein Coach den Rücken freigehalten. Solange er mich kannte, war sie nicht auf der Bildfläche erschienen, also hatte er auch kein Problem damit, sie von dem ganzen Vorgang fernzuhalten. Und da ich in meinem Abschlussjahr die meiste Zeit in Gästezimmern von Freunden oder Trainern gewohnt habe, konnte sie schlecht bei mir zu Hause aufkreuzen.

Aber jetzt liegt die Sache anders. Hier ist niemand, der mir den Rücken freihalten kann, weil es keiner weiß. Rusk ist eine

Privatschule. Teuer und privilegiert. Die Leute hier gehen in der Regel davon aus, dass du aus einem Elternhaus wie ihrem kommst, und ich habe mir nie die Mühe gemacht, diese Annahme zu korrigieren.

Ich gehe raus auf die vordere Veranda, um dem Partygeschehen zuzusehen, und fische das Handy aus meiner Tasche, um zu sehen, was sie dieses Mal geschrieben hat.

Nur, dass die SMS gar nicht von meiner Mutter ist.

Sondern von Levi.

Fuck.

Ich habe also einen Menschen, von dem ich nichts wissen will, gegen einen anderen eingetauscht. Einen anderen, der in diesem Moment nicht mal Zugang zu einem Handy haben dürfte, weil er im Gefängnis sein müsste.

Ich lümmele mich auf das Geländer mit abblätternder Farbe und nachgebendem Holz, das unsere Veranda umgibt, und lese die Nachricht.

Bin draußen, Arschloch. Komm, schießen wir uns ab.

Er ist *draußen*? Ich rechne die Monate zurück. Letzten Herbst war er erwischt worden, als er Hasch vertickt hat, unter anderem, aber seine eigentliche Verurteilung kann nicht länger als sechs Monate her sein.

Sechs läppische Monate?

Wenn ich es gewesen wäre, hätte ich da drin mindestens ein paar Jahre vor mich hin gegammelt. Andererseits bin ich eben in einer Wohnwagensiedlung aufgewachsen und Levi in einem Haus, in dem die Badezimmer größer sind als mein altes Wohnzimmer.

Wenn man so aufgewachsen ist wie ich, braucht einem niemand zu sagen, dass die Welt ungerecht ist. Man kommt ziemlich schnell selbst drauf.

Eine Gestalt lässt sich neben mir am Geländer nieder,

schlank und zierlich, und ich blicke rüber zu Stella Santos. Sie sagt: »Du siehst noch nachdenklicher aus als sonst.«

Ich sehe mich um und rechne damit, dass ihre beste Freundin Dallas an ihr klebt. Aber sie ist allein, was entweder bedeutet, dass Dallas und Carson noch nicht aufgetaucht sind, oder dass die Tochter vom Coach beschlossen hat, dass sie nicht mit mir reden will und sich rarmacht.

Wahrscheinlich Letzteres.

Ich schätze, wenn man versucht, ein Mädchen wegen einer Wette ins Bett zu bekommen, wird man so schnell nicht zu seinem Party-Buddy.

»Ich dachte mir, Mädchen stehen auf nachdenklich.«

Sie streicht sich das kurze schwarze Haar aus den Augen und nimmt einen Schluck aus einem roten Plastikbecher. Ihre Lippen sind in fast derselben Farbe angemalt, und sie spitzt sie, bevor sie antwortet: »Kommt auf die Situation an. Es gibt einen schmalen Grat zwischen nachdenklich und potenzieller Soziopath. Im Moment bewegst du dich genau auf dieser Linie.«

Sie rundet die kleine Stichelei mit einem verschlagenen Lächeln ab, und ich schiebe mein Telefon tief in meine Tasche, bereit, mich von ihr von meiner Mom, meinem ehemals besten Freund, überhaupt von allem ablenken zu lassen. Dasselbe Lächeln hat sie mir letztes Jahr auf einer Party zugeworfen, und ich kann mich nicht erinnern, dass ich danach noch viel gegrübelt hätte. Zugegeben, ich erinnere mich nicht mehr an viel, außer dass sie herausfordernd war und wusste, was ihr gefällt – zwei Dinge, für die ich immer zu haben bin. Normalerweise hole ich mir bei meinen Aufrissen keinen Nachschlag, aber Stella ist anders. Sie wird nicht versuchen, etwas daraus zu machen, das es nicht ist. Ich weiß es zwar nicht mit Sicherheit, weil wir nicht darüber gesprochen haben, aber ich habe irgendwie das Gefühl, dass wir uns ähnlich sind … dass wir beide eine andere Seite der Welt kennen als alle anderen hier.

Mein Blick wandert an ihr hinunter, um sie auf mich wirken zu lassen, und ich deute mit dem Kopf auf die Wasserrutsche im Garten. »Wo ist dein Bikini?«

Sie verdreht die Augen. »Also bitte. Ich überlasse gern noch ein *paar* Dinge der Vorstellungskraft. So verzweifelt bin ich auch wieder nicht.«

Ich grinse. »Wer braucht Vorstellungskraft, wenn er Erinnerungen hat?«

Sie schubst mich. Oder versucht es zumindest, und ich muss lachen. Die Kleine ist so winzig, dass sie nicht die geringste Chance hat, mich zu bewegen.

Sie funkelt mich böse an, aber ihre vollen Lippen biegen sich an den Mundwinkeln nach oben.

Ich deute mit dem Kopf auf das T-Shirt und die Shorts, die sie trägt, und sage: »Du hast einen da drunter, oder?«

Sie sieht aus, als wollte sie mich wieder schubsen, tut es aber nicht. Stattdessen schnaubt sie und sagt: »Na schön. Stimmt. Aber ich bin nur leicht verzweifelt. Ein ganz, ganz kleines bisschen.«

»Dir ist schon klar, dass du die Hälfte der Typen auf dieser Party ohne Mühe haben könntest, oder?«

»Aber die Mühe ist doch gerade das, was Spaß macht!«

Sie sagt es mit einem Lächeln, aber ich glaube, sie meint es todernst. Wenn du ein hartes Leben führst, wünschst du dir jahrelang, dass mal was leicht ist, aber wenn du es dann bekommst, fühlt es sich nie richtig an. Du gewöhnst dich daran, um die Dinge, die du haben willst, kämpfen, sie dir regelrecht krallen zu müssen, und wenn du das nicht mehr musst, ist alles irgendwie dumpf.

So ist es zumindest bei mir.

Ich frage: »Lässt du deswegen den Manager immer noch zappeln?«

Das Funkeln, das sie mir zuwirft, ist nicht mehr verspielt. Es ist härter. Und irgendwas, das ich nicht identifizieren kann, liegt darin. »Ich lasse Ryan nicht zappeln. Wir sind Freunde.«

»Ja, klaaar.«

»Komm mir nicht mit *Ja klaaar*, Mister. Als wüsstest du *irgendwas* über Beziehungen.«

Das ist schon das zweite Mal heute, dass mir das unter die Nase gerieben wird. Wenn es nicht so vollkommen zutreffend wäre, wäre ich glatt beleidigt.

»Ich erkenne Fickfreunde, wenn ich welche sehe.«

»Wir sind keine.« Sie hält inne und reguliert ihre Lautstärke, bevor sie leise hinzufügt: »Wir sind keine Du-weißt-schon-was.«

»Noch nicht.«

»Ich bring dich echt um. Ich leg dir meine Hände um den Hals und behaupte dann, ich hätte einen Wundstarrkrampf gehabt und wäre nicht in der Lage gewesen, meine Muskeln zu entspannen.«

»Ich wusste ja gar nicht, dass du auf erotische Atemkontrolle stehst, Santos.«

»Ich wusste nicht, dass du weißt, was erotische Atemkontrolle bedeutet.«

Lachend drehe ich mich um und lehne mich mit dem Rücken ans Geländer. Langsam macht sich ein Grinsen auf meinem Gesicht breit. »Wo wir gerade von Erotik sprechen … da kommt dein Fickfreund …«

Eine Gruppe von Leuten strömt aus der Haustür, darunter Ryan Blake, der Teammanager und Stellas verhinderter Freund.

Stella sagt: »Wir sind keine …«, verstummt dann aber, und ihre Wangen laufen rot an, als sich Ryan neben sie stellt und leicht mit seiner Schulter gegen ihre stößt. Hinter ihm ist McClain, den Arm um Dallas gelegt, deren Augen zwischen mir und Stella hin- und herschnellen. Ich schenke ihr mein charmantestes Grinsen, aber zur Antwort kneift sie nur die Augen zusammen.

»Bist ja doch aufgetaucht«, sage ich zu McClain, als er rüberkommt.

»Na ja, irgendjemand muss ja ein Auge auf euch Deppen haben.«

Da kommt Torres vorbeigerannt und zieht dabei sein Hemd aus. Er brüllt: »Sieh dir das an, McClain!« Dann hechtet er kurz hinter einer kurvenreichen Brünetten auf die Wasserrutsche, und die beiden landen als glitschiges Knäuel am anderen Ende.

Keinem von beiden scheint es etwas auszumachen.

Dallas sieht auf ihre Uhr und sagt: »Hey. Torres macht Fortschritte. Es hat ganze fünfzehn Minuten gedauert, bis er sein Hemd ausgezogen hat. Das muss ein neuer Rekord sein.«

Er muss uns lachen hören, denn er lässt von der Brünetten ab und sagt: »Moore! Beweg deinen Arsch hierher!«

Als ich mich nicht rühre, versetzt Stella mir einen Schubser. »Geh schon. Du hast doch gehört, was der Mann gesagt hat.«

»Du willst mich nur dazu bringen, mich auszuziehen, stimmt's?«

»Kenn ich schon. Hab ich alles schon hinter mir. So viele Mädchen haben es gesehen, vielleicht solltest du ein T-Shirt drucken lassen.«

Ich schüttele den Kopf und bewege mich auf die Treppe zu. »Vielleicht wollt ihr anderen ja auch mitkommen. Die spielen bestimmt gleich –«

Ich habe meinen Satz noch nicht beendet, als Torres aus voller Kehle »SLIP CUP!« schreit.

»Was in aller Welt ist *Slip Cup*?«, fragt McClain.

Widerwillig schließt sich mir die ganze Gruppe an, und wir versammeln uns mit den restlichen Partygästen um Torres, als er sein Rutschbahn-Becher-Staffelspiel erklärt. Man rutscht, wird nass und seifig, und am Ende muss man einen Plastikbecher mit Bier auf ex austrinken und ihn dann mit einem Finger umdrehen. Wenn der Becher perfekt kopfüber landet (was nicht leicht ist, wenn man total voll Seife und total betrunken ist), darf der Nächste aus deiner Mannschaft die Rutsche runter. Auf wundersame Weise schafft es Torres, unsere ganze Gruppe (und um die zwanzig weitere) zum Mitspielen zu überreden. Amüsiert sehe ich zu, wie Stella sich bis auf ihren Bikini auszieht und dabei Ryan in die Augen blickt, der dasselbe macht. Kopfschüttelnd ziehe ich mein Hemd aus. Ich trage keine Badehose, aber die Sportshorts, die ich anhabe, tun es auch.

Torres teilt uns in Teams ein und erntet von McClain schon wieder einen Hieb auf den Arm, als er sich zu lang in der Nähe von Dallas-im-Bikini aufhält.

Die Leute grölen schon, als das Spiel beginnt, und es gibt genug Alk und Brüste, um mich komplett vergessen zu lassen, dass ich je schlechte Laune hatte. Ich warte darauf, dass die schon ziemlich beschwipste Kleine vor mir ihren Becher auf den Kopf stellt und ich loskann. Irgendwann zwischen ihrem siebten und achten Versuch fange ich an, die Geduld zu verlieren, und mein Blick schweift zur Seite ab, als gerade eine abgewrackte Limousine am Bordstein vorfährt.

Auf der Fahrerseite steigt ein Mädchen aus, und ich kann zwar sein Gesicht nicht sehen, aber es hat weißblondes Haar, das ihm auf den Rücken fällt, und gebräunte Haut, und irgendein Typ hinter mir, den ich nicht kenne, sagt: »*Hammer.*«

Ich bin so mit Hinsehen beschäftigt, dass ich nicht mal mitkriege, als die Beschwipste es endlich schafft, ihren Becher umzudrehen.

Die Frau geht um das Heck des Wagens herum und schiebt sich eine dunkle Sonnenbrille aus dem Gesicht. Der Typ schubst mich von hinten und sagt mir, dass ich dran bin, aber ich kann nicht aufhören zu starren.

Nicht, weil sie hübsch ist, knappe Klamotten trägt und mich direkt anlächelt.

Sondern weil es meine Mutter ist.

Kapitel 2

Silas

Sie trägt Schuhe mit lächerlich hohen Absätzen, die in meinem Rasen versinken, als sie ihn betritt. Sie hebt eine Hand und winkt mir zu, und ich weiß nicht genau warum, aber es ist dieses Scheißwinken, das mir den Rest gibt.

Ich ignoriere mein Team, das auf mich einbrüllt, als ich den Rasen überquere. Sie sieht genauso aus, wie ich sie in Erinnerung habe. Gott, wie lang ist das her? Acht beschissene Jahre? Sie zieht sich immer noch an, als wäre sie halb so alt, und trägt zu viel Make-up, aber hübsch ist sie trotzdem. Vielleicht sogar schön. Eins von diesen Gesichtern, die schon immer Aufmerksamkeit auf sich gezogen haben. Ihr ganzes Leben hat sich immer um ihr Aussehen gedreht und so auch das von meinem Bruder und mir. Wenn Mom gut aussah, wenn sie einen Typen hatte, hatten wir einen Platz zum Schlafen. Wenn nicht, dann nicht.

Aber diese Scheiße ist vorbei. Kein Teil meines Lebens dreht sich mehr um sie, und ich habe nicht vor, mich von ihr wieder da reinziehen zu lassen.

»Steig wieder in dein verdammtes Auto und verschwinde«, sage ich, als ich vor ihr stehe.

Sie antwortet nicht. Klimpert nur ein paar Sekunden, die sich zu einer Ewigkeit ausdehnen, mit ihren langen Wimpern und studiert mein Gesicht. Als ich den Mund aufmache, um ihr noch mal zu sagen, dass sie abhauen soll, hebt sie die Hand und berührt mein Gesicht.

Ich packe sie am Handgelenk und schiebe ihre Hand weg.

»Steig in deine Scheißkarre.«

»Baby …«, sagt sie.

»Ich bin schon lange nicht mehr dein Baby. Und daran ändert sich auch nichts, also mach dich vom Acker.«

Ihre Lippen verziehen sich zu einem Flunsch. »Du wirst immer mein Baby bleiben.«

Sie versucht noch mal, mich zu berühren, und ich weiche zurück.

»Ich war es bei deinen ganzen beschissenen Freunden. Als du uns das erste Mal verlassen hast und das zweite Mal. Verflucht, ich war es sogar all die Jahre, als du weg warst und Sean und ich bei Grams gelebt haben, oder welche Familie uns auch immer aufgenommen hat. Aber ungefähr zu der Zeit, als Sean im Gefängnis gelandet ist und du dir nicht mal die Mühe gemacht hast, ein Telefon in die Hand zu nehmen, geschweige denn, dich blicken zu lassen, habe ich aufgehört, es zu sein. Also, *Megan*, ich schlage vor, dass du tust, was du am besten kannst. Steig in dein Auto und hau ab, bevor ich die Bullen rufe und die dich zwingen.«

Sie zieht ihre Unterlippe zwischen die Zähne und macht diese großen, unschuldigen Augen, und, großer Gott, ich will irgendwo gegenhauen. Meine Vergangenheit und meine Gegenwart sollten voneinander getrennt bleiben. Aber jetzt hat sie einen verdammten Kollisionskurs eingeschlagen, und dieses Gefühl der Unvermeidlichkeit, das ich immer hatte – sein Zug ist im Moment so stark, dass die Erdanziehung ein Witz dagegen ist.

Als sie sich nicht schnell genug bewegt, hole ich mein Handy raus, und sie hebt ihre manikürten Hände. »Schon gut! Ich geh ja schon.«

Ich behalte mein Handy in der Hand, lasse es aber sinken. Mom stakst über den Rasen zurück auf die Straße. Eine Sekunde schwankt sie unschlüssig auf ihren hohen Absätzen, dann dreht sie sich um und zuckelt zurück zu ihrem Auto, als wäre alles in bester Ordnung.

Sie öffnet die Tür, und ehe sie einsteigt, sagt sie mit einem Lächeln: »Geh wieder auf deine Party, Baby. Wir reden ein andermal.«

Meine Faust verkrampft sich so sehr, dass ich überrascht bin, dass ich nicht mein Telefon zerquetsche. Sie schlüpft in ihr Auto, und es erwacht stotternd zum Leben – alt und verrostet will es so gar nicht in das Bild passen, um das sie sich bemüht.

Dann ist sie weg, und es scheint, als würde alles, was ich mir hier aufgebaut habe, jede Sekunde auf mich einstürzen. Zerstört wie ein Kartenhaus von einem winzigen Atemhauch. Und ich kann nur noch denken: Wenn sich alles in Wohlgefallen auflöst, werde ich nicht hier stehen und versuchen, die Scherben aufzusammeln.

Ich drehe mich um. Das Spiel ist zwar noch im Gange, aber ein halbes Dutzend Leute steht an der Seite und beobachtet mich. McClain. Stella. Brookes. Torres. Und ein paar andere.

Ich entferne mich vom Bordstein, und Torres grinst mich an. »Hast du uns etwa was verheimlicht, Moore? Wer war denn diese heiße –«

»Noch ein verdammtes Wort und du verlierst deine Zunge.«

Er hebt kapitulierend die Hände, lächelt aber immer noch. Alle lächeln. Außer Stella und Brookes. Sie sehen mich beide an, als wenn auch sie damit rechnen, dass jeden Moment der Himmel über mir einstürzt. Als wären sie die Einzigen, die das, was sie gerade gesehen haben, wirklich kapiert haben.

Wieder summt mein Telefon in meiner Hand, und ich bin drauf und dran, es wegzuwerfen, bis ich die Nachricht sehe. Sie ist wieder von Levi.

Komm schon, Mann. Ich muss ein bisschen Dampf ablassen. Beweg deinen Arsch ins Trent's.

Ich marschiere an der Gruppe vorbei, ignoriere die Blicke, die ich ernte, und hebe mein Hemd auf, das ich ins Gras geworfen hatte. Dann renne ich rein und tausche meine Sportshorts gegen eine Jeans. Denn wie es der Zufall will, muss ich auch ein bisschen Dampf ablassen.

Das *Trent's* ist eine muffige, schäbige Straßenkneipe, um die die meisten Studenten einen großen Bogen machen und stattdessen lieber in die neueren, beliebten Bars auf dem Campus gehen. Die Klingel kreischt, als ich zur Tür hereintrete, und obwohl später Nachmittag ist, ist es drinnen so dunkel, dass ich die Augen zusammenkneifen muss, um Levi überhaupt zu finden.

Er sitzt an der Theke und führt gerade eine Flasche zum Mund, und neben ihm steht eine zweite, die vermutlich für mich ist.

Einen Moment lang zögere ich. Etwas dreht sich mir im Magen um, ich presse die Kiefer aufeinander und weiß eigentlich gar nicht, warum ich hergekommen bin. Ein Teil von mir will sagen: Scheiß auf alles, gib dir mit Levi die Kante und füge dich der Unvermeidlichkeit dieses Super-GAUs. Ein anderer, größerer Teil will meinem alten Kumpel die Hölle heißmachen und meine Gefühle mit meinen Fäusten abarbeiten.

Irgendwo in meinem Unterbewusstsein weiß ich, ich sollte mich umdrehen und wieder raus zu meinem Truck gehen. Hier warten nur Fehlentscheidungen auf mich.

Aber von Klugheit habe ich noch nie viel gehalten.

Ich marschiere durch die Kneipe und rutsche auf den Barhocker neben ihm. Dann stürze ich einen Riesenschluck Bier hinunter und richte den Blick stur auf das Baseballspiel, das auf dem alten Fernseher läuft, der neben den Schnapsflaschen im Regal steht.

»Wie? Kriege ich nicht mal ein Hallo?«, fragt Levi.

Ich spare mir das Hallo und frage stattdessen: »Wie war's im Knast? Bist ja schnell wieder rausgekommen.« Muss nett sein, einen Anwalt als Vater zu haben. Verflucht, muss nett sein, überhaupt einen Vater zu haben, der in Erscheinung tritt.

Levi hebt achselzuckend die Hände und sagt: »Die kriegen mich nicht klein.«

Das Traurige ist … er hat wahrscheinlich recht. Typen wie er kriegen immer eine zweite, dritte und vierte Chance.

»Was machst du hier, Levi?«

»Wonach sieht's denn aus? Einen trinken und danach einen wegstecken. Prioritäten, oder?«

»Ich meine … was hast du jetzt vor?«

»Ich dachte, das hätte ich gerade ausgeführt.«

»Du willst einfach hier in der Stadt rumhängen? Wo du keinen Fuß auf den Campus setzen darfst? Darfst du überhaupt in diesem Moment in einer Kneipe hocken?«

Er zuckt die Achseln. »Ich darf nur nichts mit Drogen aller Art zu tun haben. Vielleicht zählt Alkohol auch, aber das kriegt doch eh keiner raus. Und warum soll ich mir jetzt Gedanken machen, was ich mache? Ich häng einfach ab. Es wird genauso sein wie bisher … nur dass ich jetzt in keine Kurse mehr muss.«

»Genauso wie bisher«, murmele ich und leere den Rest von meinem Bier in drei großen Zügen. Ich gebe dem Barkeeper ein Zeichen, dass ich noch eins will, während Levi fortfährt.

»Ja, Mann. Wir sollten am Wochenende runter nach Austin fahren. In die *Sixth Street* gehen. Uns volllaufen lassen. Vielleicht eine Bootstour auf dem Fluss machen.«

»Ich hab am Montag Training.«

»Du wirst rechtzeitig zurück sein.«

Ich schüttele den Kopf. »Vergiss es, Mann. Wir sollen uns bedeckt halten.«

Er schnaubt verächtlich. »Scheiße. Coach Cole ist ja echt ätzend. Bald dürft ihr gar nichts mehr.«

»Es ist nicht nur der Coach. Es sind wir alle.«

»Ihr alle?«

»Ja. Wir wollen, dass die Mannschaft konzentriert ist. McClain und ich –«

»McClain? Das ist jetzt nicht dein Ernst.«

»Doch, das ist mein Ernst. Du scheinst vergessen zu haben, dass du uns alle nach Strich und Faden verarscht hast. McClain ist aufgerückt.«

»Der Typ ist ein Nichts. Ein beschissener *Walk-on* vom *Junior College*.«

Ich habe mich bei Levi immer wohler gefühlt als bei allen anderen. Irgendwie hat er mich an meinen Bruder erinnert. Allerdings war mein Bruder auch irgendwie immer ein Arschloch.

Und jetzt, wo mich gerade die Vergangenheit einholt, weiß ich, ich habe zwei Möglichkeiten. Ich kann den einfachen Weg wählen, den für mich natürlichen. Ich kann in dieser Kneipe bleiben, mich besaufen, ein paar Mädchen aufreißen und meine Zeit hier an der Rusk überstehen, indem ich mache, was ich verdammt noch mal will. So habe ich schon immer gelebt – alles Gute mitnehmen, solange es geht, bevor einen das Miese einholt.

Aber bei dem Gedanken, mit Levi hierzubleiben, wird mir speiübel. So leicht es auch sein würde, so oft ich auch diese

Wahl getroffen habe, es hat jetzt nicht mehr denselben Reiz. Es kam mir schlau vor, so als hätte ich der Welt etwas voraus, aber jetzt kommt es mir vor, als würde ich bergab rennen, weil ich ein zu großer Schlappschwanz bin, um mich umzudrehen und mich der Steigung zu stellen.

Ich stehe auf, nehme einen letzten Zug von meinem Bier und werfe etwas Kleingeld auf die Theke.

»Ich muss weg.«

Levi setzt sich auch in Bewegung. Sein Stuhl schrappt über den Zementboden, als er ihn zurückschiebt. »Was soll das denn jetzt, Alter? Du bist doch grade erst gekommen.«

»Ich sehe keinen Grund zu bleiben.«

»Willst du mich verarschen?«, schnauzt Levi mich an. »Ich dachte, wenigstens du wärst auf meiner Seite.«

»Ich bin auf *meiner* Seite.« Das ist das Einzige, was ich immer konnte. Ich kann mich auf niemanden verlassen, außer auf mich selbst. »Das Einzige, was für mich zählt, ist, in dieser Mannschaft zu bleiben. Du hast deine Chance bereits vertan. Und ich lasse nicht zu, dass du oder irgendjemand anders dasselbe bei mir macht.«

»Ohne mich wird *diese Mannschaft* auseinanderfallen. Und was willst du dann machen? Zurück in die Wohnwagensiedlung rennen, aus der du kommst?«

Das sollte mich eigentlich nicht treffen. Weder heute noch an irgendeinem anderen Tag, aber ich kann nichts gegen den Gedanken machen, dass es nur eine Frage der Zeit ist, bis jeder hier das über mich weiß.

Ich will zurückschnauzen, den Spieß umdrehen, damit *er* sich wie der Blindgänger vorkommt. Aber ich habe das Gefühl, dass das alles genau deswegen passiert. Vielleicht bin ich nicht der Einzige, der heute das Gefühl hat, die Kontrolle zu verlieren.

»Nee, Mann. Genau falsch. Die Mannschaft ist ohne dich besser dran.«

Ich drehe mich zum Gehen um, und er stößt mich hart von hinten. Ich stolpere vorwärts, laufe gegen ein paar Barhocker, werfe sie um und schaffe es gerade so, auf den Beinen zu bleiben.

Ich versuche zu atmen, aber mein Blickfeld wird schwarz um die Ränder, und dieses vertraute Verlangen, auf irgendetwas einzuschlagen, kehrt mit Getöse zurück. Ich balle die Fäuste, um es im Zaum zu halten, und stehe auf, die Augen auf die Tür gerichtet.

»Du bist nichts, Silas. Dir steht das Wort ›abgehalftert‹ schon auf die Stirn geschrieben.« Ich blicke mich zu ihm um, obwohl ich weiß, dass er genau das will. »Behandele mich nicht so verdammt von oben herab. Ich kenne dich, Alter. Ich komme wieder auf die Beine, aber du? Es ist nur eine Frage der Zeit, dass du es total verkackst. Und was hast du dann noch? Gar nichts.«

Und das – das trifft mich ins Mark.

Ich komme ihm ganz nah, Nase an Nase. »Du *kennst* mich? Du weißt einen Scheiß.«

»Ich weiß genug. Bruder im Knast. Mom eine Hure. Abschaum bleibt Abschaum, egal, ob du ihn mit einem Stipendium und einer Uniform verkleidest oder nicht.«

Sein Gesicht gibt ein befriedigendes Knacken von sich, als meine Faust es trifft. Das schmerzhafte Zucken in meinem Handgelenk, das Beißen gerissener Haut an meinen Fingerknöcheln … es stumpft meine Gedanken ab und schärft alles andere.

Zufriedenheit, Zorn und ein Hochgefühl brennen sich durch mich hindurch, und so sicher wie das Amen in der Kirche fühlt sich die Welt jetzt nicht mehr dumpf an.

Er braucht lange, bis er sich erholt hat und zum Vergeltungsschlag ausholt, und obwohl ich ihn kommen sehe, lasse ich ihn einen Treffer landen. Er geht auf meine Körpermitte, aber er muss noch von meinem Schlag benommen sein, denn es macht mir noch weniger aus als erwartet. Ich spüre es kaum. Und ich weiß nicht warum, aber dieser armselige Schlag macht mich nur noch wütender.

»Komm schon, Levi. Ich bin vielleicht Abschaum, aber du bist erbärmlich. Stinkfaul. Du konntest nicht mal Football spielen, ohne zu schummeln.«

Er holt wieder aus, und ich weiche weit genug zurück, dass er meinen Kiefer nur streift. Der Stoß reicht, um wehzutun und die Schleusen meines dringend benötigten Adrenalins zu öffnen. Ich packe ihn am Hemd und ramme ihn zu meiner Rechten gegen die Theke. Ein paar Gläser kommen ins Rutschen und knallen auf den Boden. Ich versetze ihm meinerseits einen Hieb in die Magengrube, gefolgt von einem zweiten.

Er brüllt und stößt mich zurück, und ich stolpere gegen einen Stuhl und bringe noch ein paar Gläser dazu, auf dem Betonboden zu zerschellen. Er geht auf mich los, und ich ändere die Position und benutze seine Geschwindigkeit, um ihn an mir vorbeizuhebeln, werfe ihn vorwärts gegen einen Tisch, der unter seinem Gewicht kippt und zerbirst.

Stöhnend rollt er auf seinen Rücken, aber ich lasse ihn nicht da unten liegen. Ich brauche noch mehr. Also zerre ich ihn auf die Beine und bringe ihn dazu, mir in die Augen zu sehen. Er schwingt herum und versetzt mir einen Schlag seitlich an den Kopf, aber mein Blut pumpt so rasend schnell, dass es eher nervig ist als schmerzhaft. Ich weiß nicht, ob ich ihn noch mal schlagen oder ihn bloß schütteln will, so fest ich kann. Während ich wie ein Spinner dastehe und nachdenke, gelingt ihm ein ordentlicher Schlag in meine Niere, und mein ganzer Körper verschließt sich für ein paar Sekunden gegen den Schmerz. Bevor er einen weiteren loswerden kann, stoße ich ihn gegen die Wand. Er trifft hart auf, und nur meine Hände hindern ihn daran, zu Boden zu sacken.

»Du konntest es verdammt noch mal nicht lassen, oder?«, frage ich. »Verzogener reicher Junge ist unglücklich, also muss er alle anderen mit hineinziehen.«

Levi beginnt, sich zur Seite zu neigen, und ich bin sicher, wenn ich ihn losließe, würde er absinken, bis er am Boden aufschlägt. Was für Schmerzen er auch immer hat, es ändert nichts an dem wütenden Blick, den er mir zuwirft.

Er spuckt aus, und sein blutiger Speichel landet auf meinem Schuh. Ich hab ihn festgenagelt, und das gefällt ihm ganz und gar nicht.

Er sagt: »Tu nicht so, als hätte ich dich runtergezogen. Du bist doch hergekommen, weil du auf Streit aus warst. Du funktionierst besser in der Gosse.«

»Ja, vielleicht.«

Dann versetze ich ihm noch einen Fausthieb, seine Gesichtszüge entgleiten ihm und er sackt an der Wand zu meinen Füßen zusammen. Sein Kopf sinkt auf seine Brust, und Blut tropft ihm aus dem verunstalteten Mund.

Reflektierende bunte Lichter tanzen jetzt über die Wände, und ich höre Polizeisirenen. Und, *verdammte Scheiße*, ich glaube, ich bin vielleicht sogar neidisch auf diese schwarze, nichtige Welt, in der sich Levi verloren hat.

Wie zum Henker konnte es von dem Entschluss, wegzugehen, zu dem hier kommen?

Zum ersten Mal mache ich eine Bestandsaufnahme von der Kneipe um uns herum. Zerschmettertes Glas. Kaputte Möbel. Die Handvoll Gäste, die vorhin noch hier gewesen waren, sind längst weg. Eine Frau hinter der Theke beobachtet mich misstrauisch mit einem Handy am Ohr, und der Barkeeper presst unter seinen Handflächen einen Baseballschläger auf die hölzerne Theke.

Ich drehe mich um und laufe auf die Tür zu, aber noch bevor der Bulle reinkommt, weiß ich, dass ich keine Chance hab, hier einfach so rauszuspazieren. Der Polizist fragt mich, was passiert ist, aber es hat keinen Sinn, wie eine kleine Heulsuse zu sagen: *Er hat angefangen*. Nicht, wenn man schon mal eine Jugendstrafe hatte. Er bekommt einen kurzen Abriss vom Barkeeper und der Frau, die die Polizei gerufen hat. Während sich ein Sanitäter den fast bewusstlosen Levi ansieht, werde ich auf den Rücksitz eines Polizeiwagens verfrachtet.

Es heißt ja, ein Unglück kommt selten allein, aber ich habe schon lange aufgehört zu zählen.

Das Unglück scheint mich zu verfolgen. Oder die Hölle. Vielleicht hat Levi recht. Vielleicht bin ich es, der das Unglück verfolgt.

Vielleicht weiß ich ohne nicht, wer ich bin.

Kapitel 3
Dylan

Die Plastikkabelbinder schneiden in die Haut an meinen Handgelenken, während ich warte, und meine Schultern tun weh, weil mir die Hände auf den Rücken gefesselt sind. Mein Herz rast schon, seit ich mich dem Befehl des Polizisten widersetzt habe, den Protest aufzugeben, und dafür verhaftet wurde. Ich frage mich, wie lang mein Herz in dem Tempo schlagen kann, ohne zu versagen. Vielleicht falle ich bald in Ohnmacht und bekomme wenigstens ein klein wenig Entlastung von den Schuldgefühlen und der Angst, die an mir nagen.

Die Polizistin bringt meinen Papierkram zu Ende, während mein Freund Matt von einem anderen Beamten in die Gewahrsamszelle gebracht wird. Unsere Blicke begegnen sich, und er macht ein albernes Gesicht. Ich weiß nicht, wie er so ruhig sein kann. Mit seinem üppigen rostroten Bart sieht er eher furchterregend aus als blöd. Er ist gut fünfzehn Zentimeter größer als der Typ, der uns verhaftet hat, und ich kann dem Polizisten seine Nervosität nicht verdenken. Matty sieht aus, als wenn er jeden Moment einen auf Bigfoot macht, alle umrennt und hier rausstürmt.

»Miss Brenner?« Officer Tribble steht vor mir. Sie ist Mitte dreißig, hat dunkles Haar und Falten um den Mund, weil sie ihn so oft verzieht. Sie kennt meinen Vater. Jeder kennt meinen Vater. Wahrscheinlich ist es naiv zu glauben, dass er noch nicht erfahren hat, dass ich hier bin. Mir dreht sich wieder der Magen um, und ich krümme mich auf meinem Stuhl nach vorne, in der Hoffnung, dass das die bohrende Sorge verschwinden lässt. Aber mir bleibt nicht viel Zeit, um rauszufinden, ob es funktioniert. Sie fasst mich sanft am Ellbogen und hilft mir, aufzustehen, und dann gehen wir in die Richtung, in die auch Matt gebracht wurde.

Am Ende des Flurs befinden sich einander gegenüber zwei Gewahrsamszellen. In der linken, die im Boden verankerte Metallbänke hat, befinden sich drei Männer. Ein Typ mittleren Alters mit einem schäbigen T-Shirt liegt schlafend auf einer Bank in der Ecke. Auf der anderen Seite der Zelle sehe ich Matt mit seiner ganzen Bartpracht. Obwohl es mehrere leere Bänke gibt, sitzt er auf einer mit dem dritten Insassen der Zelle. Er redet, aber sein Zellengenosse scheint ihn zu ignorieren, was meinen Freund nicht im Geringsten tangiert. Er zwinkert mir zu, als Officer Tribble mich vorbeiführt und vor der leeren Zelle gegenüber von Matts stehen bleibt. Erleichtert seufze ich auf. Trotz meiner Angst muss ich lachen, als Matt den Kopf leicht zu seinem Zellengenossen neigt, dabei mich ansieht und vielsagend mit den Augenbrauen wackelt. Der Typ neben Matt sieht hoch, und das Lachen bleibt mir im Hals stecken.

Sein Kiefer ist stark lädiert, ein tiefvioletter Fleck erblüht unter stoppeliger Haut. Sein wirres hellbraunes Haar fällt ihm in die Stirn und lenkt meinen Blick auf ein Paar haselnussbraune Augen, die erstaunlich schön sind und ganz und gar nicht zum Rest seiner brutalen Erscheinung passen. Auch seine Fingerknöchel sehen aufgerissen aus, und seine Augen folgen meiner Bewegung mit einer Intensität, bei der sich mein Magen vor Angst umdreht, eine Angst, die sich komplett von dem Gefühl unterscheidet, das ich in der letzten Stunde hatte. Trotzdem beobachte ich ihn weiter … genauer gesagt, ich beobachte, wie er mich beobachtet, als Officer Tribble mir die Plastikfesseln durchschneidet und mich in der leeren Zelle einschließt.

Ich setze mich auf dieselbe Seite wie Matt, damit wir leise miteinander reden können, aber der Fremde mit den intensiven Augen sitzt näher an den Stangen und verdeckt alles, bis auf den Schwall roter Haare, der Matts ohnehin große Gestalt noch mal um fünf Zentimeter höher macht.

Der Typ ist jung, etwa mein Alter, würde ich schätzen, und ich frage mich, ob die blauen Flecken etwas damit zu tun haben, weshalb er hier ist, oder ob sie ein separater Teil seines geheimnisvollen Bad-Boy-Nimbus sind. So was wie: *Huch, ich hab ja ganz vergessen, Leder anzuziehen, als ich aus dem Haus gegangen bin, dann sorge ich mal lieber dafür, stattdessen ein bisschen blutig zu werden.*

Matt scheint sich keine Sorgen zu machen, dass er gefährlich sein könnte. Allerdings macht sich Matt eigentlich selten um irgendwas Sorgen. Als er seinen umfangreichen Körper hinter seinem Zellengenossen vorbeugt, schaffe ich es endlich, mich loszureißen.

»Alles klar, Pickle?«, fragt er.

Dafür, dass er diesen Spitznamen benutzt, werde ich ihm später eine reinhauen. Das ist *kein* Spitzname, den man vor schönen Menschen benutzt, nicht mal vor potenziell kriminellen.

»Bestens, Matty.«

Im Widerspruch zu dieser Behauptung krümme ich mich wieder nach vorn. Die Sorge ist ein Gewicht in meinem Bauch, ein Stein, der auf meine Eingeweide drückt, und ich frage mich, wie schnell man wohl ein Magengeschwür entwickeln kann.

»Sieht aber nicht so aus«, sagt mein Kumpel. »Du siehst eher aus, als würdest du gleich alles vollkotzen.«

Allerliebst. Als wäre ich durch meine Aktionen heute nicht schon gedemütigt genug. Aber ich kann Matt nicht böse sein. Wenn er nicht bei mir geblieben wäre, wäre ich jetzt allein hier, was unendlich viel schlimmer wäre. »Tut mir leid. Das hier ist meine Schuld. Ich fühle mich schrecklich, weil du bei mir geblieben bist und ich dich da mit reingezogen habe.«

Er zuckt die Achseln. »Is' doch nix passiert.«

Nur Matt würde verhaftet zu werden *nix passiert* nennen. Der Typ ist so gelassen, dass er das menschliche Äquivalent von Xanax zu sein scheint. Das will ich jetzt. Das *brauche* ich jetzt – einfach alle Gefühle betäuben. Alles, woran ich denken kann, ist, was mein Vater sagen wird, ob das hier in mein Vorstrafenregister kommt, ob es sich auf mein Stipendium auswirkt und was Henry sagen wird.

Aber halt. Ich brauche mir keine Sorgen zu machen, was Henry sagen wird, weil es aus ist. *Das* sollte mir was ausmachen. Wir haben vor einer Woche Schluss gemacht, und nach vier gemeinsamen Jahren sollte ich am Boden zerstört sein. Ich sollte mich gerade im Übergang vom Schock in die Phase befinden, in der man von morgens bis abends in der Jogginghose rumläuft.

Ich weiß nicht, was es über mich aussagt, dass das nicht der Fall ist. Dass ich nur aus Gewohnheit an ihn denke, sonst nichts.

Ich mache weiter, beschimpfe mich selbst, wie ich es mir von Matt wünschen würde. »Es gibt einen Grund, warum wir Pläne machen, und ich habe mich nicht daran gehalten. Ich hätte gehen sollen, sobald der Auflösungsbefehl ausgesprochen wurde. Das nächste Mal, wenn ich etwas so Bescheuertes mache, wag es ja nicht, es mir nachzumachen.«

»Nö. Nächstes Mal ziehe ich dir einfach eins über und erspare uns beiden den Ärger.«

Ich verdrehe die Augen, denn wir wissen beide, dass das nie passieren wird. Matt gehört zu den Typen, die sich jederzeit für einen Freund in die Schusslinie begeben würden. Er würde durchaus als lebensechter Disney-Prinz durchgehen … wenn es bei Disney bärtige, bisexuelle Prinzen gäbe.

»Trotzdem … es war nicht toll von mir. Ich weiß nicht, was ich mir dabei gedacht habe. Ich war einfach so frustriert und hatte die Schnauze voll vom Skandieren und auch davon, dabei völlig ignoriert zu werden. In dem Moment hat das Sinn ergeben.«

»Na ja. Du hast in letzter Zeit ja auch viel um die Ohren.«

Ich werfe ihm einen bösen Blick zu. Er denkt, ich verhalte mich wegen der Trennung irrational, aber das ist lächerlich. Ich bin doch nicht verrückt. Matt, meine Mutter, meine Zimmergenossin Nell – alle warten nur darauf, dass es klick macht, dass ich zusammenbreche und mich vergesse, weil Henry und ich Vergangenheit sind. Und vielleicht haben sie ja recht. Vielleicht ist es irgendein merkwürdiger emotionaler Schock und in ein paar Wochen trifft mich der Schmerz wie aus heiterem Himmel. Aber im Moment weckt dieses Herumschleichen um den heißen Brei in mir nur den Wunsch zu schreien. »Damit hat das nichts zu tun.«

Klar, mein Lebensplan hat eine Bauchlandung erlitten. Und es wäre nicht unangemessen, auszuflippen, weil die Zukunft, die ich vor mir gesehen habe, seit Henry und ich vor vier Jahren zusammengekommen sind, in tausend Stücke zerplatzt ist.

Aber im Moment muss ich mich einfach auf mich konzentrieren. Mein Partner (oder dessen Fehlen) kann nicht das Wichtigste an mir sein. Also pfeif ich auf Pläne und Zukunft und Herzschmerz und das alles.

Sonst mache ich noch weiterhin so irrsinnige Sachen wie einen direkten Polizeibefehl zu missachten, nachdem wir einen Tag lang ignoriert und verspottet wurden, weil wir es gewagt haben, uns für die Obdachlosen in der Stadt einzusetzen, die kurz davor sind, eine von nur zwei Unterkünften im Umkreis von zwanzig Meilen zu verlieren. Na ja … vielleicht bin ich ein *bisschen* weiter gegangen, als bloß einen direkten Befehl zu missachten. Möglicherweise habe ich mich selbst mit Handschellen an einen Pfosten vor dem Heim gekettet.

»Und worum ging es dann? Warum hast du's gemacht?«, fragt Matt.

»Weil ich es nicht *nicht* tun konnte.«

»Oooooh ja … diese Erklärung wird dein Vater dir sofort abnehmen.«

»Ich verspreche dir, nächstes Mal werde ich mich nicht von meinen Gefühlen überwältigen lassen, wenn es was mit Handschellen zu tun hat.«

Der attraktive potenzielle Kriminelle rührt sich, und als ich ihn ansehe, hat er interessiert die Augenbrauen hochgezogen. Seine Augen sind wirklich *viel* zu schön für einen Kerl wie ihn. Typen, die gefährlich sind, sollten einfach *nur gefährlich* aussehen. Punkt. Ende. Aus. Sie sollten nicht gefährlich und schön gleichzeitig sein. Das bringt das Universum aus dem Gleichgewicht und lässt mich Dummheiten machen, wie zum Beispiel starren. Einen Typ hinter Gittern anzustarren. Wenn es je eine Sorte Kerle gab, die ich *nicht* anstarren sollte, rangiert jemand, der möglicherweise in den Knast wandert, definitiv unter den ersten drei.

Matt streckt seine langen Beine aus. »Sag mir nächstes Mal einfach vorher Bescheid, dass du dich verhaften lassen willst. Dann kann ich dafür sorgen, dass wir vorbereitet sind. Javier wird stinksauer sein. Es sei denn, natürlich, du willst deinen lieben Daddy anrufen, damit er uns hier rausholt.«

Ich brauche ihm nicht mal einen bösen Blick zuwerfen, damit er kapitulierend die Hände hebt.

»Warum solltest du dich verhaften lassen *wollen*?« Der Gefährliche spricht. Seine Stimme ist tief und weich, mit einem leichten texanischen Akzent, der seine Worte in die Länge und meinen Blick auf seine Lippen zieht.

»Handschellen-Fetisch«, sagt Matt, und ich laufe knallrot an.

Ich werde ihm mehr als *eine* reinhauen.

Ich funkele ihn an und räuspere mich. »Sich verhaften zu lassen kann manchmal der effektivste Weg sein, um die Aufmerksamkeit auf eine Sache zu lenken.«

Er zieht eine Augenbraue hoch. »Eine Sache?«

»Eine politische.«

Die Augenbraue fällt herunter, er nickt, verschränkt die Arme und wendet seine Aufmerksamkeit von mir ab.

Ich muss immer noch einen Dachschaden haben, denn seine totale Ablehnung erinnert mich an unseren Protest heute, daran, wie die Stadt, ohne mit der Wimper zu zucken, Leuten einen Unterschlupf wegnehmen kann, die nirgendwo anders hinkönnen. Es weckt in mir den Wunsch, noch mehr Dummheiten zu machen. Ich stehe auf, umfasse die Stangen vor mir und sage: »Weißt du, es sind Jugendliche wie du, denen unsere ganze Generation ihren schlechten Ruf zu verdanken hat.«

Er lehnt sich zurück und sieht mich verärgert an. »*Jugendliche?* Wie alt bist du denn?«

Ich winke ab. »Junge Leute. Wie auch immer. Der Punkt ist, dass uns alle für die ignoranten Kids halten, die sich mehr mit ihren Smartphones beschäftigen als mit der Lage der Welt, und das liegt daran, dass Leute wie du die Nase rümpfen, sobald das Stichwort Politik fällt.«

Er steht auf und imitiert meine Position, nur dass er viel größer ist, seine Schultern breit und seine Arme zu muskulös, um ganz zwischen die Stangen zu passen. »Leute wie ich? Was zum Henker soll das heißen? Arm? Ungebildet? Abschaum?«

Ich zucke zusammen. »*Was?* Nein. Davon habe ich nichts gesagt. Ich meine bloß die stereotypen jungen Erwachsenen, die –«

»Sich nur mit ihren Smartphones beschäftigen. Ja, den Teil hab ich gehört. Lieber wäre ich dieser Stereotyp als das verwöhnte, reiche kleine Mädchen, das glaubt, es ist ein *Spaß*, verhaftet zu werden. Eines, das Geld zum Fenster rausschmeißt, damit es einen Wutanfall hinlegen kann über das, was es diese Woche an der Welt gerade stört.«

»Wutanfall?« Mir ist bewusst, dass ich fast kreische und mich genauso anhöre wie das verwöhnte kleine Mädchen, als das er mich gerade hingestellt hat. »Ich lege keinen Wutanfall hin.«

Matty, der ewige Pazifist, sagt: »Vielleicht sollten wir alle einfach mal durchatmen.«

Aber ich presche weiter voran, weil ich heute unbedingt wenigstens *einen* Streit gewinnen will.

»Ich habe Leute so satt, die denken, was wir tun, ist Zeitverschwendung. Wenigstens *tun* wir was, statt den Kopf in den Sand zu stecken, während die Welt um uns herum zur Hölle fährt.«

»Für manche von uns war die Welt schon immer die Hölle, Prinzessin.«

Das lässt mich mitten in meiner Tirade abbrechen, und ich fange wieder an zu starren und meinen Mund wie ein Frosch zu bewegen … was definitiv nichts zu meinem Standpunkt beiträgt.

Schließlich schnaube ich wütend, und ein Teil meiner Verzweiflung bricht durch. Ich bin nicht mal sicher, ob ich verzweifelt bin, weil ich um seine Zustimmung ringe, oder einfach nur will, dass mal *irgendjemand* zuhört. »Wolltest du noch nie irgendwas tun, von dem dir jeder sagt, dass es unmöglich oder sinnlos ist? War dir noch nie irgendwas wichtig genug, um dafür

Opfer zu bringen? Egal, wie dumm oder unwahrscheinlich es erscheint? Wolltest du noch nie einfach, dass sich etwas ändert?«

Er mustert mich eine Weile lang und hebt seine großen Hände, um die Stangen zu umklammern. Und als ich damit rechne, dass er wieder einen gemeinen Witz darüber reißt, wie verwöhnt oder naiv ich bin, überrascht er mich.

»Was genau hoffst du denn zu ändern?«

Matt schnauft. »Gratulation, Alter. Damit hast du eine Möglichkeit gefunden, dir die restlichen Stunden hier zu vertreiben. Dieses Mädchen will die ganze Welt verändern.«

Da kommt ein Beamter und nimmt Matt mit, damit er seinen Anruf machen kann. Er wirft mir einen Blick zu und formt mit den Lippen: »Javi?«

Ich nicke und schaue ihm hinterher.

Ich weiß, dass er bohrt, in der Hoffnung, dass ich nachgebe und einwillige, stattdessen Dad anzurufen. Aber ich kann einfach nicht. Ich weiß, er könnte uns schneller rausholen, aber ich kann ihm jetzt noch nicht unter die Augen treten. Nicht, bevor ich mir irgendeine Ausrede habe einfallen lassen. Nicht, bevor ich nicht rausgekriegt habe, was für ein Knacks in meinem Hirn mich heute so leichtsinnig gemacht hat.

Es liegt nicht daran, dass ich wegen Henry aufgewühlt bin, aber ich werde das Gefühl nicht los, dass trotzdem alles irgendwie zusammenhängt. Meine Gefühle sind ein komplettes Chaos, und das Einzige, was ich weiß, ist, dass ich mich heute bei dem Protest unsichtbar gefühlt habe.

Und erst, als ich diese Handschellen einrasten ließ, habe ich gemerkt, dass das schon lange bevor wir unser Lager vor diesem Obdachlosenheim aufgeschlagen haben, so war.

»Also, was hast du versucht zu ändern?«, fragt er.

Jetzt, da Matt weg ist, bin ich komischerweise irgendwie schüchtern und verspüre nicht mehr das Bedürfnis, meine zehnminütige Schimpftirade über den politischen Status quo in diesem Land anzustimmen.

Ich drehe mich von ihm weg, damit ich ihm nicht in die Augen sehen muss, so wie man nicht direkt in die Sonne blicken soll, weil man sonst eine Beeinträchtigung des Augenlichts riskiert. Nur dass das hier eine andere Art von Beeinträchtigung ist. Zum Beispiel meiner Fähigkeit, einen klaren Gedanken zu fassen. Ich mache eine Handbewegung und erkläre: »Die Stadt streicht die Gelder für das Obdachlosenheim in der Innenstadt. Sie schieben Budgetprobleme vor, aber in Wirklichkeit wollen sie einfach nur nicht, dass ihr historischer Stadtkern durch die weniger Glücklichen verschandelt wird.«

Er nickt, antwortet aber nicht, und *warum bin ich so verdammt verunsichert*? Wir schweigen eine Weile, und ich wünschte, Officer Tribble hätte mir nicht meine Uhr weggenommen, denn mir scheint, Matt ist schon länger weg als die paar Minuten, die so ein Telefonat dauern kann. Und ich spüre seine Augen auf mir, was meine ohnehin schon blank liegenden Nerven strapaziert. Ich habe gerade dem Drang nachgegeben, auf und ab zu gehen, als er wieder was sagt.

»Also … Pickle?«

Ich wirbele herum und blicke in die Zelle gegenüber. Der Typ fixiert mich, und ich werde blass. »Äh … nein. Ich bin Dylan. Nur Matt nennt mich so. Wegen Dyl Pickles von den Rugrats. Es ist blöd.«

»Dylan«, wiederholt er. Und ich habe mich noch nie weniger unsichtbar gefühlt als in dem Moment, in dem er mich ansieht.

»Und du bist?«

Er umfasst die Stange und lehnt sich leicht zurück, und er muss irgendeine Art Sport-Junkie sein, denn selbst mit Klamotten ist sein Körper geradezu unwirklich.

»Silas.«

Ich nehme wieder auf der Bank Platz und ziehe meine Knie an die Brust. »Tut mir leid, dass ich dich angeschrien habe, Silas. Ich bin ein bisschen aufgekratzt.«

»Kann vorkommen, wenn man verhaftet wird.«

Genau wie ein totaler Nervenzusammenbruch, den ich vielleicht gerade habe … oder vielleicht auch nicht.

»Ja«, antworte ich geistesabwesend, als sich die Angst wieder in mir breitmacht. Ich stütze den Kopf auf meine Knie und versuche, nicht zu denken.

Ja, klar. Als ob das ginge.

»Ich bin sicher, alles wird gut. So was Schlimmes hast du nun auch wieder nicht gemacht.«

Ich zucke zusammen.

»Oder?«

»Definiere schlimm.«

Er lacht. »Ich vermute, unsere Definitionen von schlimm sind wahrscheinlich sehr unterschiedlich.«

Wenn ich das Wörterbuch geschrieben hätte, wäre unter »schlimm« definitiv ein Foto von ihm abgedruckt.

»Warum bist du hier?«

Ich denke gar nicht richtig über die Frage nach, da sind die Worte auch schon draußen, und seine bezaubernden Augen werden zu schmalen Schlitzen, als er mich ansieht. Ich bin mir ziemlich sicher, dass es ein ungeschriebenes Gesetz gibt, dass man Leute nicht fragt, warum sie im Gefängnis sind, *während* sie noch im Gefängnis sind. Und auch wenn das hier nur eine Gewahrsamszelle ist, gilt die Regel hier wahrscheinlich auch. Seine Zunge schnellt hervor, um nach seiner angeschwollenen, kaputten Lippe zu tasten, und ich spüre, wie eine Hitzewelle meine Wirbelsäule hinaufsteigt.

Völlig unangemessen. Völlig *psychotisch,* denn er ist absolut nicht meine Liga. Oder ich bin absolut nicht seine Liga, keine

Ahnung. Wie auch immer, irgendwer ist nicht irgendjemandes Liga.

Und, was noch wichtiger ist … er ist gar nicht mein Typ. Überhaupt nicht. Darum weiß ich nicht, weshalb ich immer noch auf seine geschwollene Lippe starre und mich frage, ob er zusammenzucken würde, wenn ich sie berührte.

Ich weise meine Gedanken in die Schranken. »'tschuldigung. Das geht mich nichts an, ich –«

»Ich habe mich in einer Kneipe mit einem Freund geprügelt.« Er macht eine Pause und sieht weg. »Beziehungsweise mit jemandem, der mal mein Freund *war*. Oder so. Keine Ahnung. Ich hab nicht wirklich drüber nachgedacht.«

Ich lache. »Ich auch nicht. Das geht wohl gerade um.«

Ich will fragen, worüber er sich mit seinem Freund gestritten hat. Oder seinem ehemaligen Freund. Ich will wissen, was einen Typ wie ihn zum Ausrasten bringt, was ihm so wichtig ist, dass er dafür blutet. Weil es nach was Persönlichem klingt, nicht nach der hirnlosen Klopperei auf Neandertalerniveau, die ich mir vorgestellt hatte.

»Bist du verletzt?«, frage ich.

Sein aufblitzendes Lächeln löst auf meinen Armen Gänsehaut aus. »Machst du dir Sorgen um mich, Pickle?«

Stöhnend werfe ich den Kopf nach hinten. »Ich bringe ihn um.«

Da kehrt Officer Tribble mit Matt zurück und wirft mir einen Blick zu, als sie meine letzten Worte mitbekommt.

Ich hebe die Hände und sage: »Übertreibung. Ich schwöre es. Ich habe nicht wirklich vor, irgendjemanden umzubringen.«

Als sie Matt wieder in die Männerzelle lässt, zieht der eine Augenbraue hoch.

»Wen bringen wir um?«

»Dich«, antwortet Silas.

Matt legt sich eine Hand aufs Herz und wirft mir einen pathetischen Blick zu. »Ich dachte, wir haben versprochen, hier drin aufeinander aufzupassen. Und jetzt wendest du dich beim ersten hübschen Gesicht gegen mich.«

Silas runzelt die Stirn, als er hört, wie er als *hübsches Gesicht* bezeichnet wird, und ich frage mich, was er für ein Gesicht machen würde, wenn er wüsste, dass Matt ihn wirklich anziehend findet. Obwohl ich jede Wette eingehe, dass jemand, der jeden Tag mit dem Aussehen von Silas durch die Welt geht, sich wahrscheinlich daran gewöhnt hat, dass einen alle möglichen Leute anziehend finden. »Du bist ja schon eine ausgekochte Kriminelle, Pickle.«

Silas' Gesicht erhellt sich wieder, er lacht leise über den Namen, und ich lasse die Füße von der Bank gleiten und stehe auf. Ich werde ruhelos, und vielleicht hilft es mir, noch ein bisschen umherzugehen.

»Da du mich ja sowieso umbringst, schadet es wahrscheinlich nicht mehr, wenn ich dir sage, dass ich Javi nicht erreichen konnte. Man kann nur Festnetznummern anrufen, und er ist vermutlich noch nicht wieder im Wohnheim. Ich habe eine Nachricht hinterlassen, aber ich wette, er arbeitet bereits daran, uns rauszuholen.«

Javier ist der Präsident unserer studentischen Aktivistengruppe *Voice for Tomorrow*. Und Matt hat recht damit, dass er wahrscheinlich stinksauer auf mich ist. Das heute sollte nur ein einleitender Protest sein, um das Bewusstsein zu wecken. Wir hatten gehofft, dass er in Kombination mit der Petition, die wir gerade aufstellen, ausreichen würde, damit die Schließung zumindest verschoben wird. Aber ich habe uns unbesonnen und impulsiv aussehen lassen. Wie bloße Unruhestifter statt gut informierte Bürger.

Vielleicht arbeitet Javi bereits daran, uns rauszuholen. Vielleicht ist er aber auch so sauer, dass er uns noch eine Weile schmoren lässt. Würde mich nicht überraschen.

Ich seufze. »Ich könnte Antonella in der Wohnung eine Nachricht hinterlassen, aber ich glaube nicht, dass sie vor Mitternacht von der Arbeit kommt.« Ich weiß nicht genau, wie viel Uhr es ist, aber mit Sicherheit noch lange vor Mitternacht.

»Was ist mit Henry?«, fragt Matt. »Er würde kommen, wenn du ihn fragst.«

»Ich werde *nicht* meinen Ex anrufen, Matt. Das ist fast noch schlimmer, als meinen Vater anzurufen.«

»Dann sitzen wir vielleicht bis morgen früh hier fest, denn wenn wir darauf warten müssen, dass Antonella nach Mitternacht nach Hause kommt, werden sie uns mit Sicherheit erst morgen früh abfertigen.«

Ich war schon fast bereit, eine Übernachtung zu riskieren. Wenn es nur um mich ginge, hätte ich es gemacht, aber ich habe Matt für heute schon genug Scherereien bereitet. Eigentlich für das ganze Jahr.

Etwa zwanzig Minuten später kommt Officer Tribble zurück, und ich bewege mich auf die Zellentür zu in der Erwartung, dass es Zeit für meinen Anruf ist. Ich habe mich damit abgefunden, meinen Vater zu kontaktieren, aber stattdessen dreht sie mir den Rücken zu und wendet sich an Silas.

»Mr Moore, Sie können gehen. Mr Abrams hat es abgelehnt, Anzeige wegen Körperverletzung zu erstatten, und er bietet an, den Schaden in der Kneipe zu ersetzen, daher sind die Besitzer auch bereit, die Anklage fallen zu lassen.«

Silas blickt finster drein. »Und was, wenn ich Anzeige erstatten will? Ich hab doch gesagt, dass ich nicht angefangen habe.«

Officer Tribble fixiert ihn mit einem nüchternen Blick. »Beide Zeugen und Mr Abrams sagen, dass Sie zuerst zugeschlagen haben.«

»Ja, schon, aber – «

»Natürlich können Sie sich entschließen, Anzeige zu erstatten, aber dann wird Mr Abrams wahrscheinlich darüber nachdenken, dasselbe gegen Sie zu tun.«

»Das ist doch lächerlich«, sagt er, sieht aber erleichtert aus, als sie die Zelle aufschließt und ihn hinausführt.

Matt zieht einen Flunsch, als er zusehen muss, wie seine Augenweide aus der Zelle geholt wird, und vielleicht findet sich auf meinem Gesicht ein ähnlicher Ausdruck. Seufzend lehne ich mich gegen die Stangen, und die Ereignisse des Tages verschlingen mich wieder. Ich weiß nicht, was mir mehr Sorgen bereitet – die Folgen oder die Ursache. Als Silas rausgeht, kommt er im Abstand von einem knappen Meter an meinem Standort an der Zellentür vorbei, und ich erhasche meinen ersten Blick aus der Nähe auf ihn.

Nein, ich fühle mich *nicht*, als wenn sämtliche Luft aus meiner Lunge entweicht. *Überhaupt nicht*.

Er fährt sich mit einer Hand durch sein zottiges Haar, und sein Blick senkt sich, beginnt bei meinen Füßen und wandert meine Beine hinauf. Er verharrt eine gefühlte Ewigkeit auf meiner Hüfte, Taille und meinen Brüsten, aber in Wahrheit können es nur die wenigen Sekunden sein, die Officer Tribble braucht, um die Zellentür abzuschließen.

Er sieht immer noch gefährlich aus, aber nicht annähernd so gefährlich wie die Wirkung, die sein eindringlicher Blick auf mich hat.

Er wendet sich ab, zögert und dreht sich dann wieder zu mir. Sein Gesicht ist undurchdringlich, aber er beugt sich ein bisschen näher zu mir und sagt: »Ruf deinen Dad nicht an. Ich lass mir was einfallen.«

Und dann ist er weg, und ich bin so schockiert, dass ich mich frage, ob ich mir seine Worte nur eingebildet habe und das bloß ein weiteres Symptom ist … was für eine Kernschmelze bei mir auch immer gerade stattfindet.

Weil ein Typ wie er keine Mühen scheut, um uns zu helfen? Definitiv verrückt.

Kapitel 4

Silas

Die Polizistin gibt mir meine Sachen zurück – Handy, Geldbeutel und Schlüssel –, und ich weiß immer noch nicht genau, warum ich der Kleinen gesagt habe, dass ich ihr helfe. Sie stand einfach da, mit diesem übergroßen Shirt, das von einer Schulter heruntergerutscht war, und den verdammt kurzen Shorts, und wirkte in dieser Zelle so völlig fehl am Platz. Sie sah aus, als gehöre sie an irgendeinen Strand in irgendeiner trendigen europäischen Stadt oder so – irgendwo, wo ich noch nie war und wahrscheinlich nie hinkomme. Vielleicht war es die viele nackte Haut. Oder auch das lange, wellige Haar, von dem ich mir nur allzu gut vorstellen konnte, wie es über meine Brust streift, während sie mich reitet.

Das muss es sein.

Ich hatte einen Scheißtag, und mein Schwanz hat das Denken übernommen.

Seufzend frage ich die Polizistin: »Was passiert mit den beiden?«

Sie blättert einen Stapel Papiere durch und sagt: »Sie bekommen eine Geldstrafe und werden freigelassen.«

»Und wie hoch ist die Geldstrafe?«

»Hundertfünfzig für das Mädchen. Fünfzig für den Jungen. Nur Barzahlung.«

Scheiße. Denke ich im Ernst darüber nach, so viel Geld lockerzumachen, nur für die *Möglichkeit,* dass mit ihr was läuft? Wenn das Mädchen nur halb so zickig ist, wie es wirkt, würde sie mir vermutlich die ganze Nacht hindurch Predigten über die Gefahren von Alkohol oder so was halten und versuchen, mich zu *retten*.

Plötzlich bin ich wieder in der Stimmung, auf irgendetwas einzuschlagen. Ich sollte einfach gehen, mache es aber nicht. Irgendetwas an diesem Mädchen ist mir unter die Haut gegangen, und die Kleine hat es nicht verdient, da drin zu sitzen, weil sie Menschen helfen wollte.

»Gibt's hier einen Geldautomaten in der Nähe?«, frage ich.

»Tankstelle über die Straße.«

Als ich in die Nacht hinaustrete, versuche ich, nicht daran zu denken, dass ich meinem Konto ernsthaften Schaden zufüge. Während der Footballsaison arbeite ich nicht. Neben dem Training und der Uni bleibt dazu nicht genug Zeit. Stattdessen reiße ich mir außerhalb der Saison und den ganzen Sommer über den Arsch auf, um so viel zu sparen, dass es bis zum Ende der Saison reicht. Den Job im Landschaftsbau, den ich diesen Sommer gemacht habe, habe ich schon gekündigt, da am Montag das Trainingslager anfängt – es gibt also keine Chance, das Geld wieder reinzuholen.

Ich haue meine PIN in die Tasten und murmele: »Wehe, sie ist es nicht wert.«

Ich könnte jetzt echt einen Joint gebrauchen … etwas, um mir den Kopf zu vernebeln und mich davon abzuhalten, über Geld, Football, Schlägereien, Levi und zu Hause nachzudenken.

Es gibt so viel Scheiß, über den ich nicht nachdenken will, dass es unmöglich ist, alles auszublenden.

Sex oder Gras. Das sind meine besten Optionen.

Die Party bei mir zu Hause müsste noch im Gange sein.

Vielleicht kann ich heute Nacht noch beides unterbringen. Ich denke eine Weile nach, und letztlich beschließe ich, Carson zu fragen, ob er mich abholen und zu meinem Truck vor der Kneipe bringen kann. Er geht beim zweiten Klingeln dran und sagt, dass er und Dallas kommen.

Und wieder etwas, das die Tochter von Coach Cole gegen mich in der Hand hat.

Wieder auf der Polizeistation sage ich zu der Polizistin, dass ich die Geldstrafe für Dylan und ihren Freund zahlen will.

Sie blickt mich skeptisch an. »Kennen Sie sie denn?«, fragt sie.

Ich zucke die Achseln. »Nee. Das ist meine gute Tat für heute.«

Sie sieht sich um, als würde sie sich verarscht fühlen, aber schließlich nimmt sie das Geld und erledigt den Papierkram. Ich nehme ihr nicht übel, dass sie skeptisch ist. Verflucht, ich bin ja *selbst* skeptisch. Als Kind habe ich hin und wieder eine Nacht in einer örtlichen Unterkunft für Obdachlose verbracht, wenn wieder mal eine von Moms Beziehungen in die Brüche ging und wir dadurch unsere Bleibe verloren haben. Also, vielleicht spielt das auch eine Rolle. Aber vor allem ist *sie* es.

Dylan ist die Sorte Mädchen, die nie in meine alte Welt passen würde. Vielleicht würde mich eine Nacht mit ihr dahin zurückholen, wo ich hingehöre, mich hier in diesem Leben verankern.

Der rothaarige Typ kommt zuerst raus, und Dylan schlurft mit gesenktem Kopf hinter ihm her. Als sie hochsieht und meinem Blick begegnet, erstarrt sie. Ihr Kiefer entgleitet ihr leicht, und mir wird klar, dass sie mir nicht geglaubt hat, als ich sagte, dass ich mir was einfallen lasse. Ich weiß nicht, ob ich über ihren Schock zufrieden oder enttäuscht bin. Die beiden reden kurz mit der Polizistin, bekommen jeder einen Zettel und ihre beschlagnahmten Habseligkeiten und werden dann in den Haupteingangsraum entlassen, wo ich warte.

Dann steht sie vor mir, ihr Shirt lässt wieder ihre Schulter frei, und sie hat ihr Haar zu einem langen, dicken Zopf geflochten, der sich über ihre Schulter legt und in das Tal zwischen ihren Brüsten fällt. Ich kann mich nicht entscheiden, ob mir ihr Haar vorher besser gefallen hat oder jetzt, da ich es mir in der ganzen Länge um die Hand schlingen könnte, um ihren Kopf nach hinten zu ziehen.

»Das hättest du nicht tun müssen«, sagt sie.

»Und wieder als stereotyper, gleichgültiger *Jugendlicher* bezeichnet werden? Nein, danke.«

Sie rümpft die Nase, und ihre Lippen verziehen sich seitlich. »Gott, ich hab mich heute Abend echt bescheuert benommen. Sorry.«

Ich fahre mit einer Hand über die empfindliche Stelle an meinem Kiefer, wo Levi mich erwischt hat, und zucke mit den Schultern. »So was passiert. Manchen von uns öfter als anderen. Ein Freund von mir ist unterwegs, um mich abzuholen. Braucht ihr beiden 'ne Mitfahrgelegenheit?«

Der Typ antwortet: »Das wäre toll, danke. Ich bin übrigens Matty. Wie heißt du noch gleich?«

Er streckt die Hand aus, und ich schüttele sie. Als ich antworten will, kommt Dylan mir zuvor. »Er heißt Silas.«

Ihr Freund wirft ihr einen Blick zu, und sie schluckt und senkt den Blick.

»Also dann, schön, dich kennenzulernen, Silas. Wir zahlen dir das Geld für die Strafe natürlich zurück.«

Ich zucke die Achseln. Ich sollte wahrscheinlich einen auf höflich machen und ihnen sagen, dass sie sich darum keine Sorgen machen sollen, aber ich habe nicht direkt Geld, um es zum

Fenster rauszuwerfen. Nur genug, damit es bis zum Ende der Saison reicht.

Ich deute mit dem Kopf Richtung Tür und sage: »Warten wir draußen auf meinen Freund.«

Matt geht vor, und ich halte Dylan die Tür auf. Ich bekomme den Duft ihres Haars ab, als sie an mir vorbeigeht, und es riecht so verdammt süß, dass ich mein Gesicht darin vergraben und sie einatmen will. Ich frage mich, wo sie sonst noch so süß duftet.

Matt schlägt vor, ihren gemeinsamen Freund Javier anzurufen, um ihn auf dem Laufenden zu halten, und sagt Dylan, sie soll ihren Vater anrufen. Aber als Matt sich ein paar Schritte entfernt, greift sie nicht nach ihrem Telefon. Stattdessen blickt sie zu mir auf.

»Danke. Ich weiß gar nicht, was ich sagen soll.«

Ich zucke mit den Achseln. Es liegt mir nicht, den ritterlichen Gutmenschen zu spielen, nicht mal zum Schein. Stattdessen deute ich mit dem Kinn auf die Stelle, wo ihr rothaariger Freund beim Telefonieren auf und ab geht, und komme zum Punkt. »Seid ihr zwei zusammen?«

In der Zelle hat sie einen Exfreund erwähnt, und es klang, als wäre es noch nicht lange her, aber das bedeutet ja nicht unbedingt, dass sie nicht schon zum nächsten Typ übergegangen ist.

Sie lacht. »Ich und Matt? Ist das dein Ernst?«

Ein paar Meter entfernt deckt Matt das Mikro seines Handys ab und ruft: »He, das hab ich gehört! Könntest du nicht wenigstens *versuchen*, etwas weniger entrüstet zu klingen?«

Die beiden wechseln ein merkwürdiges Lächeln, dann blickt Dylan zu mir auf.

»Nein. Matt und ich sind nicht zusammen.«

Nun, das vereinfacht die Sache erheblich.

»Gut«, sage ich.

Sie zieht fragend eine Augenbraue hoch. Als ich nur lächele, senkt sie den Kopf, und lange, dichte Haarsträhnen fallen ihr vors Gesicht.

»Was hast du die restliche Nacht noch vor?«, frage ich. Ein rascher Blick auf mein Handy sagt mir, dass es erst kurz vor Mitternacht ist.

Sie neigt den Kopf zur Seite und sieht mich durch ihren Haarschleier hindurch an. Sie wirft mir ein verschlagenes Lächeln zu, das ich mir an ihr in einer Menge anderer … *schmutzigerer* Szenarien vorstellen kann.

»Ich bin nicht unbedingt interessiert, Zeugin einer Kneipenschlägerei zu werden«, sagt sie. »Falls du so üblicherweise deine Abende verbringst. Nicht direkt meine Welt.«

»Keine Kneipen«, verspreche ich. »Eigentlich findet bei mir zu Hause gerade eine Party statt. Du und Matt seid herzlich eingeladen.«

Ihr Kopf neigt sich noch weiter, und jetzt wirkt sie eher verwirrt als schüchtern.

»Warum warst du in einer Kneipe, wenn bei dir zu Hause eine Party stattfindet?«

Ich zucke mit den Schultern. »Ich hatte irgendwie einen beschissenen Abend und musste mal raus.«

»Klingt nicht so, als hätte das Weggehen an dieser Front viel bewirkt.«

Ich schaue ihr in die Augen. »So schlecht ist es doch gar nicht ausgegangen.«

Sie lacht und blickt wieder lächelnd zu Boden, und ich habe das Gefühl, meine Chancen stehen gar nicht so schlecht.

»Du baggerst mich wirklich an? Wo wir uns gerade im Gefängnis kennengelernt haben?«

»Funktioniert es denn?«

Sie versucht, ernst auszusehen, aber ich kann erkennen, dass ein Lächeln ihre Mundwinkel umspielt. Ich will gerade zum entscheidenden Schlag ausholen, als Carson und Dallas in Dallas' winzig kleinem Wagen vorfahren. Sie fährt, und er beugt sich rüber, um sie schnell auf den Mund zu küssen, bevor er die Beifahrertür öffnet und rausspringt, um mich zu begrüßen.

»Alles in Ordnung?«, fragt er und betrachtet die Folgen der Prügelei, die sich in meinem Gesicht und an meinen Händen zeigen.

Ich nicke. »Bestens.«

»Sieht Levi wenigstens schlimmer aus als du?«, fragt er.

»Um Welten schlimmer.«

Er bewegt langsam den Kopf auf und ab und sagt: »Gut.«

McClain ist von allen Menschen, denen ich je begegnet bin, vielleicht am nächsten an einem Heiligen dran, aber was Levi betrifft, hat er kein bisschen Mitleid. Zu viel Vergangenheit mit Dallas, als dass er einen klaren Kopf behalten könnte, wenn es um unseren früheren *Quarterback* geht. Ich bin immer noch ein bisschen schockiert, dass er sich mir gegenüber so fair verhalten hat. Dallas hasst mich immer noch wie die Pest … womit ich leben kann, denke ich.

»Das ist Dylan. Wir, äh, haben uns in der Gefängniszelle kennengelernt.«

Carson zieht eine Augenbraue hoch, und ich kann sehen, dass er sich ein Lachen verkneift. Aber er beherrscht sich und streckt ihr die Hand zum Gruß hin. »Freut mich, dich kennenzulernen, Dylan. Ich bin Carson. Ein … Freund von Silas.«

Es ist das erste Mal, dass er in Bezug auf mich tatsächlich das Wort Freund benutzt, und ich denke, vielleicht macht er es nur, um den Schein zu wahren. Andererseits … ist er mich abholen gekommen. Er hätte mich auch zum Teufel jagen können. Es hätte mich nicht überrascht.

Dann kommt Matt zurück. Er will irgendwas sagen, gerät aber ins Stocken.

»Heilige Scheiße.« Er sieht Carson an, kneift die Augen zusammen und blickt dann wieder zu mir. Er wiederholt das mehrmals und sagt dann noch lauter: »*Verfluchte* heilige Scheiße.«

Carson kratzt sich verlegen im Nacken, und ich füge hinzu: »Und das ist Dylans Freund Matt.«

Er gafft immer noch und hat angefangen, langsam den Kopf vor und zurückzubewegen. »Ach du meine Scheiße.«

Ich schaue Dylan an, die Matt mit offenem Mund anstarrt. »Hey, Matt, wie wär's, wenn du mal Hallo sagst, statt fremde Leute zu verfluchen?«

»Das ist Carson McClain …« Er dreht sich zu mir. »Was bedeutet, dass du wahrscheinlich Silas Moore bist. Ich bin so ein Idiot.«

Verdammt. Das wird mir nicht gerade bei der Frage helfen, die ich stellen muss. Ich wende mich an Carson. »Macht es dir was aus, die beiden auch mitzunehmen? Nur bis zu meinem Truck, um den Rest kümmere ich mich.«

McClain sieht aus, als würde er lieber Dreck essen, aber er lächelt, ganz der Pfadfinder. »Na klar. Könnte allerdings etwas eng werden auf dem Rücksitz.«

Matt sagt rasch: »Das stört mich nicht.«

Und damit ist die Heldenverehrung offiziell in unheimliche Gefilde vorgedrungen.

Dylan hüstelt, aber ich bin ziemlich sicher, dass sie ein Lachen unterdrückt. »Ich sitze in der Mitte. Ich bin schmal.«

Sie hustet wieder, als sie meinen Blick sieht. Und ob sie in der Mitte sitzt! Wenn sie versuchen würde, mich neben den Karottenkopf zu stecken, würde ich ausflippen.

Carson führt uns zu Dallas' Wagen, und ich bin enttäuscht, als Dylan mit Matt auf die gegenüberliegende Seite geht. Bevor McClain einsteigt, flüstert er: »Wer außer dir würde ein Mädchen *im Knast* aufreißen?«

»Wer außer mir *könnte* das?«

Ich hoffe zumindest, dass ich es kann.

Ich öffne meine Tür und setze mich hinter Carson auf dem Beifahrersitz. Wenn ich nachgedacht hätte, hätte ich mich für den Platz hinter Dallas entschieden, denn hinter Carsons Sitz muss ich die Knie anziehen. Ich vergesse den Gedanken aber wieder, als Dylan von der anderen Seite her reinschlüpft. Sie lässt sich direkt neben mir nieder, und zwischen uns sind weniger als zwei Zentimeter Platz. Aber ihr Kumpel ist ein Riesenkerl, und als er sich setzt, wird sie ganz an mich gepresst. Matt müht sich ab, um die Tür richtig zu schließen, und ich rutsche noch ein Stück und lege meinen Arm hinter Dylans Kopf auf die Rücklehne, um mehr Platz zu machen.

Ihre Hitze versengt meine Seite, und aus dieser Nähe versinke ich in ihrem Duft.

Finde ich aber nicht schlimm. Überhaupt nicht.

Matt flüstert noch mal: *»Heilige Scheiße«*, und Dylan wirft mir einen fragenden Blick zu.

Ich zucke die Achseln und nutze die Bewegung, um mit einem Finger über ihr geflochtenes Haar zu fahren.

»Kann mir irgendjemand erklären, was hier los ist?«, fragt sie.

Matt scheinen endlich wieder ein paar andere Wörter einzufallen. »Hier ist los, dass wir mit dem *Quarterback* und dem *Running Back* des Rusk-Footballteams im Auto sitzen. *Und* der Tochter vom Coach. Ich fühl mich wie in einer Realityshow oder so.«

Dylan blickt zu mir auf, und sie ist so nah, dass ihre Wange die Innenseite meines Arms streift. Sie hebt das Kinn, wodurch ihre Lippen meinen ein Stückchen näher kommen, und betrachtet mich. Ich frage mich, ob das meine Chancen verbessert. Ich warte darauf, dass sie eine Bemerkung über meine Position im Team macht, aber das tut sie nicht. Leise sagt sie: »Tut mir leid. Matts Begeisterung für seine Schule ist irgendwie widerlich.«

»Wäre es daneben, wenn ich nach einem Autogramm fragen würde?«, fragt er.

»Matt!« Dylan dreht sich zu ihm und haut ihm auf den Arm, wobei ihre Schulter meine Brust streift.

»Es wäre daneben. Schon kapiert. Vergesst, dass ich gefragt habe.«

Ihre Schulter liegt immer noch an meiner Brust, sie lehnt sich gegen mich, und ich will meinen Arm fallen lassen und sie an mich drücken. Ich strecke wieder einen Finger aus, um damit ihren Zopf entlangzuwandern, und es würden nur noch ein paar Zentimeter fehlen, um ihr meinen Arm um die Schultern zu legen.

Ich senke meinen Mund an ihr Ohr und frage: »Und wie sieht es mit deiner Begeisterung aus?«

Sie will sich umdrehen, aber als sie merkt, wie nah ich ihr bin, schnappt sie nach Luft und kehrt nur den Kopf zu mir.

»Hält sich in Grenzen. Für Sport habe ich nicht so viel übrig.«

Sie gibt sich also unnahbar. Damit kann ich umgehen. Es kommt nicht oft vor, dass es mir genug bedeutet, um mich auf die Jagd zu begeben, aber bei ihr kann ich ruhig eine Ausnahme machen.

Irgendwie scheint es wichtig zu sein, dass mit ihr was läuft, als würde es beweisen, dass ich noch hierherpasse.

»Du hast nur was dafür übrig, dich verhaften zu lassen«, sage ich.

Stöhnend wirft sie den Kopf zurück, und er bleibt an meinen Arm gelehnt, also lasse ich ihn für den Rest der Strecke hinuntergleiten, um ihn um ihre Schultern zu legen. Sie senkt den Kopf und starrt auf ihre Hände, die in ihrem Schoß miteinander ringen. Sie wird ein bisschen steif, nimmt meinen Arm aber nicht weg und hört auch nicht auf, sich an mich zu lehnen.

Es ist so bescheuert. Ich habe meinen Arm schon um mehr Mädchen gelegt, als ich mich erinnern kann, aber in diesem Moment und mit *diesem* Mädchen, das so weit über mir steht, dass ich genauso gut versuchen könnte, die Sterne einzusammeln, fühlt es sich ein bisschen an wie ein schwer verdienter *First Down*.

Kapitel 5

Dylan

Ich habe noch nie hyperventiliert.

Ich bin nicht sicher, ob es das ist, was ich gerade mache, aber ich weiß, dass es ist, als hätte mein Körper vergessen, wie man atmet. Wie kommt es, dass es mir mehr Angst einjagt, jetzt dicht an ihn gequetscht zu sitzen, als mit Plastikkabelbindern gefesselt zu sein? Das hier ist schlimmer, weil es nicht nur die Nerven sind. Es ist ein Wirrwarr aus Gefühlen – guten und schlechten, und sie ringen in mir um die Oberhand. Und ich habe keine Ahnung, welches gewinnen wird.

Dass Matt, als er sieht, wie Silas' Arm um mich geschlungen ist, noch ein halbes Dutzend Mal *HEILIGE SCHEISSE* mit den Lippen formt, hilft auch nicht gerade, mich zu beruhigen. Mir bleibt nur eine Sekunde, um dankbar zu sein, dass er diese Worte wenigstens nicht wieder laut ausgesprochen hat, bis ich Silas' Mund erneut an meinem Ohr spüre. »Also, was meinst du? Kommst du mit zu mir auf die Party?«

Keine Ahnung, was ich da tue. Dieser Kerl ist überhaupt nicht mein Typ. Aus dem Augenwinkel kann ich seine blutigen Fingerknöchel sehen, und im Allgemeinen gehöre ich nicht *unbedingt* zu den Mädchen, die auf blutige Fingerknöchel stehen. Eigentlich bin ich sozusagen gegen jede Gewalt. Ich gehe mit Typen mit durchgeknöpften Hemden und Krawatte aus, die studieren, um Anwalt, Arzt oder Politiker zu werden. Ich gehe mit Typen aus, die sich genauso für Politik und das aktuelle gesellschaftliche Geschehen interessieren und engagieren wie ich.

Ich habe noch nie zu den Mädchen gehört, die wegen einem Sportler, Schauspieler oder Musiker total durchdrehen. Ich dachte immer, Köpfchen haben ist wichtiger. Talent, Geld, Ruhm – nichts davon führt automatisch zu einem guten Leben. Und nur das hab ich schon immer gewollt … ein gutes Leben.

Aber dann ist da noch Silas.

Wenn Matts Reaktion irgendein Hinweis ist, hat er Talent, und darauf folgen im Sport normalerweise Ruhm und Vermögen. Aber basierend auf dem, was ich bisher von ihm weiß, ist er absolut nicht der solide, verlässliche Typ, nach dem ich sonst Ausschau halte. Na ja, er hat vielleicht nicht viel Köpfchen, aber dafür gute Schultern, das ist doch auch was, oder?

Ich kann bei ihm zwar nicht alle meine üblichen Kästchen abhaken, aber die Art, wie er mich ansieht, hat irgendwas. In seinen Augen liegt eine seltsame Art der Wertschätzung, die teils Anziehung und teils irgendwas anderes ist, durch das ich mich wie etwas Seltenes und Kostbares fühle und … *wahrgenommen*.

Jetzt mal im Ernst, seit wann ist Atmen eigentlich so schwer?

»Ich sollte Matt fragen«, sage ich schließlich, obwohl ich normalerweise eine Einladung zu einer Party abgelehnt hätte, ohne mit der Wimper zu zucken. »Aber ich bin mir ziemlich sicher, dass er Ja sagt.« Normal scheint heute Nacht nicht auf dem Plan zu stehen.

Matt hustet neben mir, und aus seinem Husten höre ich ein kaum unterdrücktes »JA« heraus.

Silas nimmt das Ende meines Zopfes hoch und wickelt sich die dunkelblonden Strähnen um zwei seiner starken Finger. »Gut.«

Aus einer Laune heraus nehme ich seine andere, seine rechte Hand und fahre leicht mit dem Finger über ihren Rücken, kurz unterhalb der blutigen Knöchel.

»Und dann lässt du mich hierbei helfen?«

»Versuchst du, mich auch zu flicken?«

Himmel. Dieser leise, neckende Ton ist wie ein Schlag direkt gegen die Brust. Oder in die Babyfabrik. Eigentlich beides.

»Ich bin nur kein großer Fan von Blut.«

Seine Lippen befinden sich immer noch an meinem Ohr, und er drosselt seine Lautstärke, damit Matt ihn nicht hört. »Ich verspreche, dich nicht schmutzig zu machen. Es sei denn, du bittest ganz lieb darum.«

Ich … Ich kann nicht mal … Oh Gott.

Ich stemme meinen Ellbogen in seine Seite und verschaffe mir so ein bisschen mehr Platz.

»Du bist unverbesserlich.«

»Bei mir wirst du kürzere Wörter benutzen müssen, Pickle. Oder, noch besser, gar keine.«

Das Mädchen am Steuer schnaubt verächtlich, und ich schleudere Silas einen Blick zu. »Hat das jemals funktioniert?«

Er beugt sich noch dichter zu mir, und diesmal sind die Worte nur für mich bestimmt, sanft und verführerisch in meinem Ohr. »Bemühe ich mich zu sehr?«

Ich zucke mit den Schultern. »Vielleicht. Ich bin mir nicht mal sicher, ob du es überhaupt ernst meinst.«

Seine Finger zupfen an meinem Zopf, und seine haselnussbraunen Augen sind fest auf meine gerichtet. Ernst *aussehen* tut er ganz bestimmt. Und ich wünschte, ich hätte nichts gesagt, denn ein ernster Silas ist noch viel beängstigender.

Er ist ein sehr, *sehr* gefährlicher Junge, und ich wäre vielleicht besser dran gewesen, wenn sie mich mit Handschellen an diesen Pfosten vor dem Obdachlosenheim gekettet gelassen hätten. Dann denke ich daran, was ein Typ wie Silas mit Handschellen alles anstellen könnte, und bin verloren. Ich spüre, wie sich mein Gesicht erhitzt, lehne mich noch näher an ihn, und obwohl wir nichts tun, als uns zu berühren, fühle ich mich … böse. Als könnte ich schlimme, unvernünftige, *unartige* Dinge tun.

Und sie gefallen mir. Sehr.

Für den Rest der Fahrt schweige ich, während Silas das Mädchen vor die Kneipe dirigiert, wo er sein Fahrzeug abgestellt hat. Alle paar Minuten stupst Matt mich mit seinem Knie, einem Finger oder dem Ellbogen an, aber ich richte meine Augen stur geradeaus, weil ich Angst habe, ihn anzusehen, sonst fange ich wieder an zu denken. Daran, dass ich immer noch nicht meinen Vater angerufen habe. Daran, dass ich seit, ach, sage und schreibe acht Tagen Single bin. Daran, dass das hier (so wie das meiste, was ich heute getan habe) in so vielerlei Hinsicht eine unglaublich blöde Idee ist.

Oder eine brillante. Das versuche ich noch rauszufinden.

Aber eins steht fest … Ich habe keine Lust zu denken.

Ein paar Minuten später halten wir neben einem heruntergekommenen Truck, der so verrostet ist, dass es scheint, als könnte er unter dem geringsten Druck zusammenbrechen. Stellenweise ist er dunkelbraun, aber da, wo die Farbe abgeblättert ist, kann man eine Schicht Grau darunter erkennen. Den Rost eingerechnet, ist sein Truck also dreifarbig. Vierfarbig, wenn man den Matsch dazuzählt, den die Reifen auf die Kotflügel geschleudert haben. Silas öffnet die Tür und reicht mir dann eine Hand, um mir beim Rausrutschen zu helfen. Ich zögere, als ich den unglücklichen Blick auffange, den die Fahrerin Silas zuwirft. Ich frage mich, wobei wir sie und ihren Freund unterbrochen haben.

Ich nehme seine Hand, aber ehe ich aus dem Auto schlüpfe, sage ich zu der Fahrerin: »Vielen, vielen Dank fürs Mitnehmen.«

Sie schenkt mir ein Lächeln, das sehr süß, aber fast mitleidig ist.

»Keine Ursache. Kommt gut nach Hause.«

Ich nicke lächelnd, in meinem Magen fahren die Nerven Karussell, und dann zieht Silas mich hinaus in die warme Nachtluft. Er lässt meine Hand nicht los, als er sich zum Beifahrerfenster hinunterbeugt, um mit seinem Kumpel zu reden.

»Kommt ihr noch mal mit zu uns oder fahrt ihr nach Hause?«

»Nach Hause«, antwortet der Typ. »Übertreibt es nicht, ja? Torres ist schon ziemlich dicht.«

Silas lacht. »Was für ein Weichei.«

»Dieser *Freshman*, den Brookes eingeladen hat, Williams, ist auch schon auf deinem Sofa weggetreten. Ryan ist noch da. Er versucht dafür zu sorgen, dass keine Dummheiten gemacht werden, aber du weißt, dass die Jungs eher auf dich hören als auf ihn.«

»Hab's kapiert, McClain. Du hast deine *QB*-Pflichten für heute Nacht erfüllt.« Er wirft mir einen kurzen Blick über die Schulter zu und fügt dann hinzu: »Und noch etwas mehr. Danke euch beiden. Tut mir leid, dass ich euch rausgeholt hab, um meinen Arsch herumzutragen.«

»Kein Problem.«

Das verkniffene Lächeln des Mädchens sagt etwas anderes, aber ich vermute, dahinter steckt irgendeine Geschichte, die ich eben nicht kapiere.

Er klopft mit einer Hand auf das Wagendach und weicht dann zurück, als das Auto anfährt. Er dreht sich wieder zu seinem Truck um und sieht mich achselzuckend an.

»Sorry, ist nix Dolles.« Er öffnet die Tür, und es gibt nur eine lange Bank. Wie es aussieht, muss ich mich also wieder in die

Mitte quetschen. Der Truck ist groß, und bevor ich einsteige, halte ich inne und suche nach einer Stelle, die ich anfassen kann, ohne dass sich der Rost an meiner Hand abreibt.

Zwei große Hände landen auf meiner Taille, und Silas hebt mich hoch und platziert mich hinter dem Steuer. Die Berührung lässt mein Herz einen Salto schlagen, aber sie ist so schnell wieder vorbei, wie sie angefangen hat.

Ich rutsche rüber in die Mitte und muss meine Füße rechts und links von dem altmodischen Schalthebel positionieren, der bis hinunter auf die Bodenplatte reicht. Die Beifahrertür schwingt auf, und Silas und Matt rutschen gleichzeitig von rechts und links hinein und zwängen mich mit ihren massigen Körpern ein.

»Habt ihr ein Auto, zu dem ich euch bringen soll?«

Matt antwortet. »Nee. Wir sind mit Freunden gefahren.«

Dann sieht er mich an. »Ist es für dich immer noch okay, mit zu mir zu kommen?«

Ich hole tief Luft und halte sie ein paar Sekunden lang an. Ich warte auf den Anfall von Zweifeln, das Bauchgefühl, das mir sagen müsste, dass ich nach Hause gehen, vernünftig sein, meinen Vater anrufen soll. Es kommt nicht. Eigentlich passiert so ziemlich das Gegenteil. Ich blicke zu ihm auf und verspüre denselben beharrlichen Zug, der mich den Auflösungsbefehl vor dem Obdachlosenheim hat missachten lassen.

Schließlich nicke ich. Er dreht den Schlüssel um, lässt den Motor aufheulen und greift dann zwischen meine Beine, um in den Rückwärtsgang zu schalten. Er zieht den Hebel nach hinten und kommt dem Sitz wesentlich näher, als ich erwartet hätte, was bedeutet, dass Silas' Hand zwischen meinen Oberschenkeln ist und seine Knöchel meine Haut streifen, bis ich meine Beine noch ein bisschen mehr spreize. Er lässt seine Hand da, während er rückwärts aus der Parklücke fährt, und sein Unterarm ruht auf meinem Oberschenkel. Eine Gänsehaut bildet sich überall um diesen Kontaktpunkt herum, und ich hoffe, er merkt es nicht. Sein Arm reibt an mir, als er in die verschiedenen Gänge schaltet, und selbst als er seine Hand wieder ans Lenkrad nehmen könnte, tut er es nicht.

Es würde mich nicht überraschen, wenn er meinen Puls durch diese Berührung spüren könnte, denn ich schwöre, ich spüre ihn überall. Aber sonst macht er nichts. Nur dieses schlichte, wahnsinnig machende Streifen seines Unterarms über die Oberseite meines Schenkels.

Er biegt in eine Wohnstraße ein, die außen um den Campus herum verläuft, und anhand der Autos, die an den Straßenseiten aufgereiht sind, kann ich erraten, welches sein Haus ist. Die Einfahrt ist aber offen, und er fährt direkt hinein. Sein Haus ist aus Holz, klein und in einem fröhlichen Grün gestrichen, das nicht so ganz zu Silas passt. Es wirkt planlos zusammengebaut, als wäre über die Jahre immer wieder mehr schlecht als recht angebaut worden.

Als er aus dem Truck steigt und ich rüberrutsche, um ihm zu folgen, stelle ich beschämt fest, dass nicht nur meine Unterhose, sondern auch meine Shorts feucht sind. Wenn mein Körper auf wenige Berührungen schon so reagiert, was passiert denn dann erst, wenn er mich richtig berührt? Oder sogar küsst?

Aber meine Gedanken preschen weit voraus. Auf eine Party zu gehen heißt noch lange nicht, dass etwas passieren wird. Ich werfe beide Beine über die Seite des Sitzes, und schon ist Silas wieder zur Stelle, die Hände an meiner Taille. Aber dieses Mal verharrt er, als er mich auf die Füße stellt. Sein Daumen streift vor und zurück über einen winzigen Streifen Haut zwischen meinen Shorts und meinem Shirt und fährt meinen Hüftknochen entlang.

»Bist du sicher, dass wir einfach so auf deine Party kommen können?«

Das Streicheln seines Daumens hört auf, stattdessen fasst er mich an der Hüfte.

»Ich bin sicher, Pickle.«

Matt, der gerade die Nase des Trucks umrundet, prustet los, als hätte er etwas geleistet, indem er diesen grauenhaften Spitznamen an jemand anderen weitergegeben hat. Ich koche immer noch innerlich, als Silas mir einen Arm um die Schulter schlingt und beginnt, mich zum Haus zu lotsen.

Und langsam drehe ich weiter durch.

Ich habe keine Ahnung, auf was ich mich da einlasse. Ich meine, Silas ist in der Footballmannschaft, genauso wie sein Freund Carson, der uns abgeholt hat. Ich wette also, in dem Haus da sind noch mehr Footballspieler … und wie sehen Partys von Footballspielern eigentlich genau aus? Sind die nicht so was wie die Götter des Campus? Und was bedeutet es, wenn ein solcher Footballspieler seinen Arm um mich gelegt hat? Ist das eine *Kiste* oder nur etwas, das Typen wie er eben machen? Und will ich, dass es eine *Kiste* ist oder nur eine ganz normale Sache? Und was würde eine *Kiste* genau beinhalten? Und, lieber Gott, ich verliere noch den Verstand, bevor wir überhaupt an der Haustür sind.

Atmen, Dylan. Er ist nur ein Typ. Du bist nur ein Mädchen. Okay, als er dich das erste Mal gesehen hat, hattest du Polizeihandschellen an, aber das ist … was auch immer. Absolut cool.

Absolut uncool, und ich bekomme womöglich eine Panikattacke, wenn ich nicht aufhöre, daran zu denken.

Ich höre, wie Matt hinter mir die Treppen zur Veranda hochstampft, und seine Anwesenheit beruhigt mich ein bisschen. Ich bin eine intelligente, erfindungsreiche, fähige junge Frau. Ich kann Dinge trennen. Ich kann all den Wahnsinn und diese krankhaft intensive Anziehung beiseiteschieben und einfach eine ganz normale Partynacht haben. Ich kann mit diesen Leuten reden, ohne etwas zu sagen, das in mir den Wunsch auslöst, meine Zunge zu verschlucken. Ich *glaube*, ich kann das.

Silas drückt die Tür auf, und ein Aufschrei geht durch den Raum, als wäre er der verdammte verlorene Sohn, der heimkehrt und sie alle mit seiner Gegenwart beehrt.

Ein gut aussehender Latino-Typ stolpert vorwärts, von der Taille aufwärts komplett nackt. Als wäre es völlig normal, in einem Haus voller Leute halb nackt herumzulaufen. Der Kerl hat Muskeln, wie ich noch nie welche gesehen habe, und möglicherweise hängt meine Kinnlade ein bisschen herunter.

»Moore! Wo warst du? Und was zum Henker ist mit deinem Gesicht passiert?«

Der Typ streckt eine zitterige Hand aus, um Silas' Gesicht zu berühren, aber in seinem betrunkenen Zustand scheint er nicht mehr genau ausmachen zu können, wo sich Silas' Gesicht befindet, und verfehlt es immer wieder.

Als er doch in die Nähe kommt, schlägt Silas seine Hand weg und sagt: »Herrje, Torres. Es ist noch nicht mal Mitternacht. Wenn ich dich morgen früh wieder splitternackt auf dem Wohnzimmerfußboden finde, haben wir ein ernsthaftes Problem.«

»Und wenn ich nur überwiegend nackt bin?«

Silas schüttelt den Kopf und drängt seinen Freund auf die Küche links von uns zu. »Los, trink Wasser, um wieder etwas nüchterner zu werden, bevor es für dich peinlich wird.«

Er streckt die Arme aus, was meinen Blick wieder auf seinen definierten Körper zieht, und sagt: »Wem ist hier was peinlich? Dein Mädchen scheint die öffentliche Zurschaustellung von Perfektion jedenfalls nicht zu stören.«

Ich laufe rot an und widerstehe dem Drang, den Kopf einzuziehen, als Silas mich ansieht.

Er zieht mich etwas näher an sich heran und sagt zu seinem Freund: »Ich würde ja mein Hemd ausziehen, aber wir wissen beide, dass das kein fairer Kampf wäre. Außerdem will ich dir nicht die ganze Aufmerksamkeit stehlen, nach der du so gierst.« Er versetzt Torres einen scherzhaften Stoß, und diesmal dreht der Typ sich um und geht in die Küche.

Ich entspanne mich ein wenig, als er geht, nur um mich wieder zu verspannen, als sich Silas runterbeugt und mit seinen Lippen mein Ohr streift. »Wenn es eine Zurschaustellung ist, die du dir wünschst, können wir ja vielleicht später eine private veranstalten.«

Ich versuche meine Nerven im Zaum zu halten und das hier als Debatte zu betrachten, als Wortgefecht.

»Ist eingebildet sein Voraussetzung, um Football zu spielen?«

Die Antwort kommt nicht von Silas, sondern von einer zierlichen Asiatin, die die Treppe neben uns herunterkommt.

»Eher Voraussetzung, um in diesem Haus zu wohnen.«

Silas zuckt mit den Achseln. »Brookes ist nicht so übel.«

Er versucht nicht mal, es abzustreiten.

Das Mädchen verdreht die Augen. »Isaiah ist ziemlich arrogant. Du misst ihn an dir und Torres. Im Vergleich zu euch beiden ist jeder die Demut in Person.«

Silas antwortet nicht, und die Augen des Mädchens wechseln zu mir, insbesondere zu dem Arm auf meinen Schultern. Sie ist zierlich und atemberaubend, mit perfekt symmetrischen Gesichtszügen, und ich fühle mich schrecklich. Ich habe nicht mal in einen Spiegel geschaut, seit mir Handschellen verpasst und ich auf die Polizeiwache geschleift wurde.

Sie streckt eine Hand aus und lächelt. »Ich bin Stella. Du wirst dich selbst vorstellen müssen, denn unser Silas hier würde gute Manieren nicht mal erkennen, wenn sie ihn in den Hintern beißen.«

»Dylan. Freut mich, dich kennenzulernen.«

»Niedlich«, sagt sie.

Ich weiß nicht, ob sie meinen Namen meint oder mich, geschweige denn, ob das ein Kompliment ist.

»Studierst du an der Rusk?«

»Ja. Ich bin *Junior*. Also, ich *komme* ins dritte Jahr, wenn die Kurse wieder anfangen. Ich studiere Journalismus im Hauptfach, ähm, und Soziologie im Nebenfach. Um später wahrscheinlich Jura zu studieren.« Warum rede ich immer noch? Warum erzähle ich diesem Mädchen alles über mich? Glücklicherweise bekomme ich Matt zu fassen und ziehe ihn zu mir. »Das ist mein Freund Matt. Er macht Sozialarbeit. Offensichtlich großer Footballfan.«

Sie neigt den Kopf zur Seite und sieht Silas mit hochgezogenen Augenbrauen an, und ich will mir einfach irgendwas ins Gesicht schmettern. Mehrmals hintereinander.

»Wo habt ihr euch denn kennengelernt?«, fragt Stella.

Ach, weißt du. Im Gefängnis. Oder Gewahrsam. Oder wie man es auch immer nennt, wenn man die Polizeiwache nicht wieder verlässt.

»Ähm …« Ich krame nach einer angemessenen Erklärung. »Wir sind uns in einem Dings begegnet.«

Einem Dings. Sehr elegant.

Silas lässt den Arm von meiner Schulter sinken, und ich habe endgültig alles vermasselt. Wo ist der nächste Ofen, in den ich meinen Kopf stecken kann?

Es wäre wahrscheinlich das Beste, ich lasse Matt sein Ding machen, und dann können wir wieder von hier verschwinden.

»Fertig mit deinem Kreuzverhör, Stell?«

Sie richtet sich leicht auf und zuckt mit den Schultern. »Kein Kreuzverhör. Ich frage mich nur, wie es kommt, dass du deine eigene Party verlässt, nachdem …« Sie verstummt, aber nicht, ohne Silas einen Blick zuzuwerfen. »Wie es kommt, dass du deine eigene Party verlässt und mit zwei Fremden und einem blutigen Gesicht zurückkehrst.«

Seine Miene hat sich verhärtet, aber seine Worte klingen immer noch locker. »Was soll ich sagen? Ich mache eben überall Bekanntschaften, wo ich auftauche.«

Sie verdreht die Augen. »Ja, klar. Und womit genau hat dein Gesicht Bekanntschaft gemacht?«

Silas fährt sich mit einer Hand durchs Haar. »Meine Güte. Wir haben uns auf der Polizeiwache kennengelernt, nachdem ich verhaftet wurde, weil ich Levi windelweich geprügelt habe. Also wenn es dir nichts ausmacht – ich bin wirklich nicht in der Stimmung, meinen ätzenden Tag noch mal komplett durchzukauen. Jetzt hast du deinen Klatsch, und tschüss.«

Er fasst mich an der Hand und zieht mich ins Wohnzimmer.

Das Mädchen ruft ihm noch etwas hinterher, aber er ignoriert es. Ein jüngerer Kerl räumt einen Lehnsessel, und zwischen einem Atemzug und dem nächsten hat Silas sich hingesetzt und mich geradewegs auf seinen Schoß gezogen.

Kapitel 6
Silas

Erschrocken. So sieht sie mich an, als ich eine Hand um ihr nacktes Knie schlinge und sie seitlich auf meinen Schoß ziehe. Sie hat ohnehin schon große Augen, aber jetzt sind sie zwei weite blaue Ozeane, die man in ein herzförmiges Gesicht gesetzt hat.

»Ähm, ich finde schon einen anderen Platz.«

Ich festige meinen Griff um ihr Knie und sage: »Siehst du vielleicht einen?«

Ihre Lippen verziehen sich, während sie sich im überfüllten Raum umsieht. »Ich will nur …« Sie rutscht, als wollte sie aufstehen, aber ich halte sie davon ab. Ich werde das hier noch alles vermasseln. Mache sie zu heftig an, dränge sie zu sehr. Ich weiß, es ist verrückt. Dieses eine Mädchen definiert nicht meinen Platz hier, aber ich kann heute keinen Augenblick mehr ertragen, in dem mir meine Fehler unter die Nase gerieben werden. Ich brauche das hier. Ich brauche sie.

»Ist schon gut. Wirklich.«

»Ich vermute, unsere Definitionen von gut sind sehr unterschiedlich.«

Ich lache, als ich meine eigenen Worte zurückgeschleudert bekomme. Und bin ein bisschen verwirrt, dass sie immer noch mit mir abhängt. Wenn sie tatsächlich so verklemmt und ernst wäre, wie sie wirkt, wäre sie wahrscheinlich nicht mal mit mir in meinen Truck gestiegen. Die Art, wie sie mich unter ihrer wilden Mähne hervor anlächelt, gibt mir das Gefühl, dass das, was ich sehe, nur das ist, was sie mich sehen lassen will. Vielleicht bin ich nicht der Einzige, der vorgibt, etwas zu sein, das er nicht ist.

»Wie ist dein Nachname?«, frage ich.

Sie zieht ihre Unterlippe zwischen die Zähne und blickt sich unruhig im Raum um. »Brenner.«

Brenner. Der Name kommt mir bekannt vor. Oder vielleicht fließt er auch einfach nur ungehindert durch meinen Kopf. Als würde sie zu den Menschen gehören, die man jedes Mal mit ihrem vollen Namen bezeichnet.

Ich beobachte, wie ihre Finger eine Weile in ihrem Schoß ringen, und kann zusehen, wie sie sich verschließt. Ich fasse sie an den Hüften und schiebe sie nach vorn, bis sie steht, dann stehe ich auch auf und drücke sie wieder in den Lehnstuhl zurück.

»Erzähl mir von dir, Dylan Brenner.«

Sie schenkt mir ein Lächeln, das einfach nur dankbar sein könnte, und zuckt mit den Achseln. »An meiner demütigendsten Erfahrung durftest du ja schon teilhaben –«

»Reden wir vom Knast oder von deinem Verbaldurchfall dort?«

»Oh Gott.« Sie hält sich so schnell die Augen zu, dass ich hören kann, wie ihre Handflächen gegen ihr Gesicht schlagen.

Lachend greife ich wieder nach ihrem Zopf und ziehe daran. Ich weiß nicht, was ich für ein verdammtes Problem habe, aber ich kann einfach nicht aufhören, ihre Haare anzufassen. Ich will nicht aufhören.

»Ich mach doch nur Spaß. Außerdem habe ich immerhin *ein paar* Infos aufgeschnappt. Du bist *Junior*, also bist du wie alt? Zwanzig? Einundzwanzig?«

Ich gleite mit meinen Fingern die glatte und komplizierte Struktur ihres Zopfes entlang. Sie hebt den Kopf aus ihren Händen. »Einundzwanzig. Gerade geworden, im Juni.«

Widerwillig lasse ich ihr Haar los.

»Und was hat *die* Dylan Brenner an ihrem Einundzwanzigsten gemacht?«

»Die Dylan Brenner?«

Ich zucke mit den Schultern. »Ich vermute, die Leute werden dich eines Tages so nennen. Nachdem du ein paarmal die Welt verändert hast. Ich gebe mir nur einen Vorsprung.«

Sie sagt: »Ich wüsste nicht, dass es wirklich möglich wäre, die Welt zu verändern.«

»Warum dann die ganze Mühe?«

Sie zieht ihre Füße auf den Sessel hinauf und balanciert ihre Arme oben auf ihren Knien. Das hat sie auch in der Gefängniszelle gemacht, und ich schwöre bei Gott, es ist, als wollte sie mich quälen. Ich versuche, nicht auf die sanfte Kurve ihrer Oberschenkel zu starren, nicht solange sie diesen abwesenden, nachdenklichen Blick hat. Sie starrt beim Sprechen über meinen Kopf hinweg, als wäre sie ganz woanders. Oder als erkläre sie es eher sich selbst als mir. »Weil sich früher einmal jemand diese Mühe für mich gemacht hat. Und so ein Mensch will ich sein. Ein Mensch, der für das kämpft, woran er glaubt, selbst wenn er schon geschlagen ist. Ich glaube nicht, dass ich die Welt verändern kann, aber ich kann die Welt von jeweils einem Menschen verändern. Und das ist immerhin etwas.«

Ihr Shirt hängt immer noch über ihre Schulter herab und entblößt den sanften Schwung hinauf zu ihrem Hals. Achselzuckend neigt sie den Kopf zur Seite und wischt damit weg, was sie gerade gesagt hat. Mein Blick setzt sich dort fest, an ihrer sonnengebräunten Haut an Hals und Schulter. Sie sieht so zart aus. Ihre ganze Persönlichkeit wirkt so süß und zu gut, um wahr zu sein.

Vielleicht liegt es aber auch an meiner Geschichte. Ich erwarte immer nur das Schlechteste von den Menschen, weil das eben alles ist, was ich je gesehen habe.

»Ich finde, *du* bist etwas.«

Ihre Lippen verziehen sich zu einem kleinen Lächeln.

»Etwas Lächerliches?«

»Etwas Besonderes. Da, wo ich herkomme, sind die Menschen mehr damit beschäftigt, ihre eigene Welt zu ändern, als die von jemand anderem.«

»Und ist das schlecht?«

»So ändert sich niemals irgendwas. Jedes neue Vorhaben endet genauso, wie du begonnen hast. Und alles, was du hast, ist ein chaotischer Kreislauf, der nichts tut, als dich jedes Mal ein bisschen mehr zu zermürben. Ich glaube, es wäre einfacher, die ganze verdammte Welt zu ändern, als manche Menschen.«

Sie legt ihren Kopf oben auf ihre Knie, und diese großen blauen Augen fixieren, mustern und taxieren mich, als wäre ich ihr nächstes Rettet-die-Welt-Projekt.

Himmel, nein. Genug über mich.

»Du hast meine Frage nicht beantwortet. Was hast du an deinem Einundzwanzigsten gemacht?«

Sie atmet wieder tief ein, wobei ihr ganzer Körper sich bewegt, und blickt in die Runde der Partygesellschaft. Ihre Augen huschen zwischen Gruppen sich unterhaltender, trinkender und rauchender Leuten hin und her. »Ganz ehrlich? Ich bin mit meinem Freund essen gegangen.« Ihre Augen huschen zu meinen. »Inzwischen mein Ex. Wir haben gegessen und sind dann wieder zu ihm. Das war's.«

»Keine große Party? Kein Um-die-Häuser-Ziehen mit Freunden?«

Sie zuckt die Schultern. »Wir waren nicht gerade Partylöwen.«

»Ihr? Oder er?«

»Tja«, lacht sie. »Ich weiß es gar nicht so genau.« Ihr Lachen ist so rein und perfekt. Alles an ihr ist leicht. Sie lässt alles so einfach erscheinen, als könnte ich den ganzen Scheiß einfach abwerfen und in einer strahlend hellen Welt leben, bloß weil sie vor mir sitzt und das die Welt ist, in der sie lebt.

Ich will mich in ihr vergessen und ihr vielleicht helfen, das Gleiche bei mir zu tun.

»Also, du hast Glück, Pickle. Denn zufälligerweise bist du bei einem Partyexperten gelandet.«

Ich stehe auf und lasse einen Arm unter ihre Kniekehlen gleiten und lege den anderen um ihre Mitte, ehe ich sie hochhebe. Sie quietscht und schlingt die Arme um meinen Hals.

»Entschuldigung«, rufe ich auf dem Weg in die Küche. »Partyneuling im Haus!«

»Silas«, stöhnt sie. Ich bohre meine Finger in ihre Seite, und sie zuckt, zappelt und windet sich in meinen Armen. »Oh Gott, hör auf!«

»Also dann, kein Stöhnen mehr. Zumindest nicht von dieser Art.«

Sie hält still, und die rosa Färbung ihrer Wangen bringt ihre Augen noch mehr zur Geltung, und wer hätte gedacht, dass verhaftet zu werden meine Laune so *verbessern* würde?

Ich rufe weiter, bis mein Weg in die Küche frei ist, und dann setze ich sie mitten auf die Arbeitsplatte. Die Leute starren, und ich kann sehen, dass sie sie alle wahrnimmt. Um sie wieder abzulenken, lehne ich mich gegen ihre Knie und bin überrascht, als sich ihre Beine öffnen, um mich dazwischenzulassen.

Wohl nicht mehr ganz so nervös, was?

Am Ende bin ich abgelenkt, zu sehr davon vereinnahmt, wie sehr mir das Gefühl ihrer Knie gefällt, die sich an meine Seiten drücken. Es weckt den Wunsch in mir, tatsächlich zwischen ihren Beinen zu sein, ganz dicht an sie gepresst. Oben auf der Arbeitsplatte hat sie die perfekte Höhe, sodass mein Kopf nur ein paar Zentimeter über ihrem ist. Und wenn ich sie bis an den Rand ziehen würde, wäre sie auch da auf der perfekten Höhe. Ich stütze meine Hände auf die Arbeitsfläche neben ihr und beuge mich vor, bis ich nur noch diese großen, *aufgeregten* Augen sehen kann.

»Was willst du trinken, Pickle?«

Sie runzelt die Stirn. »Was muss ich tun, damit du mich nicht mehr so nennst?«

»Hör auf, meine Fragen mit Gegenfragen zu beantworten. Sag mir, wie du deinen Geburtstag nachträglich feiern willst.«

»Das sollte ich wirklich lieber nicht tun.«

»Warum nicht?«

»Einfach, weil … Alkohol verleitet mich zu Fehlentscheidungen. Und davon habe ich heute wirklich schon genug getroffen.«

»Dann bekiffen wir uns eben.«

Ihr Mund öffnet sich, als sie überrascht Luft holt, und, *gottverflucht,* ihre Lippen sind perfekt. Geschwungen und voll, und ich denke an all die anderen Möglichkeiten, wie ich ihre Lippen dazu bringen könnte, sich so zu öffnen.

»*Das* kann ich nicht«, sagt sie.

»Dein Freund Matt hat kein Problem damit.«

Ich deute mit dem Kopf auf den Küchentisch, wo Matt sich mit einer Gruppe eine Bong teilt.

Sie wirkt ängstlich, fragt aber: »Wie ist das?«

Ich zucke die Achseln. »Kommt auf denjenigen an und darauf, was man raucht. Manches Zeug entspannt einen einfach nur. Macht deinen Kopf frei und beruhigt dich. Manches macht dich glücklich und irgendwie leicht. Alles bringt dich zum Lachen oder wirkt sehr erheiternd. Es ist, wie Pause von der Welt zu machen, weißt du? Was draußen ist, schmilzt irgendwie dahin, und du vergisst, dir über die Sachen Gedanken zu machen, die dich nerven.«

»Machst du es deswegen?«

Ich gebe dem Drang nach, sie zu berühren, und beginne an ihrer nackten Schulter, lasse einen Finger darüberfahren, bis ich meine ganze Hand um ihren Nacken legen kann.

»Du musst aufhören, mich analysieren zu wollen. Ich bin wirklich nicht sehr kompliziert.«

Für ein Mädchen wie sie ist Analysieren Schritt eins. Mich zu flicken wäre Schritt zwei.

Sie legt den Kopf auf die Seite, und meine Hand löst sich von ihrem Nacken.

»Erzähl mir von der Prügelei heute Abend.«

Und so fängt es an. »Warum?«

»Erzähl mir von der Prügelei. Lass mich deine Hände säubern. Und dann lasse ich mir von dir beibringen, wie man Party macht. Oder was auch immer. Versprochen.«

Ich fühle mich, als hätte ich gerade einen Gerichtssaal betreten und über mich würde verhandelt werden.

»Wir machen also Deals, ja?«

Sie lächelt. »Schätze schon.«

Ich hebe wieder die Hand, und dieses Mal weicht sie nicht aus, als ich meine Finger um ihren Nacken lege. Ich streife mit dem Daumen über ihren Puls … spüre diese dünne, verletzliche Haut, und, *Scheiße*, unter diesem rechthaberischen Äußeren kann ich ihre Nervosität sehen. Aber sie ist jetzt anders. Sie sieht nicht verängstigt aus oder als fühle sie sich nicht wohl. Ihr Herz rast, das Blut pulsiert rasch unter meinem Finger, und sie macht solche kurzen, scharfen Atemzüge. Es turnt mich auf eine Art an, die ich nicht mal verstehe. Normalerweise nehme ich bei den Scheuen und Unerfahrenen Reißaus. Aber der Gedanke, ihr irgendwas beizubringen, lässt meine Jeans zu eng werden. Ich will sie auf dem Rücken in meinem Bett, die Beine gespreizt, die Augen groß und blau, die Lippen geöffnet, während ihr Mund diesen nervösen Blödsinn plappert, bis ich sie vergessen lasse, was sie sagt … oder wie man überhaupt spricht.

Ich will mich auch in ihr vergessen, mir etwas von ihrem Sonnenschein klauen und dieses makellose, perfekte Mädchen auf den Geschmack bringen, wenn es darum geht, ein bisschen schmutzig zu werden.

»Abgemacht«, sage ich. »Aber du musst mit hochkommen. Mein ganzer Erste-Hilfe-Kram ist da oben im Badezimmer.«

Sie schluckt, und ich beobachte die Bewegung an ihrem langen, zarten Hals.

Verdammt. Gibt es irgendwas an diesem Mädchen, das mich nicht anmacht?

Ich kann zusehen, wie sie darüber nachdenkt, und als sie schließlich die Augen auf mich richtet und sagt: »Okay«, habe ich das Gefühl, dass sie zu einer viel größeren Entscheidung gelangt ist.

Ich helfe ihr hinunter, und auf dem Weg aus der Küche bleibt sie stehen, um etwas zu Matt zu sagen. Er schenkt ihr ein glückseliges Lächeln und nimmt noch einen Zug.

Wir verlassen die Küche, durchqueren den vorderen Eingangsbereich zu der Treppe, die hinauf in einen spärlichen ersten Stock führt, der eigentlich nur aus meinem Schlafzimmer und einem Bad besteht. Ich fühle mich ein bisschen wie der große böse Wolf, als ich ihr die Stufen hinauffolge, aber als sie den oberen Treppenabsatz erreicht, wirft sie mir einen Blick über die Schulter zu, der mich ziemlich sicher macht, dass ich es kein bisschen eilig habe, wieder zu der Party unten zu stoßen.

»Welche Tür ist das Bad?«

»Die hier.«

Ich drehe den Türknauf und öffne den kleinen Raum zu meiner Linken. Ich lasse sie zuerst rein, hauptsächlich, damit ich noch einen Blick auf ihren Hintern in diesen Shorts erhaschen kann.

»Sind die Medikamente hier drin?« Sie greift bereits nach dem Medizinschrank hinter dem Spiegel, und als sie den Riegel öffnet, fällt eine Schachtel Kondome heraus.

»Oh, Mist«, murmelt sie leise und beeilt sich, die Schachtel wieder einzuräumen, aber die ist kopfüber gelandet, und als sie sie aufhebt, purzeln alle Folienpäckchen heraus.

Sie beginnt, sie wieder reinzustopfen, und gibt eine Entschuldigung von sich. Oder vier.

Mit Mühe verkneife ich mir ein Lachen und beschließe, ihr nicht zu helfen, sondern ihre nervöse Hast zu zelebrieren, mit der sie die Kondome zurück in die Schachtel wirft. Als sie fertig ist, stellt sie sie wieder auf ein freies Regalbrett im Schrank, schließt die Tür und weicht dann vom Waschtisch zurück, bis ihr Rücken an die Wand stößt.

»Ich sollte dich das Erste-Hilfe-Zeug raussuchen lassen. Ist ja schließlich dein Bad.«

Ich trete vor sie und öffne den Schrank gar nicht erst, sondern drehe den Hahn auf und lasse mir das kühle Wasser über die Hände laufen. Das Wasser färbt sich etwas rosa, hauptsächlich von dem getrockneten Blut, und ich reibe mit den Fingern über meine Haut, bis das Wasser wieder klar ist. Ich stelle den Hahn ab und schüttele ein paarmal meine Hände aus, bevor ich sie ihr präsentiere. Immer noch rot und wund, aber sauber.

»Siehst du? Alles gut. Also los, bringen wir dir bei, wie man Spaß hat.«

Ich wende mich zum Gehen, aber sie hält mich am Bizeps fest.

»Willst du sie nicht verbinden?«

»Verbände würden nur nerven. Das heilt wunderbar, solange ich es sauber halte.«

Sie blickt sich im Badezimmer um, und ich kann mir vorstellen, dass sie daran denkt, dass hier College-Jungs allein leben. Wie sauber kann es da wohl sein?

»Mach wenigstens was auf die schlimmsten Kratzer.«

»Versuchst du etwa, Zeit zu schinden?«

»Nein. Ich halte es nur für keine gute Idee, *gar* nichts draufzumachen. Außerdem war unser Deal, dass *ich* dir die Hände reinige, was bedeutet, dass ich entscheide, wie ich sie behandele.«

Aha. Jetzt wird sie wieder rechthaberisch.

»Ich werde diesen Raum mit komplett verbundenen Händen verlassen, oder?«

Um ihre Lippen zuckt es, als versuche sie, nicht zu lächeln. »Möglicherweise. Jetzt her mit deinen Händen.«

Ich lege sie auf ihre, Handfläche an Handfläche. »Ja, Ma'am.«

Sie kneift die Augen zusammen. »Kannst du mich nicht einmal einfach nur Dylan nennen?«

So werde ich sie nennen, wenn ich in ihr bin. Wenn sie in meinem Bett ist. Wenn ich meine Hände auf diesem perfekten Arsch habe. Dann.

»Vielleicht«, sage ich, aber ich hoffe inständig, dass es kein Vielleicht ist.

Sie verdreht die Augen, und nachdem sie einen Moment dagestanden und meine Hände gehalten hat, ziehe ich eine Augenbraue hoch und frage: »Möchtest du wissen, wo das

Verbandszeug ist? Oder willst du mich durch Handauflegen heilen?«

Wenn irgendjemandes Berührung helfen würde, dann ihre.

Sie lässt mich los und murmelt ein leises Nein. Ich lasse sie wieder den Medizinschrank öffnen, und diesmal bleiben die Kondome da, wo sie sie hingestellt hat.

»In der kleinen schwarzen Tasche im untersten Fach sollte alles drin sein, was du brauchst.«

Während sie die Tasche durchsucht, nehme ich auf dem Klo Platz und stütze die Ellbogen auf die Knie. Sie legt eine Salbe, Verband, Pflaster und Klebeband beiseite. Dann fängt sie vorsichtig an. »Also, erzähl mir von der Prügelei.«

Sie wühlt sich durch die Schachtel mit Pflastern und sieht sich die verschiedenen Formen an. Sie sieht fast desinteressiert aus. Fast.

»Es war nichts.« Ich richte meinen Blick zum Boden.

»Du hast vorhin gesagt, es war ein Freund. Oder jemand, der mal dein Freund war.«

»Stimmt.«

»Dein Freund Carson hat den Namen Levi erwähnt. Ist das der Typ? Carson klang auch nicht gerade, als würde er ihn sehr mögen.«

Sie stellt sich vor mich, aber ich lasse den Kopf gesenkt.

»Erinnerst du dich noch an den Herbst letztes Jahr, als sich in der Footballmannschaft ein Riesendrama abgespielt hat?«

»Ich kann mich erinnern, dass die Leute drüber geredet haben, aber, ehrlich gesagt, habe ich nicht so richtig verfolgt, was eigentlich passiert ist.« Ich lehne mich zurück und sehe sie an, und sie nimmt meine rechte Hand auf. Sanft reibt sie Salbe auf jeden aufgeplatzten Knöchel. »Aber ich höre dir jetzt zu.«

Ich erzähle ihr von Levi, davon, dass wir gern zusammen Blödsinn gemacht haben.

»Er war ein bisschen wie ein Bruder, verstehst du? Mist bauen. Uns gegenseitig auf die Palme bringen. *Andere* auf die Palme bringen.«

»Bist du Einzelkind?«

Ich lache. »Nein, bin ich nicht. Aber mit meinem echten Bruder rede ich auch nicht mehr viel.«

Ich erzähle ihr von jenen ersten paar Tagen nach Levis Verhaftung. Die ganzen Drogentests. Von der Polizei verhört werden, vom Coach verhört werden. Ich sage ihr nicht, wie sehr es mich daran erinnert hat, wie mein Bruder verhaftet wurde. Wie die Polizei das Haus unserer Granny durchsucht und das geklaute Zeug gefunden hat. Wie ich auch festgenommen wurde, weil er mir von dem Kram was geschenkt hat, ohne mir zu sagen, wo er herkam. Verflucht, an diese ganze Scheiße zu denken war früher so weit weg, als wäre es eine andere Welt, die ich hinter mir gelassen habe. Jetzt kommt es mir viel zu nah vor. Als wäre ich geradewegs in diese Welt zurückspaziert, ohne überhaupt zu merken, dass sich meine Füße bewegen.

Ich dachte, Levi wäre anders. Er war reich, klug, hatte eine gute Familie, aber mit ihm hat es genauso geendet wie mit den Typen, mit denen ich aufgewachsen bin, genauso, wie es mit mir ohne den Football geendet hätte. Ich glaube, ich verstehe jetzt besser, warum wir als Freunde so gut harmoniert haben. Granny hat immer gesagt, Gleich und Gleich gesellt sich gern.

»Hast du denn gar nichts geahnt?«, fragt Dylan und wechselt zu meiner anderen Hand.

»Na ja … er hat gelegentlich was geraucht, klar. Aber ich hatte keine Ahnung, wie tief er da drinsteckt. Dass er das Zeug auch verkauft.«

»Und warum habt ihr euch nun heute geprügelt?«

»Weil ich ein verdammter Idiot bin.« Mein Ton ist ein bisschen zu hart. Ich bin immer noch in Rage wegen der ganzen Situation, und diese Prügelei hat nicht gereicht, um die Anspannung aus meinem Blut zu spülen.

»Bist du nicht.«

»Doch. Ich hätte mich gar nicht erst mit ihm treffen sollen.«

»Na ja. Wir machen doch alle mal Dummheiten.«

Zwischen ihren Augenbrauen bilden sich Falten, und ich weiß, dass sie gerade über ihre Tat nachdenkt.

»Das ist noch etwas, wovon wir unterschiedliche Definitionen haben. Menschen zu helfen erscheint mir nicht dumm.«

»Ich wünschte, es wäre so einfach.«

»Also, warum wurdest du verhaftet? Du hättest doch nachgeben können, oder?«

»Ich hätte nachgeben sollen. Ich weiß nicht, warum ich es nicht getan habe. Außer, dass … es mir eben richtig vorkam.« Bei diesen letzten Worten blicken ihre Augen zu meinen auf, ihr Daumen reibt sanft über meine wunden Knöchel, und ich will verdammt sein, wenn mir *das* nicht auch richtig vorkommt. »Schon währenddessen kannte ich die Konsequenzen. Aber es war mir einfach egal. Ich wollte etwas *tun*, nicht weil ich es sollte, sondern weil ich es *wollte*.«

Und ich glaube, da kapiere ich es. Diesen Entschluss, den ich unten in der Küche in ihren Augen gelesen habe. Das ist es, worum es ihr auch bei dem hier, bei *mir* geht. Ich bin nur ein weiterer Teil irgendeiner Rebellion, die sie heute eingeläutet hat. Es geht darum, zu tun, was sie *will*, und nicht, was man von ihr erwartet.

»Aber wir reden hier nicht von mir«, sagt sie. »Du hast dich also mit deinem Freund getroffen, und was ist dann passiert?«

Sie lässt den Blick gesenkt, als sie den Verband nimmt und anfängt, ihn eng um die Knöchel der einen und dann der anderen Hand zu wickeln.

»Er hat das Falsche gesagt.«

»Und zwar?«

»Dylan.« Jetzt ist sie es, die mich zu sehr bedrängt. Ich wollte mit meinen Freunden nicht über die Sache reden und werde das auch nicht mit ihr tun, egal, wie atemberaubend sie ist.

»Lass mich raten. Du warst sauer wegen dem, was er getan hat, und es hat ihm nicht leidgetan.«

»Wir sind hier nicht auf der Mittelschule, Pickle. Er hat nicht meine Gefühle verletzt. Er hat etwas gesagt, wozu er verdammt noch mal kein Recht hatte, und das hat mir gestunken. Ende.«

»Aber glaubst du nicht, dass diese Wut zum Teil von etwas herrührt, das du als Verrat an eurer Freundschaft ansiehst?«

Sie hat den letzten Verband längst festgeklebt, lässt meine Hand aber nicht los.

»Ich glaube nur, dass du mich wieder analysierst. Und die Dinge komplizierter machst, als sie sind.«

»Und ich glaube, dass du einfach ein Typ bist, der nicht zugeben will, dass er *Gefühle* hat.« Sie zieht das Wort in die Länge und neckt mich mit einem albernen Grinsen.

Ich drehe meine Hand, um sie am Handgelenk zu packen. Meine andere verbundene Hand lege ich um ihre Taille und ziehe sie näher.

»Ich fühle so einiges.«

Ihr Necken hört auf. Sie schluckt.

»Von *dieser* Art Gefühle habe ich nicht gesprochen.«

Da sie steht und ich sitze, bin ich auf Augenhöhe mit ihrer Brust. Ich sehe das heftige Heben und Senken, als sie nach Luft schnappt. Ich will sie wieder auf meinem Schoß haben, aber dieses Mal soll sie auf mich steigen.

»Das heißt doch nicht, dass wir nicht über diese Art von Gefühlen reden können. Oder damit experimentieren.«

»Ist diese Stella eine Ex?«

Ich huste überrascht. Meine Kehle zieht sich unangenehm zusammen, und ich brauche ein paar Atemzüge, um mich zu sammeln.

»Äh, nein. Stella und ich waren nie zusammen.«

»Habt ihr – «

»Gehen dir eigentlich nie die Fragen aus?«

»Niemals.« Sie geht wieder zum Scherzen über, und mir reicht es jetzt mit der vorsichtigen Methode. Wenn sie Rebellion will, kann sie die bekommen. Ich will sie auf mir und habe keine Lust mehr zu warten.

Ich ziehe sie nach vorn und schiebe behutsam meine Knie zwischen ihre, und ihr Körper folgt automatisch und lässt sich rittlings auf meinen Oberschenkeln nieder. Ihre Lippen teilen sich, aber diesmal fängt sie sich, bevor sie nach Luft schnappt. Ich halte mich mit meinen Händen an ihrer Taille fest und sage: »Ich schlage dir einen Deal vor. Eine Frage für einen Kuss.«

Zögernd legt sie ihre Handflächen an meine Schultern. Dort bleiben sie, ihr Griff leicht und beiläufig. Sie wägt mein Angebot kurz ab, und es macht mich wahnsinnig, dass sie dazu in der Lage ist, während unsere Hüften so dicht aneinanderanliegen.

»Na gut. Bist du – «

Ich unterbreche sie. »Nicht so schnell, Dylan Brenner. Eine Frage habe ich schon beantwortet. Das müssen wir erst ausgleichen.«

Ich wickele mir ihren Zopf um die Hand, worauf ich schon den ganzen Abend warte, und ziehe ihren Kopf daran gerade so weit nach hinten, dass ich meinen Mund auf ihren pressen kann.

Kapitel 7
Dylan

Gleich zerspringe ich in tausend Stücke, allein durch die Intensität seines Kusses. Seine Hand liegt auf meiner Wange und dreht meinen Kopf, und sie ist so groß, dass ich mich ihm völlig ausgeliefert fühle.

Er küsst mich, als wollte er mich besitzen.

Nicht nur das … er küsst mich, als *würde* er mich bereits besitzen.

Ich will mich davon abgestoßen fühlen. Ich will, dass mich seine Dominanz stört.

Aber das tut sie nicht.

Es gefällt mir, wie sehr er mich will, wie hart, fast schon schmerzhaft sein Kuss ist und dass er sich an meinem Zopf festhält wie an einer Rettungsleine. Mir gefällt, dass er mich nicht behandelt wie ein zerbrechliches, naives kleines Mädchen. Die Brenners haben mich adoptiert – ihr hübsches, kleines, braves Waisenmädchen. Henry hat mich liebevoll umhegt, wie eine hübsche kleine Puppe, die eines Tages seine hübsche kleine Frau sein würde. Bis das eines Tages offensichtlich nicht mehr gut genug war. Vielleicht habe ich meine Rolle nicht so gespielt, wie ich sollte.

So oder so, allmählich lerne ich, dass ich kein hübsches kleines Etwas sein will.

Was ich sein will … keine Ahnung. Ich weiß nur, dass es etwas sein muss, das *ich* will. Nicht, von dem ich denke, dass andere wollen, dass ich es bin.

Er zieht noch etwas fester an meinem Haar und reißt mich damit aus meinen Gedanken, und ich keuche in seinen Mund hinein. Zur Antwort beiße ich auf seine Unterlippe, nicht weil ich so etwas je getan hätte, sondern weil es mir jetzt irgendwie angebracht scheint. Stöhnend lässt er eine Hand meine Rückseite hinuntergleiten. Also war es vermutlich okay. Er drückt zu, hebt mich vorwärts und gegen ihn, sodass ich spüren kann, wie sich seine harte Länge an die Stelle presst, wo sich meine Oberschenkel treffen.

Um es mit Matts Worten zu sagen – *heilige Scheiße*.

Er küsst mich immer noch, und seine Zunge gleitet immer wieder an meiner vorbei, und es fühlt sich an wie ein Rennen zur Ziellinie. Als ob ich, wenn ich ihn genug berühren, genug kosten kann, einen Punkt erreiche, an dem ich so durchtränkt von ihm bin, dass … nun … dass *irgendwas*. Ich weiß noch nicht mal, was dann passiert, aber ich weiß, dass ich es will. Ich grabe meine Fingernägel in seine Schultern, und zur Antwort stöhnt er in meinen Mund.

Eine seiner Hände schlüpft unter den Bund meiner Shorts, unter den Bund meines Slips, und seine Finger packen die Kurve meines Pos. Es ist so atemberaubend erotisch, dass ich bei unserem Kuss nicht mehr mitkomme. Es überfordert mich schon, überhaupt zu verstehen, was ich fühle.

Ich weiche zurück und ringe nach Atem.

»Das war mehr als nur ein Kuss.«

Er zuckt die Achseln und lächelt wie der Teufel in Person.

»Nur noch eine unterschiedliche Definition.«

Seine Lippen treiben wieder auf meine zu, aber ich lege ihm eine Hand auf die Brust, um ihn zu stoppen.

»Zeit für die nächste Frage.«

»Schieß los«, sagt er, aber seine Hand an meinem Po rührt sich nicht von der Stelle, stattdessen greift er noch fester zu und richtet seine Aufmerksamkeit auf meinen Hals. Zuerst fahren seine Zähne meine Haut entlang und hinterlassen eine Spur aus Gänsehaut. Dann spüre ich die Hitze seines offenen Munds, den Schlag seiner Zunge, sein lustvolles Brummen.

»Als wir, ähm … äh …«

Wörter. Buchstaben in einer bestimmten Reihenfolge. Konzentrier dich auf die Wörter, Dylan.

»Läuft zwischen dir und Stella irgendwas?«

Seine Zähne knabbern an meinem Schlüsselbein, und ich fahre auf seinem Schoß hoch. Er senkt den Kopf in die Mulde meines Halses und stöhnt. Sein heftiger Atem trifft heiß auf meine Haut. Mit seiner Hand an meinem Hinterteil lässt er mich die überraschte Bewegung nachahmen, die ich gerade gemacht habe, und diesmal schaukeln seine Hüften mit meinen mit, und er stöhnt wieder aus tiefster Kehle.

»Hast du mir diese Frage nicht schon gestellt?«

»Ich habe gefragt, ob sie deine Ex ist. Das ist nicht dasselbe wie die Frage, ob zwischen euch überhaupt irgendwas läuft.«

Er lässt mein Becken über seinem kreisen, und, oh Gott, es fühlt sich so gut an, besser, als es eine so einfache Bewegung sollte. Aber die Reibung zwischen seiner Erektion und unseren beiden Reißverschlüssen bringt mich um.

»Wir hatten letztes Jahr mal was miteinander, aber wir sind nur Freunde.«

Ich weiß, dass diese Antwort mich innehalten und noch mehr Fragen stellen lassen sollte, aber sein Mund hat meinen Hals verlassen, um meine Schulter zu erkunden, und seine freie Hand hat ihren Weg unter mein Oberteil gefunden und unter das Spaghetti-Trägerhemd, das ich statt eines BHs trage. Als er es entdeckt, gibt er einen zustimmenden Laut tief in seiner Kehle von sich, sein Daumen beschreibt Kreise um meine Brustwarze und ärgert mich ein paar Sekunden lang mit einer Beinahe-Berührung, bevor er die Spitze zwischen Daumen und Zeigefinger drückt.

Ich werfe den Kopf nach hinten und fühle mich gleichzeitig entspannt und elektrisiert. Ich will mehr, so viel mehr, aber ich fürchte mich, darum zu bitten, also beiße ich mir auf die Lippe, biege meinen Körper durch und reibe mich an ihm in der Hoffnung, dass er an meinen Handlungen ablesen kann, was ich will.

Mehr. Bitte. Mehr.

Seine Lippen kehren zu meinen zurück, und ganz plötzlich habe ich eine von diesen merkwürdigen außerkörperlichen Erfahrungen, bei der ich nicht sicher bin, ob das hier überhaupt real ist. Von Henry abserviert zu werden. Verhaftet zu werden. Mit einem Wildfremden auf eine Party zu gehen. Meinen Impulsen zu folgen, ohne über die Konsequenzen nachzudenken. Das ist nicht mein Leben. Das bin nicht ich.

Wie sich sein Kuss anfühlt … es ist einfach zu gut. So, wie sich küssen in Träumen anfühlt, wie die Summe aus allem, was ich will und brauche, und er ist aus meinem Unterbewusstsein aufgestiegen, um mir die perfekte Fantasie zu verschaffen. Seine Berührung ist elektrisierend, auf eine Art, die meiner Einbildungskraft entspringen muss, denn meine Haut reagiert nicht so, sprüht keine Funken, erhitzt sich und brennt nicht so. Er muss mein Unterbewusstsein sein, das auf das Chaos mit Henry reagiert, denn er ist das komplette Gegenteil von dem Typ, mit dem ich die letzten vier Jahre meines Lebens verbracht habe.

Henry war ein Plan, eine Zukunft, zweieinhalb Kinder und Garten. Henry ist alles, was ich wollen *sollte*.

Silas ist nur dieser Moment. Ein kurzer Adrenalinrausch.

Die physische Manifestation des Wollens ohne Rücksicht auf Logik oder Vernunft.

Silas ist …

Oh Gott. Silas ist dabei, mich zu berühren. Mich wirklich zu berühren. Der Reißverschluss meiner Shorts ist geöffnet, seine Hand ist in meinem Höschen, und ein Finger gleitet in mein empfindliches Fleisch.

Mist. Ich bin nicht mehr außerhalb meines Körpers. Ich sitze fest in meiner Haut und *verbrenne*.

»Was ist denn mit meinem rechthaberischen Mädchen passiert?«, fragt Silas, und ich glaube nicht, dass ich auch nur die Worte bilden kann, um zu antworten.

Ich verknote meine Hände in seinem Nacken, weil ich mir nicht mehr zutraue, mich an seinen Schultern festzuhalten, um das Gleichgewicht zu halten.

»Keine Fragen mehr?«, neckt er. »Ich dachte, dir gehen niemals die Fragen aus.«

Oh, ich habe Fragen, aber die Antworten interessieren mich gar nicht mehr. Mich interessiert gar nichts mehr, außer was seine Hände als Nächstes tun werden.

»Dann habe ich eine Frage an dich.«

Nur die Spitze seines Fingers taucht in mich ein, und sein Handballen ist so dicht an der Stelle, die dafür sterben würde, von ihm berührt zu werden.

»Willst du meine Finger in dir?«

Ich schlucke und wünschte mir noch eine von diesen außerkörperlichen Erfahrungen, denn jetzt weiß ich, dass das hier real ist. Es ist zu intensiv, um irgendwas anderes zu sein, und ich weiß, er wird mich zwingen zu antworten. Und ich bin nicht sicher, ob mir so was gefällt. Es macht mir Angst, wie sehr ich ihm trotzdem antworten will, wie sehr ich es *brauche*, dass er weitermacht.

Nur für einen Moment reibt sein Handballen über meinen Lustpunkt, und als er zurückweicht, bringt der Verlust mich zum Aufschreien.

»Willst du mich in dir?«

Ich kneife die Augen zusammen und flüstere: »J-ja.«

Seine Wange gleitet an meiner entlang, und ich erschaudere unter dem Kratzen seiner Stoppeln. Seine Stimme poltert in meinem Ohr. »Einen oder zwei?«

»W-was?«

Er lässt einen Finger hineingleiten, nur um ihn ganz wieder herauszuziehen. Seine Zähne fahren über mein Ohrläppchen, und er fragt wieder: »Einen oder zwei?«

Bitte zwing mich nicht dazu. Ich kann nicht –

Er schiebt zwei hinein, und es reicht gerade so, um den Schmerz zu lindern und gleichzeitig zu vervielfachen. Es reicht gerade so – in jeder Hinsicht. »Zwei«, antworte ich, bevor er sie wieder wegziehen kann. »Ich will zwei.«

Zur Belohnung presst er seine Handfläche gegen mein Inneres, und ich bewege mich dagegen, suche mehr Reibung.

»*Fuck*, ja«, ächzt er und stiehlt sich einen schnellen, harten Kuss.

»Nimm dir, was du brauchst, Dylan. Reite meine Hand.«

Ich winsele und weiß nicht, ob ich mich instinktiv gegen seine Worte wehre oder ob sie etwas in meinem Bauch zum Vibrieren bringen.

»Ja, komm. Beweg dich für mich.«

Ich küsse ihn. Vielleicht, damit er still ist. Vielleicht, um Mut zu schöpfen.

Sobald seine Zunge an meiner entlanggleitet, reagiere ich instinktiv und tue genau das, was er verlangt. Seine andere Hand schlüpft aus meinem Shirt und bohrt sich in meinen Zopf, löst ihn, bis mein Haar mir ins Gesicht fällt und um mich herumschwingt, während ich mich stoßweise auf seiner Hand bewege.

»Gott, ja. Du bist der Wahnsinn. Mach weiter so, Baby.«

Jedes Mal, wenn ich mein Becken kippe, schiebt er seins zugleich vor, krümmt seine Finger und trifft einen Punkt, der meine Arme und Beine voller Erwartung erzittern lässt. Er streift mein übergroßes Shirt nach oben, und seine Lippen schließen sich durch mein Hemdchen hindurch über der Spitze meiner Brust. Er saugt heftig, und meine Hüften zucken auf der Suche nach *mehr*. Ich werfe den Kopf nach hinten, weil ich so kurz davor bin.

So, so kurz davor.

Er lässt mein Shirt wieder fallen und krallt die Hände um meinen Nacken. Sein Griff ist so hart, dass es fast schmerzt. Fast. Stattdessen trägt es nur noch zu dem atemberaubenden Tempo bei, mit dem mein Blut unter meiner Haut dahinrast. Mit seiner Hand an meinem Nacken habe ich keine Wahl, als ihn anzusehen. Sein Haar ist wild und verstrubbelt, und ich frage mich, wann ich mit meinen Händen hindurchgefahren bin, denn ich kann mich nicht daran erinnern. Dafür versenke ich jetzt meine Finger in den Strähnen, weil ich mich daran erinnern will, an das Gefühl, sich so an ihm festzuhalten.

Seine haselnussbraunen Augen sind so dunkel und durchdringend, und allein dieser Blick bringt mich noch einen Hauch näher an den Rand. Er zieht mich an sich, sodass seine Hand ohne das kleinste bisschen Luft zwischen uns eingeklemmt ist. Ich bewege mich immer noch gegen seine Handfläche, aber wenn ich heftig genug schaukele, stoße ich auch an seine Erektion. Ich merke es jedes Mal, denn ich kann sein schweres Ausatmen an meinen Lippen spüren.

»Ich werde dich beobachten, Dylan. Genau so. Ich werde dir zusehen, wie du um meine Finger herum explodierst, und es wird vielleicht das verdammt Heißeste sein, das ich je gesehen habe.«

Meine Augenlider beginnen sich vor Lust zu schließen, und er dreht seine Finger in mir. Aus Versehen ziehe ich an seinen Haaren, und er stöhnt.

»Sieh mich an, Dylan. Mach nicht die Augen zu. Ich will es sehen. Ich will zusehen, wenn du für mich kommst. Kannst du mir den Gefallen tun?«

»Si-Silas.«

Sein Grinsen ist so schmutzig, so überwältigend. Ich starre ihn bloß an. Ich könnte ihn den ganzen Tag anstarren.

»Das darfst du auch gern sagen, während du kommst.«

Und das war's dann für mich. Ich spüre, wie es sich aufbaut, eine Sekunde bevor es mich trifft, als könnte ich fast den Schatten einer Welle sehen, die direkt hinter mir ihren Gipfel erreicht, und dann bricht sie über meinem Kopf zusammen und ich …

ertrinke und
sterbe und
atme und
perfekt …

Alles ist vollkommen perfekt.

Silas Lippen berühren meine, überraschend weich, und ich versinke in ihm, als hätte ich keine Knochen, völlig erschöpft und zu aufgelöst, um mich zu schämen. Meine Haut vibriert, und mein Gehör ist ausgeschaltet, als wäre ich unter Wasser. Ich kann die Verzögerung zwischen meinen Gedanken und meinen Bewegungen spüren, als hätte mein Körper einen Kurzschluss erlitten, und versuche noch, neu hochzufahren.

»Ich hatte recht«, haucht er an meinen Lippen. »Das verdammt Heißeste, was ich je gesehen habe.«

Er küsst mich wieder, und da wird mir klar … das hier ist noch nicht vorbei. Ich hatte gerade ein unglaublich intimes, unglaublich *verwundbares* Zusammentreffen mit einem quasi Fremden, ausgerechnet in einem Badezimmer, und obwohl ich einen (ziemlich tollen) *Moment* hatte, gilt das nicht für ihn. Und das war alles erst das Vorspiel.

Was erschreckend ist, denn dieses *Vorspiel* war der angsteinflößendste und erotischste Augenblick in meinem Leben, und mehr überlebe ich womöglich nicht. Und obwohl ich definitiv *wollte*, was gerade passiert ist, ist mein Gehirn noch zu benebelt, um daraufzukommen, was ich sonst noch will.

Er zieht seine Hand unter mir weg, und mir wird bewusst, dass wir beide immer noch komplett angezogen sind. Abgesehen von meinem durchnässten Höschen und den aufgeknöpften Shorts kann man nicht erkennen, dass wir irgendwas anderes gemacht haben, als uns zu küssen.

Und das macht es irgendwie noch viel erotischer, aber gleichzeitig weckt es ein bohrendes Gefühl in meinen Eingeweiden, etwas, das ich nur allzu leicht als schlechtes Gewissen erkenne.

Nicht dass ich gegen Sex bin oder so.

Aber so? Wenn es so … *unpersönlich* ist? Ich habe keine Ahnung, was ich hier tue. Es ist, als wäre ich heute aufgewacht und hätte komplett vergessen, wer ich bin, wer zu werden ich mich mein ganzes bisheriges Leben bemüht habe. Und ich weiß nicht, ob ich wütend auf mich selbst sein oder mich schuldig fühlen soll, weil ich mache, was ich will. Was sich richtig anfühlt.

Wann ist es okay, dass der Wille über den gesunden Menschenverstand siegt? Und woher weiß ich, ob das hier nur irgendeine Phase, irgendeine Rebellion ist? Oder ob es das endgültige Aufwachen ist, das Loslassen der Erwartungen, Verpflichtungen und Regeln?

Woher weiß ich, wem ich vertrauen soll – dem, was ich fühle, oder dem, was ich denke?

Ich habe Angst, dass ich es letztendlich bereuen werde, egal, wie meine Entscheidung ausfällt.

Ich sitze immer noch rittlings auf Silas, als ich frage: »Du hast gesagt, du und Stella hattet letztes Jahr was miteinander. Das hier ist dasselbe … richtig?«

Er küsst mich auf die Schulter und hilft mir beim Aufstehen. »Mein Zimmer ist gleich über den Flur. Gehen wir da hin.«

Er öffnet die Tür, aber ich bleibe wie angewurzelt stehen.

»Das hier ist nur ein One-Night-Stand.«

Ich formuliere es nicht als Frage, aber der skeptische Blick, den er mir zuwirft, sagt uns beiden, dass es eine ist.

»Was willst du denn, das es ist?«

Ich runzele die Stirn. »Ich bin nicht sicher.« Ich bin nicht unbedingt der Typ für eine Nacht, aber ich kann mir auch nicht vorstellen, mit Silas eine Beziehung zu führen. Ich mag ihn und das Gefühl, das er mir gibt, aber das reicht doch nicht annähernd, um darauf eine Beziehung aufzubauen.

Eine Gefängnisbekanntschaft und ein paar heiße Minuten im Bad – so habe ich mir meine nächste romantische Begegnung nicht unbedingt vorgestellt.

»Können wir es nicht einfach dabei belassen? Uns später Gedanken darüber machen?«

»Nein. Ich kann nicht.«

Er löst sich von der Tür, um zu mir rüberzukommen. Er nimmt mein dickes Haar auf und zieht es über eine Schulter. Dann fährt er mit einem Finger meine Wange hinunter, und ich stelle erleichtert fest, dass es *nicht* die Hand ist, die er vor Kurzem noch in meinen Shorts vergraben hatte.

»Ich finde dich großartig, Dylan.«

Er benutzt keinen dämlichen Spitznamen. Ich vermute, das ist ein weiterer Verdienst der *Aktivitäten*, denen wir gerade nachgegangen sind.

»Ich mag dich. Es gefällt mir, dich kommen zu lassen. Das ist alles, was ich bis jetzt weiß.«

Ich werde nicht rot. Ich werde nicht rot. Ich werde nicht –

Dieses verdammte freche Grinsen.

Ich wünschte, das würde reichen. Ich wünschte, es wäre für mich okay, mir nur über das Hier und Jetzt Gedanken zu machen.

»Ich stelle keine Fragen, um eine Nervensäge zu sein, Silas. Ich stelle Fragen, weil ich die Art von Mensch bin, die Antworten braucht. Es ist eben so.«

»Welche Antwort willst du denn hören? Eine Beziehung? Denn so was mache ich eigentlich nicht.«

Ich glaube auch nicht, dass ich das will. Aber es gefällt mir nicht, dass es ihm noch nicht mal eine Überlegung wert ist.

»Woher weißt du das? Hast du ein Problem mit Vertrauen? Oder langweilst du dich schnell? Oder hast du es einfach nie probiert?«

Er lässt seine Hand von meinem Gesicht sinken.

»Dylan, ich weiß nicht genau, was ich von dir will, aber bestimmt nicht, dass du meinen Seelenklempner spielst.«

»Ich versuche nicht, deinen Seelenklempner zu spielen. Ich versuche nur, uns auf einen Nenner zu bringen.«

»Wir sind auf einem Nenner, wenn du auf mir sitzt. Lass uns dazu zurückkommen.«

»Silas.« Schon während ich es sage, weiß ich, dass ich klinge, als würde ich ihn zurechtweisen. Als wäre ich jetzt schon seine keifende Freundin. Und es ist lächerlich, weil ich tatsächlich in Versuchung bin. Gott, so frustriert und misstrauisch ich auch bin, ich bin *so* in Versuchung.

»Okay. Hier sind die Antworten, die ich für dich habe, Dylan. Ja, ich mag dich … genug, um dich gegen Kaution aus dem Gefängnis rauszuholen, obwohl ich so gut wie nichts über dich wusste. Vielleicht ist es nur ein One-Night-Stand. Vielleicht sehen wir uns wieder. Ich weiß es nicht. Ich mache keine Versprechungen, weil ich nicht gut darin bin, sie zu halten. Entweder ist das für dich okay … oder nicht. Und wenn nicht, ist das was auch immer … in Ordnung. Aber ich kann dir nichts garantieren. Und wenn du in mir irgendein Projekt siehst, das du flicken oder ändern kannst … lass es. *Das* ist alles, was ich weiß.«

»Danke. Das ist, ähm … hilfreich.« Und verursacht bei mir gleichzeitig Übelkeit. Impulsiv zu sein und im Augenblick zu leben ist ja schön und gut, aber ich habe nicht direkt Erfahrungen im Umgang mit dem, was danach kommt.

»Soll ich Matt suchen gehen und euch beide nach Hause bringen?«

»Nein.« Ich schüttele den Kopf, die Lippen fest aufeinandergepresst. Seine Augenbrauen heben sich, und er schlingt eine Hand um meinen Nacken. Sein Mund taucht ab, dicht an meinen, aber ich mache einen Schritt seitlich an ihm vorbei und gehe auf die Tür zu. »Du brauchst mich nicht nach Hause zu bringen. Aber es ist wahrscheinlich keine gute Idee, mit in dein Schlafzimmer zu kommen. Ich bin mental gerade in einem merkwürdigen Zustand und nicht sicher, ob ich meinen Entscheidungen im Moment trauen kann.«

Um genau zu sein, traue ich mir selbst überhaupt nicht mehr. Nicht, seit ich mit Henry ausgegangen bin, in der Annahme, er will mir einen Antrag machen, und stattdessen den Laufpass bekam. Denn … ich bin nicht ganz sicher, aber ich glaube, als er Schluss gemacht hat … war ich erleichtert. Und noch Minuten vorher hatte ich ein *Ja* auf meiner Zungenspitze parat.

Und das jagt mir eine Höllenangst ein, denn ich sollte mich doch etwas besser kennen … oder? Ich sollte *wissen*, wer ich bin, was ich denke und wie ich mich fühle … aber ich weiß es nicht.

Ich kenne mich überhaupt nicht mehr.

Er schluckt und beißt wohl die Zähne aufeinander, denn sein Kiefer ist ganz fest. Er blickt auf seine Füße hinunter, und sein Kopf bewegt sich langsam auf und ab. »Verstehe.«

Er blickt auf und fragt: »Bist du sicher, dass ich dich nicht nach Hause bringen soll? Es ist kein Problem.« Aber auch wenn er mich ansieht, sieht er mich *nicht* an. Seine Augen sind ohne Fokus und driften zur Seite, und sein Ausdruck ist verschlossen.

Und ich fühle mich so schuldig, nicht nur für das, was ich getan habe, sondern weil es ihm gegenüber nicht fair ist. Er ist der Kollateralschaden meiner eigenen Unentschlossenheit.

»Danke. Das ist wirklich nett, aber wir können laufen. Es ist nicht weit.«

»Okay.«

»Okay«, antworte ich. Ich stehe noch ein paar Sekunden dämlich herum und gehe dann aus der Tür.

Ich drehe mich um, um noch was zu sagen, und er steht direkt hinter mir. Diesmal sieht er mich an, aber ich kann seinen Ausdruck nicht deuten.

»Sorry.« Es soll eigentlich eine Entschuldigung für das alles sein, aber ich fürchte, dass er denkt, es bezieht sich nur darauf, dass ich fast gegen ihn gestoßen wäre. Also füge ich hinzu: »Tut mir leid, dass ich mich bei der ganzen Sache so bescheuert verhalte. Und danke. Für alles, nicht für …« Ich deute in die ungefähre Richtung, wo er mir einen Orgasmus verschafft hat. »*Dafür*. Aber auch dafür. Oh Gott. Ich gehe lieber. Sorry. Danke.«

HÖR AUF, DANKE ZU SAGEN.

Während ich fliehe, spüre ich seine Gegenwart hinter mir und frage mich, ob es schlimmer ist, auf dem Weg die Treppe runter zu schweigen oder irgendeinen peinlichen Small Talk zu erzwingen. Dann höre ich, wie sich die Tür über den Flur mit einem Klicken schließt. Sein Schlafzimmer.

Und bin allein.

Und habe immer noch keine Ahnung, was ich will.

Kapitel 8

Silas

In meinem Zimmer finde ich einen Joint und mache das ganze Ding in wenigen Minuten platt.

Fehlentscheidung.

Sie hat es nicht gesagt, aber bestimmt gedacht. Sie wollte Fehlentscheidungen vermeiden, und immer, egal, was ich tu, egal, wie weit ich mich auch von der Wohnwagensiedlung und Grannys Bruchbude entferne, steht es mir auf die Stirn geschrieben.

Der Kick kommt schnell und heftig, und ich verbringe die nächste halbe Stunde, vielleicht auch mehr, damit, an meine Decke zu starren. Ich bin total leer, eigentlich kaum anwesend. Und es ist perfekt. Aber als die Wirkung allmählich nachlässt, wird alles nur noch schlimmer.

Ich bin verflucht geil, und das Gras verstärkt es nur noch.

Anstatt dass mein Kopf frei wird und ich mich entspanne, werden meine Gedanken finster, und ich verstricke mich in der Vergangenheit. Ich fange an zu denken, dass alles keinen Sinn hat. Football, Studium, Freundschaft oder irgendwas. Ich weiß, wo ich herkomme, und ich weiß, wo ich enden werde, und je länger ich hier rumliege, hoffnungslos zugedröhnt, desto mehr fühlt es sich an, als wären diese beiden Dinge gar nicht so weit voneinander entfernt oder so unterschiedlich, wie ich sie gern hätte.

Ich fange an zu lachen und weiß noch nicht mal, warum. Nur dass sich das alles anfühlt wie irgendein Drehbuch, nach dem ich brav agiere. Als wären diese ersten paar Jahre an der Rusk nur eine Falle gewesen, die mich glauben lassen sollte, ich wäre weitergekommen, hätte etwas Besseres für mich geschaffen, nur damit alles wieder in sich zusammenfällt oder vielmehr zurückfällt in vertrautes Territorium.

Ich lache, obwohl es nicht lustig ist, aber, gottverdammte Scheiße. Ich stolpere die Treppe runter und muss wohl wesentlich länger als eine halbe Stunde an die Decke gestarrt haben, denn die Party ist zu Ende.

Torres ist tatsächlich splitternackt auf dem Fußboden zusammengebrochen, irgendjemand hat ein Sofakissen auf seinem bloßen Hintern ausbalanciert, und das finde ich so wahnsinnig witzig, dass ich vor Lachen ganz vergesse zu atmen.

Torres rührt sich nicht. Genauso wenig die Neuanwerbung, die auf der Couch schläft.

Ich gehe auf die Küche zu, aber es kommt mir wie eine Ewigkeit vor, bis ich dort ankomme. Die Zeit ergibt nie Sinn, wenn ich high bin. Ich blinzele, und irgendwie fühlt es sich an, als wären meine Augen jahrhundertelang und nur für Sekunden geschlossen gewesen, alles gleichzeitig. Ich decke mich mit Snacks, noch mehr Gras und ein paar Bier ein. Mit vollen Armen drehe ich mich um, um wieder in mein Zimmer zurückzukehren, als ich Torres im Eingang zur Küche stehen sehe. Er hat das Sofakissen nach vorne genommen, um sein Gehänge zu verdecken, und sieht mich mit schielenden Augen an.

»Is' schon Morgen?«, fragt er mich.

Meine Brust hebt sich mit einem lautlosen Lacher, und ich schüttele den Kopf. Er reibt sich mit einer Hand übers Gesicht und fragt: »Was zum Geier ist letzte Nacht passiert?«

Jetzt ist er es, der lacht, und meine Stimmung schlägt von jetzt auf gleich um. Ganz plötzlich finde ich alles überhaupt nicht mehr lustig.

Ich werde das Gefühl nicht los, dass die letzte Nacht der Anfang vom Ende war und es von jetzt an für mich nur noch bergab geht.

»Nichts Gutes«, antworte ich. »Ganz und gar nichts Gutes.«

Torres stöhnt zustimmend und stolpert in Richtung seines Zimmers davon, während ich hoch zu meinem gehe. Ich esse nur ein paar Handvoll Chips, bevor ich in einen tiefen Schlaf falle. Die perfekte Besinnungslosigkeit.

Dieser Nichtigkeit jage ich den Rest des Wochenendes hinterher und wechsele zu Alkohol, wenn mir das Gras ausgeht und ich zu faul bin, mehr kaufen zu gehen.

Sonntagabend kommt Brookes nach Hause. Er ist der Stabilste im Haus. Er und Torres sind beste Freunde … beides *Receiver*. Sie sind die Witzbolde der Mannschaft, könnten aber eigentlich nicht unterschiedlicher sein. Torres spielt den Clown, um Aufmerksamkeit zu bekommen. Brookes macht es, damit die Leute sich entspannen. Außerdem ist er verflucht schnell, weshalb ich kaum Zeit habe, die Hände zu heben, bevor er an meinem Bett ist, um mir die Decke wegzuziehen.

In der Hand hält er so einen Wasserkanister, wie man sie im Lebensmittelgeschäft kriegt. Er wirft ihn auf mein Bett und sagt: »Du hast dein letztes Wochenende Spaß gehabt, oder was das auch immer war. Geh unter die Dusche. Trink Wasser. Komm verdammt noch mal auf die Beine. Morgen beginnt das Training.«

Ich stöhne, greife aber nach dem Wasser, denn er hat recht. Ich weiß nicht, was ich mir dabei gedacht habe.

Streich das. Ich weiß ganz genau, was passiert ist. Ich habe mir alle Mühe gegeben, überhaupt nicht zu denken.

Es geht nicht um Dylan. Sie ist einfach nur ein Mädchen. Ein Mädchen, das anders ist als alle anderen Mädchen, denen ich je begegnet bin, aber trotzdem nur ein Mädchen. Es ist alles. Alles, was passiert ist, und alles, was nicht passiert ist, aber unweigerlich passieren wird.

Denn sie hatte recht. *Levi hatte recht.* Ich bin schlecht … eine schlechte Entscheidung, schlechter Umgang, schlechte Herkunft … wie man es auch immer nennen will, das bin ich. Und es ist nur eine Frage der Zeit, bis ich deswegen rausgeschmissen werde, genau wie Levi, abgeschnitten von allen Menschen, die ich kenne, und dem Einzigen, das ich liebe.

Ich pule den Plastikring von der Öffnung des Kanisters und lasse den Verschluss aufspringen.

»Isaiah«, halte ich Brookes zurück, als er sich zum Gehen umdreht, und meine blasse Hand legt sich um seinen dunklen Unterarm. Er ballt die Finger zur Faust, und ich lasse ihn los. Womöglich ist er saurer, als ich dachte. »Tut mir leid, Mann. Es war nur mal wieder so ein Wochenende. Es geht schon.«

Er geht zum Türrahmen und klopft ein paarmal leicht mit den Fingerknöcheln dagegen. »Ich bin es nicht, dem du wehtust, Silas. Sei bloß froh, dass wir unsere Drogentests schon hatten, als wir am Freitag angetreten sind.«

Scheiiiiiße. Noch was, woran ich nicht gedacht hatte. Die Wahrscheinlichkeit, dass der Coach morgen schon wieder einen unangekündigten Drogentest mit uns durchführt, geht gegen null, aber trotzdem …

Er geht, und ich tue, was er gesagt hat, angefangen mit der Dusche. Ich trinke den ganzen Kanister Wasser aus und versuche, ein bisschen zu schlafen.

Wobei die Betonung auf versuchen liegt.

Hauptsächlich liege ich da und widerstehe dem Drang, so

laut obszöne Sachen zu schreien, dass es das ganze Haus wecken würde.

Ich gehe laufen, aber ein Kater hat schon angefangen, sich in mir breitzumachen, und die Übelkeit gibt mir bei jedem Schritt das Gefühl, als würden meine Organe verrutschen. Ich lasse es bleiben und gehe den Rest des Heimwegs in dem Wissen, dass ich beim Training in sechs Stunden ein verdammtes Wrack sein werde.

Ich dusche noch mal. Ich denke daran, mir einen runterzuholen, aber sobald ich mir Dylan vorstelle, wie sie mit gespreizten Beinen auf meinem Schoß sitzt und ihr Haar aus diesem Zopf herausfällt, wie sie sich an meiner Hand angefühlt hat – wummert eine Basstrommel in meinem Kopf. Ich stütze meine Hand gegen die Kacheln, lasse mir das Wasser übers Gesicht laufen und versuche, mich nicht zu übergeben.

Als es Morgen wird, stürze ich noch mehr Wasser runter und denke wieder, was ich für ein verfluchtes Glück habe, dass wir unsere Drogentests beim Rapport am Freitag gemacht haben. Nicht, dass man sie nicht austricksen könnte. Ich habe in meinem ersten Jahr massenhaft Tricks gelernt, aber keiner davon ist eine absolute Garantie.

Ich weiß noch, wie Torres sich letztes Jahr in die Hose gemacht hat, als sein Name auf der Liste für den Zufallstest stand. Wir haben ihm alles beigebracht, um seine Chancen zu bestehen zu verbessern (und er hat bestanden), und alles, worüber der Kerl die Woche danach geredet hat, war, dass er Schiss hatte, dass er von dem Midol, das wir ihm verabreicht haben und das eigentlich gegen Menstruationsbeschwerden ist, Männertitten bekommt.

Ich sitze am Tisch und fresse mich durch einen Stapel Toasts, als Torres die Treppe runtergesprungen kommt.

»Ach, wer wandelt denn da wieder unter den Lebenden?« Er grinst und greift sich einen Eiweißdrink aus dem Kühlschrank. »Hat Zay dir den Marsch geblasen?«

Brookes kommt aus dem Wohnzimmer in die Küche. »Ich hab ihm bloß Wasser gebracht.«

Ich esse meinen Toast zu Ende, trinke noch etwas Wasser und schlucke ein paar Pillen. Und besser wird es jetzt nicht mehr.

Ich entscheide mich dafür, meinen eigenen Truck zu nehmen, statt mit dem ekelhaft fröhlichen Duo zu fahren. Ich schaffe es nicht mal bis in den Umkleideraum, bevor eine Stimme aus dem Trainerbüro zu mir dringt.

»Moore!« Es ist Coach Oz, der Kraft- und Konditionscoach der Mannschaft.

»Ja, Sir?«

»In Coach Coles Büro. Sofort.«

Und … Scheiße.

Einfach nur Scheiße.

Wahrscheinlich bräuchte ich für den Rest meines Lebens nur noch dieses Wort, und es würde alles wunderbar zusammenfassen.

Ich betrete das Büro, und alle Coaches darin drehen sich zu mir um. Ich nicke den ersten paar zu, aber dann bleibe ich in dieser bescheuerten Auf- und Abbewegung hängen, die meine Kopfschmerzen nur verschlimmert. Also gebe ich auf und gehe geradewegs auf die Tür zum privaten Büro vom Coach zu. Die Tür ist halb geöffnet, also stecke ich den Kopf rein.

»Sir?«

Er sieht von seinem Computer auf, dann wieder auf den Bildschirm und tippt noch ein paar Sekunden weiter.

»Komm rein, Silas.«

Und … noch mal Scheiße. Der Coach benutzt Vornamen nur, wenn es verdammt ernst ist. Ich setze mich, und die Stille verschlingt mich förmlich. Er nimmt einen Schluck aus einem Kaffeebecher, stellt ihn wieder hin und wartet noch ein paar Sekunden, ehe er mich anblickt. Dann starrt er. Mir direkt ins Gesicht. Ausdruckslos. Fast erwartungsvoll. So muss es sein, wenn man immer einen Elternteil um sich hat, der sauer wird.

»Wie war dein Wochenende?«

Verdammt. Wer hat was gesagt? Ich beginne die Namen und Gesichter durchzugehen, die auf der Party waren. Niemand hat mich high gesehen, das weiß ich, aber sie könnten ihm allgemein von der Party erzählt haben und dass sie bei mir zu Hause war.

»Gut, Sir.«

»Gut.« Er wiederholt es nickend. »Gut.« Beim zweiten Mal zieht er das Wort etwas mehr in die Länge. »Dann erklär mir doch mal, warum ich Samstagmorgen etwas von einer Freundin vom Polizeirevier gehört habe.«

Ich schließe die Augen und lasse den Kopf nach hinten fallen. Daran hab ich schon gar nicht mehr gedacht. Da Levi keine Anzeige erstattet hat, war ich davon ausgegangen, dass ich aus dem Schneider bin.

Falsch.

»Es hat sich alles erledigt, Coach. Sie haben mich nur für ein paar Stunden oder so festgehalten. In meinem Vorstrafenregister wird nichts davon auftauchen.«

»Dein Vorstrafenregister interessiert mich nicht. Was zum Teufel hast du dir dabei gedacht, Junge?«

»Tut mir leid, Sir. Ich vermute, Levi ist mir einfach auf den Pelz gegangen.«

Er steht auf und haut mit der Faust auf seinen Schreibtisch. »Dann leg dir einen dickeren Pelz zu.«

Ich nicke. »Ja, Sir.«

Er richtet sich auf und schreitet wieder hinter seinen Tisch. »Du bist ein guter Footballspieler, Silas. Und ich sehe es dir an, wenn du spielst … ich weiß, wie viel dir diese Mannschaft bedeutet. Aber deine Noten sind mittelmäßig. Du bist ein Hitzkopf. Du tendierst zu Fehlentscheidungen.«

Verfluchte Scheiße, die verdammte Platte scheint zu hängen. *Ich hab's kapiert, Welt. Ich bin ein Totalversager. Jetzt ist es ziemlich klar.*

Der Coach fährt fort.

»Ich will dir ja vertrauen … ich tue es. Du hast einen großen Einfluss auf diese Mannschaft, und ich will sichergehen, dass es ein positiver ist.«

»Verstehe. Das will ich auch.«

»Dann halt dich verdammt noch mal von Abrams fern. Er hat Zutrittsverbot auf dem ganzen Schulgelände, aber ich will nicht, dass er diese Mannschaft von außen vergiftet.«

»Mach ich. Versprochen.«

Er betrachtet mich, fast als würde er mir nicht glauben.

»Du musst dich steigern. Ich brauche dich hier zu hundert Prozent.«

»Ich bin zu hundert Prozent hier.«

Er verschränkt die Arme vor der Brust und mustert mich weiter.

»Dann hast du sicher nichts dagegen, es mir zu beweisen, indem du dir beim Training einen Vorsprung erarbeitest. Zieh dich um. Coach Oscar wird auf dem Feld auf dich warten, um mit dir Sprints zu üben, während ich mich mit dem Rest des Teams treffe.«

Klar. Genau das, was mein Körper jetzt braucht. Noch etwas, von dem mir kotzübel wird.

»Wie viele, Sir?«

»So lange, bis ich sicher bin, dass keine Anrufe mehr vom Polizeirevier kommen.«

Mit anderen Worten, bis ich vor Erschöpfung fast verrecke.

Diese Sprints werden aus gutem Grund *Suicides* genannt. Man startet in der *End Zone*, sprintet zur ersten Zehn-Yard-Linie und wieder zurück zur *End Zone*. Dann zur Zwanzig-Yard-Linie und zurück. Dreißig. Vierzig. Und immer so weiter.

Coach Oz baut gern noch eine kleine Schikane ein, für den Fall, dass man nicht sowieso schon kurz davor ist, den Rasen vollzureihern. Er ist einer der jüngsten Trainer, und als solcher scheint er es für nötig zu halten, vollkommen kompromisslos zu sein, damit wir ihn auch ja ernst nehmen. In seiner Eigenschaft als sadistisches Arschloch lässt er uns also jedes Mal, wenn wir die *End Zone* erreichen, zusätzlich zwanzig Liegestütze machen.

Ich bin schon erschöpft, als ich zur Fünfzig-Yard-Linie komme, und habe noch eine gefühlte Ewigkeit vor mir. Als ich mich der *End Zone* nähere, brüllt Oz: »Einen Schritt schneller, Moore! Du wirkst heute etwas lahm.«

Das liegt daran, dass ich das Gefühl habe, gleich meine Lunge auszukotzen, Coach.

Ich lasse mich fallen, um meine Liegestütze zu absolvieren, und durch das stetige Auf und Ab verdoppelt sich meine Übelkeit. Meine Arme brennen, als ich fertig bin und mich wieder aufraffe.

»Beweg deinen Arsch, zweiundzwanzig!«

Ich renne immer noch, als der Rest der Mannschaft aufs Spielfeld kommt und Coach Cole sie entlang der Seitenlinie aufstellt, um zu warten und mir zuzusehen, bis ich fertig bin.

Ich versuche, nicht wütend zu werden. Ich versuche es wirklich, aber die Demütigung trifft mich. Genauso gut könnte er mich ein Schild hochhalten lassen, auf dem steht, dass ich nichts gebacken kriege. Nicht mal am ersten Trainingstag.

Ich presse die Zähne so fest aufeinander, dass ich eher damit rechne, mir den Kiefer zu brechen, als meinen letzten Sprint von einer *End Zone* zur anderen zu beenden.

Ich werfe mich für meine Liegestütze hin und keuche mich hindurch. Als ich fertig bin, stehe ich auf und stelle mich vor Oz. Es ist eine beschissene Idee, aber ich bin stinksauer und kann nicht klar denken, also ziehe ich die Augenbrauen hoch und frage: »Soll ich weitermachen?«

Es ist Coach Cole, der antwortet. »Das sollte vorerst reichen.«

Als ich rüber zum Rest der Mannschaft an der Seitenlinie gehe, versuche ich, gleichmäßig zu atmen, aber es fühlt sich an, als hätte einer der *Linemen* meine Brust als Trampolin benutzt.

»Mr Moore hat gerade geholfen, unsere neue Politik der Disziplin zu demonstrieren, Gentlemen. Wenn ihr einen Kurs schwänzt, wenn eure Noten unters Limit sinken, immer wenn sich eure Handlungen negativ auf dieses Team auswirken, ist das ein Verstoß. Für den ersten Verstoß rennt ihr.« Er zeigt auf Coach Oz, und ein paar Spieler stöhnen leise. »Wenn ihr einen zweiten Verstoß begeht oder die Probleme andauern, rennt eure gesamte Positionsgruppe mit euch.« Die Leute fangen an, sich nach den Spielern um sie herum umzusehen, nach denen, die von nun an darüber bestimmen, ob sie dem Willen von Coach Sado ausgeliefert werden oder nicht. »Und wenn einer von euch blöd genug ist, ein drittes Mal Scherereien zu bekommen, rennt ihr, eure Positionsgruppe und euer Positionscoach.« Er wirft seinen Mitarbeitern ein listiges Lächeln zu, und ich kann sehen, dass denen das neu ist. Und als sie den Blick auf die Spieler richten, verstehen sie definitiv keinen Spaß mehr.

»Wir sind ein Team«, brüllt der Coach. »Wir gewinnen und verlieren zusammen. Also werden wir es auch *zusammen* vermasseln und *zusammen* besser werden. Es geht nicht um euren eigenen Arsch, sondern um den von allen.«

Brookes begegnet meinem Blick, und ich wende mich ab. Als würde ich mich nicht schon beschissen genug fühlen.

»Irgendwelche Fragen?«

Spieler und Trainer rühren sich gleichermaßen, aber keiner sagt irgendwas.

Da macht Torres sein großes Mundwerk auf. »Wenn ich ein viertes Mal Scherereien kriege, laufen Sie dann, Sir?«

Niemand bewegt auch nur einen Scheißmuskel. Und ich weiß genau … dafür werden wir alle rennen.

Aber dann überrascht mich der Coach. Er lacht und schüttelt den Kopf, aber als er spricht, ist er wieder ernst. »Mateo, so weit willst du es nicht kommen lassen. Es würde nicht schön werden.«

Aber mein neuer Mitbewohner weiß nie, wann er die Klappe halten sollte.

»Stimmt, das würde sicher ganz und gar nicht schön aussehen, Coach.«

»Teo!«

»Torres!«

»Spinnst du?«

Alle Spieler in seinem Umkreis stürzen sich auf ihn. Er hält sich schützend die Hände über den Kopf und macht einen Satz nach hinten.

Der Coach bläst in seine Pfeife, und sofort ist unsere Aufmerksamkeit wieder bei ihm. »Anscheinend fangt ihr Jungs jetzt langsam an zu begreifen, was es bedeutet, für eure Teamkameraden verantwortlich zu sein.« Er starrt Torres lange an und blickt dann auf die Mannschaft. »Wir lassen das jetzt mal auf sich beruhen. Und jetzt in eure Positionsgruppen. Sehen wir erst mal, was ihr über den Sommer behalten habt.«

Leichtes Schlachtgebrüll erhebt sich aus der Menge, als wir auseinanderströmen, und Torres ruft: »Ich liebe Sie, Coach! Sie sind der Beste!«

»Mal sehen, ob du das immer noch findest, wenn wir durch sind. Du weißt, bei uns gibt es keine leichten Tage, nicht mal am ersten Tag nach der Pause.«

Kapitel 9

Silas

Ich werde hoffnungslos niedergemacht.

Mehrmals.

Von mehreren Leuten.

Ich bin konzentriert. Mein Kopf ist voll da, aber mein Körper überhaupt nicht. Von meinem Saufwochenende und meiner Strafe zu Beginn des Trainings sind meine Beine zu verdammt langsam und meine Arme zu schwach, um den Ball so fest zu halten, wie es nötig wäre. Ich mache immer wieder dumme kleine Fehler, und die Chancen stehen gut, dass ich das Training mit einem kaputten Trommelfell verlasse, weil ich so oft angebrüllt werde.

Der Coach hat mich auf dem Kieker, weil er immer noch sauer ist wegen der Prügelei mit Levi. Coach Gallt, der *Running Back*-Coach sitzt mir im Nacken, weil er den Part des *Offensive Coordinator* von Coach Cole übernommen hat, jetzt, da die Mannschaft gefestigt ist. Die gesamte *Offense* unterliegt jetzt seiner Verantwortung, was bedeutet, dass meine Fehler auf ihn zurückfallen. Also fällt er über mich her … gnadenlos. Und ein kleines *Freshman*-Arschloch (genau der, der Freitagnacht auf meiner Couch eingepennt ist) ist wild entschlossen, mich zu übertreffen, und saugt jedes bisschen Lob auf, als hätte er die verdammte *Heisman Trophy* gewonnen.

Der ganze Lärm tost um mich herum, und ich kann hören,

wie ich nach Atem ringe, außerdem schmelze ich in dieser Affenhitze und bin so verdammt frustriert, dass ich schreien könnte.

»Verflucht, Moore!«, brüllt Coach Gallt. »Ich hab die Schnauze voll, dich abkacken zu sehen. Wird so die Saison aussehen? Falls ja, nimmt Williams in null Komma nichts deinen Platz ein.«

Ich weiß nicht mal, wer Williams ist, aber als mein Blick auf das unverschämte Grinsen des *Freshman* fällt, zähle ich zwei und zwei zusammen. Er heißt Keyon oder so. Ist mir auch scheißegal.

Ich reiße mir den Helm vom Kopf. Keine Ahnung warum, aber mein Kopf explodiert gleich, und ich habe das Gefühl, damit nicht atmen zu können. Ich will Gallt gerade irgendwas an den Kopf werfen, als Coach Cole sich einmischt. »Hol dir Wasser, Moore. Schüttel es ab.«

Ich tue, was er sagt, und gehe zur Seitenlinie. Da nehme ich ein paar große Schlucke Wasser und schütte mir den Rest über den Kopf. Es ist so trocken und heiß, dass sich das Wasser himmlisch anfühlt. Ich gönne mir einen zweiten Guss, als McClain neben mich tritt, um selbst was zu trinken. Im Gegensatz zu mir hat er es heute allen gezeigt. Als Levi aus der Mannschaft geflogen ist, hätte ich nie im Leben gedacht, dass Carson je in der Lage wäre, ihn zu ersetzen, geschweige denn, noch besser zu werden als er. Aber er hat es geschafft … schafft es jeden Tag. Wie ich ihn kenne, hat er vermutlich den ganzen Sommer lang keinen Tag freigemacht.

»Alles klar?«, fragt er.

Ich wische mir Wasser und Schweiß von der Stirn und sage: »Bestens, *QB*. Ist nur nicht mein Tag heute.«

»Ja. Klar.« Er nickt, aber ich kann sehen, dass der Chorknabe noch mehr sagen will. Er lässt mich auch nicht lange darauf warten. »Sag mal, diese Dame, die auf deiner Party aufgetaucht ist …«

Verdammt. Das musste ja früher oder später kommen.

»Was ist mit ihr?«

»Wer war das?«

»Niemand«, sage ich.

»Nur … du schienst deswegen ziemlich fertig zu sein, und Stella meinte, sie wäre vielleicht –«

Ich setze meinen Helm wieder auf. »Ich sagte doch, sie ist niemand. Vergiss es einfach, McClain.«

»Du bist so schnell abgehauen, nachdem sie da war, und dann weiß ich erst wieder, dass du mich angerufen hast, damit ich dich auf dem Polizeirevier abhole –«

»Hör zu. Ich bin dankbar, dass du mich Freitagnacht abgeholt hast. Wirklich. Aber ich bin nicht Ryan. Wir werden nicht über meinen Scheiß reden, während wir Gewichte heben, oder was ihr beiden auch immer da treibt. Du und ich, wir spielen einfach nur Football, okay? So funktioniert unsere Freundschaft. Alles, was du wissen musst, ist … mir geht's gut. Alles in Ordnung. Wie immer.«

Zumindest bald wieder. Sobald ich diesen scheiß Kater los bin.

Ich wirbele herum, um zu gehen, aber nicht ohne hinzuzufügen: »Und richte Stella aus, sie soll sich um ihren eigenen Kram kümmern.«

Im restlichen Training wird es nicht besser. Eigentlich wird es nur immer schlimmer, denn jetzt ist mein Kopf genauso wenig bei der Sache wie mein Körper. Als der Coach zum Abschluss pfeift, will ich nur noch unter die Dusche und wieder high werden, aber das wäre das Dümmste, was ich tun könnte.

Inzwischen bin ich über Dummheit hinaus. Die Dummheit und ich haben schon einen weiten Weg hinter uns.

Fehlentscheidungen sind offensichtlich das, was ich am besten kann. Und heute war ich ganz bestimmt noch in nichts am besten.

Ich denke an nichts anderes, als unter die Dusche und hier wegzukommen, als ich eine Hand auf meiner Schulter spüre.

Es ist der *Freshman*. Keyon Williams. Bis heute wusste ich nicht mal, wie er heißt, aber jetzt schon. Er ist kleiner als ich und ein bisschen stämmiger. Der Typ ist ein ziemlich guter Sprinter, aber ohne echte Ausdauer. Nicht, dass ich im Moment der richtige Ansprechpartner für Ausdauer wäre.

»Was?«, schnauze ich ihn an.

»Wir wurden uns gar nicht richtig vorgestellt auf der Party am Freitag. Wollte nur mal Hallo sagen. Gutes Training heute.«

Ich schüttele seine Hand ab. »Soll das ein scheiß Witz sein?«

Er hebt die Hände. »Nee, Mann. Ich wollte damit nichts andeuten. Wir pissen doch alle mal ins Bett.«

Ich vergesse mich. Total. Ich stoße ihn genau vor der Umkleide gegen die Wand und fauche ihn an. »Hör zu, du Pimpf. Du weißt einen Scheiß über mich.« Dasselbe habe ich zu Levi gesagt, und jetzt grinst dieses Arschgesicht mich genauso an, wie er es getan hat. Es kostet mich sämtliche Energie, ihm nicht die Zähne einzuschlagen. Carson taucht im Türrahmen auf, und ich begegne seinem Blick. Ich zwinge mich, auszuatmen, und lasse den Anfänger los. Beschissener kleiner Dummschwätzer.

»Geh mir einfach aus dem Weg.«

Ich drehe mich um und gehe auf McClain zu, als der Vollpfosten wieder den Mund aufmacht. »Du stehst wohl eher mir im Weg. Aber nicht mehr lange. Nicht so, wie du spielst. Ich bin sicher, du trittst schon bald in Abrams' Fußstapfen.«

Ich bin schon fast an der Tür, aber diese letzten Worte reißen mich zurück, und sein viel zu weißes Grinsen reicht mir als zusätzlicher Ansporn. Ich lasse meinen Helm fallen und ramme ihn gegen die Wand. Er verpasst mir einen Schlag auf den heilenden Bluterguss an meinem Kiefer, und meine Zähne knirschen. Aber ich treffe ihn mit einem perfekten Kinnhaken, und ihm läuft Blut aus dem Mund. Er stößt mich zurück, und wir beide landen auf dem Boden. Wir ringen um die Kontrolle, rollen ein paarmal übereinander, und gerade, als ich die Oberhand gewinne und ihm eine reinhauen will, packen mich mehrere Hände und zerren mich zurück.

Ein paar Sekunden lang wehre ich mich, aber mindestens drei Personen halten mich zurück. Und wenn ich mir den Typen auf dem Boden richtig ansehe, das T-Shirt vorne voller Blut, verspüre ich eigentlich nicht mehr das Bedürfnis, mich auf ihn zu stürzen.

Genau genommen spüre ich so gut wie gar nichts, außer meinen Magen, der auf den Boden zu klatschen droht.

Dann sind die Trainer da. Gallt und Oz knien bei Keyon, und Coach Cole schiebt sich in mein Blickfeld. Ich hab ihn noch nie so außer sich vor Wut gesehen. Sein Gesicht ist lila angelaufen, und seine Augen haben diesen Psychoausdruck, als würde er mir am liebsten bei lebendigem Leibe die Haut abziehen. Ich wappne mich dafür, dass er anfängt zu brüllen, aber das tut er nicht.

Stattdessen sagt er mit seiner leisen, eindringlichen und verdammt beängstigenden Stimme: »In mein Büro. Sofort.«

Ich mache den Mund auf, um irgendwas von mir zu geben. Eine Entschuldigung vielleicht.

»*Jetzt*, Moore.«

Meine Teamkameraden lassen mich los, und ich drehe mich zu ihnen um. Da sind McClain, Brookes und Carter. Dass

Carter eingreift, hätte ich nicht erwartet. Normalerweise ist er einer von den Aufwieglern, aber ich nicke ihnen allen zu, was als Dank reichen muss.

Ich hätte mich von diesem Typen nicht provozieren lassen sollen. Ich weiß nicht, wie er das geschafft hat. Es ist nicht so, dass ich nicht damit umgehen kann, wenn einer ein bisschen Scheiß labert. Ich war als *Freshman* das größte Arschloch überhaupt. Ich durchquere die Umkleide, wo alle still und reglos sind und mitten im Ausziehen innegehalten haben. Sie starren mir nach, als ich durch den Raum gehe und auf den Eingangsbereich zu, der zu den Büros führt.

Zum zweiten Mal heute betrete ich Coach Coles Büro, aber dieses Mal bin ich allein. Der Raum ist dunkel, und ich lasse das Licht aus. Ich setze mich einfach nur hin, vergrabe den Kopf in den Händen und lausche der Stille. Ich lausche ihr, als würde sie mir die Antwort geben, mir erklären, warum ich nicht mehr klar denken kann. Nach einer Weile fängt es an, sich wie Musik anzuhören. Die gedämpften Geräusche aus dem Umkleideraum, das Ticken der Uhr vom Coach, das leise Surren seines Computers. In der Stille findet sich eine ganze Menge Lärm, fast genauso viel wie in meinem Kopf.

Die Tür geht auf, und ich lasse den Kopf gesenkt. Ich höre, wie der Coach kurz in der Tür stehen bleibt, und weiß, dass er mich anblickt. Für eine Sekunde denke ich, dass er das Licht vielleicht auslässt. Dass er mich damit davonkommen lässt, ihn dabei nicht ansehen zu müssen. Aber dann verstreicht der Moment, und er knipst das Licht an.

Er durchquert den Raum und knallt meinen Helm mitten auf seinen Schreibtisch. Er steht hinter seinem Stuhl und umklammert die Lehne, bis seine Knöchel weiß anlaufen.

»Wehe, du hast keine verdammt gute Erklärung für das, was ich gerade da draußen gesehen habe, Moore.«

Ich richte mich auf meinem Stuhl auf und sehe ihm direkt ins Gesicht. So viel bin ich ihm schuldig.

»Nein, Sir, habe ich nicht. Es tut mir leid.«

Der Coach presst seine Lippen aufeinander, als würde er am liebsten brüllen und fluchen, versuche aber, ruhig zu bleiben. Er fährt sich grob mit einer Hand durch die Haare.

»Verflucht, Moore. McClain hat es mir erzählt. Was Williams gesagt hat. Er ist ein *Freshman*. Du weißt, wie das Spiel läuft. Du warst selbst mal an seiner Stelle. Du hast doch ein dickeres Fell als das.«

Ich nicke, denn das habe ich. Hatte ich zumindest mal.

»Du musst mir schon irgendwas geben, mein Junge. Hilf mir, das zu verstehen.«

Wie soll ich ihm helfen, es zu verstehen, wenn es kaum in meinen eigenen Schädel will? Alles, was ich weiß, ist, dass irgendwas an Levis Verhaftung mich total fertiggemacht hat. Und dass Mom aufgetaucht ist, hat dieses winzige Problem in einen Wirbelsturm verwandelt. Da war mein altes Leben … im Wohnwagen von – mit wem Mom auch immer gerade zusammen war – oder in dieser Bruchbude, in der sie meinen Bruder Sean und mich zurückgelassen hat, als sie für immer ging, immer von Menschen umgeben, nie einen Moment für mich, nie irgendwas, das mir gehörte. Da waren meine betrunkenen Onkel und Cousins. Leute, die sich darum geprügelt haben, wer Lebensmittel bekam und wer nicht. Meine kaum vorhandene Granny, die nicht lesen und schreiben konnte, sodass ich meine eigenen Erlaubnisschreiben für das Footballtraining und die Schule unterschreiben musste. Da war Sean, der verhaftet wurde, weil er in Häuser eingebrochen war, und mich mit diesen Leuten allein gelassen hat, die mich nur als noch eine Göre angesehen haben, die im Weg ist. In dieser Gegend ging es nur um Stärke, darum, wer groß und böse genug war, um alle anderen abzuwehren. Ich hasste diese Gegend, hasste, zu was sie meinen Bruder gemacht hatte, aber sie war besser als das, was danach kam. Als Gram gestorben ist und mein Sack von einem Onkel das Haus verkauft hat, musste ich Leute um einen Platz zum Schlafen anbetteln, um nicht zu irgendeinem Verwandten weggekarrt und von meiner Mannschaft weggerissen zu werden. Ich *hasste* das Betteln wie die Pest.

Ich habe mich das alles vergessen lassen. Mir weisgemacht, dass es hinter mir läge, weil mein Leben hier so viel besser war. Ich gehörte zu einer Mannschaft. Ich hatte mein eigenes Bett, sogar mein eigenes Zimmer. Ich hatte Freunde, die keine Ahnung hatten, was für ein Leben ich geführt hatte, und einfach davon ausgingen, dass ich aufgewachsen wäre wie sie.

Vielleicht habe ich angefangen, es selbst zu glauben.

Dann wurde Levi verhaftet, und es war, als prallten meine beiden Welten aufeinander, und ich konnte dieses alte Leben dicht unter der Schicht des neuen lauern sehen, und ich kann nicht erklären, was das für ein Gefühl in mir auslöst.

Nur dieses eine Wort kommt mir immer wieder in den Sinn.

Unvermeidlich.

Es ist unvermeidlich, dass ich wieder dort lande. Ich habe vergessen, wegzulaufen, und jetzt hat es mich wieder eingeholt. Dieser Scheiß liegt mir im Blut, und man kann es nicht fortspülen oder verdünnen, auch nicht mit Stipendien und Uni und dem ganzen anderen Mist, mit dem ich mir selbst was vorgemacht habe. Ich verstehe es nicht, irgendwas anderes zu sein, als ich nun mal bin, und ich werde nie gut genug sein, um hier unter diesen Menschen zu bestehen.

Ich kann das dem Coach nicht erklären, denn es nicht laut auszusprechen ist meine einzige Chance, um zu verhindern, dass es komplett real wird. Und wenn die weg ist, werde ich es nicht mehr zusammenhalten können.

Schließlich hat der Coach genug von meinem Schweigen und setzt sich an seinen Schreibtisch. Er ist wieder zu seiner unheimlichen Ruhe zurückgekehrt, die nicht etwa die Ruhe vor dem Sturm ist … es ist der Sturm, der dich vernichtet, weil du ihn nicht als Bedrohung ansiehst. »Wir haben außerhalb der Umkleide genug Schlachten zu schlagen. Ich brauche niemanden, der auch noch innerhalb der Mannschaft Probleme macht.«

Mein Magen beginnt zu fallen, und ich warte darauf, dass er auf meinen Füßen landet, den Boden durchschlägt. Aber er fällt einfach immer weiter.

»Ich toleriere keine Gewalt in meinem Team, Silas. Egal, wie gut du bist. Du bist ab sofort suspendiert. Für eine Woche Training und die ersten beiden Spiele der Saison.«

Aufprall.

Aber nicht nur mein Magen ist abgestürzt, sondern alles. Mein Kopf. Mein Herz. Wenn der Stuhl nicht wäre, ich wäre selbst auf die Knie gesackt.

»Wehe, du setzt einen Fuß auf mein Spielfeld, bevor dein Kopf wieder an Ort und Stelle sitzt. Denn ich muss dir sagen, Silas … zwei Spiele sind das Minimum. Wenn ich immer noch der Meinung bin, dass du der Mannschaft nicht guttust, merze ich dich aus wie ein Krebsgeschwür. Es wird mir wehtun, weil ich weiß, was in dir steckt. Ich weiß, du kannst es packen, aber ich bin nicht bereit, diese Mannschaft darauf zu verwetten, dass du dich zusammenreißt. In meinen Händen liegen die Träume zu vieler anderer Jungs. Also reiß dich besser zusammen, setz auf dich selbst und beweise mir, dass du besser bist als das, was ich heute von dir gesehen habe.«

Er schiebt seinen Stuhl nach hinten, und ich weiß, das Gespräch ist vorbei, kann aber trotzdem nicht aufstehen. Meine Beine versagen ihren Dienst. Ich kann keine Worte formen.

Wenn mein gegenwärtiges Leben die oberste Hautschicht ist und meine Vergangenheit die Schicht darunter, dann ist der Football alles Lebenswichtige in mir, das meinen Körper funktionieren lässt. Muskeln. Arterien. Venen. Organe.

Ich funktioniere nur, wenn ich Football spiele. Ohne ihn bin ich nur der Abschaum, der zu sein ich solchen Schiss habe.

Der Coach zwingt mich nicht zu gehen. Er macht das Licht wieder aus und lässt mich allein in seinem Büro sitzen, und als ich wieder der Stille lausche, höre ich keine Musik mehr.

Ich höre nur immer wieder, was Williams gesagt hat.

Ich bin sicher, du trittst schon bald in Abrams' Fußstapfen.

Und alles, was ich denken kann, ist … vielleicht hat er recht.

Kapitel 10

Dylan

Ich habe es so lange rausgezögert, wie ich konnte.

Freitag war mein Tag der Fehleinschätzungen. Samstag habe ich begonnen, reinen Tisch zu machen. Angefangen damit, mich bei Javier dafür zu entschuldigen, dass ich den Protest versaut habe. Er war sauer, dass ich gehandelt hatte, ohne es mit ihm abzusprechen. Er ist der Leiter unserer Gruppe, und alles sollte eigentlich über ihn gehen. Er hat verstanden, dass ich mich von dem Moment habe mitreißen lassen, von meiner Verzweiflung, etwas zu tun.

Eine Entschuldigung abgehakt.

Dann ist da mein Vater, dessen Persönlichkeit sich dadurch auszeichnet, *niemals* überstürzte Entscheidungen zu treffen. Sein Hobby sind Holzarbeiten, was ich immer komisch fand für jemanden, der genug Kohle hat, um ein kleines Land zu möblieren. Aber er sagt immer gern, dass etwas mit seinen Händen zu bauen dasselbe ist, wie ein Geschäft aufzubauen. Man plant, man entwirft, man misst zweimal und schneidet einmal.

Tja, am Freitag habe ich nicht zweimal gemessen. Ich bin nicht mal sicher, ob ich einmal gemessen habe.

Aber ich hatte Glück. Dad war geschäftlich außerhalb der Stadt unterwegs, und da keine größeren, langfristigen Nachwirkungen von meiner Verhaftung am Freitag zu erwarten sind, hat Mom ihn überzeugt, dass wir reden können, wenn er wieder da ist.

Das ist heute Abend. Und da ich nicht so sicher bin, wie er reagieren wird (oder ob ich als *Junior* auf dem College noch Hausarrest aufgebrummt kriegen kann), heißt das, heute ist der letzte Tag, an dem ich zu Silas gehen und ihm die Kaution, mit der er uns rausgeholt hat, zurückzahlen kann.

Noch etwas, das ich vor mir hergeschoben habe. Weil ich das in meinem Kopf immer noch nicht auf die Reihe gekriegt habe. Jedes Mal, wenn ich an ihn denke, wandern meine Gedanken geradewegs zurück in dieses Badezimmer, und die Hitze, die über mich hinwegfegt, versengt jeden klaren Gedanken.

Zuerst denke ich, es ist niemand zu Hause, weil die Einfahrt leer ist, aber dann sehe ich das vertraute rostige Hinterteil von Silas' Truck, der auf der anderen Straßenseite parkt. Ich schüttele die Erinnerungen ab, wie es war, in seinem Truck zu sitzen. Sein Arm, der mein Bein streift, das aufregende Gefühl, völlig fehl am Platz zu sein. Nach so etwas könnte ein Mädchen süchtig werden.

An Silas Moore gibt es allerdings noch ein paar Dinge, nach denen ich süchtig werden könnte.

Ich trage eine seidige, durchgeknöpfte Bluse ohne Ärmel und mit einer kompliziert gebundenen Schleife am Hals. Das Haar habe ich mir wieder zu einem langen Zopf geflochten, und ein Rock mit hoher Taille, der mir fast bis zu den Knien geht, erledigt seine Aufgabe, meine Beine zu bedecken, wesentlich besser als diese Shorts, die ich am Freitag anhatte. Ich habe mich bewusst bemüht, mich so anzuziehen, wie ich mich heute verhalten sollte.

Schicklich.

Ich klingele und versuche dann, nicht daran zu denken, dass ich unter diesem albernen seidenen Rock schwitze, die Riemchenschuhe mit den hohen Absätzen unglaublich unbequem sind und ich in dem Tanga, den ich trage, um Unterhosenabdrücke zu vermeiden, einen langsamen, qualvollen Tod sterbe.

Sich schicklich anzuziehen ist ätzend.

Ich warte eine Minute. Niemand macht auf, und langsam fürchte ich, dass ich das Ganze hier später noch mal wiederholen muss, oder morgen, nachdem ich mit Dad geredet habe … vorausgesetzt, ich bin dann noch frei, zu tun, was ich will.

Ich klingele noch mal und hebe dann die Hand, um sicherheitshalber auch noch zu klopfen, aber noch bevor meine Knöchel auf das Holz treffen, wird die Tür aufgerissen, und ich vernehme ein schroffes: »Was?«

Ich höre seine Frage, aber mein Hirn bleibt ein bisschen an der Tatsache hängen, dass Silas nichts anhat, außer einem um die Hüfte geschlungenen Handtuch, und dass von seinem ganzen Körper Wasser auf den Boden tropft. Ich mache den Mund auf, um etwas zu sagen, irgendwas, werde dann aber abgelenkt, weil ich eine Wasserperle beobachte, die über einen Brustmuskel hinunterrinnt. Er hat ein riesiges geometrisches Tattoo, das auf seiner Schulter beginnt und bis zur Brust reicht. Ich beobachte, wie dieselbe Wasserperle die schwarzen Linien seines Tattoos durchschneidet und nach unten in das Tal in der Mitte seines Bauchs entflieht.

Dann verschwindet sie unter dem Rand seines Handtuchs, und ich stehe bloß da und starre auf den einen Teil seines Körpers, der bedeckt ist, und wenn ich auch nur eine Spur übernatürlicher Kräfte hätte, würde das Handtuch jetzt *ganz zufällig* zu Boden fallen.

Aber leider bin ich nicht übersinnlich. Seine Bauchmuskeln aber vielleicht schon.

Ich starre immer noch auf seinen Schritt, als er fragt: »Brauchst du irgendwas?«

»Oh!« Ich reiße den Kopf hoch, und die Schamesröte explodiert in meinem Gesicht. »Tut mir leid. Ich wollte dich nicht …« Das ist wahrscheinlich ein Satz, den ich besser nicht zu Ende führen sollte. »Ich wollte das nicht.«

Er zieht eine Augenbraue hoch, und zum ersten Mal blicke ich ihm wirklich ins Gesicht. Ich hatte erwartet, dass der Bluterguss an seinem Kiefer allmählich heilt und hässliche grüne und gelbe Schattierungen ausbildet, aber stattdessen wirkt er noch dunkler als Freitagnacht und vielleicht sogar größer. Aber das ist es nicht, was mich wirklich beunruhigt. Es sind seine Augen.

Sie erinnern mich an meine Augen, nachdem Henry und ich uns getrennt haben, als hätte ich gerade rausgefunden, dass das Leben ein Spiel ist und ich jahrelang auf dem falschen Brett gespielt habe.

Nicht traurig. *Verloren*.

»Geht es dir gut?«

Er zieht wieder seine Augenbraue hoch, greift mit einer Hand nach der Tür und rückt mit der anderen sein Handtuch zurecht.

Ich blicke nicht hinunter auf das Handtuch. Auch nicht auf seine wunderbar geformte Brust. Denn das wäre *peinlich*. So was mache … *werde* ich nicht mehr machen.

Ach, Mist, ich bin peinlich. Mehrere Sekunden lang. Mehrere *lange* Sekunden lang.

»Dylan.«

Meine Augen fliegen zu seinen, und ich rechne mit einer Augenbraue, vielleicht einem frechen Grinsen, vielleicht ein paar sehr, sehr schmutzigen Worten.

Aber er sieht müde aus.

»Dir geht es nicht gut«, sage ich, weil ich es einfach weiß. Das ist nicht derselbe Kerl, dem ich ein paar Nächte zuvor begegnet bin.

Er holt tief Luft. »Was willst du? Hast du was vergessen?«

»Äh, nein.« Ich halte den Umschlag in meiner rechten Hand hoch. »Ich bin nur hier, um dir dein Geld zurückzugeben. Und mich noch mal bei dir zu bedanken. Also, ähm, danke.«

Ich reiche ihm den Umschlag, und er starrt sekundenlang darauf, dann heben seine Augen sich zu meinen.

»Willst du reinkommen?«

Ich zögere. Weil ich will. Genauso, wie ich Freitagnacht seine Hände auf mir wollte. Genauso, wie ich seinen Mund wollte … die Dinge, die er gemacht, und die Dinge, die er gesagt hat. Ich konnte nicht *aufhören*, diese Dinge das ganze Wochenende über zu hören. Ich habe davon geträumt. Mir all die anderen Dinge vorgestellt, die er vielleicht gesagt hätte, wenn wir weitergemacht hätten, und bin schweißnass und voller Verlangen aufgewacht und so stinksauer, dass es nicht echt war.

Ich mag in der Situation Freitagnacht nicht gemessen haben, aber seitdem habe ich weit mehr als zweimal gemessen. Ich habe fast ununterbrochen daran gedacht. Aber ich war mir immer noch nicht sicher, ob es eine Brücke war, die ich überqueren muss.

Es ist, als hätte ich zwei Willen in mir, und jeder besteht darauf, dass der andere nicht echt ist. Ein Teil von mir denkt, dass das alles nur irgendeine emotionale Reaktion ist, eine Art selbstzerstörerischer Pause. Ich muss nach Hause, vor meinem Vater auf dem Boden rumkriechen, rausfinden, was schiefgelaufen ist, damit ich mein Leben wieder reparieren kann.

Meine andere Hälfte besteht darauf, dass ich keine Reparatur brauche. Dass der Grund, warum es sich mit Silas so richtig anfühlt, der ist, dass es das mit Henry nie war. Dass ich bloß gemacht habe, was von mir erwartet wurde, so wie schon immer.

Aber sollte ich nicht versuchen, die Erwartungen der Leute zu erfüllen? Ich kann nicht einfach so damit aufhören. Zu was für einem Menschen würde ich dann werden?

Während ich schweige und eine Schlacht mit mir selbst austrage, beginnt etwas in Silas' ohnehin schon müdem Gesichtsausdruck sich noch weiter aufzuzehren, und ich trete über die Türschwelle, nur damit es aufhört.

Klar, normale Menschen sagen Ja, wenn sie reingebeten werden. Sie treten nicht ein, ehe die Person an der Tür die Möglichkeit hat, zurückzuweichen. Jetzt bin ich keine dreißig Zentimeter mehr von seiner verwirrenden Brust entfernt, und da er eine Hand an den Türrahmen gestützt hat, ragt er auf eine Art über mir auf, die das Girlie in mir dazu bringt, sich auf dem Boden herumzuwälzen und tot zu stellen.

Ich will zurückweichen, mein Absatz bleibt an der erhöhten Türschwelle hängen, ich stolpere nach hinten und wäre direkt vor der Tür auf meinen Allerwertesten geplumpst, wenn Silas nicht nach mir gegriffen und mich am Arm erwischt hätte.

»Oh, danke. Tut mir leid.«

Er dreht sich um und geht in seine Küche. Ich glaube nicht, dass ich im echten Leben schon mal einen Rücken mit solchen Muskeln gesehen habe. Überall sind Kurven, Hebungen und Senkungen, die ich nicht erwartet hätte, und ich verspüre den plötzlichen Drang, sie mit meinem Finger zu verfolgen, zu fühlen, wo ein Muskel dem nächsten Platz macht.

»Langsam glaube ich, dass das deine beiden Lieblingswörter sind.«

Ich komme wieder zu mir und schließe die Tür hinter mir. Dann folge ich ihm vorsichtig in die Küche.

»Willst du was trinken?«, fragt er.

Tequila erscheint mir angemessen für diese Situation.

»Einfach nur Wasser reicht«, sage ich. »Danke.«

Er schüttelt den Kopf und nimmt zwei Gläser aus dem Schrank. »Ist aus dem Hahn. Geht das?«

Ich nicke, aber er sieht mich nicht an, also spreche ich meine Antwort laut aus. Sein Kühlschrank hat keine Eismaschine, daher nimmt er das Eis für mein Glas aus so einem Eiswürfelmacherding aus Plastik. Er füllt sein eigenes Glas mit Milch und kommt dann zu mir an den Tisch.

Er stellt mein Wasser hin, und ich frage: »Ziehst du dich um?«

Er neigt den Kopf zur Seite und blickt auf mich herab. »Soll ich?«

Oh Gott. Was soll ich bloß darauf antworten? Natürlich *will* ich nicht, dass er sich umzieht. Ich bin ja nicht verrückt. Aber es wäre hilfreich, wenn ich einen klaren Kopf behalten soll. Anscheinend brauche ich wieder zu lang, denn er stellt seine Milch ab und wendet sich ab. »Bin gleich wieder da, Pickle.«

Jetzt sind wir also wieder da angekommen.

Als er weg ist, nehme ich einen großen Schluck von meinem Wasser und presse mir dann das kalte Glas an mein erhitztes Gesicht.

Ich weiß nicht, was dieser Typ an sich hat, was bei mir diese Matschbirne erzeugt. Es ist, als verströme er irgendein durch die Luft übertragenes Gift, das all meine Sinne aufweicht. Das Silas-Virus.

Keine zwei Minuten später ist er zurück. Er ist immer noch überall feucht, und sein zerzaustes Haar klebt ihm seitlich am Gesicht und im Nacken. Er trägt *immer* noch kein Hemd. Er hat das Handtuch gegen ein Paar Sportshorts getauscht, wodurch ich kein bisschen entspannter bin. Ich vermute, die Chancen eines Missgeschicks haben sich verringert, aber er ist immer noch so nackt.

Und so nett anzusehen.

Die Stuhlbeine schrammen über den alten Fliesenboden, als er ihn zurückzieht, um sich hinzusetzen. Er vernichtet die Hälfte von seinem Glas Milch mit einem langen Zug, und meine Augen hängen an den Bewegungen seines Halses fest. Sein Adamsapfel hüpft auf und ab, und ich bemerke, wie ausgeprägt er ist. Er ist ebenso wohlgeformt wie sein Kiefer und seine Muskeln, und so krank das auch ist … es turnt mich irgendwie an.

Wenn ich noch nicht mal auf den verflixten Adamsapfel von dem Typen schauen kann, ohne dass es bei mir prickelt, bin ich wahrscheinlich ein hoffnungsloser Fall.

Er stellt das Glas hin und wischt sich den Mund ab.

Sein Mund. Oh Gott.

»Wasser okay?«

Ich blinzele. »Hm? Ach. Ja, klar. Danke. Ich meine –«

»Ich glaube, du bist der höflichste Mensch, dem ich je begegnet bin.«

Ich zucke die Achseln und fahre mit einem Finger durch die Schicht aus Kondenswasser an meinem Glas.

»Strenge Erziehung.«

Das ist untertrieben. Das Pflegeheim, in dem ich war, bevor die Brenners mich adoptiert haben, war praktisch eine militärische Einrichtung. Wir mussten im Morgengrauen aufstehen und hatten einen ganzen Tag voller Aufgaben und Aktivitäten auf dem Programm. Es gab keine freie Minute, um einfach mal … um zu spielen, sich etwas vorzustellen oder Neues zu entdecken. Ich war die Jüngste in der Gruppe, und die älteren Kinder waren es gewohnt, aber ich wollte immer noch einfach nur draußen in der Sonne herumfaulenzen, auf Bäume klettern, spielen.

Allzu sehr sollte es mir aber nicht leidtun. Den Brenners hat mein gutes Benehmen gefallen. Mit neun Jahren hatte ich aufgehört, davon zu träumen, dass noch irgendeine Familie kam und mich mitnahm. Oder zumindest … hatte ich mir gesagt, dass ich aufgehört hatte, davon zu träumen. Schon damals war ich übertrieben praktisch orientiert gewesen. Aber ihnen gefiel meine Höflichkeit auf Anhieb. Jedes Mal, wenn ich mit meiner hohen Piepsstimme ein Bitte, Danke oder Sir von mir gegeben habe, hatten sie gelacht und einander angesehen. Und sie wählten mich aus, nahmen mich einfach mit und schenkten mir ein neues Leben … und es gibt immer noch Tage, an denen sich mein Leben davor wie ein Traum anfühlt.

Eine gewisse Struktur hat also bisher in meinem Leben größtenteils ganz gut funktioniert. Erst seit anderthalb Wochen scheint sie um mich herum zu zerbröseln.

Weil ich etwas tun muss, um die Stille auszufüllen, schiebe ich den Umschlag zu ihm und sage wieder: »Danke, dass du mir und Matt geholfen hast. Das war wirklich nett von dir.«

»Nett«, murmelt er und führt sein Glas zum Mund.

»Ja. Es war sehr nett. Genauso, wie deine Freunde zu bitten, uns mitzunehmen. Und uns zu dir einzuladen.«

Er räuspert sich. »Glaub mir. Meine Absichten waren alles andere als nett.«

»Du warst nett zu mir.«

Ich entdecke die erste Andeutung eines Lächelns in seinem Gesicht, seit er mir die Tür aufgemacht hat, und obwohl es kaum wahrnehmbar ist, verschlägt es mir fast den Atem.

»Tja. Das ist die einzige Form von *nett*, die ich beherrsche.«

Ich werde rot. Ich hatte nicht das gemeint, *was* er mit mir angestellt hatte, obwohl das weit mehr als nett war.

»Ich meine … du warst ehrlich zu mir. Du bist nicht böse geworden, als ich beschlossen habe zu gehen. Du hast mir angeboten, mich nach Hause zu fahren, obwohl du mich wahrscheinlich nie wiedersehen wolltest. Du hast mich heute reingebeten, obwohl du es nicht musstest. Ich finde, das geht als nett durch.«

Er klopft mit den Fingern auf den Tisch und blickt mit seinen umwerfenden Augen zu mir auf. »Ich bin nicht sicher, ob meine Absichten heute netter sind als neulich.«

Ich schlucke, aber obwohl ich die ganze Zeit Wasser getrunken habe, ist mein Mund so trocken, dass es länger dauert als normal.

»Oh.«

Er lacht. Lacht doch tatsächlich. Und es erinnert mich daran, wie sehr sich der Silas von heute bisher von dem unterschieden hat, den ich ein paar Nächte zuvor kennengelernt habe.

Ich lächele zurück. Es ist ein echt gutes Gefühl, zu wissen, dass ich ihn wenigstens für ein paar Sekunden da rausgezogen habe. Ich verbringe einen Großteil meiner Tage mit dem Versuch, etwas zu verändern, und nichts davon war je so befriedigend wie dieses Lachen.

»Wie geht es Matt?«, fragt er.

»Erzählt jedem, dass er dir und Carson begegnet ist. Er kriegt sich gar nicht mehr ein.«

»Na ja, schön, dass wenigstens einer die Party glücklich verlassen hat.«

»Ich bin nicht direkt unglücklich weggegangen, weißt du. Ein bisschen verwirrt vielleicht. Überfahren. Aber nicht unglücklich.«

Dann frage ich mich, ob er vielleicht gar nicht von mir, sondern von sich geredet hat, und bin nicht sicher, wie ich mich deswegen fühlen soll. Ich werde mich nicht schuldig fühlen, weil ich am Freitag gegangen bin. Ich habe das Richtige getan. Und wenn er so sauer darüber war, wie sich die Dinge *nicht* entwickelt haben, hätte er ja runtergehen und sich ein anderes

Mädchen suchen können. Ich bin sicher, dass es für ihn kein Problem gewesen wäre.

Vielleicht hat er das ja gemacht.

Er steht auf, um sein Milchglas aufzufüllen, und ich nehme ein paar weitere Schlucke von meinem Wasser, denn plötzlich fühle ich mich etwas unwohl. Ich will nicht darüber nachdenken, was er gemacht hat, nachdem ich gegangen bin. Er setzt sich wieder hin, und ich sage: »Sag mir, was nicht in Ordnung ist.«

Er schüttelt den Kopf, und alle Spuren seines Lächelns von eben sind verschwunden.

»Versuchst du immer noch, mich zu flicken?«

»Ich habe Freitagnacht nicht versucht, dich zu flicken, Silas. Ich wollte einfach nur mehr über dich erfahren, wollte, dass du mit mir redest. Genauso wie jetzt.«

Seine Miene verfinstert sich. Er macht den Mund auf, hält aber dann inne und sieht mich an, sieht mich wirklich an. Seine Augen verengen sich leicht, und er schürzt nachdenklich die Lippen. Es wird noch schwerer zu schlucken, als ich dasitze und mich frage, was er sieht, wenn er mich so anschaut. Als ich so lange gewartet habe, wie ich kann, um die Fragen zu stellen, die in mir brennen, beugt er sich über den Tisch und kommt mir zuvor.

»Und was, wenn ich doch will, dass du mich flickst?«

Kapitel 11

Silas

Ich weiß nicht, warum ich das gesagt habe, abgesehen davon, dass sie mir die Art Mädchen zu sein scheint, die das tatsächlich fertigbringen könnte. So ein Mädchen, das irgendwie roh und zugleich geschliffen ist. Ich sehe sie an und habe das Gefühl, als wüsste sie ohnehin schon alles. Wer, wenn nicht sie?

Also mache ich weiter.

»Was, wenn mit mir was nicht stimmt? Und was, wenn es allmählich die einzigen Dinge zerstört, dir mir was bedeuten? Wie flicke ich so was?«

Sie starrt mich an, ohne mit der Wimper zu zucken, und ich wünschte, ich könnte all die Gedanken hinter diesen blauen Augen wegpflücken. Ich senke den Blick und bemerke, dass sich ihre Hände fest an die Tischkante krallen.

»Jetzt kenne ich anscheinend schon zwei Methoden, die dich davon abbringen, Fragen zu stellen.«

Das bringt sie wieder in Fahrt.

»Das denkst du doch nicht wirklich, oder? Dass du kaputt bist?«

»Es ist eine Arbeitstheorie.«

»Silas, den meisten kaputten Menschen fehlt jedes Bewusstsein, um zu erkennen, dass sie Hilfe brauchen. Schon die Tatsache, dass du mich fragst, bedeutet, dass alles gut ist. Was es auch immer ist, du wirst schon damit klarkommen.«

Ich lache, und wahrscheinlich klingt es düster und spöttisch, aber ich kann nichts dagegen tun. Sie ist so verflucht naiv. Ich habe in meinem Leben genügend Leute kennengelernt, die total im Arsch waren und es wussten. Sie wussten, wie abgefuckt sie waren, aber das half ihnen auch nicht dabei, es unter Kontrolle zu bekommen.

»Nein, tue ich nicht. Ich komme mit alldem nicht klar. Scheiße, ich breche darunter zusammen, ich komme nicht damit klar.«

»Ich glaube, du bist einfach nur frustriert, und vielleicht fühlt es sich im Moment so an, als wenn –«

Was ich an ihr mag … ihre sonnige Ausstrahlung … genau das, wogegen ich verdammt noch mal nicht ankomme. Also überspringe ich die Motivationsansprache und komme auf den Punkt.

»Ich wurde vom Footballteam suspendiert.«

Sie verstummt, den Mund schon geöffnet, um das nächste Wort zu formen. Ihre Augen werden ganz sanft, und ihr Kopf neigt sich zur Seite.

»W-wieso? Was ist passiert?«

»Ich habe mich geprügelt.«

»Schon wieder?«

Ich lasse den Kopf in die Hände sinken und greife mir so unsanft in die Haare, dass es schmerzt.

»Ja, schon wieder. Und vom ersten Mal wusste der Coach auch.«

»Verstoßen denn Prügeleien gegen die Regeln?«

»Es ist eine Art unausgesprochene Regel, nicht deinen eigenen Teamkameraden niederzuschlagen.«

Sie macht so ein summendes Geräusch mit gespitzten Lippen, und ich will die Worte zurücknehmen, sie zurückspulen und wegschließen. Aus irgendeinem Grund hat sie nach jener

Nacht immer noch eine passable Meinung von mir, auch wenn sie gegangen ist, und wenn ich nicht aufhöre, zerstöre ich die auch noch.

»Warum?«

»Weil er mich wütend gemacht hat.«

»Warum?«

»Weil er ein Vollpfosten ist.«

Sie schnaubt. »Ich meine, warum bist du wütend geworden?«

»Weil …« Ich presse die Hände flach auf den Tisch und stehe auf. Ich kann nicht hier rumsitzen und mit ihr darüber reden, als wäre es normal. »Darum.«

»Nö. Das reicht mir nicht. Was hat dich wütend gemacht?«

Ich stoße mich vom Tisch ab, gehe zum Kühlschrank, drehe mich um und komme zurück.

»Er hat gesagt, ich würde wie Levi enden.«

»Levi ist der Erste, mit dem du dich geprügelt hast, richtig?«

Ich nicke, und sie stützt einen Ellbogen auf den Tisch und legt ihre Wange in die Handfläche.

»Also, was an Levi macht dich wütend?«

Ich kann nicht. Ich konnte es dem Coach nicht erklären, und ich werde es ihr nicht erklären.

»Ich rede nicht darüber, Dylan.«

»Du hast mich gebeten, es zu flicken. Wie soll ich dir helfen, wenn du mich nicht lässt?«

»Ich erwarte eigentlich nicht, dass du mir hilfst –«

»Warum nicht?«

»Weil ich nicht dein Wohltätigkeitsprojekt bin.«

Sie steht auf und kommt zu mir rüber, und meine Küche kommt mir viel zu klein vor, wenn sie mir so nah ist. Alles, was ich sehen kann, sind die Flächen, gegen die ich sie pressen will, um dieses Gespräch zu beenden.

Sie legt sanft eine Hand auf meinen Unterarm, und ihre Berührung brennt.

»Du bist kein Wohltätigkeitsprojekt.«

In der Nacht, als wir uns kennengelernt haben, dachte ich, sie wäre eins von diesen »braven Mädchen«, das sich einen bösen Jungen suchen und ihn sich aufhübschen, um ihn mit nach Hause zu Mom zu nehmen. Davon hatte ich genug, und ich habe ihnen mit Vergnügen den Laufpass gegeben. Ich habe nicht vor, mich von jemandem ändern und manipulieren zu lassen, um etwas aus mir zu machen, womit derjenige dann glücklich ist.

Dann dachte ich, sie wäre ein nettes Mädchen, das mal ein bisschen über die Stränge schlagen will, vielleicht um seine Eltern auf die Palme zu bringen.

Aber wenn ich ihr jetzt in die Augen blicke, glaube ich das nicht mehr. Sie will mir um meinetwillen helfen, nicht für sich selbst. Ich bin ihr Wohltätigkeitsprojekt, egal, was sie sagt. Aber ich weiß gar nicht, ob mich das stört.

»Vielleicht will ich ja dein Wohltätigkeitsprojekt sein. Würdest du das tun? Wenn ich dich darum bitte?«

Sie reißt die Augen auf. »Was genau?«

Ich fahre mir mit den Händen durch die Haare und gehe ein paar Schritte von ihr weg. »Keinen blassen Schimmer. Mich flicken.« Sie macht ein Geräusch, das fast nach Lachen klingt, und ich gehe wieder zu ihr zurück und fasse sie an den Schultern. Sie schluckt, und ihre Augen sind jetzt ernst auf mich gerichtet. »Es klingt bescheuert, ich weiß. Aber ich bin so kurz davor, alles zu verlieren, Dylan. Dieses Leben, das ich jetzt habe … ist alles für mich. Und der Coach ist bereit, mich abzusägen, wenn ich mich nicht total zusammenreiße. Ich habe es auf meine Art versucht und es verbockt. Also muss ich es wohl anders versuchen.«

Vielleicht reicht es nicht mehr, so zu tun, als gehöre ich hierher. Vielleicht muss ich mich ändern.

»Ich weiß nur nicht genau, worum du mich überhaupt bittest, Silas.«

Verflucht noch mal. Ich doch auch nicht.

»Du hilfst Menschen. Das tust du doch. Darum bitte ich dich. Ich muss ein besserer Mensch werden … ein guter Mensch. Für die Mannschaft. Für mich. Ich muss einfach meinen Scheiß geregelt kriegen.«

»Nur die Prügeleien? Redest du davon?«

»Alles. Die Prügeleien. Das Feiern. Den Alk. Das Kiffen.«

»Besserungsanstalt für böse Jungs?« Sie sieht immer noch skeptisch aus.

»Ich soll ein Anführer sein, Dylan. Ich soll diese Mannschaft stärker machen, aber im Moment bin ich ihre größte Schwäche.«

Und, Gott, ich muss so verdammt mitleiderregend aussehen, denn sie beißt sich auf die Lippe, und ihre großen Augen sind sanft und mitfühlend. »Na gut.«

»Na gut?«

»Ich helfe dir.«

Ich könnte sie knutschen. Diese Unterlippe zwischen meine Zähne nehmen. Aber ich entscheide mich dafür, sie an mich zu ziehen und fest zu drücken.

Sie gibt ein leises Quietschen von sich und braucht mehrere lange Sekunden, bis sie ihre Hände leicht an meine nackte Brust legt.

»Aber du musst mir auch zuhören.«

Es lenkt mich ab, ihren Atem auf meiner Haut zu spüren, aber ich nicke. »Mach ich.«

»Und du musst mit mir reden. Antworte auf meine Fragen. Ich kann nicht zu den Kernpunkten deiner Handlungen vordringen, wenn ich nicht weiß, was du denkst und wie du dich fühlst.«

Ich versteife mich. Ich weiß, dass sie recht hat, aber das heißt noch lange nicht, dass mir die Vorstellung gefällt, über meinen Kram zu reden … schon gar nicht mit ihr.

Als ich nichts entgegne, versucht sie zurückzuweichen, aber ich halte ihre Taille fest mit meinen Armen umschlungen. Ihren Bauch immer noch fest an meinen gepresst, lehnt sie lediglich die Schultern zurück und sieht mich an.

»Wenn du meine Hilfe willst, ist das der Preis.«

Ich frage: »Was ist, wenn wir eine Abmachung treffen? Wie Freitagnacht.«

Ihre Wangen laufen rosa an, und ihre Zunge schnellt hervor, um ihre Lippen zu befeuchten. »Du willst, dass ich dich küsse, um Antworten auf meine Fragen zu bekommen?«

»Ich dachte eher an ›du eine Frage, ich eine Frage‹, aber deine Idee ist auch okay für mich.«

Schnell schüttelt sie den Kopf. »Nein, ›ich eine Frage, du eine Frage‹ klingt gut.«

Ich muss ganz schön verdorben sein, denn je mehr sie versucht, sich mir zu entziehen, desto mehr will ich sie küssen. Vielleicht ist an dieser ganzen Sache mit dem Nicht-leicht-zu-kriegen doch was dran.

»Erste Frage«, sage ich. »Wovor hast du Angst?«

»Was meinst du? So was wie Spinnen? Höhen?«

Ich lächele. »Nein. Ich meine, wovor hast du bei mir Angst?«

»Ich weiß nicht, wovon du redest.«

Ich lasse meine Finger über die zarte Haut ihres Kiefers wandern und umfasse ihre Wange. »Du willst mich. Das weiß ich. Aber jedes Mal, wenn du mir zu nah kommst, ergreifst du die Flucht. Also, was an mir macht dir solche Angst?«

Sie atmet aus, und ihr Atem streift über meinen Mund.

»Es liegt nicht an dir. Nicht direkt.«

»Es liegt nicht an dir, sondern an mir? Echt? Die Schiene willst du fahren?«

»Ich hätte sagen sollen, es liegt nicht *komplett* an dir. Du bist Furcht einflößend, definitiv. Aber es ist mehr als das … Ich weiß nicht, was ich will.«

Mit meinem anderen Arm, der immer noch um ihre Taille geschlungen ist, ziehe ich ihren Körper noch näher an meinen heran. »Lügnerin. Wenn die Häufigkeit, mit der du in der letzten Minute auf meinen Mund geschaut hast, irgendein Indiz ist, weißt du ganz genau, was du willst.«

»Ich kann dem nicht vertrauen. Mir selbst. Bist du je eines Tages aufgewacht und dir ist klar geworden, dass du nicht der bist, der du dachtest? Dass du keine Ahnung hast, wer du wirklich bist? Ich nämlich schon. Und es ist schrecklich. Seinem eigenen Verstand nicht trauen zu können. Und ich kann nicht darüber nachdenken, was ich will, weil ich zu sehr damit beschäftigt bin, den Teppich zu finden, der mir unter den Füßen weggezogen wurde.«

»Klingt für mich, als würdest du zu viel denken.«

»Ich *muss denken*. Wie kann ich sonst –«

»Nein, Babe, musst du nicht. Ich weiß vielleicht nicht viel, aber über die Dinge, die etwas bedeuten, die Dinge, die man liebt … darüber muss man nicht nachdenken. Man weiß es einfach.« So, wie ich weiß, dass ich besser alles tue, was ich kann, um in der Mannschaft zu bleiben. Weil es alles ist, was ich will … mehr als Partys feiern und Spaß haben, mehr als irgendwas. »Tatsache ist: Zu wissen, was du willst, und zu wissen, wer du bist … das sind zwei verschiedene Dinge. Das eine ist kompliziert. Das andere nicht. Du versuchst, dir etwas Einfaches unnötig schwer zu machen, aber es gibt schon genug Schweres im Leben, auch ohne dein Zutun.«

Sie schließt seufzend die Augen, und ihre Wimpern wirken so lang auf ihren rosa Wangen. Sie sagt: »Ich glaube eigentlich nicht, dass du mich brauchst, um dir zu helfen. Du hast das alles besser im Griff als ich.«

»Stimmt nicht. Vielleicht denkst du zu viel, aber ich denke nicht genug.«

Ihr Blick begegnet meinem wieder, und diesmal lächelt sie.

»Vielleicht können wir beide was voneinander lernen.«

»Abgemacht«, sage ich.

»Abgemacht?«

»Du hilfst mir, mein Leben wieder auf die Reihe zu kriegen, die Dinge umzukehren, und ich helfe dir, rauszufinden, was du willst.«

»Und ich vermute, der erste Schritt deines Plans, rauszufinden, was ich will, ist, dass wir miteinander schlafen?«

»Es ist eine Option.«

»Silas …«

»Wenn ich dich ansehe, sehe ich ein Mädchen, das alles beieinanderhat, als fest verschnürtes Paket, als wäre dir das Wort ›Fehler‹ völlig unbekannt. Aber ich glaube, du fängst langsam an zu ersticken. Ich glaube, *deswegen* bist du am Freitag verhaftet worden, deswegen bist du mit mir mitgekommen … weil du atmen musstest.« Ihr Oberteil ist an ihrem Hals zu einer seidigen Schleife gebunden, und ich ziehe an einem der Bänder und löse sie. Sie hält mich nicht davon ab.

»Meinst du nicht, dass das die Dinge nur noch komplizierter macht?«

»Nicht, wenn man Einfaches einfach hält. Wir müssen nicht miteinander schlafen, um rauszufinden, was du willst. Ich könnte dich nur einfach berühren. Denn, großer Gott, Dylan, meine Probleme waren mir noch nie so egal wie in dem Moment, als ich meine Finger in dir hatte. Ich glaube, ich könnte die ganze Welt vergessen, wenn ich stattdessen meine Zunge dort hätte.«

Und wenn ich *wirklich* in ihr wäre, in dieser engen Hitze, Grundgütiger, schon, wenn ich daran denke, meldet sich das Verlangen. Sie schluckt, und als ich mit meiner Hand ihren Hals hinunterstreiche, kann ich spüren, wie ihr Puls wie wild unter ihrer Haut tobt.

»Silas …«

Ich warte darauf, dass sie weiterredet, aber sie tut es nicht, und es stört mich nicht, denn mir gefällt, wie sie meinen Namen sagt. Süß und gehaucht.

Immer wieder fahre ich mit meinem Daumen über ihren Puls und weiß, dass sie die Anziehung genauso stark spürt wie ich.

»Nicht denken«, sage ich zu ihr. »Diesmal nicht. Gehe tiefer. Was willst du? Nicht, was du wollen *solltest*. Willst du mich weg, stoß mich weg. Willst du mich bei dir haben, zieh mich näher heran. So einfach ist das.«

»Einfach«, wiederholt sie.

Dann küsst sie mich.

Zuerst zögerlich, aber als ich meinen Mund über ihrem öffne, zögert sie nicht mehr. Sie schmeckt genauso süß, wie ich es in Erinnerung habe, und ihre Zunge gleitet an meiner vorbei, heiß und begierig. Ihre Hände rutschen von meiner Brust hinunter, um mich an der Taille zu fassen, und dieses Gleiten von Haut auf Haut ist so verdammt schön. Aber nicht genug. Noch lange nicht.

Ich presse sie gegen die Küchenmöbel, und diese Sportshorts können nicht verhüllen, wie sehr ich sie will. Mein steif werdender Penis stößt gegen ihren Bauch, und sie unterbricht den Kuss, um sich an die Arbeitsfläche zurückzulehnen und zu mir aufzublicken. Ich stelle sie mir so auf meinem Bett vor, wie sie, auf die Ellbogen gestützt, darauf wartet, dass ich ihren Körper entlang nach oben krieche.

Jetzt, da die Schleife ihres Oberteils gelöst ist, kann ich sehen, dass die Knopfleiste bis hinauf zu ihrem Hals geht. Sie sieht so geschniegelt und gestriegelt aus, und es macht mich echt wahnsinnig. Ich würde am liebsten diese Knöpfe abreißen, aber die Bluse kostet wahrscheinlich mehr als meine ganzen Besitztümer zusammen. Stattdessen lasse ich behutsam den ersten Knopf aus seinem Loch rutschen. Sie rührt sich nicht, starrt bloß zu mir hoch, also öffne ich einen zweiten.

»Du siehst aus, als würdest du schon wieder denken, Pickle.«

Ihre Hände schießen hinauf an meine Brust, wo sie mich ein Stück wegdrückt, genug, damit sie aufrecht stehen kann, statt sich zurückzulehnen, um mir in die Augen zu sehen.

»Ich schwöre bei Gott, wenn du mich noch mal so nennst, spaziere ich augenblicklich zur Tür raus.«

Ein Lächeln breitet sich auf meinem Gesicht aus, und ich weiß nicht, wie sie das macht. Wie sie alles wegschiebt, bis sie das Einzige ist, was noch in meinem Kopf ist. Bevor sie an meine Tür geklopft hat, war es dort so verdammt düster … ich weiß nicht, was ich gemacht hätte.

»Das klingt ein bisschen, als wenn da jemand nach Atem ringt.«

Ich greife rechts und links von ihr nach dem Rand der Arbeitsplatte und schiebe mich nach vorn. Ihre Arme beugen sich, bis sie zwischen ihrer und meiner Brust gefangen sind. Ich lehne mich zu ihr, bis unsere Münder nur noch Zentimeter voneinander entfernt sind und ich ihren Atem schmecken kann.

Leise frage ich: »Willst du mich, Dylan?«

Für eine Sekunde saugt sie ihre Unterlippe zwischen ihre

Zähne, und als sie sie loslässt, ist sie nass und rosig, und ich will sie auch zwischen meine Zähne ziehen.

»Du brauchst nicht alles schon ausklamüsert zu haben. Gott weiß, ich hab es auch nicht. Meine Frage bezieht sich nur auf jetzt, in diesem Moment. Willst du mich?«

Statt zu versuchen, mich wieder wegzustoßen, gleiten ihre Hände auf meiner Brust nach oben und dann ganz langsam um meinen Hals herum, bis meine Brust flach auf ihrer glatten, seidigen Bluse liegt.

»Natürlich will ich dich. Hast du dich mal *gesehen*?«

»Ich sehe *dich*.«

Sie schluckt, und ihre Augen durchbohren mich, als sie antwortet: »Ja, ich glaube schon.«

Ich weiche weit genug zurück, um noch einen Knopf aufspringen zu lassen, und enthülle den oberen Teil ihres Dekolleté. Sie rückt näher und ist überall weich, wo ich hart bin, und die Reibung verwandelt meine Wirbelsäule in einen Draht, der unter Strom steht.

»Fürs Protokoll, ich halte das immer noch für eine keine gute Idee.«

»Fürs Protokoll, ich denke, es ist die beste Idee, die ich je hatte.«

Ihre Finger fahren sanft meinen Nacken auf und ab, und ich bin eine tickende Zeitbombe. Jede Berührung macht meine Zündschnur ein bisschen kürzer, und ich muss diese Knöpfe aufkriegen, bevor ich vergesse, dass ich ihr Oberteil nicht kaputt machen wollte.

Mit einer Flinkheit und Geschwindigkeit, die ich heute beim Training habe vermissen lassen, löse ich innerhalb von Sekunden die restlichen Knöpfe und öffne ihre Bluse. Ihr BH ist blasslila und umschmiegt ihre kleinen Brüste perfekt. Ihre schmale Taille verbreitert sich zu kurvenreichen Hüften, die von einem eng anliegenden Rock bedeckt werden. Ich kann mich nicht entschließen, ob ich ihr den Rock ausziehen oder bis zur Taille hochschieben will.

Ich entscheide mich für Letzteres, fasse sie an den Hüften und hebe sie auf die Küchenarbeitsplatte. Es hat einen gewissen Reiz, sie immer noch in diesen schicken Klamotten zu sehen, aber beiseitegezogen und gerafft. Es ist wunderbar, dabei zuzusehen, wie sie sich von »makellos« in »zerrauft« verwandelt, und das nur meinetwegen. Langsam schiebe ich den Saum ihres Rocks über ihre Oberschenkel hinauf. Als ich ihn nicht mehr weiterbewegen kann, sage ich: »Heb deine Hüften an.«

Sie befeuchtet ihre Unterlippe, und bei dem Anblick zuckt mein Schwanz. Ihre Nervosität jagt meinen Adrenalinspiegel einfach in die Höhe. Ich gebe ihr ein paar Sekunden, um sich darauf einzustellen, indem ich zwei Schritte nach hinten mache und sie ansehe.

Sie lässt ihre Beine zusammenschnappen und setzt sich gerade auf. »Was machst du?«

»Ich versuche, mich zu entscheiden, was ich mit dir anstellen will.«

Sie beugt sich vor, schüttelt den Kopf und lacht leise. »Ich habe eher das Gefühl, du versuchst, bei mir einen Herzinfarkt auszulösen.«

»Ich will bei dir keinen Herzinfarkt auslösen, sondern dich zum Kommen bringen. Die Frage ist nur, wie.«

Sie neigt den Kopf zur Seite und blinzelt mich an. »Wie kannst du damit nur so locker umgehen?«

Ich glaube nicht, dass sie die wahre Antwort auf ihre Frage hören will … dass ich das hier schon sehr lange mache, noch bevor ich alt genug war, um auch nur annähernd zu verstehen, was ich tat.

»Ich weiß einfach, was ich will und was mir gefällt. Und wenn du mich lässt, helfe ich dir dabei, es auch rauszufinden. Willst du das?«

Sie nickt zögerlich. Ich kehre zu ihr zurück und lasse meine Hände wieder ihre Oberschenkel hinaufgleiten, an die Stelle, wo ich mit ihrem Rock aufgehört habe.

»Also, sag mir, was dir gefällt, Dylan Brenner.«

»Ich weiß es nicht.«

Ich zwicke sie leicht in den Oberschenkel, und sie schreit auf.

»Sag mir, was dir gefällt. Denk nicht nach. Mach dir keine Gedanken, was dir gefallen *sollte*.«

»Mir hat gefallen, was wir am Freitag gemacht haben.«

Ich schlüpfe mit meiner Hand unter ihren Rock, bis nach hinten, um ihren Po zu umfassen.

»Welcher Teil?«

»Äh … alles.«

Ich grabe meine Finger in die fleischige Kurve ihres Hinterteils.

»Etwas genauer.«

»Du bist, ähm, ein ziemlich fantastischer Küsser.«

Von allem, was ich mit ihr tun will, ist Küssen die uninteressanteste Option, aber es ist ein Anfang. Ich ziehe sie mit der Hand an ihrem Po bis ganz an die Kante der Arbeitsplatte. Ihre Beine spreizen sich weiter, um sich meinem Körper anzupassen, und ihr Rock dehnt sich um ihre Oberschenkel. Ich umschließe ihren Mund mit meinem und presse unsere Hüften aneinander. Das Einzige zwischen uns sind meine Shorts und ihr Slip, und ich kann ihre Hitze spüren. Ihr Mund öffnet sich, als sie nach Luft schnappt, und ich ergreife meine Chance, sie zu schmecken.

Sie gibt kleine Laute der Lust von sich, die meinen Körper schneller pumpen lassen. Ihre Zunge drängt in meinen Mund,

und ihre Finger verfangen sich in meinen Haaren. Ich bewege meine Hüften rhythmisch gegen ihre und stehe genau richtig, um direkt in sie zu gleiten, wenn kein Stoff im Weg wäre. Ich stoße nach vorn, will dieser Hitze näher sein und hebe ihre Beine an, um sie um meine Taille zu schlingen.

Ich lehne meine Stirn an ihre. »Sag mir, was dir noch gefällt.«

Sie atmet gegen meinen Mund, und mit immer noch geschlossenen Augen sagt sie: »Deine Hände in meinen Haaren.«

Ich grinse. »Das gefällt mir auch.« Ich nehme den Zopf, der über ihre Schulter gelegt ist, und ziehe das um das Ende gewickelte Band ab. »Ich liebe dein Haar.« Es ist golden und wild und deutet an, was sich womöglich hinter diesem zugeschnürten Äußeren verbirgt. »An unserem ersten Abend konnte ich mich nicht entscheiden, was mir mehr gefällt … die Vorstellung, an diesem Zopf zu ziehen oder ihn aufzumachen und zuzusehen, wie dein Haar um dich herumfällt, während du mich reitest.«

Sie stöhnt leise, und ich ziehe kurz an dem Zopf, bevor ich anfange, ihn aufzutrennen.

»Was …« Sie macht eine Pause, schluckt und fängt noch mal an. »Was gefällt dir?«

Ich vergrabe meine Hände in ihrem Haar und ziehe ihre Lippen hinauf zu meinen, reibe meine Hüfte an ihr. »Mir gefällt es, wie du errötest, wenn ich darüber rede, was ich mit dir tun will. Mir gefällt es, wenn du mir auch an den Haaren ziehst. Mir gefällt es, wenn du deine Fingernägel in meine Haut gräbst, ohne es überhaupt zu merken. Mir gefällt es, wenn sich deine Beine um mich schlingen.«

Sie räuspert sich. »Ich meine …« Sie lässt eine Hand zwischen uns gleiten und tiefer hinunter, um mich durch meine Shorts hindurch zu umfassen. »Was gefällt *dir*?«

Ich lasse den Kopf auf ihre Schulter sinken und atme mühsam ein. Ich stoße vorwärts in ihre Hand, weil ich einfach nicht anders kann. Sie streichelt mit der Hand von unten bis oben, und ich attackiere ihren Hals mit meinem Mund. Mit plötzlicher Ungeduld küsse ich mir einen Weg hinunter in die Senke zwischen ihren Brüsten und zwicke sie leicht in ihre Rundung, als sie meine Erektion drückt.

Sie rutscht von der Arbeitsplatte hinunter, und ich trete zurück, um ihr Platz zu machen, aber nur gerade so viel wie nötig. Sie greift unter meinen Hosenbund und legt ihre kleine Hand um meinen Schwanz.

»Sag's mir«, sagt sie, und ich finde es verdammt heiß, dass sie den Spieß umgedreht hat. »Sag mir, was du willst.«

Das Letzte, was ich will, ist, sie aufzuhalten, aber irgendwie habe ich das Gefühl, sie macht das aus einem bestimmten Grund. Wenn sie sich auf andere Leute konzentriert, darauf, was sie wollen, braucht sie keine Entscheidung für sich selbst zu treffen.

»Ich weiß nicht, ob du bereit bist für das, was ich will, Baby.«

Sie macht große Augen, und obwohl sie wahrscheinlich weiß, dass ich recht habe, fragt sie trotzdem. »Was denn?«

»Ich will meine Hände in deinem Haar vergraben, während du ihn in den Mund nimmst. Ich will sehen, wie sich diese perfekten rosigen Lippen um meinen Schwanz schließen. Ich will dir all die schmutzigen Sachen sagen, die ich mir mit dir vorstelle, und dann will ich alles tun, was du mich tun lässt.«

Sie leckt sich die Lippen und – fuck.

Fuck.

Ich bin so hart, dass es wehtut, und ihr Griff ist zu schwach, zu reglos.

»Ähm«, murmelt sie.

»Ich hab dir ja gesagt, dass es zu viel ist.«

Ihre Augen nehmen diesen entschlossenen Blick an, auch wenn sie ängstlich wirkt. Und fast würde ich sogar gern sehen, wie das weitergeht, wie weit sie zu gehen bereit ist. Aber wenn ich daran denke, dass sie im Moment das Einzige in meinem Leben ist, bei dem ich mich nicht beschissen fühle, will ich sie auch nicht zu schnell vergraulen.

Und ich will nicht, dass es hierbei nur um mich geht.

Ich küsse sie auf die Wange und ziehe dann ihre Hand aus meinen Shorts.

Mein Schwanz hasst mich wie die Pest, aber er wird schon klarkommen, bis ich es geschafft habe, dass sie sich wohlfühlt.

»Warte, ich –«

»Später«, antworte ich. »Ich glaube, ich habe dir noch was versprochen.«

Ich raffe ihren Rock und ziehe ihn bis zu ihrer Taille hoch, dann hebe ich sie wieder auf die Arbeitsplatte. Ich beuge mich vor und küsse die Innenseite ihres Oberschenkels, während ich meine Finger um den Bund ihres dunkelblauen Tangas hake. Ich stöhne, denn wenn ich gewusst hätte, dass sie den trägt, hätte ich mir definitiv ihren Po darin angesehen, bevor ich sie auf die Platte gesetzt hätte.

Ein andermal, sage ich mir.

Ungeduldig ziehe ich das winzige Stück Stoff ihre Beine hinunter und stecke es in meine Tasche. Dylans Beine versteifen sich, aber ich lege eine Hand auf jeden Oberschenkel, um sie für mich geöffnet zu halten.

»Du hast mich gefragt, was ich will. Das will ich. Ich komme um vor Lust, dich zu kosten. Ich will, dass du mehr tust als nur atmen. Ich will, dass du nach mir schreist.«

Und noch mehr als das.

Ich will, dass sie so heftig kommt, dass sie für den Rest ihres Lebens an mich denkt, wenn jemand sie berührt. Ich werde meine Marke auf ihrem perfekten Körper hinterlassen, unter der Haut, wo sie mich nie mehr rauskriegt.

Ich will sie für jeden anderen verderben.

Und darin, Sachen zu verderben, bin ich ziemlich gut.

Ich sinke auf ein Knie, um einen besseren Winkel zu erreichen, aber bevor ich sie überhaupt berühren kann, fliegt krachend die Haustür auf, und ich höre Torres und Brookes in unsere Richtung kommen.

Kapitel 12

Dylan

Sein Mund ist so nah, dass ich seinen Atem spüren kann. Henry hat das nie gemacht, und obwohl ich Angst habe und verunsichert bin, bin ich auch gierig. Henry und ich hatten nicht gerade eine explosive sexuelle Beziehung. Es war … normal. Gewöhnlich.

Nun, was Silas Moore auch sonst noch alles sein mag … gewöhnlich ist er bestimmt nicht.

Allein die Erwartung, seinen Mund da unten zu spüren, stellt den meisten Sex, den ich mit Henry hatte, in den Schatten. Meine Augen sind fest zugekniffen, und ich laufe Gefahr, meine Unterlippe komplett durchzubeißen, als Silas zurückzuckt und aufsteht.

Ich wimmere und frage mich, ob er diese Spiele weiter mit mir treiben will, bis ich so heiß bin, dass ich ihn wirklich alles mit mir machen lasse.

Und es besteht die ernste Gefahr, dass ich ihn wirklich *alles* mit mir machen lasse.

Dann zieht er mich von der Arbeitsplatte runter, und ich stolpere gegen ihn, meine Beine zu gefühllos und nicht auf das Stehen vorbereitet. Mein Rock hängt mir in der Taille, und er hat gerade angefangen, ihn über mein Hinterteil runterzuziehen, als zwei Typen in die Küche kommen.

Für ein paar Sekunden mache ich gar nichts. Mein Kopf

fängt an, auf mich einzubrüllen, dass ich mich rühren soll, lange bevor mein Körper es schafft, die Bewegung tatsächlich auszuführen. Ich tauche hinter Silas ab, im selben Moment, in dem er vor mich tritt, um mich zu verdecken.

»Ach, du je«, murmele ich, als ich versuche, meine zitternden Hände dazu zu bringen, die Bluse zuzuknöpfen, die weit offen gestanden hatte, als sie reinkamen.

Einer der Typen ist der Latino, der auf der Party ohne Hemd rumgelaufen ist. Der andere ist ein riesengroßer Schwarzer, der Silas mit einem Blick anstarrt, der mich beschämt, und dabei gilt er nicht mal mir.

Der erste Typ, Torres hieß er, glaube ich, sagt: »Ach, Mensch. Was haben wir über Sex in der Küche gesagt? Überall, außer in der Küche, Mann.«

Ich reiße mir fast den Knopf von der Bluse. Ich hätte doch keinen Sex mit ihm in der Küche gehabt. *Oder?* Oh Gott, was ich ihn habe machen lassen, war kaum besser.

Silas hat recht … Ich fühle mich wirklich ein bisschen, als wäre ich am Ersticken gewesen. Ich schätze, das ist ein Grund, warum die Trennung von Henry mir nicht so viel ausgemacht hat, wie sie eigentlich sollte. Wir waren so lange zusammen, und unsere Familien hielten uns für ein Traumpaar, und langsam fühlte es sich so an, als wäre meine Zukunft bereits in Stein gemeißelt. Er würde mir einen Antrag machen, ich würde Ja sagen, wir würden Kinder kriegen und alt werden, und das war's.

Ende.

Normal.

Wenn ich jetzt daran zurückdenke, würde ich am liebsten vor Erleichterung schreien, dass er es beendet hat. Denn ich will nicht normal sein.

Aber bloß, weil ich mich eingesperrt fühlte, ist das noch lange kein Grund, von der nächstbesten Klippe zu springen.

Als Nächstes spricht Silas' anderer Mitbewohner, und seine Stimme klingt tief und vorwurfsvoll. »Meinst du, das ist die richtige Art, damit umzugehen?«

Silas schüttelt den Kopf. »Es ist nicht das, was du denkst, Zay.«

Was denkt er denn? Und was *ist* es eigentlich? Ich bin nämlich nicht sicher, ob ich es selbst weiß. Wir haben irgendeine merkwürdige Abmachung getroffen, und ich wusste, dass ich es für ihn mache … irgendwie. Aber ich war mir immer noch nicht ganz klar darüber, was er eigentlich für mich macht.

Außer mich in ein hormongesteuertes, geiles Etwas zu verwandeln.

»Ich hab's dir gesagt. Ich hab dir verdammt noch mal *gesagt*, dass du dir das antust.«

Silas senkt den Kopf, und instinktiv lege ich ihm zur Unterstützung meine Hand auf den Rücken. Sie sehen es vielleicht nicht, aber ich weiß, wie aufgewühlt er deswegen ist. Er war heute so anders. Vielleicht bilde ich es mir nur ein, aber ich glaube, Silas richtet sich unter meiner Berührung etwas mehr auf.

»Hör zu –«

»Nein. Ich hab zugesehen, wie du dich übers Wochenende zugerichtet hast. Wir konnten es alle heute beim Training sehen. Ich weiß nicht, ob es aufgehört hat, dich zu kümmern oder so, aber du bist schlecht für das Team.«

Ich spähe um Silas' Rücken herum und kriege gerade noch mit, wie sich sein Gesicht bei diesen Worten verzerrt. Und ich sage etwas. Denn das bin ich nun mal. Das Mädchen, das etwas sagt. Vielleicht nicht für mich selbst, denn ich verstehe es nicht immer, für mich selbst einzutreten, aber für andere – das mache ich.

»Das ist genau das Gegenteil von dem, was er jetzt braucht.«

Sein Mitbewohner, Zay, wirft mir einen Blick zu, und wenn das überhaupt möglich ist, wird seine Miene noch kälter.

»Nicht böse gemeint, aber ich glaube, was du ihm gerade gibst, ist auch nicht das, was er braucht.«

Mir fällt die Kinnlade runter, und ich sehe aus dem Augenwinkel, wie Silas einen Schritt nach vorne macht, und strecke einen Arm aus, um ihn aufzuhalten.

Dann setze ich mein diplomatischstes Lächeln auf und sage: »Nicht böse gemeint, aber du *kennst* mich nicht. Und ich glaube nicht, dass du deinen Freund besonders gut kennst, sonst wüsstest du, dass es ihn sehr wohl kümmert. Und er ist schon am Boden und kann es nicht gebrauchen, dass du ihn noch weiter runterziehst.«

Torres schnaubt verächtlich. »Soso, am Boden war er also?«

Ich schalte von verlegen übergangslos auf stinksauer um.

»Kein Wunder, dass er mehr und mehr die Kontrolle verliert. Offenbar erhält er keinerlei Unterstützung von seinen sogenannten Freunden. Der eine will immer nur Witze reißen und der andere ihn anbrüllen. Beides wird alles nur noch schlimmer machen!«

»Hör mal«, sagt Zay. »Ich bin sicher, du bist ein nettes Mädel. Und du meinst es offensichtlich gut, aber ich denke, du überschätzt den Grund, warum er dich hierhergebracht hat. Du denkst vielleicht, du bist hier, um ihn zu unterstützen, weil er aufgebracht ist, aber glaub mir, wenn wir nicht reingekommen wären, wärst du weg gewesen, sobald er mit dir fertig wäre.«

»Brookes.« Silas' Stimme ist hart, und als er mir eine Hand auf die Schulter legt, merke ich, wie ich zittere. »Hau ab. Das hier hat nichts mit dir zu tun.«

»Du willst, dass ich nach nebenan gehe, damit du dieses Mädchen weiter mit dir runterziehen kannst?«

»Brookes. Ich meine es ernst. *Verpiss dich.*«

Sobald der andere Typ den Mund aufmacht, weiß ich, wo das hinführt. In dem Moment, als Brookes sagt: »Fick dich«, schiebe ich mich vor Silas und lege ihm eine Hand auf seine immer noch nackte Brust, um ihn davon abzuhalten, sich auf den anderen zu stürzen und seine dritte Prügelei in weniger als einer Woche vom Zaun zu brechen.

»Hey.« Seine Brust drängt vorwärts gegen meine Hand, aber nicht fest genug, um mich so zu bewegen, wie er es könnte. »Hey. Sieh mich an. Dass du wütend auf ihn wirst, wird nichts daran ändern, dass du wütend auf dich selbst bist.«

Böse funkelt er über meine Schulter. »Vielleicht nicht. Aber es wird mich davon ablenken.«

Ich kriege seinen Kiefer zu fassen und zwinge ihn, mich anzusehen. »Wir haben eine Abmachung getroffen. Du musst mir zuhören, sonst funktioniert das alles nicht. Wütend auf ihn zu werden ändert gar nichts, also lass es sein.«

Er atmet heftig aus, und unter meiner Hand reiben seine Zähne aufeinander.

»Schön.« Seine Augen wechseln von mir zu seinen beiden Mitbewohnern, und ich lasse meine Hand von seinem Gesicht sinken. Ich will beiseitegehen, aber er hält mich mit einer Hand an der Taille fest, damit ich in seiner Nähe bleibe. Dann sagt er zu seinen Freunden: »Ich hab heute Mist gebaut. Ich weiß es. Ich wusste es schon in dem Moment, als es passiert ist. Und ich bekomme meinen Scheiß in den Griff. Versprochen.«

Das war in der Tat eine ziemlich reife Beinahe-Entschuldigung.

Mein Herz zieht sich für einen Moment zusammen, weil ich die Verzweiflung, die ihn umgibt, geradezu spüren kann. Er hat echt Probleme. Und dass seine erste Reaktion immer die ist, wütend zu werden, gefällt mir nicht besonders, aber da ist etwas. Ich kann es nicht ganz festmachen, aber trotz der Gewalt und der Probleme und des gefährlichen Sex-Appeals … hat er was.

Ich glaube an ihn.

Seine Freunde sagen nichts, und als ich mich über die Schulter nach ihnen umsehe, verlassen sie gerade die Küche. Aber Silas ist offensichtlich noch nicht fertig.

»Isaiah.« Sein Freund dreht sich um. »Es tut mir wirklich leid, aber ich trete dir in den Arsch, wenn du dich nicht um deinen eigenen Kram kümmerst.«

Ich seufze und denke: *Babyschritte*.

Sein Freund nickt nachdenklich mit dem Kopf und geht wortlos aus der Küche. Ich entspanne mich und atme zum ersten Mal frei, seit seine Mitbewohner zur Tür hereingekommen sind.

Silas streicht mir ein paar Haarsträhnen hinters Ohr, und ich blicke auf.

Sein Blick plättet mich, zwirbelt mich zusammen und wringt mich aus. Ein Mädchen könnte alles Mögliche in diesen Blick hineindeuten.

»Danke«, sagt er. »Du hattest recht. Das hätte alles noch zehnmal schlimmer gemacht.«

»So was machen Freunde.«

Dieser Blick verschwindet. Und ich bin unglaublich erleichtert, und gleichzeitig tut es mir ein bisschen leid, ihn weichen zu sehen.

»Also … was ist der Plan?«, fragt er mich.

Vielleicht zum ersten Mal in meinem Leben bin ich komplett planlos. Ich habe keinen Plan B, kein Sicherheitsnetz unter mir für den Fall, dass ich's vermassele. Und ich kann mich nicht entscheiden, ob das eher erheiternd oder beängstigend ist.

Er scheint zu kapieren, was in meinem Kopf vorgeht, denn er stellt klar: »Unsere Abmachung. Was tun wir als Erstes?«

Das Denken fällt mir schwer, wenn er mir so nah ist, und ich bin immer noch nicht ganz darüber hinweg, was wir als Teil dieser *Abmachung* beinahe getan hätten.

»Ich habe deine Frage beantwortet. Also bin ich jetzt dran.«

Er sieht nicht glücklich darüber aus, zuckt aber die Achseln, und ich vermute mal, etwas, das einer Zustimmung näher kommt, werde ich nicht kriegen.

»Du hast mich gefragt, wovor ich Angst habe … jetzt will ich deine Antwort hören.« Er macht den Mund auf, und ich schneide ihm das Wort ab. »Und ich meine nicht, aus der Mannschaft zu fliegen. Ich meine das, was dahinter ist … Was passiert, wenn du tatsächlich aus der Mannschaft fliegst? Was ist das Schlimmste, was passieren könnte?«

Sein Blick, mit dem er mich fixiert, ist düster und verhangen, und sein Kiefer ist so angespannt, als wäre er mit Draht verzurrt. Und ich habe Erbarmen mit ihm.

»Du brauchst es mir nicht sofort zu sagen. Aber das gehört auch dazu, Silas. Wenn du nicht bereit bist, mich in letzter Konsequenz teilhaben zu lassen, hat es nicht viel Sinn, dass ich hierbleibe. Denk drüber nach.«

»Ich brauche nicht drüber nachzudenken. Ich werde tun, was ich tun muss, aber …«

»Aber du brauchst ein bisschen Zeit. Schon verstanden. Wir fangen klein an.«

»Und womit?«

Ich denke einen Augenblick nach, dann frage ich: »Was machst du morgen?«

Der Ausdruck, der sein Gesicht verzerrt, ist entsetzlich.

»Nichts. Ich bin für eine Woche vom Training suspendiert.«

»Gut. Dann habe ich eine Idee. Ich hole dich morgens um acht Uhr fünfundvierzig ab. Zieh was an, das ruhig dreckig werden kann.«

Ich drehe mich zum Gehen um, aber ich komme genau zwei Schritte weit, bevor er meine Hand ergreift. Sein Daumen reibt einmal über meine Fingerknöchel, dann lässt er mich gehen.

»Er hat recht, weißt du. Ich werde dich mit runterziehen.«

Ich hebe ihm das Kinn entgegen. »Wenn ich zu Boden gehe, dann weil ich gesprungen bin, nicht weil du mich zu Fall gebracht hast.«

Er schüttelt den Kopf und lacht leise.

»Ich weiß noch nicht mal, was das bedeutet.«

Ich will ihm sagen, dass er genau das bisher gemacht hat. Worüber er sich auch immer Sorgen macht, es macht ihm so zu schaffen und solche Angst zu versagen, dass er sich selbst sabotiert. Eine sich selbst erfüllende Prophezeiung. Aber ich glaube, er hat sich für heute genug Predigten angehört, also lächele ich nur und sage: »Wir sehen uns morgen.«

Hoffentlich. Vorausgesetzt, mein Vater schließt mich nicht in meinem alten Kinderzimmer ein und lässt mich nie wieder raus. Ich bin schon fast aus der Küche, als er noch mal nach mir ruft.

»Dylan?«

Ich drehe mich um.

»Aber mit der anderen Sache hatte er unrecht.«

»Welche andere Sache?«

»Wenn die nicht reingekommen wären … ich wäre nicht mit dir fertig gewesen. Einmal wäre niemals genug gewesen.«

Ich gehe.

Ich gehe, bevor ich dem Verlangen nachgebe, ihn noch mal zu berühren, *diesen Blick* wieder zum Leben zu erwecken. Ich gehe, bevor ich meine eigene Prophezeiung erfülle und mich kopfüber in etwas stürze, das mich zerstören könnte. Uns beide.

Erst als ich wieder in mein Auto steige, merke ich, dass ich meinen Tanga nicht zurückbekommen habe.

So viel zu »die Dinge einfach halten«.

Ich lasse meinen Kopf auf das Lenkrad sinken und stöhne. »Du steckst so was von in Schwierigkeiten, Dylan Brenner.«

Und die Schwierigkeiten heißen Silas Moore.

»Dein Vater ist noch nicht da.«

Das ist das Erste, was Mom sagt, als ich am Abend zum Essen erscheine und sie mir die Tür aufmacht. Ich atme aus und gestatte meinem versteiften Körper, sich zu entspannen. Ich habe mich umgezogen, bevor ich hergekommen bin, weil ich meine Bluse oder meinen Rock nicht berühren konnte, ohne mich daran zu erinnern, wie Silas meine Kleidung weggeschoben hat. Am wohlsten fühle ich mich in wallenden Röcken, übergroßen Shirts und Sandalen. Aber in der Welt meiner Eltern (und Henrys Welt) habe ich mich an Stoffhosen, Bleistiftröcke und schicke Blusen gewöhnt. Moms Augen wandern meine Gestalt entlang, und sie sagt nichts, also nehme ich an, meine schwarze Hose und das Oberteil mit den Flügelärmeln erfüllen ihre Erwartungen.

Sie arbeitet nicht, es sei denn, man zählt die Tätigkeit bei verschiedenen Gremien und Wohltätigkeitsveranstaltungen dazu, aber selbst zu Hause trägt sie immer Geschäftskleidung. Ich betrete das Haus. Meine Absätze klappern auf dem vertrauten glänzenden Hartholzboden. In diesem Haus zu sein fühlt sich selbst nach all den Jahren immer noch ein bisschen so an, als wäre ich in einem Hotel. Alles ist ein bisschen zu sehr auf Hochglanz poliert, ein bisschen zu dekoriert, ein bisschen zu sauber, um sich wie ein Zuhause anzufühlen. Oder zumindest die Art von Zuhause, die ich in Filmen sehe oder über die ich in Büchern lese, ein Ort eben, an dem man sich wohlfühlt, sicher und geborgen. Diese Art von Zuhause hatte ich eigentlich nie, nicht mal jetzt, wo ich eine eigene Wohnung habe.

Meine Mitbewohnerin, Antonella, ist eine noch größere Perfektionistin als ich. Ich ordne alles in Kisten, Regale und Schubladen. Sie ist genauso, nur bewaffnet mit einem Etikettiergerät und einer Tendenz, na ja … alles mit Farbcodes zu versehen. Ich hatte wirklich Glück, dass ich sie im vorletzten Jahr in meinem Geschichtskurs kennengelernt habe. Wir haben uns quasi gegenseitig angezogen, weil wir beide ruhig, ernsthaft und lernbegierig sind. Ich bin daraus ein bisschen ausgerissen … habe Dinge außerhalb der Schule gefunden, die ich gern mache, aber bei Nell geht es immer noch nur um Kurse, Kurse und noch mehr Kurse. Sie belegt eine übermenschliche Anzahl von Kursen, um bei ihren zwei Hauptfächern mitzuhalten, und unsere Verbindung als Mitbewohner besteht ausschließlich darin, dass wir im selben Zimmer Hausaufgaben machen.

Ich folge Mom in die Küche mit den geschmeidigen, modernen Linien, Edelstahl und professioneller Ausstattung.

»Wo ist Dad denn?«, frage ich, als sie nach dem Essen sieht, das sie im Ofen warm hält.

»Sein Flug hat etwas Verspätung, aber er müsste bald hier sein.«

Ich nicke, dankbar für die kleine Galgenfrist, um weiter darüber nachzudenken, wie ich das Gespräch mit ihm über meine Verhaftung am besten angehe.

»Ist der Tisch schon gedeckt?«, frage ich. Es wäre gut, etwas zu tun zu haben.

»Ja. Ich gebe zu, ich habe mich ohne deinen Vater ein bisschen gelangweilt. Ich habe den Tisch schon vor einer Stunde gedeckt, bloß um mir die Zeit zu vertreiben.«

Ich lache, denn auch wenn sie nicht meine leibliche Mutter ist, könnte sie es genauso gut sein.

Wir sind uns in vielen Dingen so ähnlich.

»Willst du deine Rede bei mir üben?«, fragt sie.

Ich verziehe die Lippen zu einem Lächeln, das sich zu schwächlich anfühlt. »Nein, danke. Ich bin sie so oft in Gedanken durchgegangen, dass sie quasi in einer Endlosschleife in meinem Kopf spielt.«

»Dann reden wir von etwas anderem.«

Ich liebe sie so sehr. Klar, sie ist nicht die gemütliche, verhätschelnde Mom, von der ich als Kind geträumt habe. Sie hat sich nie im Bett an mich gekuschelt, Brettspiele mit mir gespielt oder mich vor dem Abendbrot Kekse essen lassen. Aber sie ist freundlich. Und ich bin in meinem ganzen Leben keinem besonneneren, verständnisvolleren Menschen begegnet. Ich wollte immer nur wie sie sein, aber wenn diese Woche irgendein Anhaltspunkt ist, wird das mit dem besonnen noch etwas Arbeit kosten.

»Wie geht's Henry?«

Andererseits ist sie stur. Etwas, worauf ich gut verzichten könnte.

»Wir haben nicht miteinander gesprochen.«

»Ach, Schatz. Du weißt doch, dass das nur eine Phase ist, oder? So was kommt in jeder Beziehung vor, vor allem, wenn sie in so jungen Jahren beginnt wie bei euch. Er ist ein Mann, er ist jung und dumm und denkt, er müsste nachsehen, was es draußen in der Welt noch gibt, es könnte ja sein, dass er was verpasst. Aber er wird bald feststellen, dass es da draußen keine gibt, die besser für ihn ist als du.«

Ich antworte nicht. Mag sein, dass er zu dem Schluss kommt, dass ich das Beste für ihn bin, aber eins der wenigen Dinge, die ich im Moment weiß, ist, dass Henrys Trennung von mir das Beste war, was mir passieren konnte. Nicht, dass Henry schlecht war. Er ist ein wirklich netter Kerl und es könnte mir bestimmt viel schlechter gehen, aber … er ist eben nur Henry.

Und ich will nicht den Rest meines Lebens mit jemandem verbringen, der *nur* irgendwas ist.

»Du gehst wirklich gut damit um, Liebling. Ich bin stolz auf dich. Es zeigt, wie reif du tatsächlich bist.«

Sie spricht nicht von der Verhaftung, natürlich nicht. Denn das ist das Gegenteil davon, wirklich gut mit irgendwas umzugehen. Sie meint emotional … beziehungsweise das Fehlen von Emotionen.

Ich war hier, als Henry mit mir Schluss gemacht hat. Er hatte gefragt, ob er rüberkommen kann, und wir saßen draußen auf der Hollywoodschaukel aus Holz, während er mir erklärte, dass er nicht mehr dasselbe für mich empfände wie früher. Als es vorbei war, ging ich rein und erzählte es Mom, und ich glaube, sie hat damit gerechnet, dass ich durchdrehe. Dass ich mitten im Foyer heulend zusammenbreche. Stattdessen ging ich ins Esszimmer und deckte den Tisch, wie immer, wenn ich zum Abendessen vorbeikam.

»Danke, Mom.«

»Ich weiß, du hast gesagt, du willst nicht darüber reden, aber du kannst mir sagen, wenn es bei dieser Protestsache um Henry ging. Du warst schon immer sehr reif für dein Alter, und dein Vater und ich verstehen beide, dass Gefühle Menschen zu sprunghaftem Verhalten verleiten können.«

»Es hatte nichts mit Henry zu tun«, sage ich zu ihr.

Er war nur der Katalysator, die erste Saite, die gerissen ist, bevor der ganze Rest folgte. Ich habe nicht gelogen, als ich ihr sagte, dass meine Erklärung in meinem Kopf in einer Endlosschleife läuft, aber was ich ihr nicht gesagt habe, ist, dass es noch andere Worte gibt, die ich nicht aus dem Kopf bekomme, Worte, die diese einstudierte Rede immer wieder übertönen.

Ich glaube, du fängst langsam an zu ersticken.

Dann höre ich, wie die Haustür aufgeht, und den dumpfen Schlag, mit dem mein Vater seine Aktentasche neben die Tür fallen lässt. Mom legt mir ihre kühle Hand auf die Wange und beugt sich vor, um mir einen Kuss auf die Stirn zu drücken.

»Alles halb so schlimm. Du weißt, dein Vater liebt dich.«

Als er die Küche betritt, lockert er gerade eine kastanienbraune Krawatte. Er ist alt genug, dass sein Haar an den Schläfen allmählich silbern wird, aber sein Gesicht sieht noch jung und gesund aus. Ich weiß nicht, wie er das bei all dem Stress macht. Ich habe auch nicht besonders viel Einblick, worin seine Arbeit besteht. Ich weiß nur, dass er Geld von seinem Vater geerbt und es dann in ein paar Sachen investiert hat, die sich ausgezahlt haben. Zum Beispiel besitzt er beträchtliche Anteile an verschiedenen Firmen, investiert immer noch in die eine oder andere Neugründung und ist bei verschiedenen Gremien tätig, einschließlich dem Universitätsrat der Rusk.

Er küsst Mom auf die Wange und sagt dann leise »Dylan« als Begrüßung, bevor er mich auf die Stirn küsst.

»Wie war es in New York?«, fragt Mom.

»Heiß«, antwortet er. »Ziemlich unerträglich.«

Sie macht »Tsts« und hilft ihm aus seiner Anzugjacke.

»Setz dich schon mal an den Tisch. Dylan und ich tragen das Essen auf.«

Sie geht sein Jackett aufhängen, und ich schnappe mir einen Topflappen, um das Essen aus dem Ofen zu holen. Mom gehört zu den Frauen, die das Essen nicht im selben Behältnis servieren, in dem es gekocht wurde. Stattdessen legt sie alles auf hübsche Teller und Platten, als gebe sie jeden Abend eine Dinnerparty.

Noch etwas, woran ich mich nie gewöhnen werde. Das heißt doch nur, noch mehr Geschirr zum Abspülen nach dem Essen, und wozu das Ganze? Um zwei Minuten lang hübsch auszusehen, bevor die Gäste anfangen, es in sich reinzuschaufeln? Erst als wir genau das tun und die Darbietung von Moms Essen zerstören, ergreift Dad das Wort.

»Also dann, Dylan. Was hast du zu deiner Angelegenheit zu sagen?«

Ich hole tief Luft. »Ich weiß, dass du enttäuscht bist. Wie ich mich verhalten habe, wirft weder ein sehr gutes Licht auf mich, diese Familie noch die Sache, für die ich eintreten wollte. Ich will nicht nach Ausreden suchen, denn es gibt keine. Ich habe einen Fehler gemacht, eine überstürzte Entscheidung getroffen, und obwohl ich sie bereue, habe ich auch daraus gelernt. Ich habe mich von Frust und Ungeduld leiten lassen, statt vernünftig und intelligent zu handeln. Und es tut mir leid.«

Ich bringe es hervor, wie ich es geübt habe, bis aufs i-Tüpfelchen.

»Das ist alles schön und gut, Liebes, aber es verrät mir nicht, warum.«

Meine Augenbrauen ziehen sich zusammen, und ich versuche, nicht böse zu gucken. »Ich habe mich von Frust –«

»Du hast deine Rede schon gehalten, Dylan. Sie war gut durchdacht und verdient Respekt. Ich danke dir dafür. Und jetzt lass die Augenwischerei und gib mir eine echte Erklärung.«

Meine Lunge ist wie mit Staub gefüllt, und ich habe das Gefühl, weder ein- noch ausatmen zu können. Einen unheimlich intelligenten und resoluten Geschäftsmann zum Vater zu haben kann manchmal echt nerven.

»Ich habe keine.« Oder vielmehr … Ich habe keine, die mich nicht wie eine undankbare verwöhnte Göre klingen lässt. Was, wenn es ein bisschen erdrückend ist, Teil dieser Familie zu sein? Es ist trotzdem eine Familie. Es ist trotzdem etwas, das mir eigentlich nicht vorbestimmt war, aber diese beiden Personen, die buchstäblich genug Geld haben, um alles zu besitzen, was sie wollen … aus irgendeinem Grund wollten sie mich. Und das werde ich nicht durch den Dreck ziehen. Nicht nach allem, was sie für mich getan haben, allem, was sie mir gegeben haben und von dem ich nicht mal zu träumen gewagt hätte.

Für sie *will* ich perfekt sein. Das ist alles, was ich je wollte … dafür sorgen, dass sie niemals auch nur eine Sekunde bereuen, dass sie mich aufgenommen haben.

»Liebling«, sagt Mom zu Dad und legt ihm eine Hand auf den Arm. »Du weißt, sie hat im Moment viel um die Ohren.« Henry. Sie schiebt es auf Henry. »Vielleicht war sie wegen anderer Dinge frustriert und hat diese Gefühle an der falschen Stelle rausgelassen.«

Ich sollte sie nicht für mich reden lassen, ich sollte selbst sagen, was ich fühle. Das würde Silas jetzt zu mir sagen.

Ich schließe die Augen. Das ist nicht der Zeitpunkt, um an ihn zu denken. Er ist so weit entfernt von dieser Welt, diesem Leben, das ich hier führe … es ist alles andere als lustig. Wenn ich ihn hier zu mir nach Hause bringe, selbst in meinen Gedanken, gibt es zwei Möglichkeiten.

Entweder gewinnt mein Zuhause, und ich ertrinke in Schuldgefühlen wegen der Sachen, die ich mit Silas getan habe.

Oder Silas gewinnt. Das neue, instabile Ich gewinnt und zerschmettert das letzte bisschen Fassade, das ich noch aufrechterhalten habe. Meine Eltern würden wissen, wie weit ich wirklich davon entfernt bin, ihre Erwartungen zu erfüllen.

Und keins von beiden will ich. Also errichte ich von diesem Moment an eine Mauer und weigere mich, eine dieser Welten mit der anderen in Berührung kommen zu lassen.

Außerdem … Dad ist noch nicht fertig, die Kuh ist also noch nicht vom Eis.

Er sagt: »Mag sein. Nichtsdestotrotz muss sie über die Auswirkungen ihrer Handlungen nachdenken.« Er wendet sich an mich. »Wir haben dich dazu erzogen, für dich selbst zu denken, klug zu sein. Und ich verstehe und respektiere zwar deine Gefühle bezüglich des Obdachlosenheims, aber du musst auch daran denken, dass ich regelmäßig mit dem Stadtrat zusammenarbeite. Deine Mutter ist mit der Frau des Bürgermeisters aufs College gegangen. Es ist eine Sache, an einem Gruppenprotest teilzunehmen, und das will ich dir nicht verbieten … aber derart auf eigene Faust zu handeln, wie du es getan hast, bringt die ganze Familie in eine unangenehme Situation.«

Daran hatte ich überhaupt nicht gedacht. Die Welt der elitären Kreise, in denen sich meine Eltern bewegen, ist klein. Natürlich kennen sie alle hohen Tiere in der Stadt, auch diejenigen, die kontrollieren, wohin das Geld fließt.

»Du hast recht. Ich habe nicht an die Folgen gedacht. Ich wollte nur … etwas bewirken. Und das ist etwas, das vor unserer Haustür passiert – keine große politische Bewegung in einem anderen Bundesstaat oder einem anderen Land. Es ist so nah, und ich habe mir wohl mein Urteilsvermögen von meiner Leidenschaft vernebeln lassen.« Und obwohl ich es mir zur Gewohnheit gemacht habe, nicht über meine Kindheit zu reden, so zu tun, als wäre es ein anderes Leben, eine andere Welt gewesen, erwähne ich sie jetzt. »Und ich weiß noch, wie es ist, nicht mal die grundlegendsten Dinge zu haben, kein Zuhause. Das ist schon hart genug, es sollte für diese Menschen nicht noch härter werden.«

Der Versuch, die Gefühle aus meiner Stimme herauszuhalten, ist gründlich missglückt. Meine Eltern respektieren Logik, nicht Gefühle. Und das eine hat bei dem anderen nichts verloren.

»Du kannst ihr nicht vorwerfen, dass sie mitfühlend war und instinktiv gehandelt hat, Richard. Auf die Art führst du auch deine Geschäfte, und sie ahmt lediglich ihren Vater nach. Und ehrlich gesagt ist das ein kleiner Fehler im Vergleich zu dem, was sich andere Kinder in ihrem Alter leisten. Und die Leute reden … zufällig weiß ich, dass ein paar Kinder von Stadtratsmitgliedern wesentlich schlimmere Probleme hatten. Sie werden das verstehen.«

»Ja, aber bei Dylan lege ich eine höhere Messlatte an. Sie ist besser als andere Jugendliche in ihrem Alter, bewusster.«

Bin ich nicht. Ich bin bloß besser im Heucheln.

»Und sie ist diesen Ansprüchen jahrelang problemlos gerecht geworden. Sie ist keine Angestellte, Richard. Sie ist deine Tochter.«

Dad legt sein Messer hin, und es schlägt klirrend gegen seinen Teller. Stirnrunzelnd betrachtet er das Essen, das er seit Beginn des Gesprächs nur hin und her geschoben hat.

»Und was soll ich deiner Meinung nach tun? Sie ohne jede Art der Maßregelung davonkommen lassen?«

Da ergreife ich das Wort. »Ich habe beschlossen, dass ich mich für das Erneuerungsprojekt anmelde, das von der Universität gesponsert wird. Studenten reparieren Häuser für die Unterprivilegierten und Älteren in der Stadt. Es ist drei Tage in der Woche, bis die Schule wieder anfängt, und dann jeden Samstag bis Ende September. Ich dachte, es wäre ein guter Weg, um meinen Frust in etwas Positives umzuleiten. Etwas zurückzugeben.«

»Na bitte«, sagt Mom. »Das klingt doch nach einer absolut respektablen Art, ihre Handlungen wiedergutzumachen.«

Dad runzelt die Stirn, sagt aber: »Na schön. Ich schätze, das geht.«

Unter dem Tisch entspannen sich meine Fäuste, die Abdrücke meiner Fingernägel in den Handflächen schmerzen. Als das geklärt ist, übernimmt Mom für den Rest der Mahlzeit die

Unterhaltung, stellt Dad Fragen über seine Reise und erzählt ihm von den paar Tagen, die sie ohne ihn verbracht und wie schlecht sie sich dabei gefühlt hat.

Und zum ersten Mal sehe ich die beiden an und frage mich, ob sie einander eigentlich wirklich lieben. Oder ob sie bloß, wie Henry und ich, gut zusammenpassen.

Dann denke ich an meine leibliche Mutter. Dabei denke ich nie an sie. Es hat nicht viel Sinn, da sie gestorben ist, bevor ich ins Pflegeheim kam. Aber jetzt kann ich nicht dagegen an, mich zu fragen, wie anders mein Leben mit ihr verlaufen wäre. Würde ich mich selbst besser kennen? *Wäre* ich vielleicht sogar ich selbst?

Es ist zu viel, um darüber nachzudenken. Und ich kann sowieso nichts ändern. Dieser Teil meines Lebens ist lange vorbei.

Als ich mich eine Stunde später fertig mache, um zu gehen und in meine Wohnung zurückzukehren, legt Dad mir einen Arm um die Schultern und zieht mich an sich. »Es gefällt mir nicht, von dir enttäuscht zu werden.«

Irgendetwas versetzt mir einen Stich in die Brust, und obwohl er mich umarmt, ist dieser eine Satz irgendwie der schlimmste Moment des ganzen Abends.

»Mir auch nicht.«

Noch nachdem er mich losgelassen hat, fühlt es sich an, als engten seine Arme mich immer noch ein – wie Bänder, die immer da sind, aber jetzt noch ein bisschen fester geworden sind, ein bisschen spürbarer.

Während des ganzen Nachhausewegs versuche ich sie zu vergessen, sie auch nicht zu spüren, als ich ins Bett krabbele. Aber es gibt zu viele Dinge, die ich zu vergessen versuche, und keins davon schaffe ich wirksam auszublenden.

Und Silas hatte recht.

Ich muss so dringend atmen.

Kapitel 13

Silas

Als ich morgens die Treppe runterkomme, ist Brookes in der Küche. Es gibt nicht vieles, das mich dazu bringen könnte, so früh aufzustehen. Football gehört dazu. Dylan offensichtlich auch.

Ich gehe an ihm vorbei in die Speisekammer, wo ich ein paar Eiweißriegel als Frühstück finde. Dylan müsste jeden Moment hier sein, also reicht meine Zeit nicht für mehr.

»Also kommst du wohl nicht mit zum Training«, sagt Zay.

Ich blicke auf die alte Jeans hinab, die ich statt Sportklamotten angezogen habe.

»Der Coach sagt Nein.« Ich pule die Verpackung des einen Riegels auf und beiße ab.

»Und für wie lange?«

Ich zucke die Achseln. »Eine Woche.«

Er stößt einen Pfiff aus. »Und zwei Spiele?«

»Mindestens. Er droht mit Schlimmerem, wenn ich mich nicht zusammenreiße.«

»Tut mir leid, Mann. Das hätte ich gestern schon sagen sollen. Ich kann mir nicht mal vorstellen, wie du dich fühlst.«

»Nicht gut.«

Er steht auf und trägt sein Geschirr zur Spüle. »Und was machst du dann heute, wenn du nicht trainieren darfst?«

»Etwas mit Dylan. Ich weiß es gar nicht genau.«

»Dylan?«

»Das Mädchen, das dich gestern zur Schnecke gemacht hat.«

Er verschränkt die langen Arme vor der Brust und schaut mich an.

»Du triffst dich schon wieder mit ihr? Seid ihr zusammen oder so?«

»Nee. Nicht direkt. Sie ist, ich weiß nicht, ein reiches Schickimicki-Töchterchen, das sich gerade ein bisschen die Hörner abstößt. Ich bezweifle, dass sie lange bleibt.«

Die Worte kommen mir falsch vor, noch bevor ich sie ausspreche. Aber nur, weil ich mich ihr gegenüber öffnen soll, heißt das ja nicht, dass ich gleich jedem mein Herz ausschütten muss. Besser, alle denken, dass sie nur ein Mädchen von vielen ist.

Aber wie üblich lässt sich Brookes nicht so leicht was vormachen.

»Normalerweise bist du derjenige, der nicht lange bleibt.«

Ich werfe die leere Folie des einen Riegels weg und reiße noch einen auf. Ich antworte nicht, denn ob ich nun lüge oder nicht … er hat recht, und ich weiß nicht, warum es diesmal anders ist. Meine Abmachung mit Dylan ist keine Beziehung … Ich will keine und will auch nicht wissen, wie man eine führt, aber ich hoffe auch, dass diese Abmachung Bestand hat. Ich muss dafür sorgen, dass sie funktioniert, nicht bloß wegen des Footballs, sondern auch, um sie in meiner Nähe zu behalten. Ich kann im Moment nicht darüber nachdenken, warum das wichtig ist, aber so ist es.

»Hat sie was damit zu tun, in was für einer Scheiße du auch immer gerade steckst?«

»Nein. Gott, nein. Sie ist so ungefähr das Einzige, was *nichts* damit zu tun hat.«

Es klingelt an der Tür, und ich verputze den Rest meines Frühstücks.

»Das ist sie. Tust du mir einen Gefallen? Sag dem Coach, dass ich mich um meinen Kram kümmere.«

Ich bin schon fast aus der Küche, als er mich noch mal ruft.

»Ja?«

Er sagt: »Pass auf dich auf.«

»Ich habe vor, um jede Art von Ärger einen großen Bogen zu machen.«

»Ich meinte bei diesem Mädchen. Ich will nicht, dass es dich noch mehr ins Gehirn fickt, wenn nichts daraus wird.«

Darauf habe ich keine Antwort, also nicke ich nur. Ich lege die letzten paar Schritte zur Haustür zurück und öffne sie. Dylan nimmt ihre Sonnenbrille ab und lächelt leicht. Sie trägt ein blaues ärmelloses Top, das fast die Farbe ihrer Augen hat, und hat ihr dickes Haar nach hinten aus dem Gesicht genommen. Ich kann die Träger eines Sport-BHs auf ihren Schultern sehen, und ihre Brüste werden von ihm nach oben und zusammengequetscht. Eine abgetragene, perfekt sitzende Jeans umschmeichelt ihre Hüften.

Sie scheint sich wohlzufühlen und versucht nicht, mich zu beeindrucken. Aber ich bin beeindruckt. Ihre Augen mustern meine eigene Kleidung, und sie fragt: »Es macht nichts, wenn diese Sachen ruiniert werden?«

»Was genau hast du denn heute für uns geplant, Pickle?«

Sie kneift die Augen zusammen. »Na warte, das werde ich dir noch heimzahlen.«

Ich trete auf die Veranda hinaus und ziehe die Tür hinter mir zu. »Ich freu mich schon drauf, dir bei dem Versuch zuzusehen.«

Der Wagen, den sie auf der Straße vor meinem Briefkasten geparkt hat, ist ein kleines schnittiges stahlgraues Teil mit weichen Kurven, das nach viel Kohle aussieht. Ich werfe einen Blick auf meinen abgewrackten alten Truck in der Einfahrt und stelle fest, dass unsere Fahrzeuge ziemlich genau den Unterschied zwischen uns repräsentieren.

Ich kann nicht anders, als bewundernd meine Hand über das Auto wandern zu lassen, als ich die Schnauze umrunde und zum Beifahrersitz gehe. Ich hätte nichts dagegen, auch über die Besitzerin des Wagens anerkennend meine Hand wandern zu lassen, aber sie hat von dem Moment an, als wir das Haus verlassen haben, darauf geachtet, ein gutes Stück Abstand zwischen uns zu halten. Als ich allerdings ins Auto steige, erweist es sich als klein genug, dass ich ihren Ellbogen auf der Mittelkonsole mit meinem berühre.

»Also, was verschreibt Dr. Dylan für den heutigen Tag?«

Sie biegt auf die Straße und bewegt sich von der Uni weg.

»Du darfst aber nicht sauer sein.«

Nicht unbedingt das, was ich so früh am Morgen hören wollte.

»Mist. Du schleppst mich doch nicht etwa zu irgend so einem Selbsthilfescheiß, oder?«

»Selbsthilfe nicht, nein. Aber mit Helfen hat es was zu tun.«

Das geheimnisvolle Lächeln, das sie mir zuwirft, ist verdammt sexy, und ich strecke die Hand aus und fahre mit meinem Finger über ihre nackte Schulter. Sie erschaudert, und ich drehe leicht die Hand, um ihr auch noch den Hals entlangzustreichen.

»Deinetwegen baue ich noch einen Unfall.«

Ich schaue durch die Windschutzscheibe. »Da vorne kommt eine rote Ampel.«

Als sie langsam zum Stehen kommt, beuge ich mich über die Konsole und küsse die Stelle, an der sich Hals und Schulter treffen. Sie weicht aus, sobald meine Lippen ihre Haut berühren.

»Silas.« Verdammt. Den Ton hab ich schon mal gehört. Ich blicke auf, ziehe mich aber nicht zurück. Wenn ich irgendwas bin, dann stur, und ich habe noch nicht annähernd genug von ihr, um jetzt schon aufzuhören. Sie sagt: »Ich bin nicht auf die beste Art mit dem Ganzen umgegangen.«

»Dann fahr zurück zu mir, und wir können richtig damit umgehen. Oder fahr rechts ran, ich bin nicht wählerisch.«

Sie verdreht die Augen und legt mir eine Hand auf die Schulter, um mich wegzuschieben. Ich lasse es zu, aber glücklich bin ich nicht damit.

»Das meine ich nicht, und das weißt du. Ich fühle mich eindeutig von dir angezogen.« Immerhin gibt sie es offen zu. »Aber die Sache ist … wir sind nicht zusammen. Und wir werden nicht zusammen sein. Also finde ich es besser, wenn wir das zwischen uns so platonisch wie möglich halten.«

»Und was, wenn ›so platonisch wie möglich‹ überhaupt nicht platonisch ist?«

»Das muss es aber.«

»Ich glaube, du verwechselst Zusammensein mit einer festen Beziehung. Wir können das locker halten, mit wenig Druck. Und das ist noch nicht vom Tisch.«

Scheiße. Ich muss irgendwie süchtig nach diesem Mädchen sein, denn noch nie, *niemals* habe ich von mir aus zur Sprache gebracht, mit einem zusammen zu sein. Normalerweise sind sie es, die damit kommen. Oder sie gehen nach einer Nacht einfach davon aus, dass wir es sind. Mit diesem Mädchen habe ich noch nicht mal geschlafen, und schon überschlage ich mich mit etwas, das mir sonst im Traum nicht einfiele.

»Und was passiert dann? Gehen wir einen Abend miteinander aus. Schlafen miteinander. Und dann bist du damit fertig, mit mir zusammen zu sein?«

»Ich hab dir doch gesagt, Pickle, einmal wird bei dir niemals reichen.«

»Toll. Dann treffen wir uns vielleicht ein paarmal. Das klingt für dich vielleicht verlockend, aber nicht für mich.« Sie stolpert über die letzten Worte, bekommt sie kaum über die Lippen.

»Warum willst du mich unbedingt dauernd anlügen? Es *ist* verlockend für dich. Du willst es bloß nicht zugeben.«

Sie sieht mich an wie ein in die Enge getriebenes Tier, so als wüsste sie, dass sie in der Falle sitzt.

Dann ertönt eine Hupe hinter uns. Die Ampel ist grün, und Dylan beeilt sich, aufs Gas zu treten.

Ich gebe ihr keine Gelegenheit, einen Rückzieher zu machen oder das Thema zu wechseln.

»Ich denke, ich verstehe dich, Dylan. Du willst keine lockere Beziehung mit mir, weil dir wahrscheinlich dein ganzes Leben lang beigebracht wurde, dass so eine Beziehung falsch ist. Oder dir wurde gesagt, dass es immer mit einem gebrochenen Herzen endet, wenn du zu viel investierst. Und vielleicht bist du so jemand. Vielleicht bist du die Art Mädchen, die nur ernsthafte Beziehungen führen kann. Oder vielleicht hast du dir auch nur gesagt, dass du die Art von Mädchen bist. Ich wette, du hattest bisher ausschließlich Langzeitbeziehungen.«

Sie schluckt, krallt sich fester an das Lenkrad und verbirgt ihr Gesicht vor mir, als sie in eine andere Straße biegt.

»Ich habe recht, oder? Komm schon. Sag's mir. Wie viele Beziehungen?«

Sie räuspert sich und antwortet dann mit erhobenem Kinn: »Zwei.«

»Und wie lang haben sie gehalten?«

»Eineinhalb Jahre die erste, und …« Sie verstummt.

»Und?«

»Vier Jahre und ein paar zerquetschte.«

»*Krass*. Vier Jahre? Du bist gerade mal einundzwanzig geworden und willst mir erzählen, dass du davon über fünf Jahre in festen Beziehungen verbracht hast? Dann warst du wahrscheinlich von dem Moment an, als du dich mit Jungs treffen durftest, in einer Beziehung.«

Sie zuckt die Achseln, und ich weiß, dass ich recht habe.

»Du denkst vielleicht, dass du dich von mir fernhalten musst, weil ich nicht in dein übliches Beuteschema für Beziehungen passe, aber ich glaube, das ist genau der Grund, warum du mich brauchst. Du brauchst mal ein bisschen Spaß. Einfach jung sein, bevor es zu spät ist.«

Sie seufzt, setzt mit etwas zu viel Aggression den Blinker und biegt in eine weitere Wohnstraße.

»Okay.«

Für einen Moment denke ich, ich höre nur, was ich hören will.

»Was okay?«

»Okay, ich höre auf, so viel zu denken.«

Ich warte, bis sie an einem Stoppschild hält, und dann lehne ich mich zu ihr und küsse sie. Sie gibt in meinem Mund einen überraschten Laut von sich, aber dann summt sie zustimmend, als ich mit den Lippen einmal über ihre fahre und dann noch mal.

Jemand hupt hinter uns, aber dieses Mal kann er verdammt noch mal warten. Ich zeige dem Deppen hinter uns den Mittelfinger und presse sie in ihren Sitz, lang genug, um ihr zu versichern, dass sie eine gute Entscheidung getroffen hat.

Ich höre, wie das Auto mit quietschenden Reifen um uns herumfährt, aber ich habe nicht vor, sie wieder davonkommen zu lassen.

Als sie wieder diese kleinen, atemlosen Laute von sich gibt und ihre Hände das Lenkrad losgelassen haben, um in mein Haar zu fassen, ziehe ich mich langsam zurück.

»Ich glaube, wir machen schon erhebliche Fortschritte bei deiner Therapie, Pickle.«

Ihr benommener Blick hält nur wenige Sekunden an, bevor sie mich in meinen Sitz drückt und sagt: »Gott, du bist so arrogant.«

Ich lache, ohne es abzustreiten.

Sie streicht ihr Haar glatt und lässt das Stoppschild hinter sich. Den Rest der Fahrt wirft sie mir alle paar Sekunden einen Blick aus dem Augenwinkel zu, aber jeder ist wie ein Adrenalinschub, und als sie sagt: »Da wären wir«, kann ich mich gerade so zurückhalten, sie nicht wieder in ihren Sitz zu pressen.

Langsam kommt sie hinter einem auf der Straßenseite geparkten Truck zum Stehen. Die Straße ist auf mehrere Hundert Meter vor uns mit Autos gesäumt, und ein paar Häuser weiter hat sich eine Gruppe von Leuten im Garten versammelt.

»Wir machen was mit anderen Leuten?« Ich klinge wie ein nörgelndes Kind, weil ich dachte, ich hätte sie für mich und könnte weiter nach und nach ihre Mauern niederreißen.

»Komm schon. Wir sind ein bisschen spät dran und müssen uns auch noch anmelden.«

Seufzend öffne ich die Tür. Als wir näher kommen, entdecke ich Werkzeug, Farbe und Baumaterial, und das Bild beginnt sich zusammenzusetzen.

Ich schlinge einen Arm um ihren Hals, und obwohl sie sich anspannt, stößt sie mich nicht weg. Ich beuge mich zu ihrem Ohr hinunter und sage: »Du lässt mich arbeiten.«

»Du willst doch ein besserer Anführer für deine Mannschaft sein. Der erste Schritt, um ein Anführer zu werden, ist, andere über dich selbst zu stellen. Außerdem … manchmal tut ein bisschen Arbeit ganz gut.«

»Mir fällt eine andere Möglichkeit ein, wie du mich hättest zum Arbeiten bringen können, die wesentlich angenehmer ist.«

Jetzt schiebt sie mich weg, lächelt aber dabei.

»Ich spreche nicht von dir und deinem … Du weißt schon, was. Diese Art von Arbeit ist positiv. Wir helfen Menschen.«

»Meine Methode ist nur eine andere Art zu helfen. Und ich verspreche, es wäre eine sehr positive Erfahrung für alle Beteiligten.«

»Immer wenn ich denke, ich habe dein Ego im Griff, wird es noch größer.«

Ich grinse. »Ich denke, wir reden nicht von mir und meinem du weißt schon, was.«

Sie stupst gegen meinen Arm, wobei sie mich kaum einen Zentimeter bewegt. »Oh Mann. Du bist schrecklich.«

»Dylan?« Sie verharrt, und das Lächeln fällt ihr aus dem Gesicht, als ihr Kopf herumwirbelt, um den Typen anzusehen, der aus der Gruppe getreten ist und jetzt vor uns auf dem Bürgersteig steht. Ihr lockeres Auftreten verschwindet, und ich kann fast dabei zusehen, wie sie sich wieder einschnürt, ihr Lächeln in die Schranken verweist, ihr Lachen, ihre Haltung. Ich beobachte sogar, wie sie sich mit den Händen übers Haar streicht, als versuche sie, es zu etwas Präsentablerem zu zähmen.

»Ach, Henry. Hi.«

Henry. Der Name kommt mir bekannt vor, aber ich kenne den Typen nicht. Seine Haare strotzen vor Gel, und ich bin mir sicher, er hat mehr Zeit damit verbracht, sie zu stylen, als jedes Mädchen in der Gruppe. Er sieht eher aus wie für ein Tennismatch angezogen als für Bauarbeiten, und er hat ein überhebliches Lächeln, das mich jetzt schon nervt.

»Was machst du denn hier?«, fragt er.

Dylan ist ruhig, als sie antwortet, aber ich erkenne eine Anspannung in ihrem Gesicht, die vor wenigen Augenblicken noch nicht da war.

»Ich hab Kim dieses Wochenende angerufen und gefragt,

ob sie noch Hilfe braucht. Ich dachte, du wärst zu beschäftigt dafür.«

Er versenkt seine Hände in den Taschen seiner Shorts und klimpert mit etwas, das vermutlich Schlüssel sind. »Mein Zeitplan hat sich unerwartet gelichtet.«

Dann fällt mir wie Schuppen von den Augen, wer das ist. Ihr Ex. Und, meine Fresse, ich wusste, dass sie genau mit solchen Typen geht.

Der Typ, der ein verdammter Magnet für meine Fäuste ist.

»Wer ist das?«

»Silas.« Ich strecke meine Hand aus, und beim Schütteln drücke ich möglicherweise ein bisschen fester zu als nötig. Er lässt ein zufriedenstellendes Zucken erkennen, und Dylan hakt ihren Arm um meinen Ellbogen, um mich wegzuziehen.

»Komm. Wir müssen uns anmelden.«

»Schön, dich kennengelernt zu haben, Henry.« Ich werfe ihm ein grimmiges Lächeln zu und lasse mich von ihr wegzerren.

Als wir halb durch den Vorgarten sind, flüstert sie: »Du kannst so ein Arsch sein, weißt du das?«

»Ich? Ich habe gerade mal zehn Sekunden mit diesem Typen gesprochen und weiß jetzt schon, dass er ein Vollidiot ist. Mit so was warst du vier Jahre zusammen?«

»Er ist nett.«

»Erstens bezweifle ich das. Dem Kerl steht verwöhnter Schwachkopf quasi auf die Stirn geschrieben.«

»Silas, wir reden jetzt nicht darüber.«

Sie entfernt sich von mir und tritt an einen Klapptisch, wo ein Teenager mit einem Klemmbrett sitzt.

»Dylan Brenner«, sagt sie. »Und ein Gast.«

Die Jugendliche lässt ihren Kaugummi knallen und sieht zu mir rüber. »Er muss noch eine Einverständniserklärung ausfüllen.«

Sie tippt auf einen Stapel Papiere und hält mir einen Stift hin. Dylan wirft mir einen erwartungsvollen Blick zu, und ich halte ein Stöhnen zurück. Ich fülle das dämliche Formular aus und gebe es dem Mädchen.

Sie macht eine Kaugummiblase, lässt sie platzen und sagt dann: »Geht zur Gruppe. Greg wird euch eure Aufgaben zuweisen.«

Als das erledigt ist, fange ich wieder an. »Er ist also … *nett*. Was Besseres hast du echt nicht anzubieten? Du schenkst ihm vier Jahre deines Lebens, weil er Bitte und Danke sagt, und hast Angst, mit mir auch nur zu gehen?«

»Silas …«

»Im Ernst. Hilf mir, das zu verstehen. Ist es, weil er reich ist?«

»Wie bitte?«

In meinem Hinterkopf ertönt undeutlich ein Warnsignal, dass ich die Klappe halten sollte, aber ich kann das nicht auf sich beruhen lassen. Ich will, dass mir jemand erklärt, warum Typen wie ihr Ex alles und jede kriegen, die sie wollen, bloß weil auf ihrem Etikett »gut« steht. Was zum Teufel soll das überhaupt heißen?

»Es ist eine zulässige Frage«, sage ich.

»Nein, es ist nicht, weil er reich ist«, blafft sie mich an. »Es ist, weil er Leuten, die ihn wütend machen, nicht auf die Nase haut. Er trinkt nicht oder nimmt Drogen, um mit seinen Problemen klarzukommen. Er hat sich um mich gekümmert. Er wollte nicht einfach nur eine Weile Sex mit mir haben.«

Ich habe Rasierklingen in der Lunge, und als ich Luft hole, schmeckt sie nach Feuer. Und ich will das loswerden, es zu ihr zurückspucken.

»Wenn ich nicht mehr als das bin, warum bringst du mich dann hierher? Warum scherst du dich überhaupt um mich?«

Ihre perfekten Lippen stehen offen, als wäre sie selbst geschockt, und ich kann so etwas wie Bedauern auf ihren Wangen aufblühen sehen. Ich will sie hassen. Ich will mich vom Acker machen und zu Fuß nach Hause gehen. Ich will sie an mich ziehen, ihre Lippen mit meinen aufhebeln und mir alles nehmen, was dieser Mund mir zu bieten hat, selbst wenn es nur Beleidigungen und böse Worte sind.

Die Sache ist … sie hat recht. Ich weiß, dass ich *das* bin. Sie ist nur der erste Mensch außer mir, der es laut ausspricht. Sie will gerade antworten, als eine Stimme von vorne aus der Menge alle um Aufmerksamkeit bittet. Ein Typ mittleren Alters steht auf einem Stuhl und benutzt ein Megafon, um seine Stimme zu verstärken.

»Hallo. Ich bin Greg, und ich möchte euch allen danken, dass ihr gekommen seid. Heute arbeiten wir an dem Haus dieser jungen Dame hier.« Er zeigt auf eine winzige alte Frau, die neben ihm auf dem Boden steht. Ihre Haut ist wettergegerbt und zerfurcht wie altes Leder, und als sie winkt, bewegt sich ihr Fleisch, als wäre es nicht an ihrem Körper festgewachsen. »Mrs Baker lebt seit neunundvierzig Jahren in diesem Haus, und heute Vormittag werden wir ihr helfen, einige Reparaturen und Renovierungen durchzuführen. Sie hat als Krankenschwester im hiesigen Krankenhaus gearbeitet, bis sie vor zehn Jahren in Rente gegangen ist. Sie hat dieser Gemeinde ihr ganzes Leben lang viel gegeben, und Mrs Baker, wir freuen uns, Ihnen heute ein bisschen was zurückgeben zu können.«

»Silas«, flüstert Dylan neben mir.

Ich ignoriere sie und konzentriere mich auf den verantwortlichen Typen. Ich weiß nicht, warum ihre Worte so ein beschissenes Gefühl in mir ausgelöst haben.

Ich bin all das, was sie gesagt hat. Aber ich gebe mir Mühe.

Warum wäre ich sonst hier? Aber wenn sie so einen Typen will, na dann …

Ich glaube, was mich am meisten nervt, ist die Vorstellung, dass ich nur das für sie bin. Ich dachte immer, Football wäre *das* Eine in meinem Leben, was mich ins Gleichgewicht bringt. Er gleicht alles andere aus, was ich nicht bin.

Aber Dylan interessiert sich einen feuchten Dreck für Football, und wenn ich mich nicht zusammenreiße, werde ich noch nicht mal mehr den haben.

Und was bin ich dann? *Wer* bin ich dann?

Greg bewegt sich durch die versammelte Menge, teilt die Leute für verschiedene Aufgaben ein, benennt Gruppenleiter. Ich werde mit Henry in eine Gruppe gesteckt, was natürlich verdammt perfekt ist.

Ich hoffe, er tritt in einen Nagel und kriegt Tetanus.

Dylan wird in eine andere, kleinere Gruppe eingeteilt, und langsam glaube ich, dass dieses kleine Experiment damit endet, dass in mir eine noch irrationalere Wut aufsteigt als ohnehin schon.

Zumindest kriege ich eine coole Aufgabe. Ich und ein paar andere Typen reißen eine vergammelte und verzogene Verkleidung von der vorderen Veranda ab und ersetzen sie mit neuem Holz. Ich bekomme eine Brechstange und einen Hammer und die Anweisung, mich auszutoben. Und das mache ich.

Das knarrende Geräusch, wenn das Holz nachgibt, ist befriedigend. Die Nägel ächzen, als ich die alte Verkleidung mit der Brechstange weghebele. Und wenn ich auf ein paar besonders hartnäckige Bretter stoße, benutze ich den Hammer, um zusätzliche Kraft auszuüben.

Ich vertiefe mich in die Aufgabe, beim Arbeiten beginnt mir der Schweiß den Rücken runterzulaufen. Die Sonne klettert immer höher und schickt erdrückende Mengen Licht und

Hitze hinab. Stück für Stück baue ich das schlechte Holz ab. Manchmal zerbröselt es in meiner Hand, bricht oder biegt sich, wo es nicht sollte. Dann muss ich meine Hände benutzen, meinen Hammer, meinen Fuß – was immer ich kann, um das Zeug wegzureißen, bis ich schließlich bis zum Fundament unter das Haus blicken kann. Alles, was noch übrig ist, sind die Bolzen, an denen wir die neue Verkleidung befestigen. Als ich mit meinem Abschnitt fertig bin, mache ich mich an den nächsten, wo Henry kaum halb so viel geschafft hat wie ich.

Eine Weile arbeiten wir schweigend, und ich vergesse, dass er überhaupt da ist. Dann fragt er: »Also, woher kennst du Dylan?«

Ich würde so gern was sagen, das ihn auf die Palme bringt, eine versteckte Anspielung, aber ich weiß, das würde ihr nicht gefallen. Und was ich sage, könnte sie schlecht dastehen lassen, und ich habe langsam das Gefühl, sie gehört zu den Mädchen, die sich unglaublich viele Gedanken darüber machen, was andere über sie denken.

Vielleicht ist die Vorstellung, mit mir zu gehen, deswegen für sie so haarsträubend.

So befriedigend es auch wäre, den Kerl wütend zu machen, es ist es nicht wert, sie auch wütend zu machen.

Ich zucke die Achseln. »Wir sind uns letzte Woche über den Weg gelaufen. Kamen ins Gespräch. Und es hat gefunkt.«

Okay. Vielleicht stehe ich nicht komplett darüber, anzudeuten, dass zwischen uns was läuft. Aber es ist weniger, um ihn sauer zu machen, sondern eher, um klarzustellen, dass er sie nicht mehr in der Hand hat. Wenn er dachte, er würde was Besseres kriegen als ein Mädchen wie Dylan, ist der Typ ein verdammter Vollidiot und verdient es, das ein bisschen unter die Nase gerieben zu bekommen.

»Gefunkt?«

»Ja. Sie ist was ganz Besonderes. Mädchen wie sie trifft man nicht alle Tage.«

Henry nickt, macht eine Pause, während er versucht, ein hartnäckiges Brett zu entfernen, und sagt dann: »Stimmt.«

Ich sehe diesen Typen an, und es bringt mein Blut zum Kochen, dass er vier Jahre ihres Lebens bekommen hat. Dass er sie *gehabt* hat und ich nicht. Und ich lasse zu, dass mein Mundwerk mit mir durchgeht. »Und ganz unter uns, die Kleine ist verdammt heiß. Zuerst wirkt sie ein bisschen, keine Ahnung, schüchtern. Zurückhaltend. Aber wenn sie locker wird … meine Herren.«

Henry zerrt wie blöd an dem Brett, seine Hände rutschen ab, und er lässt sein Brecheisen auf den Boden fallen.

»Komm. Lass mich mal.«

Ich trete vor ihn und hebele es mit einem kräftigen Zug los.

Er macht ein Gesicht, als wäre er mehrmals überfahren worden, und ich schätze, ich habe meinen Standpunkt klargemacht und kann damit anfangen, die Verkleidung in meinem Abschnitt zu erneuern.

Er mag sie vier Jahre lang gehabt haben, aber ich habe sie jetzt.

Oder werde sie haben. Ich werde ihr beweisen, dass ich ihre Zeit wert bin. Wenn nicht, bin ich genauso ein Volltrottel wie er.

Kapitel 14

Dylan

Ich beende meine erste Aufgabe, den Handlauf an der Treppe hinter dem Haus zu reparieren. Greg teilt mich ein, damit anzufangen, irgendwelche Kletterpflanzen zu entfernen, die eine Hausseite überwuchert haben, und sagt mir, ich soll mich nach einem Partner umsehen, der nichts zu tun hat. Ich finde Silas am Wasserkühler, und er ist gerade dabei, sein Shirt hochzuziehen, um sich damit den Schweiß von der Stirn zu wischen.

Beim Anblick seines Bauchs vergesse ich, wie man läuft. Ich bleibe einfach mitten im Garten stehen und starre. Nicht dass ich seinen Bauch nicht schon mal gesehen hätte. Gestern bin ich sogar ziemlich nah rangekommen und damit (mit vielem von ihm) recht persönlich geworden. Aber nur einen kurzen Blick auf einen Teil davon zu erhaschen hat einen Reiz, der mein Hirn aus den Fugen geraten lässt. Auch seine Jeans sitzt so perfekt unterhalb seiner Hüftknochen, und ich schwöre, wenn ich jetzt einen Schnappschuss von ihm machen würde, könnte ich ihn einer Zeitschrift oder einem Klamottendesigner verkaufen. Er sieht so verdammt gut aus, ganz ohne es darauf anzulegen.

Ich beobachte ihn beim Wassertrinken und denke zum hundertsten Mal, dass ich eine Idiotin bin. Ich fühle mich schrecklich wegen dem, was ich vorhin zu ihm gesagt habe. Beim Arbeiten habe ich an nichts anderes gedacht. Wie sein Gesicht sich verschlossen und er mich nicht mehr angesehen hat – ich versinke geradezu in Schuldgefühlen. Da will ich diesem Kerl helfen, weil ich etwas in ihm sehe, etwas, das es wert ist, geschützt und weiterentwickelt zu werden, und stattdessen trampele ich darauf rum.

Und warum? Für *Henry*? Um die Mauern zwischen meinen beiden Welten aufrechtzuerhalten? Oder vielleicht, weil meine Kontrolle, was meinen Knastkumpel betrifft, an einem seidenen Faden hängt, der beim kleinsten Anlass reißen könnte.

Vielleicht will ich ja, dass er reißt, und das jagt mir Angst ein.

Ich hole tief Luft und marschiere mit gesenktem Kopf zum Wasserkühler hinüber. Ich schinde ein bisschen Zeit, indem ich mir einen Becher auffülle, um mich an seine Nähe zu gewöhnen, an die Tatsache, dass er nicht einen Zentimeter zurückgewichen ist, als ich neben ihn trat.

»Wie läuft es?«, frage ich, den Kopf immer noch gesenkt.

»Gut. Obwohl dein Ex die Kraft eines T-Rex im Oberkörper hat.«

Ich lache los, lasse um ein Haar mein Wasser fallen und kann gar nicht aufhören zu lachen, weil es so wahr ist. Als ich in meine Wohnung eingezogen bin, war Henry völlig nutzlos. Ich halte mir die Hand vor den Mund und versuche, mich wieder zu fangen, und Silas' Lächeln ist so warm und sanft, dass es fast so ist, als hätte unser letztes Gespräch gar nicht stattgefunden.

Durch die Sonne, die auf seinen Rücken knallt, sehen seine Haare noch goldener aus als sonst, und es ist echt unfair, wie atemberaubend er ist.

»Bist du noch beschäftigt? Ich habe ein neues Projekt, bei dem ich Hilfe bräuchte.«

Meine Augen werden wieder von seinem Adamsapfel angezogen, als er noch etwas trinkt. Dieses verflixte Ding wird noch mein Untergang.

»Nein, ich bin fertig. Zumindest mit meinem Teil. Henry ist wahrscheinlich noch hier, wenn es dunkel wird.«

Ich schließe die Augen und verkneife mir ein Lächeln. Leichte Rachegefühle gegenüber einem Ex sind doch normal, oder? Und vollkommen zulässig.

»Dann komm mit.«

Ich führe ihn nach hinten zu dem Teil des Hauses, den ich von den Ranken befreien soll. Sie haben sich von einem Baum in der Nähe bis oben hin an die Regenrinne ausgebreitet.

Silas stößt einen Pfiff aus. »Ich glaube, wir brauchen eine Leiter.«

Ich nicke. »Ich sehe mal, ob ich eine finden kann.«

Er berührt mich an der Schulter, um mich aufzuhalten. »Ich mach das.« Dann vergeht ein kurzer Moment, in dem er mir eine verirrte Haarsträhne hinters Ohr streicht und seine Finger an meinem Hals verharren. Als er geht, komme ich nicht dagegen an, mich zu fragen, ob es so wäre, mit Silas zu gehen. Kleine Berührungen. Immer wieder ein warmes Lächeln. Ungehemmtes Gelächter.

Könnte es *gut* sein? Könnte es mehr sein als bloß atemberaubende Küsse und wundersam talentierte Hände? Bin ich verrückt, weil ich das überhaupt für eine Möglichkeit halte?

Ich darf nicht vergessen, dass Silas und ich mit sehr unterschiedlichen Definitionen leben, und *zusammen sein* wäre zweifellos von dieser Diskrepanz betroffen.

Ich ziehe die Handschuhe an, die Greg mir gegeben hat, und fange an, das Gestrüpp unten am Haus zu entfernen. Ich ziehe probehalber an einer Ansammlung von Ranken. Die dickste hält sich widerspenstig, aber ich schaffe es, eine kleinere zu packen, und ziehe gut einen Meter davon von der Wand weg, bevor sie reißt und nur ein Stück in meinen Händen zurückbleibt.

Ich bin in der Taille vornübergebeugt und zerre wieder an der größeren Ranke, als Silas zurückkehrt.

»Schlechte Nachrichten.«

Ich blicke auf und ertappe ihn dabei, wie er mir auf den Hintern starrt. Ich richte mich auf, aber seine Augen bleiben an einer Kehrseite hängen, von der ich weiß, dass sie zu den üppigeren gehört, denn ich habe nicht viel Zeit oder Lust zu trainieren. Um nicht zu sagen, gar nicht.

»Schlechte Nachrichten?«, hake ich nach.

Er sieht mit einem schiefen Grinsen zu mir auf, und es scheint ihm kein bisschen leidzutun, als er sagt: »Alle Leitern sind in Benutzung, wir werden also improvisieren müssen.«

»Wir können mit dem Zeug anfangen, an das wir drankommen, bis eine frei wird.«

»Das könnte eine Weile dauern«, sagt er. »Aber ich habe mir eine Alternative ausgedacht.«

Ich ziehe fragend eine Augenbraue hoch.

»Wenn du dich auf meine Schultern setzt, müssten wir so ziemlich bis oben hinkommen, wahrscheinlich weit genug, damit du an den obersten ziehen kannst.«

»Hast du mich deswegen so angestarrt?« Ich sage nicht *auf meinen Hintern*, denn wir wissen beide, wovon ich rede.

»Ich bin nicht sicher, ob das eine Frage ist, die du von mir in der Öffentlichkeit beantwortet haben willst.«

Tja, mein Ausbruch von vorhin hat ihn offensichtlich gar nicht tangiert. Oder falls doch, lässt er es sich nicht anmerken.

»Meinst du nicht, es wäre besser, auf eine Leiter zu warten?«

»Was soll daran besser sein?«

Ich versuche, sein Geflirte zu ignorieren, es nicht zu ernst zu nehmen, aber er ist so hinreißend, dass es mehr als schwer ist, einen klaren Kopf zu behalten.

»Lässt du mich auch nicht fallen?«

»Ich heiße doch nicht Henry. Ich denke, ich kann dich stemmen, Pickle.«

»Das lässt dich wohl nie mehr los, was?«

»Eventuell lasse ich mich überzeugen.«

Ja. Darauf gehe ich lieber gar nicht ein.

»Also, dann machen wir es eben.«

Ich ergreife seinen Unterarm, führe ihn hinten ums Haus herum zur Treppe und steige zwei Stufen hoch, um mir zusätzliche Höhe zu verschaffen. Er bückt sich, bis er quasi auf seinen Fersen ruht, und indem ich unseren frisch reparierten Handlauf als Stütze benutze, lege ich ihm erst das eine Bein über die Schulter und dann das andere.

»Bereit?«, fragt er.

Ich halte mich weiterhin am Handlauf fest und sage Ja.

Er steht auf, als hätte er gerade mal zehn Kilo auf der Schulter, und ich schließe meine Beine fest um ihn, hake meine Füße um seine Seiten und versenke meine Hände in seinen Haaren, während ich versuche, mein Gleichgewicht zu finden.

»Nicht ganz so, wie ich es mir vorgestellt habe, zum ersten Mal meinen Kopf zwischen deinen Beinen zu haben.«

Ich gebe ihm einen festen Klaps auf die Schulter, und er lacht. »Ich bin nur ehrlich.«

»Mit *Ehrlichkeit* hast du kein Problem.« Ich meine es als Witz, aber er versteift sich unter mir, und ich weiß, ich habe die Erinnerung an unseren Streit von vorhin wachgerufen. Es macht ihm doch etwas aus, egal, hinter wie vielen Flirtereien er sich versteckt.

Seine Arme liegen an meinen Waden und seine Hände auf meinen Oberschenkeln, um mich festzuhalten, und er beginnt, wieder zu unserem Arbeitsbereich zu laufen. Er lässt sich von mir an die Stelle dirigieren, wo ich ihn haben will, dann presse ich die Beine eng an, um Halt zu haben, strecke die Arme hoch und fange an zu ziehen.

Mein erstes Bündel befreiter Ranken regnet Silas auf den Kopf, und ich mache mich lächerlich, indem ich mich immer wieder entschuldige, als könnte er wissen, dass diese Entschuldigungen für alles gelten sollen.

»Sei froh, dass es kein Giftefeu ist«, sagt er.

Ich schnappe nach Luft, weil ich daran überhaupt nicht gedacht habe und gar nicht sicher bin, dass es keiner ist. Vielleicht hat Greg mir deswegen die Handschuhe gegeben.

»Oh Gott. Und wenn doch?«

Ich beuge mich vor, um sein Gesicht auf rote Stellen zu untersuchen, und er muss meine Bewegung abfangen, indem er eine Hand ausstreckt und sich an der Hauswand abstützt, um nicht das Gleichgewicht zu verlieren. Und jetzt liegt seine nackte Hand auf den Kletterpflanzen, und wenn ich so weitermache, wird er mich hassen, wenn dieser Tag vorüber ist.

»Es ist keiner«, sagt er.

»Sicher?«

»Sicher. Das Zeug hat das ganze Haus samt Garten überwuchert, wo ich während der Highschool gewohnt habe.«

Ich halte inne und denke über seine merkwürdige Wortwahl nach. *Das Haus, wo ich während der Highschool gewohnt habe*. Nicht sein Zuhause. Nicht seine Kindheit. Er redet davon wie ich vom Aufwachsen im Pflegeheim. Und ich frage mich, ob wir das vielleicht gemeinsam haben. Ob er vielleicht nicht so viel Glück hatte wie ich.

»Stell mir eine Frage«, sage ich.

»Warum?«

»Weil ich *dir* eine stellen will, aber ich bin nicht dran.«

»Obwohl ich deine letzte Frage nicht beantwortet habe?«

»Oh, die steht noch aus. Ich bin nur so nett und großzügig, dir noch etwas Zeit zu geben, bevor ich sie einlöse.«

Er lacht und schüttelt den Kopf, und seine langen Haare kitzeln die Innenseiten meiner Oberschenkel. Die Bewegung löst ein warmes Kribbeln in meinem Beckenbereich aus, aber schon Sekunden später wird es wieder ausgelöscht, als er seine Frage stellt.

»Gut. Warum habt ihr euch getrennt, du und Henry?«

Ich versteife mich, aber es ist nur fair. Also antworte ich: »Um es genau zu wissen, müsstest du wohl ihn fragen, aber mir hat er gesagt, dass er einfach nicht mehr dasselbe für mich empfände.«

»Er hat mit *dir* Schluss gemacht? Willst du mich verarschen?«

Ich zucke mit den Achseln und ziehe an einer weiteren Ranke.

»Na ja, in die Tonne mit dem Scheißkerl, kann ich da nur sagen.«

Ich muss unwillkürlich lächeln. »Zweite Aufgabe der Besserungsanstalt für böse Jungs: die Kraftausdrücke vielleicht *ein bisschen* zurückschrauben.«

Er fährt mit einem Daumen an der Seite meines Oberschenkels hinunter bis zu der empfindlichen Haut in meiner Kniekehle.

»Ich habe nun mal ein schmutziges Mundwerk, Babe. Das lässt sich nicht ändern. Du musst es als Teil meines unglaublichen Charmes hinnehmen.«

Charme. Ich unterdrücke ein Schnauben. Charme ist gewandt und subtil. Silas Moore ist eine Naturgewalt. Eine verflixte Lawine. Er hat keine subtile Faser im Leib.

Ich lasse die Kraftausdrücke erst mal auf sich beruhen, denn jetzt bin ich an der Reihe.

»Woher kommst du?«

»Nirgendwo Besonderes. Vom Arsch der Welt in Westtexas.«

»Woher genau?«, versuche ich es noch mal.

»Du würdest es sowieso nicht kennen. Zwischen Odessa und Lubbock. Die ganze Gegend ist ein sich ewig ausbreitendes Nichts. Nur Staub, Mesquitebäume und Rumgammler, die ständig davon labern, abzuhauen, es aber nie machen.«

Bei Gott, selbst mit diesem Frage-und-Antwort-Spiel ist es schwerer, aus diesem Mann Informationen rauszukriegen, als die perfekte Jeans zu finden.

»Wo ist das Problem, mir einfach zu sagen, wo es ist, wenn ich es eh nicht kenne?«

»Weil ich es geschafft habe, da rauszukommen, Dylan. Als einer von wenigen, und ich habe keine Lust, meine Zeit noch damit zu vergeuden, darüber zu reden, als wäre ich nie da weg. Lieber tue ich so, als würde es gar nicht existieren.«

Ich schlucke all die Fragen, die ich noch habe, und verschiebe sie auf ein andermal. Fragen zu stellen funktioniert bei ihm nicht … zumindest noch nicht. Ich beantworte auch nicht gern Fragen.

Erst muss er mir vertrauen.

Ich konzentriere mich wieder auf die Kletterpflanzen und entwickele ein System, nach dem ich nach hinten rechts ziehe, damit ihm nichts ins Gesicht fallen kann. Beim Abreißen nehmen die Ranken die Farbe mit und hinterlassen Muster auf dem Holz, wo vorher die Ranken waren. Jedes Blatt hinterlässt einen Abdruck, sodass es fast aussieht, als wären die Ranken noch da.

Silas würde vielleicht gern vergessen, wo er herkommt, aber er ist genau wie dieses Haus. Er kann den Ort, seine Vergangenheit, sein Elternhaus von sich reißen, aber alles lässt Abdrücke zurück. Und so, wie wir es bei diesem Haus machen werden, wenn wir fertig sind, hat Silas diese Abdrücke übermalt, weil er nicht will, dass irgendjemand anders weiß, dass sie da sind.

Noch etwas, das wir gemeinsam haben.

Obwohl ich nie so richtig perfekt in mein neues Leben hineingepasst habe, versuche ich mir mein altes Leben auch nie einzugestehen. Ich war im Pflegeheim, seit ich drei war, und kann mich an nichts davor erinnern. Ich vermute mal, die meisten Menschen wie ich erreichen diese Phase als Teenager oder mit Anfang zwanzig, wenn sie von dem Wunsch erfüllt sind, zu erfahren, woher sie kommen und warum man so mit ihnen umgegangen ist. Sie erkundigen sich nach ihren leiblichen Eltern oder sonstigen Verwandten.

Für mich ist das sinnlos. Richard und Emily haben es mir gesagt, als sie mich mit neun Jahren adoptiert haben. Schon damals haben sie mich mit einer rationalen Sachlichkeit behandelt, als wäre ich eine Erwachsene, die nur eben einen halben Meter kleiner war als sie. Sie haben mir nicht alle Einzelheiten über den Tod meiner leiblichen Mutter erzählt, aber ich glaube, es war etwas Unschönes. Drogen vielleicht. Oder Selbstmord. Wenn es etwas wie eine medizinische Sache oder ein Autounfall gewesen wäre, hätten sie es mir gesagt. Ich könnte sie jetzt fragen, und sie würden mir alles sagen, was ich will. Aber will ich es wirklich wissen, wenn es so schlimm ist? Ich erinnere mich nicht an sie. Und so ist es einfacher.

Eine Weile arbeite ich schweigend, und schließlich merke ich, dass auch Silas unter mir angefangen hat zu arbeiten. Einen Arm hat er immer noch um meine Schienbeine geschlungen, für den Fall, dass ich das Gleichgewicht verliere, aber mit seiner rechten Hand reißt er Ranken ab und wirft sie zu meinen auf den Haufen.

»Es gibt noch ein Paar Handschuhe, weißt du.«

Er zuckt die Achseln. *Mit mir auf den Schultern.* Es ist, als würde er mich gar nicht spüren. »So gehen meine Schwielen nicht weg, bis ich wieder trainiere und in den Kraftraum gehe.«

Ich frage ihn nicht, warum jemand Schwielen *wollen* sollte. Ich verbuche es einfach als so ein Sportlerding, das für mich nie Sinn ergeben wird.

»Wann gehst du wieder hin?«

Er atmet hörbar aus. »Nächste Woche. Sofern ich sicher bin, dass ich nicht wieder den Kopf verliere und alles noch mehr verkacke.«

»Woher willst du wissen, ob du bereit bist?«

»Ich dachte, das wirst du mir sagen.«

»Silas … das kann ich nicht. Woher soll ich denn wissen, was in deinem Kopf vorgeht?« *Wenn du es mir nicht sagst*, ginge der Satz noch weiter, aber das lasse ich weg.

»Du bist doch die Expertin, wenn es darum geht, seinen Scheiß in den Griff zu kriegen. Ich dachte, du bist vielleicht in der Lage, zu erkennen, wann ich so weit bin oder auf dem Weg dahin oder so.«

Schön wär's.

»Offensichtlich habe ich meinen Kram auch nicht so gut im Griff, wie ich dachte.«

Ich mühe mich mit einer besonders starken Ranke ab und zerre wie verrückt, und meine Hand rutscht aus dem übergroßen Handschuh. Ich rudere mit den Armen, versuche mein Gleichgewicht zu korrigieren, aber das macht es nur noch schlimmer. Ich falle rückwärts. Wir fallen beide. Vielleicht schreie ich. Silas' Hände umklammern meine Oberschenkel wie Eisenbänder, aber ich schwanke trotzdem.

Mir fällt noch ein, meinen Kopf zu schützen, während Silas sich nach vorn auf die Knie kippen lässt. Er kommt hart auf, und der Ruck schleudert mich von seinen Schultern, aber dank ihm bin ich näher am Boden. Und durch Reflexe, mit denen er mit Superhelden konkurrieren könnte, schafft er es sogar noch, im Fallen meine Hand zu schnappen. Er hält mich gerade aufrecht genug, damit ich mit meinem Allerwertesten zuerst aufkomme, gefolgt von meinem unteren Rücken, aber mein Kopf berührt nicht den Boden.

Trotz Silas' Anstrengungen tut mein Steißbein saumäßig weh, und in meinem unteren Rücken habe ich einen schmerzhaften Krampf, daher lasse ich seine Hand los und lege mich zurück auf den Rasen. Seine Knie müssen genauso wehtun, trotzdem verlagert er sein Gewicht, um sich über mich zu beugen.

Er verdeckt die Sonne, und ich weiß nicht, ob es der Schmerz oder einfach nur er ist, aber es ist wie eine von diesen totalen Sonnenfinsternissen, wo man weiß, dass man nicht hinsehen soll, weil es die Augen schädigen kann oder so, aber es ist so unglaublich, dass man trotzdem nicht anders kann.

»Dylan, alles in Ordnung?« Er sagt das langsam, und ich habe das Gefühl, dass er es schon einmal gesagt hat und ich es einfach ausgeblendet habe.

Ich schiebe es auf den Schmerz, aber als der Impuls aufkommt, hebe ich meine Hand und berühre sein Gesicht. Nur ein leichtes Streifen meiner Finger über seinen Kiefer, aber der Energiestoß, den ich durch diese kleine Berührung bekomme, ist fast ebenso heftig wie mein Aufprall eben.

Er schließt die Augen, und ohne seinen Blick auf mir komme ich wieder zur Besinnung. Ich nehme meine Hand weg, als ein paar Leute um die Hausecke kommen, zweifellos von dem Geschrei angezogen, das ich wahrscheinlich (mit ziemlicher Sicherheit) von mir gegeben habe. Ein paar andere recken sich übers Dach, um zu sehen, was los ist, aber meine Augen suchen automatisch nach Henry, um den Ausdruck nackten Entsetzens in seinem Gesicht zu erspähen, als er sieht, wie Silas über mir schwebt, eines seiner Beine zwischen meinen.

Mir wird bewusst, dass ich Silas immer noch nicht geantwortet habe, also sage ich: »Alles in Ordnung«, und drücke ihn mit derselben Hand, mit der ich sein Gesicht berührt hatte, ein bisschen nach hinten, bis ich mich aufsetzen kann. Mein Steißbein protestiert, aber ich ziehe eine Grimasse, bis es vorbei ist, und frage: »Sind deine Knie okay? Das war doch Wahnsinn, aber ich bin ziemlich sicher, dass ich mir den Kopf aufgeschlagen hätte, wenn du das nicht gemacht hättest.«

Er lehnt sich zurück, um neben mir zum Sitzen zu kommen, und macht die Augen zu, während er langsam die Beine ausstreckt. Das ist das einzige äußere Anzeichen seiner Empfindungen, aber ich weiß, es muss sehr wehgetan haben, mit der Wucht seines eigenen Körpers plus meinem Extragewicht aufzukommen.

Plötzlich habe ich die furchtbare Erkenntnis, dass ihm so etwas *wirklich* wehtun könnte. Sind Knieverletzungen nicht weit verbreitet bei Footballspielern? Was, wenn ich gerade seine Karriere, *sein Leben* zerstört habe?

»Oh Gott. Oh Gott.« Ich verspüre noch nicht mal Schmerzen, als ich taumelnd auf die Knie komme und sein Gesicht zu fassen kriege. Seine Augen sind geöffnet und blicken mich an. Sie sehen düster aus, viel zu düster, fast wie von irgendwas getrübt. »Sag mir, dass du okay bist. Ist es dein Knie? *Beide Knie?*« Oh Gott, was, wenn ich ihm beide Knie kaputt gemacht habe? Er sagt nichts, und in meiner Brust explodieren, eins nach dem anderen, ganze Panik-Feuerwerke. »Ich bring dich zu meinem Auto. Wir bringen dich ins Krankenhaus. Eis! Ich hole uns noch Eis bei Mrs Baker, bevor wir gehen. Und Kissen. Um deine Beine im Auto hochzulegen. Es tut mir so, *so* leid. Warte … Ich bin gleich wieder da. Nicht bewegen. Es tut mir so leid.«

Ich versuche aufzustehen, und meine Beine zittern wie bei einem neugeborenen Fohlen. Als ich sie gerade halbwegs stabilisiert habe, wirft Silas den Kopf nach hinten und lacht.

Erst da bemerke ich das große Publikum, dass wir inzwischen haben, und auf Silas' Reaktion hin fangen alle leise an zu lachen.

»Ich will bloß hoffen, dass das bedeutet, das es dir gut geht.« Ich zeige drohend mit dem Finger auf ihn. »Denn es ist dir nicht gestattet zu lachen, wenn du wirklich verletzt bist.«

Er hält sich den Bauch und lacht noch heftiger.

Gott, er ist so ein Arsch.

Ein wirklich gut aussehender Arsch, der sich irgendwie quasi für mich geopfert hat und noch umwerfender aussieht, wenn er lacht. Ein Lachen, das übrigens tief und kehlig ist und so ziemlich meine Eierstöcke zum Schmelzen bringt.

Ich weiß, wann ich auf verlorenem Posten kämpfe. Es ist ein Gefühl, das ich schon auf vielen Treffen oder Protesten gespürt habe. Diese Schlacht gegen Silas gewinnt er mit Abstand.

Kapitel 15

Silas

Ich will eigentlich nicht lachen, vor allem, weil meine Knie wirklich wehtun wie Sau, aber ihre panikartige Entschlossenheit, mich nach einem lächerlichen Sturz sofort ins Krankenhaus zu kutschieren, ist einfach so verdammt süß.

Wenn mir dasselbe auf dem Footballfeld passiert wäre, würde ich jetzt schon zu hören kriegen, dass ich eine Heulsuse bin und gefälligst aufstehen und es ablaufen soll. Ich beschließe, genau das zu tun, und als ich die Knie beuge, um aufzustehen, zuckt mir der Schmerz durch die Gelenke. Außerdem sind meine Beine so steif, als wäre ich mit trocknendem Zement überzogen. Ich muss wohl geblinzelt haben, denn innerhalb von Sekunden kniet Dylan neben mir, die blauen Augen eindringlich auf mich gerichtet.

»Du bist doch verletzt. Verdammt, Silas!«

Ich kann mich nicht erinnern, ob ich sie je habe fluchen hören. Aus ihrem Mund klingen diese Wörter besser als je zuvor.

»Mir geht's gut. Nur ein bisschen steif. Das geht wieder weg.«

»Woher willst du das wissen?«

Ich werfe ihr einen Blick zu. »Ich habe einige Erfahrung darin, mit ziemlicher Wucht auf dem Boden aufzukommen.«

»Klugscheißer.«

Es gefällt mir *wirklich*, wenn böse Wörter aus dem Mund dieses braven Mädchens kommen.

»Was kann ich tun?«

»Hilf mir einfach hoch.«

Sie krabbelt unter meinen Arm, aber sie ist nicht stark genug, um mir aufzuhelfen, und es kostet mich meine ganze Willenskraft, allein die Knie zu beugen. Sie zu belasten, um mich hochzuhieven, funktioniert nicht. Es ist der Projektleiter Greg, der meinen anderen Arm ergreift, und gemeinsam helfen sie mir hoch.

Ich kneife die Augen gegen einen Schmerz zusammen, der so scharf ist, dass es sich anfühlt, als würden meine Nerven blank an meinen Knochen scheuern. Dylan ist dicht an meiner Seite, und wenn sich ihre Arme noch enger um mich schlingen, kriege ich zusätzlich zu den Schwierigkeiten beim Stehen auch noch Probleme mit dem Atmen.

»Laufen«, murmele ich. Das Wort ist alles, was ich im Moment hervorbringen kann.

»Bist du sicher?«, fragt mich Greg.

Ich nicke.

Dylan sagt meinen Namen, und ich zwinge mich, sie anzusehen. Ihre Zähne graben sich in ihre Unterlippe, und ihre Augen schnellen mit Lichtgeschwindigkeit in meinem Gesicht umher. »Nichts gebrochen«, sage ich.

Wenn etwas gebrochen wäre, hätte ich beim Aufstehen geschrien. Dasselbe gilt für gerissene Bänder oder Sehnen.

Greg macht einen Schritt nach vorn, und ich folge. Es gibt keine gute Methode hierfür. Ich kann nicht hoppeln oder hüpfen, weil beide Knie schmerzen.

»Vielleicht solltest du ihn wirklich ins Krankenhaus bringen«, sagt Greg zu Dylan.

»Nein.«

»Silas, bitte. Was, wenn doch etwas ist?«

Ich mache noch einen Schritt, und der Schmerz ist immer noch da, aber langsam gewöhne ich mich daran. Bald wird er abklingen und es sich nur noch etwas wund anfühlen, und fertig.

»Weiterlaufen«, sage ich.

Die Steifheit ist noch da, und ich lasse meine Beine bei jedem Schritt so gerade, wie es geht, und nach noch ein paar Schritten kann ich genug von meinem eigenen Gewicht tragen, dass ich Greg loslasse und mich nur noch auf Dylan stütze.

»Siehst du?«, keuche ich sie an. »Schon besser.«

»Du bist so ein Lügner.«

»Sie hat recht, Mann. Du machst ein Gesicht, als hättest du gerade ein Knie in die Eier gekriegt.«

Ich blicke auf, und vor uns steht Dylans rothaariger Freund Matt. Ich wusste nicht mal, dass er hier ist, aber es ist irgendwie nett, noch ein bekanntes Gesicht zu sehen.

»Das hab ich auch schon mal überlebt.«

Dylan murmelt: »Wahrscheinlich schon mehrmals.«

Selbst durch den Schmerz hindurch bringt mich das zum Lachen. »Jaja, immer schön draufhauen, wenn ich schon am Boden bin.«

»Tja, du bist eben ein unverschämter Mistkerl, und ich bin sauer, dass du gelacht hast. Und dass du dich nicht von mir ins Krankenhaus bringen lässt.«

Dylan Brenner hat vermutlich viel Übung darin, zu anderen Nein zu sagen, aber ich bin nicht sicher, ob sie es selbst schon oft gehört hat.

»Lass mich dich wenigstens nach Hause bringen, damit du dich ausruhen kannst.«

»Das klingt nach einem guten Deal.«

Sie schnaubt. »Du und deine Deals.«

»Dir gefallen meine Deals doch.«

Es ist Matt, der sich einmischt. »Jetzt habt ihr sogar schon Insiderwitze. Das ist so was von krass.«

Sie sagt: »Matt, kannst du bei Mrs Baker etwas Eis holen?«

»Nicht nötig«, sage ich zu ihm. »Es ist nur eine Viertelstunde bis zu mir nach Hause.«

»Es wird bald anschwellen.«

Ich beuge mein Gesicht hinunter zu ihrem und lehne meine Stirn an ihre Schläfe. »Danke, dass du dir Sorgen um mich machst«, murmele ich ihr ins Ohr. »Aber es ist wirklich alles okay. Und ich würde einfach nur gern nach Hause fahren und mich ohne Zuschauer darum kümmern.«

Sie schluckt, und während mein Kopf ihren immer noch berührt, nickt sie.

Ich sehe wieder Matt an und bemerke, dass Henry von gut einem Meter hinter ihm zusieht. Matt sagt: »Ich helfe dir, ihn ins Auto zu bringen.«

Dylan entschuldigt sich bei Greg, sagt aber, dass sie nachmittags nicht mehr zum Arbeiten kommen wird. Er sagt ihr, sie solle sich um mich kümmern, und bei diesen Worten pumpt sich irgendwas in meiner Brust auf. Er bittet sie, ihn anzurufen, nachdem sie mich versorgt hat, damit er einen Bericht über den Unfall schreiben kann.

Aller Logik nach müsste mich der Gedanke, dass sich jemand *um mich kümmert*, wütend machen. Aber weil sie es ist, ist es was anderes. Alles, was mit Dylan zu tun hat, ist ein bisschen anders.

Selbst als ich an den Punkt komme, an dem ich wahrscheinlich allein gehen könnte, sage ich nichts und lasse sie weiter neben mir laufen.

Wir durchqueren im Schneckentempo den Garten, und ich

bin dankbar, als Matt freiwillig Dylans Auto holt, das ein paar Häuser weiter geparkt ist.

»Das ist alles meine Schuld. Tut mir so leid, Silas.«

»Es war meine Idee, nicht auf die Leiter zu warten.«

»Ich hab zu fest an der Ranke gezogen.«

»Es war meine Entscheidung, mich auf die Knie fallen zu lassen.«

»Wegen mir.«

»Ganz genau, es war wegen dir. Ich verspreche dir, da ist nichts. Ein paar Tage Ruhe, und alles ist wieder gut. Besser meine Knie als dein Kopf. Bei dem wäre es nicht mit ein paar Tagen Ruhe getan gewesen.«

»Ich hatte meinen Kopf geschützt. Es wäre schon gegangen.«

»Mir egal. Wenn ich es noch mal tun müsste, würde ich es genauso machen.«

Auf dem Gehsteig vor dem Haus bleiben wir stehen und warten auf Matt, und sie blinzelt in die Sonne, als sie zu mir aufblickt. Ich kann sehen, wie sie mich katalogisiert, meine Worte und Handlungen prüft und alles in die passenden Fächer in ihrem viel zu geordneten Kopf steckt. Sie denkt über alles nach, was sie tut und sagt, und dann noch mal. Und während in ihrem Kopf alles perfekt organisiert ist, ähnelt meiner eher einer Wohnwagensiedlung nach einem Tornado, etwas, das ich als Kind mehrmals erlebt habe. Ich weiß, wie diese Rüssel hin und her springen, ein Haus zerstören und ein anderes verschonen. Ich glaube, das passiert gerade bei mir. Meine Vergangenheit holt mich ein, fällt vom Himmel, wenn ich es am wenigsten erwarte, vernichtet Teile von mir und lässt andere bis zum nächsten Mal zurück.

Und was meine Geschichte nicht plattgemacht hat, ebnet Dylan ein, spült über mein Leben hinweg wie eine Flut, die ich mit offenen Armen empfange, nur um in ihr zu ertrinken.

Genau das mache ich gerade, versunken in ihrem Blick, als ihr Wagen vor uns zum Stehen kommt.

Wir müssen ein bisschen rangieren, um mich in ihren kleinen Flitzer zu bekommen und dabei meine Beine so gut es geht gestreckt zu lassen. Es tut weh, aber das ist es wert, hier weg und auf den Weg zu kommen.

Als wir bei mir zu Hause ankommen, sind meine Knie allerdings steif, und ich weiß, dass sie anschwellen.

Es ist nur eine Prellung. So was kommt vor. Ich hatte schon früher welche von dem einen oder anderen brutalen *Tackling*. Es wird ein paar Tage wehtun, aber dann war's das. Das *muss* es dann gewesen sein.

Ich weigere mich, es irgendwas anderes sein zu lassen.

Es *kann* nicht noch etwas geben, was mich vom Football fernhält, denn das würde ich nicht überleben. Ich würde so schnell und wirkungsvoll den Selbstzerstörungsknopf drücken, dass der momentane Schaden in meinem Kopf dagegen wie ein scheiß Spaziergang aussieht.

Die Treppe am Eingang ist die reinste Folter, aber ich schaffe es, beim Hochsteigen lediglich eine Grimasse zu schneiden.

Ich habe weder die Energie noch die Willenskraft, hinauf in mein Zimmer zu steigen, also schlurfe ich stattdessen zur Couch im Wohnzimmer. Eine Chipstüte, eine Fastfood-Verpackung, ein Paar Schuhe und ein zusammengeknäultes T-Shirt liegen darauf, und Dylan räumt alles weg, ohne mit der Wimper zu zucken.

Dann geht sie sofort Richtung Küche. »Ich hol dir Eis.«

Ich rufe ihr hinterher: »Im Gefrierschrank müssten schon ein paar Kühlpacks liegen. In diesem Haus gibt es öfter Verletzungen. Und Medikamente im Schrank neben der Mikrowelle. Falls du keinen Entzündungshemmer findest, im Medizinschrank oben im Bad ist welcher.«

Als sie weg ist, greife ich nach dem Knopf meiner Jeans und schnippe ihn auf. Ich streife meine Schuhe ab und schiebe die Hose runter, wobei ich die Knie so wenig beuge wie möglich.

Als ich meine Knie sehe, fluche ich. Sie sind schon angeschwollen, wie ich befürchtet hatte.

Ich höre einen schrillen Aufschrei hinter mir, und als ich mich umdrehe, sehe ich Dylan, die an die Decke schaut, in den Händen zwei Eispacks, eine Flasche Wasser und Tabletten.

»'tschuldigung. Ich wusste nicht, dass du …«

»Ich bin nicht nackt, Dylan. Das würdest du schon merken.«

»Ja, aber –«

»Ich kann ja schlecht meine Knie kühlen, wenn ich Jeans anhabe.«

Ihre Augen verlassen die Decke und wechseln zu meinen Beinen, und sie saugt scharf die Luft ein. Dann wandern ihre Augen etwas höher zu der wachsenden Beule, die ich nicht verbergen kann, und sie atmet mit einem heftigen Stoß aus.

Für einen Moment ist sie verlegen und schüchtern, aber dann geschieht eine Veränderung mit ihr, und mit einem entschlossenen Blick kommt sie zu mir rüber.

»Setz dich hin«, kommandiert sie.

Ich tue, was sie sagt, und zucke zusammen, als der Schmerz in meinen Knien brennt.

Sie wickelt die Kühlpackungen in Geschirrtücher, die ich, über ihren Arm gelegt, gar nicht bemerkt hatte, und dann bringt sie mich dazu, mich an die Armstütze zu lehnen, und platziert das Eis auf meinen Knien.

»Ich mag Schwester Dylan«, sage ich. »Sie ist heiß. Und herrisch.«

Sie hält mir die Flasche mit den Tabletten vors Gesicht. »Halt die Klappe und nimm die hier.«

»Bist du immer noch sauer, weil ich gelacht habe?«

Ich schüttele ein paar Tabletten in meine Hand und greife nach der Wasserflasche.

»Nein, ich bin sauer auf mich selbst.«

Ich schlucke schnell und frage: »Warum das denn?«

»Weil du dich wegen mir verletzt hast. Ich soll dir helfen, und stattdessen mache ich alles nur noch schlimmer.«

Ich stelle das Wasser beiseite, und mit einem gut platzierten Handgriff ziehe ich sie stolpernd auf meinen Schoß. Der Aufprall trifft ein bisschen meine Knie, aber ihr perplexes Gesicht ist es wert.

»Du hast eine Schwäche dafür, mich auf deinen Schoß zu zerren, oder?«

»Aber hallo.«

Ich lasse eine Hand ihren Rücken hinaufgleiten, lege sie um ihren Nacken und ziehe sie näher an meine Brust.

»Was machst du da?«

»Heute Morgen hatte ich meine Lektion, jetzt ist es Zeit für deine.«

Ihre Wangen erröten. »Eine Lektion worin genau?«

Ihre großen, unschuldigen Augen fallen unverhohlen auf meinen Schwanz, und zweifellos kann sie spüren, wie er an ihrer Hüfte um Aufmerksamkeit buhlt.

»An was du schon wieder denkst, Brenner. *So etwas* werde ich dir nicht beibringen.«

Vielleicht bilde ich es mir ein, aber für einen winzigen Moment denke ich, dass sie enttäuscht wirkt. Und *fuck* … vielleicht muss ich mich schon sehr bald Lügen strafen lassen.

»Lektion eins. Nicht alles, was in dieser Welt falsch läuft, ist deine Schuld.«

Ihre Augenbrauen ziehen sich zusammen.

»Das weiß ich.«

»Nein, tust du nicht. Du nimmst alles auf dich. Bei diesem

Protest vor dem Obdachlosenheim. Als die Leute nicht zugehört haben, dachtest du, es liege in *deiner* Verantwortung, sie dazu zu bringen. Dass Matt verhaftet wurde. Ich war da … Ich habe gehört, wie du dich wieder und wieder bei ihm entschuldigt hast.«

»Aber er ist mein Freund, und er – «

»Ist ein erwachsener Mann, der seine eigenen Entscheidungen trifft.«

»Aber – «

»Als ich dich wegen deiner Trennung von Henry gefragt habe, hast du eine Teilschuld auf dich genommen. Als wäre es irgendwie deine Schuld, dass er ein erbärmlicher Idiot ist. Und jetzt entschuldigst du dich bei mir, wieder für etwas, das *ich* getan habe. Nicht du.«

»Aber – «

»Neue Regel: Jedes Mal, wenn du dich entschuldigst, bringe ich dich zum Schweigen.«

Ihre Augen weiten sich. »Und wie willst du das machen?«

»Ich habe da ein paar Ideen.«

Sie presst die Lippen fest aufeinander, als befürchte sie, dass sie sich spontan entschuldigen könnte. Ich grinse und genieße die Emotionen, die in ihrem Gesicht spielen. Nervosität. Neugier. Empörung. Verlegenheit.

Zum ersten Mal in meinem Leben will ich ihr Fragen stellen, will bohren, bis ich die Gedanken finde, die für jede dieser Empfindungen verantwortlich sind. Normalerweise mache ich einen großen Bogen um Fragen. Ein Mädchen kennenzulernen macht den ganzen Austausch bloß unnötig kompliziert.

Ich habe Dylan Einfachheit versprochen. Ich habe sie überzeugt, dass es das ist, was sie braucht, und jetzt fange ich an zu glauben, dass es ganz und gar nicht das ist, was ich will.

Kapitel 16
Dylan

Da ich eine Pause von der Intensität dieser unglaublichen Nähe zu ihm brauche, klettere ich ungeschickt von seinem Schoß herunter und sage: »Ich hole dir ein paar Kissen. Ist es okay, wenn ich in dein Zimmer gehe?«

»Nur zu«, gibt er zurück.

Zur Beruhigung atme ich tief ein und erklimme dann die Treppe. Meine Augen schnellen zu der Tür zum Badezimmer, wo wir uns zum ersten Mal geküsst haben, und in meinem Nacken flammt Hitze auf. Ich erinnere mich daran, wie er seine Hand darumgelegt und mich an sich gezogen hat, obwohl nichts in der Welt mich in diesem Moment von ihm hätte wegbewegen können. Dasselbe hat er eben unten auf der Couch gemacht, und ein Teil von mir hat *wirklich* gehofft, dass diese Lektion auf dasselbe hinauslaufen würde.

Blinzelnd schüttele ich die Erinnerung ab, aber die Nervosität will nicht verschwinden, als ich die Tür zu seinem Zimmer öffne. Ich weiß nicht, was ich erwartet habe … Drogenutensilien, leere Kondomverpackungen, schmutzige Klamotten.

Nichts davon ist zu sehen. Das Zimmer ist sauber und ordentlich. Selbst sein Bett ist gemacht. Es ist schlicht, sparsam möbliert, quasi ohne Deko, es sei denn, man zählt Sportausrüstung und ein paar Rusk-Erinnerungsstücke dazu. Auf seinem Bett liegen vier Kissen, zwei auf jeder Seite, und ich schnappe sie mir alle. Ich drücke sie fest an meine Brust und atme ihren Duft ein, sauber und maskulin mit einer leichten Würze.

Ich blicke mich noch ein letztes Mal in seinem Zimmer um und stelle mir vor, wie anders alles verlaufen wäre, wenn ich ihm bei der Party hierher gefolgt wäre. Hätte ich ihn je wiedergesehen? Wäre es das gewesen? Oder wäre es einfach das erste von den mehreren Malen gewesen, die er angedeutet hat?

Ich schüttele den Kopf, weil ich mich gerade dämlich verhalte. Während ich mir hier oben Sachen ausmale, die man nicht mehr ändern kann, liegt er da unten mit Schmerzen und fühlt sich unwohl. Ich renne die Treppe hinunter, zurück ins Wohnzimmer, und finde ihn mit geschlossenen Augen vor. Er hat das Rusk-T-Shirt ausgezogen, das er vorhin anhatte, und trägt jetzt nur noch ein weißes, eng anliegendes Unterhemd und seine schwarzen Retroshorts. Ich schlucke, straffe die Schultern und trete neben ihn. Ich lasse alle Kissen, bis auf eins, auf den Boden fallen und berühre dann seine Schultern mit den Fingern.

Er sieht erschöpft aus, und ich sage leise: »Beug dich mal vor.«

Er stützt die Hände neben sich auf das Sofa und zieht sich ein paar Zentimeter nach vorn. Ich stopfe das Kissen hinter ihn und bin noch dabei, es zurechtzurücken, als er sich wieder zurücklehnt, sodass ich schließlich über ihn gebeugt stehe, einen Arm auf jeder Seite seines Kopfs, und versuche, das Kissen gerade zu ziehen, damit er es bequem hat. Ich versuche, nicht daran zu denken, dass sein Kopf auf gleicher Höhe mit meiner Brust ist, aber wem will ich was vormachen? Ich kann an nichts anderes denken.

»Jetzt zu deinen Beinen«, sage ich. Ich nehme die Eispackungen weg und lege sie auf den Couchtisch.

Er hebt seine Füße für mich hoch, aber nur ein kleines Stück. Ich hake einen Arm unter seine Waden, um sie höher zu heben, damit ich alle drei Kissen unter seine Knie stecken kann. Einen Moment lang spüre ich, wie er zusammenzuckt, und halte inne, um nach der Schwellung zu sehen, bevor ich das Eis wieder darauflege. Seine Oberschenkel sind dick und muskulös und seine Knie so entzündet, dass sie kaum schmaler sind als der Rest seines Beins. Ich sorge dafür, dass die Handtücher ordentlich um die Kühlpacks geschlungen sind, und lege sie dann wieder dorthin zurück, wo sie waren.

Ich suche nach etwas, irgendwas, das ich sonst noch tun kann. »Decke?«, frage ich. Ich blicke mich im Raum um und sehe eine, die neben einem Lehnsessel auf den Boden geworfen wurde. Ich hebe sie auf und schüttele sie aus, als er sagt: »Geht schon.«

Ich bringe ihm die Decke, aber er lehnt sie ab. Ich drücke sie an mich und sinke neben ihm zu Boden. Ich lehne mich an die Couch und starre geradeaus.

»Es tut mir wirklich leid. Ich verspreche dir, ich werde dich nicht –«

Den Rest meines Gedankens bringe ich nicht mehr raus, denn er stützt sich auf einem Ellbogen zum Sitzen noch, ergreift meinen Nacken und beugt sich hinüber, um meinen Mund mit seinem zu bedecken. Seine Lippen sind warm, und als ich nicht sofort den Mund öffne, knabbert er an meiner Unterlippe. Ich sauge Luft ein, und seine Zunge überwindet meine Lippen. Mein ganzer Körper wappnet sich für den Angriff, den ein Kuss von Silas Moore bedeutet, aber dieses Mal ist er sanft und süß und geduldig, als hätten wir alle Zeit der Welt. Als ich seine Zunge zurückverfolge bis in seinen Mund, stöhnt er. Der Laut vibriert bis zu mir, und das Gefühl hallt im Rest meines Körpers wider. Ich bebe, und er weicht zurück, bis ich nur noch seinen Atem auf mir spüre.

»Ich hab dir doch gesagt, dass ich dich zum Schweigen bringe, wenn du dich das nächste Mal entschuldigst.«

Er lässt seine Hand nach vorn gleiten, um mein Kinn zu umfassen, und küsst mich wieder. Einmal. Zweimal. Und ein drittes Mal. Hart. Dann weich. Nur meine Unterlippe. Meinen Mundwinkel. Seine Lippen spielen mit meinen, als versuche er, jede mögliche Art aufzudecken, wie er mich küssen kann, und sie auf der Liste eine nach der anderen abzuhaken. Ich öffne meinen Mund sofort, als seine Zunge hervorschnellt, schmecke ihn aber nur für eine Sekunde, bevor er zurückzuckt. Er lässt sich zurück auf sein Kopfkissen fallen, und jetzt erst merke ich, dass eins von seinen Kühlpacks auf den Boden gefallen und das andere irgendwo auf dem Sofa verloren gegangen ist.

»Warum hast du mir denn nicht gesagt, dass du Schmerzen hast?«

»Weil ich dann hätte aufhören müssen.«

Mein Herz schlägt ganz oben in meiner Brust Purzelbäume, und jetzt, wo er mich nicht mehr küsst und alles langsamer wird, spüre ich, dass ich jeden Moment die Kontrolle verliere. Ich schüttele den Kopf und lege die Eispackungen wieder dahin, wo sie hingehören.

Jetzt muss ich nur noch alles andere wieder hinbekommen, wo es hingehört.

Nur dass ich allmählich glaube, dass die Vorstellung, irgendwo »hinzugehören«, falsch ist. Wir gehen durch unser ganzes Leben in der Annahme, dass wir an einen bestimmten Platz gehören. Wir denken, gewisse Vorstellungen und Handlungen müssten in die hübschen kleinen Kästchen eingeordnet werden, in denen wir sie verorten. Was wäre, wenn wir stattdessen bloß reagieren würden? Was, wenn wir annehmen würden, was die Welt uns auch immer gibt? Wenn wir, statt uns darauf zu konzentrieren, was es nicht ist, einfach genießen, was es *ist*?

Ich lehne mich wieder an das Sofa und denke nicht nach, als ich anfange zu sprechen. Ich erzähle ihm von meinem Journalismus-Hauptfach und wie die Sozialen Medien die Entstehung von Nachrichten verändern, die Art, wie die Welt interagiert und reagiert. Er erzählt mir vom Football und dass es das Einzige ist, was er wollte, seit ein Coach ihn in seinem *Freshman*-Jahr aus einem normalen Sportkurs gegriffen hat. Er zieht das Haargummi von meinem Zopf, und ich lege den Kopf zurück, während er die langen Strähnen über seiner Brust ausbreitet. Er kämmt behutsam mit seinen Fingern durch die Wellen, während er mir davon erzählt, wie er mit seinem Highschool-Team zur *State Championship* gefahren ist und verloren hat.

»Davor … fühlte die Welt sich so verdammt klein an. Wie ein Paar Schuhe, das nicht richtig passt. Wir haben verloren, und da waren diese ganzen Typen in meiner Mannschaft, ein paar, die ich mochte, und ein paar, die ich nicht mochte, und alle weinten und ließen sich auf die Knie fallen, und ich stand nur da und starrte auf das Stadion um uns herum und die ganzen Leute, die gekommen waren, um zu sehen, wie diese beiden kleinen Schulen es untereinander ausfechten. Und ich hatte nicht das Gefühl, verloren zu haben. Es war eher, als hätte ich eine Tür aufgestoßen, wäre aus meinem Käfig gekrochen und könnte zum ersten Mal in meinem Leben aufrecht stehen.«

»Daher wusstest du also, dass ich am Ersticken bin. Das warst du auch.«

Er nimmt eine Haarlocke hoch und zwirbelt sie, und wieder erbebe ich.

»Ich glaube, wir waren auf unterschiedliche Arten am Ersticken, aber ja. Ich denke, das war es.«

Seine Hand in meinem Haar entspannt mich so, dass ich jetzt und hier einschlafen könnte, neben ihm auf dem Boden. Ich schließe die Augen und drehe meinen Kopf zur Seite, um ihn auf das Polster zu legen. Leise frage ich: »Fühlst du dich jetzt nicht mehr so?«

»Bis vor Kurzem nicht, nein. Aber neuerdings fühlt sich die Welt wieder beschissen klein an.«

»Dann stoß noch eine Tür auf.«

Mit der linken Hand spielt er weiter mit meinem Haar, aber seine rechte gleitet hinunter, um mit einem Fingerknöchel über meine Wange zu fahren.

»Ich versuch's ja.«

Ich wache auf, als seine Mitbewohner nach Hause kommen, aber Silas verschläft es. Ich nehme sie beide mit in die Küche, um ihnen zu erklären, was passiert ist.

»Moment mal«, sagt Torres. »Silas macht gemeinnützige Arbeit? Wegen seiner Verhaftung? Oder der Prügelei mit Keyon? Zwingt der Coach ihn dazu?«

»Nein. Er macht es, damit es ihm besser geht.«

Der andere Mitbewohner, Zay, ist ernsthafter und einschüchternder. »Besser inwiefern?«

»Ich weiß es nicht. Aber irgendwas macht ihm sehr zu schaffen. Und jetzt, wo er außerdem noch verletzt ist, würde ich es sehr zu schätzen wissen, wenn ihr es nicht noch schlimmer macht.«

Torres lässt die Knöchel seiner einen Hand in der Kuhle der anderen knacken. »Schon klar. Silas ist doch unser Junge. Mach dir keine Gedanken, Captain Planet.«

Ich verdrehe die Augen und gehe meine Schlüssel holen, die ich auf den Wohnzimmertisch gelegt habe. Silas sieht jünger aus, wenn er schläft. Ich meine, er ist immer noch schön und stark, aber diese Gefährlichkeit, die mich von Anfang an sowohl abgestoßen als auch angezogen hat, fehlt.

Oder vielleicht liegt es auch nur daran, weil ich anfange, ihn zu verstehen. Wenn ich ihn jetzt anschaue, sehe ich nicht mehr den heißen Fremden mit blutigen Knöcheln. Ich sehe einfach nur Silas.

Ich nehme die Kühlpacks, die geschmolzen und weich geworden sind, von seinen Knien, bringe sie wieder in die Küche und lege sie in den Gefrierschrank. Torres ist weg, aber Zay ist da und beobachtet mich.

»Warum tust du das?«

»Weil wir befreundet sind.«

Das ist zumindest das, was ich sage. Ich bin nicht so naiv, zu glauben, dass es so einfach ist.

»Silas versteht nichts von Freundschaften mit Mädchen. Entweder bricht er dir das Herz oder du ihm.«

Darauf habe ich keine Antwort, denn das ist die Angst in meinem Hinterkopf, die auszusprechen ich mir bisher nicht gestattet habe. Aber ich weiß nicht mehr so genau, ob das als Grund ausreicht, um mich von ihm fernzuhalten. Wenn ich zulasse, dass all meine Ängste zu verschlossenen Türen werden, wird es genauso sein, wie Silas gesagt hat. Mein Leben wird immer kleiner, bis nichts mehr hineinpasst, außer mir und den Leerstellen von alldem, was ich mir habe entgehen lassen.

Ich versuche, mithilfe von Versuch und Irrtum herauszufinden, was ich will, und vielleicht ist das nicht die beste Methode, aber was anderes bleibt mir nicht übrig. Ich weiß nur, dass ich ich selbst sein *muss*, eine Persönlichkeit, die von *meinen* Wünschen geformt ist, nicht von der Angst, die Menschen zu enttäuschen, die mich lieben sollten.

Ich muss einfach nur realistisch bleiben, dann werde ich auch nicht verletzt. Von Anfang an hat Silas mir gesagt, dass wir die Dinge einfach halten sollen. Das ist der einzige Grund, warum ich überhaupt etwas von alldem tun kann. Weil ich, solange wir nur Spaß haben, keine unumkehrbaren Entscheidungen treffe.

Ich … forsche lediglich. Was auch immer zwischen Silas und mir passiert, es ist ein Meilenstein zwischen dem alten und dem neuen Ich, das ich gerade herausarbeite. Ein Übergang. Solange ich das im Hinterkopf behalte, ist für uns alles gut.

Solange geht es mir gut.

Ich verabschiede mich bei Torres und Brookes und mache mich dann auf den Heimweg, während ich immer noch über die Dinge nachdenke, über die Silas und ich geredet haben. Er ist anders, als ich erwartet habe. So anders. Sein ordentliches Zimmer. Die Sanftheit, mit der er mein Haar berührt hat. Die Verwundbarkeit und die Hoffnung in seiner Stimme, als er vom Football gesprochen hat.

Silas ist vielleicht nicht so distinguiert wie Henry. Weniger konventionell. Weniger offen.

Aber trotzdem … fühlt er sich nach *mehr* an.

Und deshalb weiß ich, dass ich auf dem richtigen Weg bin. Nicht, was an der Oberfläche ist, zählt – weder bei anderen noch bei mir.

Kapitel 17

Dylan

»Vielleicht könnten wir eine Briefkampagne starten?«, frage ich.

Javier formt am Kopfende des Tischs die Hände zu einem Dach und sieht mich an. Seine Stimme mit dem Akzent ist sanft, als er entgegnet: »Sie haben nicht auf die Petition reagiert, also bezweifle ich, dass sie auf Briefe reagieren.«

»Dann tun wir einfach gar nichts?« Ich blicke mich nach dem Rest unserer studentischen Aktivistengruppe um und erkenne, dass ich die Einzige bin, die das Thema weiterverfolgen will, und das ärgert mich. »Das Leben dieser Menschen steht auf dem Spiel. Wenn dieses Heim zumacht, stehen nur noch die dreißig Betten pro Nacht in St. Mary zur Verfügung. Was ist dann mit all den Menschen, für die kein Platz ist? Was soll aus ihnen werden?«

»Dylan.« Ich kann sehen, dass Javier versucht, freundlich zu bleiben, aber er ist mit dieser Diskussion durch. Unter dem Tisch legt Matt mir eine Hand aufs Knie, aber ich höre nicht auf.

»Es gibt ganze Familien, die Hilfe brauchen. Kinder, die schlecht in der Schule sind, weil sie in der Nacht zuvor nicht gut geschlafen oder nichts gegessen haben.«

»Du predigst zum Chor, Mädel«, murmelt Matt mir zu.

»Nein, ich predige zu einer Gruppe, die aufgegeben hat.«

»Wir geben nicht auf«, antwortet Javier scharf. Manchmal vergesse ich, dass er das hier schon wesentlich länger macht als der ganze Rest von uns. Er und seine Eltern sind aus Argentinien in die USA eingewandert, als er zwölf war, nachdem sein Bruder bei einem politischen Aufstand ums Leben kam. Er ist ein ruhiger, nachdenklicher Typ, aber er kann verdammt ernst sein, wenn er will. »Wir hören auf, überdenken Sachen, wägen neu ab. Und wir sehen den Tatsachen ins Auge. Nichts wird sich ändern, wenn wir die Einzigen sind, die kämpfen. Also suchen wir Unterstützung bei prominenteren Mitgliedern der Gemeinde. Wir warten, bis in zwei Wochen die Vorlesungen wieder beginnen, und kommen dann wieder darauf zurück.«

»Aber das Heim ist jetzt geschlossen. Was sollen diese Menschen in der Zwischenzeit machen? Während wir warten?«

»Darauf habe ich keine Antwort. Aber wir müssen die Sache besonnen angehen. Wir können Veränderung nicht mit schierer Willenskraft herbeiführen.«

Er hat recht. Das weiß ich auch, aber das macht es nicht leichter zu akzeptieren. Wir könnten jeden Tag vor diesem Heim oder dem Rathaus oder sonst wo protestieren, und es würde rein gar nichts ändern.

Denn die Welt ist nicht fair. Sie ist es verdammt noch mal einfach nicht.

Also halte ich den Mund, als Javier fragt: »Noch irgendwelche Punkte, bevor wir die Versammlung beenden?«

Eine *Senior*-Studentin namens Alana lässt Stapel von Flyern für einen Vortrag über religiöses Bewusstsein und Toleranz in einer der örtlichen Bibliotheken herumgehen. Ich nehme eine Handvoll und sage zu, sie in ein paar Geschäften rund um meine Wohnung und das Haus meiner Eltern auszulegen. Javier kündigt an, dass wir beim nächsten Treffen anfangen, über die Wahlen der *State Legislature* zu sprechen und Aktionen, die wir auf dem Campus starten können, um mehr Studenten zum Wählen zu bewegen. Dann erklärt er das Treffen für beendet.

Während die anderen sich voneinander verabschieden, verpiesele ich mich klammheimlich. Matt folgt mir auf dem Fuß.

»Warte doch mal, saure Gurke.«

»Fang gar nicht erst an, Matt, falls du deine Organe an ihrem ursprünglichen Platz behalten willst.«

»Herrje. Ich glaube, mit einem gewissen brandheißen Footballspieler rumzuhängen, hat dich gewaltbereiter gemacht.«

Ich wünschte wirklich, ich würde zu den Menschen gehören, die ihre Gewaltandrohungen wahr machen können.

»Ich bin nicht gewaltbereiter. Ich habe nur keine Lust mehr, still zu sein.«

»Klaaar. Wo willst du denn so schnell hin?«

»Nach Hause.«

»Was dagegen, wenn ich mitkomme? Ich würde Nell gern was fragen wegen einem der Kurse, die ich belege. Die Professorin, für die ich mich angemeldet habe, ist im Mutterschaftsurlaub, und jetzt hänge ich bei einem Typen fest, der offenbar das größte Arschloch diesseits der derzeitigen Position von Shia LaBeouf ist. Irgendjemand meinte, dass Nell ihn letztes Jahr hatte.«

Ich zucke die Achseln. »Klar. Aber ich bleibe nicht lange, und du weißt, dass du Nell nervst, wenn du sie zu sehr ablenkst.«

»Dieses Mädchen kann weiß Gott Ablenkung gebrauchen. Wenn sie nicht bald mal ein bisschen raus in die Sonne geht, endet sie noch so kreidebleich wie ich. Man wird nicht mal mehr erkennen, dass sie Italienerin ist.«

»Bitte sag ihr das. Ich würde zu gern sehen, wie sie dich in dem anschließenden Streit zusammenstaucht.«

Er lacht und schüttelt den Kopf. »Du kannst sagen, was du willst, Silas färbt auf dich ab.«

»Na ja, du hast auch auf mich abgefärbt. Aaach! Genau! Endlich ist mir ein angemessen fieser Spitzname für dich eingefallen. *Hautausschlag*. Mit deinen roten Haaren und deiner Hartnäckigkeit – ich finde, das passt wirklich gut.«

»Wenn du mich Hautausschlag nennst, nenn ich dich bei jeder Gelegenheit Pickle.«

»Du nennst mich bereits *bei jeder Gelegenheit* Pickle.«

»Hm. Auch wieder wahr. Aber hab doch Mitleid … wie soll ich mit dem Spitznamen *Hautausschlag* denn jemals bei einem heißen Typen oder Mädchen landen?«

»Sieh es doch mal so, *Hautausschlag* … wenn du bei diesem glücklichen Menschen landest, weißt du, dass er es ernst meint, wenn er trotzdem bleibt.«

»Meine Liebe, du bist eine echt kaltherzige eingelegte Gurke.«

Er steigt in mein Auto, und ich komme in den acht Minuten bis zu meiner Wohnung in den Genuss zweier weiterer Pickle-Wortspiele. Antonella sitzt mit ihrem Laptop auf der Couch, als wir reinkommen, ihre langen dunklen Haare auf dem Kopf zu einem Dutt zusammengenommen. Ich lasse meine Handtasche neben der Tür fallen und gehe nach hinten in mein Zimmer, um mich umzuziehen. Als ich vorbeigehe, fragt Matt gerade: »Was siehst du dir an, Nell?«

Sie lässt die Augen auf den Bildschirm gerichtet und antwortet: »Sommer-Praktika.«

»Dir ist schon klar, dass der Sommer so ziemlich vorbei ist, oder?«

»Für *nächsten* Sommer.«

Matt gibt ein Pfeifen von sich, und ich lasse ihn nach seinem Professorenratschlag stochern, den er von Nell haben will, und schließe mich in meinem Zimmer am Ende des Flurs ein. Auf meinem Bett liegen noch ein paar Outfits von meinem Versuch, mich zu entscheiden, was ich zum zweimal im Monat stattfindenden abendlichen Arbeitsessen von *Voice for Tomorrow* anziehen soll.

Es ist eine Woche her, seit Silas aus der Mannschaft ausgeschlossen wurde, und morgen darf er wieder zum Training. Seine Mitbewohner treffen sich mit ein paar Leuten bei sich zu Hause, um ein Baseballspiel zu sehen, und ich gehe hin. Hauptsächlich, um Silas im Auge zu behalten und dafür zu sorgen, dass er am Abend vor dem großen Tag seiner Rückkehr keine Dummheiten macht. Aber es ist auch das erste Mal, dass wir offiziell Zeit zusammen verbringen, ohne weiteren Beweggrund. Er ist diese Woche noch zweimal mit mir zu *Renew* arbeiten gegangen. Als er am zweiten Tag von ganz allein aufgetaucht ist, hab ich mir eventuell eine Muskelzerrung geholt, so unvermittelt ist mir die Kinnlade runtergefallen.

Ich hatte ihn gar nicht erst gefragt, ob er kommt, weil ich dachte, er müsste sich noch etwas ausruhen. Und ich hatte immer noch Schuldgefühle, weil er sich wegen mir verletzt hat.

Und siehe da, am nächsten Morgen, als ich ziemlich weit hinten in der Gruppe stand, weit weg von Henry, fuhr er in seinem rostigen, alten Pick-up vor.

Nein, es hat bei mir nicht das Gefühl ausgelöst, als hätten die Schmetterlinge in meinem Bauch LSD genommen. *Überhaupt* nicht.

Aber eins habe ich über Silas gelernt: Wenn er sich etwas in den Kopf gesetzt hat, gibt er alles.

Und, oh Gott, ich lasse mich aufs Bett fallen und bedecke mein Gesicht mit den Händen, denn ich kann nicht anders, als in meinem Kopf etwas Schmutziges daraus zu machen.

Er hat mich verdorben.

Was auch nicht sehr hilfreich ist: Ich bin ein heilloses Hormonbündel, denn obwohl er mich so circa alle acht Sekunden anturnt, haben wir diese Woche nichts getan, als uns zu küssen. Und ich bin durchaus bereit, um mehr zu betteln.

Und jetzt muss ich mich entscheiden, was ich zu der Party mit seinen Freunden anziehe, und *nichts*, was ich besitze, sieht gut genug aus.

Ich stöhne und werfe mich auf dem Bett nach hinten, wobei ich wahrscheinlich einige meiner Outfit-Optionen zerknittere. Ich hole tief Luft und starre an die Decke.

Ich sollte irgendetwas an meine Decke machen. Sternchen, die im Dunkeln leuchten, Poster oder Papierkraniche. So was machen doch Teenager, oder? Um ihrem Zimmer eine eigene Note zu geben? Ich habe das nie gemacht, aber es könnte cool sein. Besonders die Papierkraniche.

Das mache ich. Sobald ich Origami gelernt habe.

Ich setze mich auf und betrachte mich selbst im Spiegel. Meine Haare sind offen und wellig, und ich trage nur ein schlichtes Shirt mit V-Ausschnitt und eine Jeans.

»Du verhältst dich bescheuert, Dylan. Es ist ein Baseballspiel im Fernsehen in seiner Wohnung. Kein Date. Kein Abendessen, Kinoabend oder irgendwas, das so viel Überlegung erfordert. Schnapp dir einfach irgendwas.«

Gott, jetzt führe ich schon Selbstgespräche. Vor dem Spiegel. *Wer ist die Bekloppteste im ganzen Land?*

Auf eine spontane Eingebung hin hebe ich Shorts auf, die denen ähneln, die ich getragen habe, als Silas und ich uns zum ersten Mal begegnet sind. Sie sitzen weit oben in der Taille und zeigen viel Bein. Diese sind leuchtend gelbgrün. Ich nehme ein niedliches, aber bequemes durchscheinendes Oberteil und ziehe es über ein weißes Unterhemdchen. Ich sehe in den Spiegel und beschließe, dass es durch den durchsichtigen Stoff gerade sexy genug ist, aber nicht zu offensichtlich, da es weit ist und ausreichend Haut bedeckt. Nach dieser Entscheidung werfe ich einen Blick auf mein Handy. Es ist halb acht, und ich glaube, das Spiel fängt um acht an.

Ich führe eine innere Debatte, ob ich noch eine halbe Stunde totschlagen soll, damit ich elegant zu spät aufkreuze, aber ich bin eigentlich nie eine Elegant-zu-spät-Kommerin gewesen, und wenn ich jetzt nicht schleunigst aus diesem Zimmer rauskomme, fange ich vielleicht wieder an, wegen meiner Klamotten rumzuspinnen.

Ich knipse das Licht aus und gehe durch den Flur wieder zurück.

Nells Kopf ist immer noch gesenkt, als ich ins Wohnzimmer komme, aber sie sieht auf, als ich vorbeigehe. Sie ist genervt, wahrscheinlich wegen Matt, aber als sie mich sieht, stellt sie zurück, was auch immer sie gerade sagen wollte, und tut so, als halte sie sich eine Knarre an den Kopf.

Ich schlucke ein Lachen hinunter und gehe zur Tür.

»Wo gehst du hin? Du warst diese Woche kaum zu Hause.«

Matt verzieht eine Augenbraue. »Die ganze Woche kaum zu Hause, was du nicht sagst.«

Dann macht er eine obszöne Geste mit seiner Zunge in seiner Wange, und dieses Mal tue *ich* so, als wenn ich *ihn* mit den Fingern abknalle.

»Zu deiner Information, ich habe Zeug für *Renew* gemacht. Und ich war ein- oder zweimal bei meinen Eltern.«

»Und …?«

»Und ein- oder zweimal mit Silas zusammen.«

Matt springt von der Couch auf. »Dingdingding! Wir haben eine Gewinnerin, meine Damen und … Damen.«

Ich ignoriere ihn und richte meine Aufmerksamkeit auf meine Mitbewohnerin. »Also, Nell. Ich komme spät nach Hause.

Tut mir leid, dass ich dich mit dem Typ da allein lasse. Tu dir keinen Zwang an, ihn rauszuschmeißen, wenn er anfängt, dich zu nerven.«

Ich nehme meine Handtasche an der Tür wieder auf, und Matt sagt: »Du weißt, eine wahre Freundin würde mir Einzelheiten verraten. Mich indirekt teilhaben lassen.«

»Mach's gut, Hautausschlag.«

»Grausam und herzlos, Pickle! Grausam und herzlos!«

Ich lächele trotz meines Ärgers über Matts Besessenheit. Er ist ein guter Freund, und ich schwöre mir, dass ich ihn in alles einweihe, sobald ich selbst durchblicke.

Einige Autos parken bereits um Silas' Haus herum, als ich ankomme. Ich selbst stelle meins ein Haus weiter auf der anderen Straßenseite ab. Gut zu wissen, dass es keine peinliche Situation geben wird, weil ich als Einzige hier bin, bevor das Spiel anfängt. Auf meinem Weg seine Einfahrt entlang bleiben Kieselsteinchen zwischen meinem Fuß und der Sohle meiner Sandale stecken. Ich klingele und versuche gerade, einen der Steine rauszuschütteln, als die Tür aufgeht.

Es ist Brookes. Und hinter ihm die hübsche Stella, der ich in meiner ersten Nacht hier begegnet bin. Das Mädchen, mit dem Silas letztes Jahr was hatte.

Es sollte mir nichts ausmachen. Wirklich nicht.

Aber als sie überrascht guckt und leise »Oh« macht, kann ich nichts dagegen tun. Es *macht* mir was aus.

»Silas ist in seinem Zimmer«, sagt Isaiah. »Du kannst hochgehen, wenn du willst.«

Torres, der gerade mit zwei Schüsseln Chips aus der Küche kommt, fügt hinzu: »Ja, sag ihm, er soll aufhören, den Aso zu spielen, und seinen Arsch hier runterbewegen.«

Es ist ein komisches Gefühl, die Treppe hochzugehen, vor allem, weil Stella und Brookes mich beobachten und sich etwas zuflüstern. Ich verdränge sie aus meinem Kopf, lege das letzte Stück bis zu Silas' Tür im Laufschritt zurück und klopfe.

Niemand antwortet, aber drinnen läuft Musik, also vermute ich, er hat mich wahrscheinlich nicht gehört. Ich klopfe noch mal, und als sich nichts tut, drehe ich den Türknauf und öffne die Tür ein kleines Stück.

Für einen Moment, in dem mich der Mut verlässt, richte ich meine Augen auf sein Bett in der Befürchtung, dort etwas zu erblicken, das ich nicht sehen will, aber sein Bett ist ordentlich gemacht, wie beim letzten Mal, als ich es gesehen habe. Ich öffne die Tür ein bisschen weiter, die Musik dringt auf den Flur hinaus, und dann sehe ich ihn. Er befindet sich am Fußende seines Betts und macht mit freiem Oberkörper einen Liegestütz nach dem anderen. Auf seinem muskulösen Rücken ist der leichte Schimmer von Schweiß zu sehen, und ich schwöre, was den Unterhaltungswert angeht, ist jede Realityshow ein Scheißdreck dagegen, seinem Muskelspiel zuzusehen.

Warum *gibt* es eigentlich keine Realityshow mit massenhaft heißen Typen, die schweißtreibende Aufgaben erfüllen, bei denen einem das Wasser im Mund zusammenläuft?

Ach ja. Das nennt man ja Sport.

Ich gehe zu der Dockingstation, wo er sein Handy eingesteckt hat, um Musik abzuspielen. Ich drehe die Lautstärke runter, und er setzt ein Knie auf dem Boden ab, um sich zu mir zu drehen.

Plötzlich kommt es mir merkwürdig vor, dass ich hier in sein Schlafzimmer eindringe. Ich war erst das eine Mal hier, und das war wirklich aus Notwendigkeit. Und er war gar nicht dabei.

»Hi.«

»Hi«, erwidert er. Er schnappt sich sein T-Shirt vom Fußende des Betts, aber statt es anzuziehen, wischt er sich damit nur das Gesicht ab. »So früh hab ich dich gar nicht erwartet.«

Ich lächele und zucke die Schultern. »Ich vermute, deinem Knie geht es wieder gut.«

»Ja. Ich hab dir doch gesagt, mit ein bisschen Ruhe geht das vorbei.«

Ich verdrehe die Augen. »Klar, du hast dich auch echt viel ausgeruht diese Woche.«

»Morgen muss ich noch viel mehr machen. Hat doch keinen Sinn, mich zu verhätscheln, dann wird es beim Training nur umso härter.«

»Du weißt, du könntest wahrscheinlich noch ein paar Tage warten, wenn du willst. Deinem Coach sagen, was passiert ist. Ich wette, er würde dich lieber noch ein paar Tage aussetzen sehen, als dass du noch schlimmere Verletzungen riskierst.«

»Eigentlich kann ich mir überhaupt nicht vorstellen, dass der Coach mich sehen will, aber ich kann nicht noch länger wegbleiben. Diese Woche war die reinste Folter.«

Ich runzele die Stirn. Der Gedanke, dass ich daran teilhatte, seine Woche so unerträglich zu machen, gefällt mir gar nicht.

Er kommt durch den Raum auf mich zu. »Weißt du, was auch Folter ist? Dieses Hemd.« Er streicht mit der Handfläche meinen durchscheinenden Ärmel hinauf, um einen Finger auf den obersten Knopf zu legen. Langsam fährt er die Knopfreihe meines Oberteils hinunter.

»Immer wenn du so was anhast, kann ich an nichts anderes denken, als es dir vom Leib zu reißen. Es ist so verdammt verlockend.«

Ich schlucke, und seine Hand verharrt am oberen Rand meiner Shorts, wo mein Oberteil unter dem hohen Bund verschwindet. Er trägt kein Hemd und ist verschwitzt, und ich will mir Sorgen machen, dass er meine Bluse tatsächlich zerstört, aber ich kann nichts tun, als dazustehen.

Um das Thema zu wechseln, sage ich: »Warum bist du nicht unten? Ein ganzer Haufen von deinen Freunden ist schon da.«

»Ich hatte keine Lust, mit Freunden rumzuhängen.«

»Ach so. Dann kann ich ja gehen. Dann kannst du mit deinen, äh, Liegestützen weitermachen.«

Er bekommt den überschüssigen Stoff meines Oberteils zu fassen, wo es in die Shorts gesteckt ist. Er zieht oder schiebt nicht, sondern hält es nur fest.

»Ich habe nicht gesagt, dass ich keine Lust habe, mit *dir* rumzuhängen.«

Als er zufrieden feststellt, dass ich nirgendwo hingehe, lässt er den Stoff los. »Lass mich kurz duschen. Du kannst hier warten, wenn du willst.«

Ich erinnere mich an das letzte Mal, als ich ihn kurz nach dem Duschen gesehen habe. Fast hätte ich zugelassen, dass er es mir in seiner Küche mit der Zunge besorgt, und das *hätte* er, wenn nicht seine Mitbewohner aufgetaucht wären. Ich weiß nicht, was passieren wird, wenn er ganz nass und in ein Handtuch gewickelt zurückkehrt und wir allein in seinem Zimmer sind. Aber ich weiß, dass es wahrscheinlich etwas ist, von dem ich nicht will, dass es passiert, während all seine Freunde da unten sind.

»Schon gut. Ich warte einfach im Wohnzimmer auf dich.«

Er wirkt enttäuscht, sagt aber nichts dazu. Ich will rausgehen, doch er stellt sich mir in den Weg und drängt mich gegen die Tür. Ich hebe das Kinn und versuche, nicht nervös zu wirken.

»Irgendwann solltest du mal ein Shirt anziehen, bei dem es dir egal ist, ob ich es kaputt mache.«

»Mir gefallen meine Klamotten aber.«

»Und mir gefällt die Vorstellung, sie dir vom Leib zu reißen.«

»Du bist verrückt.«

Er beugt sich zu mir und sperrt mich zwischen seinen Armen und der Tür ein wie in einem Käfig. Er senkt den Kopf und fährt mit seiner Nasenspitze meinen Hals hinauf bis zu meinem Ohr.

»Du machst mich verrückt.«

Er macht mich auch ein bisschen verrückt.

Dann lässt er mich entwischen, aber nicht, bevor er mir einen sündhaft heißen Kuss auf meinen Puls verpasst hat. Ich höre ihn lachen, als ich die Treppe runterhusche und er sich im Badezimmer einschließt.

Unten im Wohnzimmer erkenne ich die beiden Mitbewohner von Silas, Stella und das Paar, das uns vom Polizeirevier aus mitgenommen hat, Carson und seine rothaarige Freundin. Zwei andere Typen sind mit dem Paar zusammen da, einer mit blonden Locken und der andere mit einer Wollmütze, obwohl August ist. Und noch ein Typ, den ich nicht kenne, sitzt auf der Couch. Er ist riesig mit rotblonden Haaren … ein massiger Typ, wie ich ihn mir immer vorgestellt habe, wenn ich an College-Football dachte. Stella sieht neben ihm auf der Couch dagegen winzig aus.

»Wo ist Silas?«, fragt Torres. Er versucht, einer hübschen Brünetten, die neben ihm steht, einen Arm um die Schulter zu legen, aber sobald er es geschafft hat, schiebt sie seinen Arm weg.

»Er kommt bald runter. Er duscht nur.«

Alle Köpfe im Zimmer schwenken zu mir.

»Hat sich wohl schmutzig gemacht, was? Das ging aber schnell. Sag mir, dass er es dir wenigstens auch gut besorgt hat, Captain Planet.«

Die Brünette neben ihm macht ein böses Gesicht und sagt: »Wenn du versuchst, einen Preis für die größte Arschgeige zu gewinnen, kannst du aufhören. Du hast mit Abstand gewonnen.«

Stella lacht. »Du gefällst mir, Katelyn. Du solltest öfter vorbeikommen.«

»Das sag ich ihr auch immer wieder«, sagt Torres.

Stella streckt ihre Füße mit den hohen Absätzen auf dem Couchtisch aus. »Das erklärt, warum sie noch nicht hier war.«

Torres wirft einen Kartoffelchip nach ihr. Sie liest ihn von ihrem Bauch auf, wo er gelandet ist, und steckt ihn sich lächelnd in den Mund.

Es gefällt mir, wie sie miteinander umgehen. So stelle ich es mir mit Geschwistern vor. In meinem Pflegeheim gab es zwar noch andere Kinder, aber da war es so streng, dass wir nie Gelegenheit zu dieser Art von lockerer Kameradschaft hatten.

»Setzt dich, Dylan.« Stella deutet auf den freien Platz auf der Couch auf der anderen Seite des riesigen Kerls. »Carter beißt nicht.«

Ich setze mich hin und bemerke, dass ein paar Leute gespannt die Gespräche vor dem Spiel verfolgen, während andere sich unterhalten. Es ist leicht. Ich verspüre keinen Druck, etwas darzustellen oder mich in einer bestimmten Weise zu verhalten. Ich lehne mich einfach zurück und höre zu, wie sie sich gegenseitig hänseln und necken, und es fühlt sich ein bisschen so an, wie eine Sitcom zu schauen, nur dass man mittendrin ist.

Auf dem Tisch stehen Teller und Schalen mit Snacks, und direkt vor mir steht ein Teller mit Brownies, der fast unberührt aussieht.

Stella und ein Typ namens Ryan diskutieren über ein Thema, bei dem ich den Faden verloren habe (ich glaube, sie haben ihn wahrscheinlich selbst verloren und streiten nur noch, um zu streiten). Ich greife nach einem Brownie, weil … *Scho-*

kolade, und begegne Carters Blick, als ich mich zurücklehne. Seine Größe mag an die eines Wollmammuts herankommen, aber seine Augen wirken freundlich, und seine Wangen haben eine rosa Farbe, die ihn zugänglicher erscheinen lässt. Ich zucke ohne Schuldbewusstsein mit den Achseln, als ich in die schokoladige Köstlichkeit beiße, und er lächelt breit.

Ich schätze, wenn mich schon jemand dabei ertappt, wie ich mir etwas Süßes reinstopfe, dann ist der stille Typ eine gute Wahl.

Der Brownie schmeckt ein bisschen ulkig, als wäre vielleicht zu viel Mehl oder irgendwas drin, aber ich habe Hunger, also stört es mich nicht sehr. Beim Essen mit der Gruppe war ich zu frustriert und wütend, um viel mehr zu machen, als mit meiner Gabel darin herumzustochern, und jetzt hat es mich eingeholt. Ich probiere ein paar andere Sachen auf dem Tisch, und als gerade das Spiel anfängt, kommt Silas rein.

Seine Haare sind nass und locken sich leicht an den Spitzen. Der Kerl stellt nach wie vor Wunderdinge mit einer Jeans an. Und als seine Augen den Raum absuchen und auf mir landen, zieht sich jeder Muskel in meinem Körper zusammen.

Der Rest des Raums verblasst, als wäre die Welt schwarzweiß und er das Einzige in Farbe.

Und nicht nur mein Atem verändert sich, ich sehe, fühle und höre alles auf eine Art, wie ich es noch nie erlebt habe.

Kapitel 18

Silas

Um sie herum ist kein Platz. Sie sitzt zwischen Carters kräftiger Statur und dem Rand der Couch, und das ist einfach Mist. Aber ich weiß nicht, wie ich in ihre Nähe komme, mir Zugang zu ihr verschaffe, ohne etwas zu tun, das *etwas aussagt*.

Wenn ich Carter sage, er soll rutschen, melde ich Besitzanspruch auf sie an.

Und, verfluchte Scheiße, schon das Wort löst einen Hurrikan in meiner Brust aus. Erschreckend stark und vereinnahmend. Ich will sie mit einer Heftigkeit, mit der ich noch nie irgendwas gewollt habe.

Außer Football. Außer, aus meinem Heimatort wegzukommen.

Und vielleicht ist es deswegen bei ihr anders. Vielleicht ist das der Grund, warum sie das erste Mädchen ist, das mich je gleichzeitig verwirrt und entwirrt hat. Sie scheint ein Weg hinaus zu sein, ein Weg, mich auf einer nie endenden Leiter ein paar Sprossen weiter hochzuarbeiten.

Sie ist die nächste große Flucht.

Ich bitte Carter nicht, zur Seite zu rücken. Aber statt mich auf den Teppich zu setzen oder einen Stuhl aus der Küche zu holen, wie Torres es für sich und Katelyn gemacht hat, gehe ich rüber zu ihr und setze mich auf die Armlehne.

So bin ich ihr nah genug, dass ihre Schulter meinen Oberschenkel berührt, und die Hand, mit der ich mich auf der Rückenlehne abstütze, ist in der optimalen Position, um ihr Haar zu berühren, wenn endlich alle aufgehört haben, uns anzustarren.

Nicht dass das sehr bald geschieht.

Fast eine Stunde lang schauen uns immer mindestens eine oder zwei Personen an, und es macht mich wahnsinnig. So sehr, dass ich kurz davor bin, zu sagen, scheiß drauf, und sie hoch in mein Zimmer zu zerren, egal, was die Leute sagen.

Ich funkele Torres böse an, als er eine unanständige Geste macht und dabei mit den Augenbrauen wippt. Ich bin drauf und dran, hinzugehen und ihn in Stücke zu reißen, aber er sieht schnell weg.

Er ist nicht immer der Aufmerksamkeit heischende Idiot, der zu sein er vorgibt.

Unruhig und verärgert rutsche ich hin und her, und Dylan kichert.

Ich ziehe fragend die Augenbrauen hoch, und sie kichert noch mehr.

»'tschuldigung. Du bist nur so …« Dann gibt sie eine Parodie von mir zum Besten, die ein finsteres Gesicht, ein Knurren und das Muskelspiel eines Höhlenmenschen beinhaltet, und bricht wieder in Gelächter aus.

»Du bist echt schräg, Captain Planet«, ruft Torres durch den ganzen Raum.

Ich blicke ihn finster an, und er wendet sich ab und versucht, ein Gespräch mit Katelyn anzufangen, die ihn ignoriert.

»Dieses Spiel ist so lahm«, flüstert sie mir zu. Aber ihr Flüstern ist so laut, dass jeder es hören kann. Brookes und Carson sehen ein bisschen ärgerlich aus, aber die überleben das schon. »Also, ich schwöre, ich hab *vor einer Ewigkeit* zum Fernseher geguckt, und sie waren *Bottom* im Vierten mit zwei *Outs*, und jetzt ist es *immer* noch *Bottom* im Vierten mit zwei *Outs*. Ich glaube, die Zeit ist stehen geblieben. Oder bewegt sich rückwärts. Oder sie springt hin und her, und wir sind in irgendeiner merkwürdigen Zeitschleife, und es wird einfach immer *Bottom* im Vierten mit zwei *Outs* sein, was wir auch tun.«

Alle schauen jetzt auf, nicht verärgert, aber verwirrt.

Das ist nicht Dylan. Dylan ist beherrscht und intelligent, und ich fühle mich gegen sie wie ein Volltrottel. Sie ist eigentlich nicht der Typ, der kichert und rumalbert.

»Oh, Mist«, sagt Stella am anderen Ende der Couch. »Hat sie etwa einen von Carters Brownies gegessen?«

Dylan lehnt ihre Stirn an meinen Oberschenkel, reibt mit ihrer Nase ein paarmal hin und her, bevor sie sich auf eine Wange legt und murmelt: »Ich bin müde.«

Ich nehme einen der Brownies vom Teller vor Dylan. Eine ordentliche Nase voll, und ich weiß, dass er vor Haschisch nur so strotzt. Wenn Carter das Zeug macht, ist es normalerweise verdammt stark. Ich sehe Carter an und frage: »Hast du sie einen essen sehen?«

»Entspann dich, Alter. Sie hatte bloß einen. Das schadet ihr schon nicht.«

Mir gefällt nicht, wie er mit den Achseln zuckt. Er war schon immer eine Randfigur. Levi und ich wussten immer, dass wir Carter zu allem bewegen konnten, was wir wollten, weil er so heiß drauf war, einer von uns zu sein. Deswegen macht er ständig dummes Zeug – weil er beweisen will, dass er cool genug oder was auch immer ist. Aber das hier … das ist verdammt noch mal nicht cool. Ich atme geräuschvoll ein und versuche, ruhig zu bleiben. Relativ ruhig. »Hast du ihr gesagt, was es ist?« Seine Antwort lässt zu lange auf sich warten. »Hast du ihr gesagt, was es ist, *verdammte Scheiße*?«

»Sie sah nervös aus. Ich dachte, ich tue ihr ’nen Gefallen, wenn ich ihr helfe, lockerer zu werden.« Er sagt es zwar nicht, aber ich kann in seinem Gesicht lesen, dass er dachte, er würde auch mir damit einen Gefallen tun. *Gottverdammt.*

Alle Geräusche verschwinden aus meinen Ohren, wie in diesen Momenten undeutlicher Stille nach einem großen Lärm, und ich will seinen bescheuerten fetten Hals packen und umdrehen, bis ihm der Kopf abfällt. Ich will ihm das Gesicht blutig schlagen, bis mein Herz aufhört, so schnell und heftig zu schlagen.

Aber Dylans Kopf liegt auf meinem Bein. Sie spielt über ihrem Gesicht mit einer Strähne ihres Haars mit einem kindlichen Staunen, bei dem ich trotz all meiner Wut lächeln will.

Aber ich weiß, dass sie nie freiwillig was konsumieren würde. Möglicherweise habe ich es ihr in der Nacht unserer ersten Begegnung vorgeschlagen, aber jetzt kenne ich sie besser. Sie ist nicht das typische brave Mädchen, das mal ein bisschen wild sein will. Sie liebt Kontrolle und Ordnung zu sehr, als dass sie sich den Kopf mit Haschisch vernebeln würde. Das Zeug reißt die Mauern und Schranken in deinem Kopf ein, spült sie einfach weg. Es ist für Leute, die die Kontrolle verlieren *wollen*, und sie wird stinksauer sein, wenn es wieder aus ihrem Körper draußen ist.

Oder traurig. Oder enttäuscht.

Von mir.

»Raus hier.« Ich sehe ihn nicht an, als ich es sage. Ich sehe zu, wie Dylan mit ihren Haaren spielt, denn wenn ich ihn ansehe, schlage ich zu.

»Was?«

»Ich sagte. *Raus. Hier.*«

Dylan hebt den Kopf, balanciert ihr Kinn auf meinem Knie und sagt: »Was ist denn los? Stimmt was nicht?«

»Silas, Mensch«, sagt Carter. »Wenn ich gewusst hätte –«

»Letzte Warnung. Verschwinde aus meinem Haus, oder ich schmeiße dich verdammt noch mal blutend raus.«

McClain ist aufgesprungen, zieht Carter weg und redet ihm gut zu. Aber der Idiot wagt es immer noch, sich zu beklagen. Er wendet sich an Torres und Brookes und versucht sie dazu zu bringen, ihn bleiben zu lassen.

Als ich aufstehe, hält er ganz schnell die Klappe. Dann ist er auf dem Weg zur Tür, Carson dicht hinter ihm. Fast will ich ihm folgen. Ich habe Schiss, dass mir das hier alles mit Dylan vermasselt, bevor es überhaupt richtig angefangen hat. Und ich will diese unbekannte Angst nehmen und sie ihn spüren lassen.

Aber ich lasse es. Ich lasse den Arsch gehen.

Dylan hat sich wieder auf der Couch zurückgelehnt, als ich mich bewegt habe, und ich beuge mich jetzt zu ihr runter und lege ihr meine Hände auf die Schultern. Mit bereits leicht geröteten Augen blinzelt sie zu mir empor und ahmt meinen Griff nach, indem sie auf jedem meiner Oberschenkel eine Hand platziert.

Sie schmeißt sich weg vor Lachen, als würden wir irgendein Spiel spielen.

»Dylan, du bist high.«

»Nein.« Sie rafft sich auf und stellt sich auf das Sofapolster, sodass sich ihr Kopf ein Stück über meinem befindet. Dann beugt sie sich vor und lässt ihre Arme auf meinen Schultern ruhen. »Jetzt bin ich high.«

Ein unsicheres Lachen geht durchs Zimmer, und Dylan lacht mit. Sie ist so verdammt süß, aber ich weiß nicht, wie ich dieses Gespräch steuern soll, vor allem, wenn mich diese ganzen Leute beobachten.

Ich nehme ihre Hände und sage: »Komm mal mit in die Küche.«

»Ja, essen! Ich hab solchen Hunger.«

Ein paar Leute kichern.

Sie steigt hinunter und geht vor mir her in die Küche. Dabei schwankt sie unberechenbar, als wären ihre Füße schwerer als der Rest ihres Körpers, und sie scheint nicht alles an sich im gleichen Tempo bewegen zu können.

Als wir aus dem Zimmer sind, gebe ich einen erleichterten Seufzer von mir. Immer noch schwankend, geht sie zur Arbeitsfläche und hievt sich dann darauf.

»Weißt du noch, als du mich hier geküsst hast?«

Ich schlucke und gehe nicht hin, um mich vor sie zu stellen, obwohl ich es will.

»Ja.«

»Das war nett.«

Ich lache. »Nett? Ich hab es dir schon mal gesagt und sage es dir noch mal, Pickle. Ich bin nicht nett.«

»Bist du wohl. Du hast ein nettes Lächeln. Und nette Arme. Und deine Brust … du hast eine sehr nette Brust.«

Ich will nicht, dass sie mir gefällt, wenn sie so ist, nicht, wenn ich weiß, dass es nicht ihre Wahl war, aber ich kann nichts dagegen tun. Mir gefällt alles, was sie dazu bringt, mich so zu wollen, wie ich sie will.

»Hör zu, Baby. Du hast im Wohnzimmer einen Brownie gegessen, bevor ich runterkam. Da war Marihuana drin, und deswegen fühlst du dich jetzt so komisch.«

»Komisch? Ich fühl mich fantastisch. Mein Kopf ist irgendwie schwer, aber auf gute Art, glaube ich? Ich kann's nicht beschreiben, aber …« Sie lächelt wieder und kräuselt niedlich die Nase. »Ich … ich fühl mich einfach so sauwohl. Irgendwie glücklich. Bist du glücklich?«

»Ich bin glücklich, dass du hier bist. Etwas besorgt, dass du es vielleicht nicht mehr sein willst, wenn du runterkommst.«

»Komm, sei mit mir glücklich.« Sie streckt die Hände aus, und als ich mich nicht rühre, rudert sie leicht mit den Armen und beharrt wieder: »Komm her.«

Ich gehe hin und nehme ihre Hände, entschlossen, dass ich nicht mehr machen werde.

»Hast du gehört, was ich gesagt habe? Du bist high. Da war Haschisch in dem Brownie, und jetzt fühlst du dich *glücklich*, weil du drauf bist.«

Ihre Augen werden groß, und sie zieht eine Hand aus meiner, um sie sich vor den Mund zu halten, als sie lacht.

»Neiiin. Echt? Oh mein Gott. Marihuana?«

Sie flüstert es, als wäre es ein böses Wort, und ich versichere ihr: »Es ist nicht schlimm. In den nächsten ein, zwei Stunden wird dir alles furchtbar lustig vorkommen, aber dann müsste es nachlassen, und du wirst einfach nur schläfrig.«

»Ich kann mein Herz schlagen hören.«

»Das ist normal. Es schlägt vielleicht sogar ein bisschen schneller, aber das ist nicht schlimm. Versprochen.«

»Hier«, sagt sie. Sie hebt eine meiner Hände an ihren Hals und drückt meine Handfläche flach an ihren Hals. Sie schluckt und fragt: »Kannst du es spüren?«

Ich kann. Ihr Puls ist gleichmäßig und stark, wenn auch ein bisschen schnell. Und ihre Haut ist so verdammt warm. Meine Hand ist praktisch um ihren Hals geschlungen, und ich flippe fast aus, weil mir das so gefällt. Ich will sie gegen diesen Schrank zurückstoßen und diesen perfekten Mund verschlingen, während ich sie dort festhalte und spüre, wie ihr Puls wild gegen meine Handfläche hämmert.

Ich reiße meine Hand zurück und sorge für einen kleinen Abstand zwischen uns.

»Vielleicht sollte ich dich nach Hause bringen. Dich deinen Rausch da ausschlafen lassen.«

Sie schüttelt heftig den Kopf, und ihr Haar tanzt um sie herum. »Nein. Das geht nicht. Meine Mitbewohnerin rastet total aus.«

»Sag mir, was ich tun soll, damit du mich morgen nicht hasst. Ich weiß nicht, wie ich damit umgehen soll.«

»Lass uns einfach mit deinen Freunden abhängen. Das wollten wir doch sowieso machen.«

»Bist du sicher? Wir können alles tun, was du willst. Sag's mir einfach.«

»Alles, was ich will?«

»Ja.«

Sie spreizt leicht die Beine und lehnt sich zurück gegen den Küchenschrank.

»Küss mich.«

Scheiße. Oh … Scheiße.

»Ich kann nicht.«

Gott, als ob ihre Lippen nicht so schon verführerisch genug wären, vernichten sie mich total, als sich ihre Unterlippe zu einer Schnute verzieht.

»Bitte. Ich fühle mich so gut, und ich will noch mehr Sachen machen, bei denen ich mich gut fühle. Küss mich.«

»Wenn du das in ein paar Stunden immer noch willst, küsse ich dich, bis du vergisst zu atmen, aber nicht jetzt.«

Sie fährt sich eifrig mit den Händen die Oberschenkel hinauf und hinunter und presst die Beine zusammen. Und, Gott, das ist Folter.

Aber ich will nicht, dass es vorbei ist, denn ich bin nicht sicher, was als Nächstes kommt.

Ich kann sie nicht küssen. Oder berühren. Oder irgendwas von den Sachen machen, zu denen dieser Schmollmund mich anregt … aber das hier könnten auch die letzten Augenblicke sein, die ich mit ihr habe.

Und wenn sie mich hochzieht, könnte ich sofort wieder abstürzen, wenn sie geht.

Aber ich werde es genießen, mit ihr ganz oben zu sein, solange ich kann.

Kapitel 19

Dylan

Silas macht mir ein Sandwich, und ich weiß nicht warum, aber es sieht riesig aus. Ich stehe da, den Teller in der Hand, und blinzele zu ihm auf, und er ist der Hammer.

Dieser Gedanke erscheint alle paar Sekunden von Neuem wie ein Nachrichtenticker in Endlosschleife.

Liebe Welt … für den Fall, dass du es nicht mitgekriegt hast: Silas Moore ist der absolute Megaoberhammer, bei dem einem Spucke, Luft und Sprache wegbleiben.

Und er hat mir ein Sandwich gemacht.

Ich glaube, das bedeutet, dass ich gewonnen habe. Bei allem.

Oder vielleicht ist es auch das Marihuana. Es gibt mir das Gefühl, dass alles, was ich mache, der helle Wahnsinn ist.

Von der Arbeitsplatte runterhüpfen? Her mit der Goldmedaille, denn damit habe ich echtes Talent bewiesen! Laufen, ohne zu kichern? GENIAL. Wenn ich nicht solchen Hunger hätte, würde ich dieses Sandwich als Beweis dafür einrahmen, wie erstaunlich ich bin (wenn Sandwiches einrahmbar wären).

Er fragt mich, ob ich sicher bin, dass ich wieder ins Wohnzimmer will, und ich nicke. Ich nicke immer weiter, bis es zu schwierig wird, gleichzeitig zu nicken, zu laufen und mein tolles Sandwich zu tragen. Alle starren uns an, als wir zurückkommen, aber ich muss mich zu sehr darauf konzentrieren, meinen Teller gerade zu halten, um mich darum zu kümmern.

Was mich allerdings kümmert, ist, dass Silas in der Mitte der Couch Platz nehmen will, wo vorher der dicke Kerl saß. Denn dann würde er neben Stella sitzen.

»Mitte!«, brülle ich. Dann stelle ich meinen Teller auf den Couchtisch und quetsche mich an ihm vorbei, um mich auf das mittlere Polster plumpsen zu lassen. Er lächelt und schüttelt den Kopf über mich, dann setzt er sich auf meine andere Seite.

Ich ziehe meine Füße auf das Polster neben mir und lehne mich mit der Schulter an Silas. Ich spüre, dass Stella mich beobachtet, also gehe ich noch einen Schritt weiter und ziehe seinen Arm hoch und um meine Schultern.

Es kommt mir überhaupt nicht in den Sinn, dass das für ihn nicht okay sein könnte, bis er sich anspannt. Vielleicht will er nicht, dass seine Freunde von dem wissen … was es auch immer ist. Vielleicht existiert es ja auch nur in meinem Kopf. Vielleicht ist es bloß Sex. Oder über Sex reden – oder was auch immer.

Er beugt sich vor, und ich bekomme Angst, dass er aufsteht und irgendwo anders hingeht, aber er nimmt bloß meinen Teller und stellt ihn vorsichtig auf meine Knie, die teilweise auf seinem Oberschenkel ruhen. Er legt seine Arme ganz auf meine Schultern, und entweder bin ich gerade dabei, mich ganz ernsthaft in diesen Typen zu verlieben, oder ich habe eine ziemlich gute Vorstellung davon, warum so viele Leute zu Kiffern werden.

Mein Sandwich schmeckt so gut, dass ich doch tatsächlich laut aufstöhne. Und es stört mich nicht mal, dass ein paar von seinen Freunden lachen. Es ist so was von gut. Silas' Hand spannt sich fester um meinen Arm, aber er lacht nicht. Ich verputze das ganze Teil, und als ich fertig bin, erinnere ich mich nicht mal daran, gekaut zu haben.

Silas stellt den Teller auf den Couchtisch, und als er sich wieder zurücklehnt, rutsche ich ein bisschen näher zu ihm und lege meinen Kopf an seine Brust. Ich lege einen Arm auf seinen Bauch und spüre, wie sich seine Muskeln unter meinem Unterarm zusammenziehen und wieder entspannen. Fasziniert lege ich meine Hand flach auf seinen Bauch, spreize die Finger, und dasselbe passiert wieder.

Etwas Wichtiges muss auf dem Bildschirm vor sich gehen, denn es ertönt Jubel oder auch Gebrüll. Ich weiß nur, dass alle durcheinanderreden, aber mein Herz schlägt so laut, dass ich nicht verstehen kann, was sie sagen. Ich fahre mit einem Finger durch die Rillen seiner Bauchmuskeln, über eine Seite und hinüber zur anderen. Dann bewege ich die Hand ein Stück nach unten und wiederhole es. Auf meiner dritten Reise hinüber hält seine Hand meine auf und presst sie in seinen Bauch.

Sein Atem bläst ungleichmäßig an mein Ohr, und er sagt: »Das darfst du nicht tun, es sei denn, ich kann den Gefallen erwidern.«

Ich winde meine Hand unter seiner hervor. »Erwidere ruhig.«

»Bist du noch high?«

Ich zucke lächelnd mit den Schultern, und er lässt stöhnend den Kopf zurück auf die Couch fallen. Ich ignoriere das und fahre mit meiner Erkundung fort, dieses Mal weit unten an seinem Bauch und nur wenige Zentimeter über seinem Hosenbund. Aber ich bin noch nicht mal auf halbem Weg, als er meine Hand weggepflückt und mit seiner umschlossen hat.

Ich verschränke meine Finger mit seinen, weil es mir jetzt gerade richtig vorkommt, und er hebt für lange Sekunden unsere ineinandergeschlungenen Hände in die Luft, als hätte er noch nie zuvor die Hand von jemandem gehalten. Als ich meinen Kopf wieder an seine Brust lege, lässt er unsere Hände in seinen Schoß sinken, wo sie bleiben.

Ich spüre, wie etwas Warmes, Weiches meine Stirn streift, und Elektrizität fließt meine Wirbelsäule hinauf. Mit seinem Arm um meine Schultern, meinem Kopf auf seiner Brust und meiner Hand in seiner fühlt es sich an, als würden alle Wege zu Silas führen. Und all die rastlose Energie, die durch mich hindurchfließt, verbindet sich ununterbrochen mit ihm und kommt doppelt so stark zurück, als wären wir so ein geschlossener Stromkreis, und je länger wir miteinander verbunden bleiben, desto stärker wird die Anziehung zwischen uns.

Eine Ekstase liegt darin, ein Verlangen, das mich an Sex erinnert, an jene Momente, wenn ich etwas jage und das Gefühl habe, dass es zum Greifen nah ist. Es baut sich in mir auf, füllt mich aus, bis ich mich fühle, als müsste ich platzen.

Trotzdem wird mein Kopf mit der Zeit immer schwerer, und die Schwere überdeckt das Verlangen, begräbt es. Obwohl ich mich an Silas schmiege, ist da dieses Kitzeln ganz oben an meinem Hals, das mir das Gefühl gibt, als wäre dort eine Schnur, die alles zusammenhält und jeden Moment reißt. Ich rutsche hin und her, bin plötzlich erschöpft, aber nicht in der Lage, es mir bequem zu machen.

Nach ein paar Minuten greift Silas nach meinen Oberschenkeln und bewegt sich, sodass er sich mit ausgestreckten Beinen an die Armlehne sinken lassen kann. Dadurch liegen meine Beine mehr auf seinem Schoß, und als ich mich wieder niederlasse, lege ich nicht mehr nur den Kopf auf seine Brust, sondern meinen ganzen Oberkörper. Der Arm, den er um meine Schultern gelegt hatte, fällt herunter, um sich um meine Taille zu schlingen. Und so schlafe ich ein, atme im Takt mit dem trägen Streicheln seiner Finger an meiner Seite.

Meine letzten Gedanken sind, dass ich glaube, die Wirkung vom Hasch lässt allmählich nach, aber die Leichtigkeit, das es mir gegeben hat, dieses übersprudelnde Schwindelgefühl im Bauch, scheint zu bleiben. Es sei denn, es kommt doch nicht vom Haschisch.

Meine Haare kitzeln mich im Gesicht, als jemand sie von meinem Rücken und über meine Schulter streift. Mein Gesicht ist zu warm und gegen etwas noch Wärmeres gepresst. Atem streicht über meinen Nacken, Sekunden bevor mir ein Kuss dorthin gedrückt wird und etwas von der Schwere in meinem Kopf verjagt.

Ich öffne die Augen, aber das Wohnzimmer ist dunkel, der Fernseher ist aus, und von der Menschenmenge, die in meiner letzten Erinnerung noch hier war, keine Spur. Nur Silas ist immer noch unter mir, und ich bin so weit rübergerutscht, dass ich quasi auf ihm liege. Mein Kopf ist zu seinem Bauch hinuntergewandert, meine Beine sind ausgestreckt, und ich habe meine Arme um seine Mitte geschlungen.

Ich stemme mich ein Stückchen hoch, unfähig, meine Augen gegen die Schwerkraft des Schlafs ganz zu öffnen.

»Sorry«, sagt Silas. »Ich hätte dich wecken sollen, als alle gegangen sind, aber ich …« Er verstummt und anstatt seinen Satz zu beenden, fragt er: »Wie fühlst du dich?«

»Müde.« Meine Stimme klingt tiefer als normal, fast heiser.

»Ja, das ist normal.«

Dann fällt mir wieder ein, warum ich so schläfrig bin. Ich warte darauf, dass sich irgendein Gefühl in mir regt – Ärger, Scham, Reue. Aber es kommt nicht, also wappne ich mich für Panik oder Angst, aber auch davon ist nichts zu spüren.

Stattdessen erinnere ich mich an Silas' Gesicht, als er von mir wissen wollte, wie viele Scheiben Schinken er genau auf mein Sandwich legen soll, als wäre er ein Totalversager, wenn er zu viel oder wenig nimmt.

»Haben sie gewonnen?«, frage ich und hebe die Hand, um mir die Augen zu reiben.

»Wer?«

»Keine Ahnung. Die Mannschaft, zu der ihr eben gehalten habt.«

Er lacht. »Haben sie. Sie hatten sogar ein unglaubliches letztes *Inning*, das du total verschlafen hast.«

Ich wische mit der Hand über meine Wangen, taste unauffällig nach Sabber und finde glücklicherweise nichts.

»Oh, gut. Tut mir leid, dass ich es verpasst habe.«

Ich sollte mich aufsetzen, jetzt, da ich wach bin und überhaupt, aber alles, was ich wirklich will, ist, meinen Kopf wieder auf ihn zu legen.

»Und, wie sauer bist du genau?«, fragt er.

»Weil ich das letzte *Inning* verpasst habe?«

Da setzt er sich auf und lässt mir damit keine andere Wahl, als dasselbe zu tun.

»Wegen dem Hasch. Ich schwöre bei Gott, ich hätte das niemals zugelassen, wenn ich hier unten gewesen wäre, und ich verspreche dir, ich werde Carter nicht mehr in deine Nähe lassen. Das hätte nie passieren dürfen, nicht in meinem Haus, nicht bei meinen Freunden, und wenn … wenn du nicht mehr herkommen willst, verstehe ich das. Ich will nur –«

»Ist schon gut«, sage ich zu ihm.

»Nein, Baby, ist es nicht.«

Baby. Ich kann mich vage daran erinnern, dass er mich vorhin schon so genannt hat, etwas, das er nur bei einer Handvoll anderer Gelegenheiten getan hat, die alle einen gewissen Grad an Intimität oder Neckerei hatten. Bisher erschien es mir wie eine Floskel, wie etwas, das er wahrscheinlich zu jedem Mädchen sagt, das er berührt oder küsst oder mit dem er flirtet, aber jetzt ist es irgendwie anders. Als würde dieser Kosename zu mir gehören.

Er fährt sich grob durchs Haar und verharrt kurz, um eine Handvoll davon in seiner Faust zu packen. Er lässt die Hand wieder sinken und dann das Kinn. Seine Augen durchbohren den Fußboden, als er sagt: »Es tut mir leid. Unglaublich leid.«

Ich schließe die Lücke zwischen uns und küsse ihn. Ein flüchtiger Kuss, aber jene Ekstase von vorhin, jenes Gefühl, das sich aufgebaut hatte und von dem ich annahm, es wären die Drogen, erwacht tosend wieder zum Leben. Es ist nicht mehr als ein Übereinanderstreifen der Lippen, aber es fühlt sich groß an. *Riesig*. Als wäre ich gerade in aller Seelenruhe über den Rand einer Klippe spaziert, ohne auch nur nachzusehen, wie tief es runtergeht.

»Wofür war das?«

»Ich dachte, so läuft das bei uns. Ich entschuldige mich, du küsst mich. Ist doch nur fair, wenn es in beide Richtungen funktioniert.«

Zuerst denke ich, dass er mich gleich davonjagt. Er hat diese Aura, als wollte er irgendwas zerschmettern, und sich damit selbst zu treffen, ist seine einzige Option. Aber dann zieht sich sein einer Mundwinkel für einen Sekundenbruchteil nach oben.

»Also, ich bin immer gern fair.«

Ich nehme dieses Beinahe-Lächeln von ihm und mache daraus ein Komplett-Grinsen. »Und ich entschuldige mich immer gern.«

Er legt den Kopf schief und sieht mich mit aufmerksamen Augen an. Zum ersten Mal seit langer Zeit spüre ich wieder die Gefahr, die ihn umgibt. Aber jetzt ist es eine andere Art Gefahr, und die ist noch mächtiger.

»Bist du sicher, Dylan? Das heute Abend war … keine Kleinigkeit. Ich will nicht, dass du so tust, als wenn es dir nichts ausmacht, wenn es nicht so ist. Mach das nicht für mich. Sei wegen mir nie etwas, das du nicht bist. Mir ist es lieber, wenn du mir offen sagst, wie du dich fühlst.«

Ich habe mich entschieden. Vielleicht ist es ein Fehler, und ich habe keine Ahnung, wo das hinführt, aber vielleicht ist es ja an der Zeit, dass ich mal ein paar Fehler mache.

»*Es tut mir leid.* War ich nicht deutlich genug? Denn wenn ich zu vage war, entschuldige ich mich dafür. Was ich eigentlich sagen wollte: Es tut mir nicht leid, dass es passiert ist. Es tut mir leid, dass ich es unwissentlich getan habe, und es tut mir leid, dass du dich den ganzen Abend verrückt gemacht hast, wie ich reagieren würde, aber du hast dich um mich gekümmert. Und das tut mir nicht leid. Kein bisschen. Aber wenn du es *noch mal* hören willst, ich verspreche dir, ich bin nicht –«

Sein Mund landet auf meinem, und innerhalb von Sekunden sind wir von null auf *Oh mein Gott*. Er presst mich auf die Couch zurück, und sein großer Körper legt sich über mich. Seine Lippen sind hart und fordernd, und seine Finger umschlingen meinen Hals, als fürchte er, ich könnte mich in Luft auflösen. Seine Zunge dringt in jeden Winkel meines Mundes, und ich komme nicht mehr mit, also vergrabe ich einfach meine Hände in seinen Haaren und halte mich gut fest.

Sein Gewicht lastet angenehm auf mir, als hätte er mich an diesen Moment festgenagelt, und weder mein Körper noch mein Geist werden wandern, während er die Kontrolle hat. Er zupft an meinem Oberteil, bis es sich löst und er mit den Händen darunterschlüpfen kann. Unsere Beine sind ineinanderverschlungen, und einer seiner Oberschenkel ruht zwischen meinen, wo er sich an genau die richtige Stelle drückt. Ich kann ihn hart an meiner Hüfte spüren, ändere meine Position und reibe mich an ihm. Er weicht ein winziges Stück zurück, um zu atmen, ohne jedoch meinen Mund zu verlassen. Ich mache die Augen auf, er starrt auf mich hinunter, und sein Atem vermischt sich mit meinem.

»Scheiße, ich kann nicht –« Er schüttelt den Kopf und fängt von vorn an. »Ich kann nicht beschreiben, was du mit mir machst. Mir fehlen die Worte. Nein, ich kenne sie noch nicht mal. Es gibt so vieles, was ich machen will, so viele Stellen an deinem Körper, die ich berühren und schmecken will, und es bringt mich um, mich nur auf eine konzentrieren zu wollen.«

Ich wandere mit einer Hand von seinen Haaren hinunter und lege sie um seinen Hals und ahme so nach, wie er mich hält. »Wir haben Zeit.«

»Haben wir das?«

Ich weiß nicht, um wie viel Zeit er mich bittet oder wie viel er selbst bereit ist zu geben, und ich will dieses Gespräch auch gar nicht führen, nicht jetzt. Ich will das hier genießen können, ohne Fragen zu stellen.

»Ich muss nirgendwohin.«

Er erhebt sich von mir und kommt neben dem Sofa zum Stehen. Als er mir seine Hand hinstreckt, ergreife ich sie, und er führt mich die Treppe hinauf in sein Zimmer. Er schließt die Tür, sobald er mich drinnen hat, und in meiner Brust fängt die Nervosität zu brodeln an.

Ich brauche etwas, *irgendwas*, das ich sagen kann. »Ich hätte nicht erwartet, dass dein Zimmer so sauber ist.«

Er zuckt die Achseln und hebt die Hand, um mir das Haar hinter die Ohren zu streichen.

»Ich hatte im Leben nicht viel, das ganz allein mir gehörte. Da kümmert man sich um das, was man hast, solange es da ist.«

»Du kümmerst dich um mich … schon seit unserer ersten Begegnung.«

Seine Hand, die durch mein Haar gewandert ist, verharrt und greift fest zu. »Willst du damit sagen, dass du mir gehörst?«

Ich schlucke. Die Intensität, die er verströmt, ist sowohl berauschend als auch überwältigend.

»Ich schätze, das kommt darauf an.«

»Worauf?«

»Darauf, was das genau bedeutet.«

Er legt seine Hände um eine meiner Brüste, hebt sie an und drückt gerade so fest, dass in meinem Unterleib etwas nachgibt.

»Es bedeutet, dass ich dich so berühren darf.«

»Du hast mich schon mal so berührt.«

Seine Hand verlässt meine Brust, um zu meinem Bauch hinunter und zwischen meine Beine zu gleiten. Er fährt mit einem Finger die Naht meiner Shorts entlang und drückt die feste Kante in meinen Schritt. »Es bedeutet, dass nur ich dich hier berühren darf. Nur ich berühre dich, Punkt.«

Ich beiße mir auf die Lippe und konzentriere mich darauf, wie ich sagen soll, was ich sagen muss, während ich so sehr will, dass er mich weiter berührt.

»Niemand sonst wird mich da berühren.«

Seine streunenden Finger drücken etwas fester, und mir wird ein bisschen schwindelig. Ich kämpfe mich durch die Empfindung hindurch. »Aber ich kann dir nicht gehören, Silas. Ich habe zu viele Jahre damit verbracht, andere zufriedenzustellen. Ich muss für eine Weile mir selbst gehören.« Ich weiß nicht, warum, aber der größte Teil meines Lebens hat sich angefühlt … wie an Bedingungen geknüpft, so als würden meine Eltern und Henry und alle anderen mich nur akzeptieren, weil ich diese Lücken in ihrem Leben ausfüllte. Und ich habe dafür gesorgt, dass ich sie perfekt ausfülle, denn nur so gehörte ich irgendwohin, so sicherte ich mir meinen Platz, indem ich niemals ihre Erwartungen enttäuscht habe. Solange ich perfekt war, hatten sie keinen Grund, mich gehen zu lassen.

Trotzdem hat Henry es getan. Und mir fällt beim besten Willen nichts ein, was ich falsch gemacht habe, und vielleicht ist das der Grund, warum alles angefangen hat. Denn sosehr ich es auch versuche, *perfekt* zu sein sichert mir gar nichts. Ich kann nicht kontrollieren, ob andere mich wollen oder lieben oder überhaupt mögen. Ich kann nur kontrollieren, was ich selbst für mich empfinde. Und ich bin immer noch dabei, das zu entdecken, Tag für Tag.

Und wenn ich ehrlich bin, habe ich ein bisschen Angst, dass ich dasselbe bei Silas wieder mache. Dass ich die bin, die er braucht, statt die, die ich bin. Und ich muss mir sicher sein. Ich muss mit Sicherheit *wissen*, dass das, was ich tue, das ist, was *ich* will.

Er sagt: »Wie wäre es dann, wenn ich dich für diese Nacht ausborge? Ich verspreche, dich wieder zurückzugeben. Irgendwann.«

Ich lache, und er küsst mich auf eine Art, die alles andere als lustig ist. Seine Hände legen sich um meinen Po, und er zieht mich hoch an seinen Ständer, und ich weiß, wie ernst es ihm ist.

»Du musst es mir jetzt sagen, Baby. Denn alles, woran ich denken kann, ist, in dir zu sein.«

»Berührt dich auch keine andere?«, frage ich.

»Wenn du mich berührst, werde ich keine andere wollen.« Keine sehr direkte Antwort, aber er fährt fort: »Für den Augenblick stimme ich allem zu und gebe dir, um was immer du mich bittest.«

Ich hätte erwartet, dass er einen auf cool macht, den selbstsicheren, dreisten Kerl rauskehrt, der er schon immer war. Seine Ehrlichkeit, die Verzweiflung in seiner Stimme … sie macht etwas mit mir. Ich fahre leicht mit einem Finger vorne über seine Jeans, die Naht entlang, genauso, wie er es bei mir gemacht hat. Er lässt zischend Luft zwischen seinen Lippen entweichen, und seine Hände an meiner Kehrseite verkrampfen sich.

Bisher sind unsere körperlichen Begegnungen immer so verlaufen, dass *er mich* berührt und in den Wahnsinn getrieben hat. Aber jetzt will ich den Spieß einfach mal umdrehen. Ich sinke vor ihm auf die Knie und fahre dabei mit meinen Fingern seinen Oberschenkel hinunter. Seine Kiefer pressen sich aufeinander, und als ich den Knopf an seiner Jeans löse, blickt er zur Decke hoch und murmelt leise ein paar Flüche. Seine Jeans spannt sich stramm über seinen harten Schwanz, und ich ziehe vorsichtig den Reißverschluss herunter. Ich mache es so langsam, dass ich hören kann, wie sich jedes einzelne Metallzähnchen löst. Als ich fertig bin, atmet Silas schwer, die Fäuste seitlich am Körper geballt.

»Baby, ich glaube, du musst etwas schneller machen, sonst sterbe ich, bevor wir je ans Ziel kommen.«

Rasch ziehe ich seine Jeans runter, aber ich habe seine Schuhe vergessen, und er braucht mehrere Sekunden, um sie zusammen mit seiner Jeans von seinen Füßen zu streifen. Es ist ein bisschen peinlich, und ich werde nervös, dass ich das hier falsch mache, dass ich nach alldem, der ganzen Zeit, in der sich das aufgebaut hat, nicht mit den anderen Mädchen mithalten kann, mit denen er was hatte. Ich bin nicht so naiv, zu glauben, dass es nicht viele waren. Und ich weiß nicht, wie ich damit umgehen soll. Henry und ich waren füreinander die Ersten, also gab es da nie ein Ungleichgewicht. Ich atme tief ein und hebe die Hand, um ihn durch die letzte trennende Schicht Stoff hindurch zu berühren. Die Spitze seiner Erektion hat sich unter dem Bund seiner Retroshorts hervorgeschoben, und mit einem Finger streiche ich über das entblößte Fleisch. Seine Augen über mir sind dunkler denn je. Ich beuge mich vor und fahre mit meinen Lippen das muskulöse V seiner Hüften entlang. Ich schwebe dicht neben seinem Bund, nehme meinen Mut zusammen, und als ich ausatme, spannt sich sein ganzer Körper an. Ich stecke meine Finger unter den Stoff, atme wieder aus und sehe ihn dabei an. Er stöhnt und zuckt in der Enge seiner Shorts.

»Ich nehme das zurück. Mach, was du verdammt noch mal willst … und so langsam du willst. Ich werde sterben und dabei glücklich sein.«

Ich straffe die Schultern, fühle mich etwas sicherer und ziehe das letzte Stück Kleidung herunter.

Neulich in der Küche hatte ich ihn berührt, meine Hand um ihn gelegt, ich wusste also, dass er dick ist, aber da hatte ich noch nicht darüber nachgedacht, ihn in den Mund zu nehmen.

Ich lecke mir die Lippen, und seine Hände schießen vor, doch in letzter Sekunde hält er inne und zieht die Arme vor die Brust, um sich zurückzuhalten.

»Hast du dir das vorgestellt?«, frage ich.

»Gott, öfter, als du wahrscheinlich wissen willst.«

Komischerweise *will* ich es wissen.

»Wie oft?«

»Hab aufgehört zu zählen«, ächzt er mit schwerer, rauer Stimme.

»Und wenn du es dir vorstellst, was mache ich zuerst?«

»Herrje, Dylan.«

»Ich sehe keinen Sinn darin, etwas zu machen, wenn ich es nicht richtig mache. Du willst deine Hände in meinen Haaren, stimmt's?«

»Gott, ja.«

»Dann tu es. Tu, was du willst.«

Er macht es, seine Finger fahren durch meine dicken Strähnen und umfassen meinen Hinterkopf. Aber obwohl er gemacht hat, was ich gesagt habe, warnt er mich: »Du willst mir dabei doch nicht etwa freie Hand lassen, Baby.«

»Doch. Das will ich.«

»Ich glaube nicht, dass du verstehst, was ich genau mit dir machen will. Du willst mir nicht gehören, aber wenn du mir meinen Willen lässt, werde ich jeden Teil von dir besitzen. Ich werde dafür sorgen, dass du deinen eigenen Körper nie wieder ansehen oder berühren kannst, ohne dich daran zu erinnern, was ich damit gemacht habe. Ich werde nehmen und weiter nehmen, und wenn du denkst, es ist nichts mehr übrig, nehme ich noch ein bisschen mehr. Für mich ist es okay, egoistisch zu sein, wenn es um dich geht, denn – *Scheiße*. Mach das noch mal.«

Ich hatte mich so weit vorgelehnt, um meine Lippen in einer Art Kuss auf seine Penisspitze prallen zu lassen, und sein ganzer Körper hat sich angespannt, bis hin zu den Fingern in meinem Haar. Dieses Mal umfasse ich seine Wurzel mit meiner Hand und küsse wieder seine Eichel. Als ich zurückweiche, lasse ich meine Unterlippe über seine Haut streifen, und er atmet zischend aus.

Ich nehme all meinen Mut zusammen und sage: »Es ist nicht egoistisch, wenn ich *will*, dass du nimmst und weiter nimmst … und dann noch ein bisschen mehr.«

Kapitel 20
Silas

Ich kann ihr nicht widerstehen. Ich versuche es erst gar nicht.

Es geht wahrscheinlich zu schnell, zu früh, zu weit, aber ich *will* ehrlich zu ihr sein. Ich will sie berühren, schmecken und necken können, ohne mich zurückzuhalten oder mir Gedanken zu machen, was sie von mir denkt.

Also sage ich ihr, was ich will.

»Zieh dein Shirt aus.«

Sie lässt sich auf ihren Fersen nieder und schlägt ihre blauen Augen zu mir auf, während sie dieses Ding aufknöpft, das mich schon den ganzen Abend in den Wahnsinn treibt. Ihre Finger sind zu langsam, aber ich komme ihr nicht zu Hilfe. Ich sehe nur zu, wie Zentimeter für Zentimeter ihrer perfekten Haut enthüllt wird. Sie lässt es von ihren Schultern rutschen und hinter sich fallen. Darunter trägt sie so ein kleines Spitzenteil, und als sie es sich über den Kopf zieht, gewinne ich einen ersten vollständigen, ungehinderten Blick auf ihren Körper. Ihre Brust ist klein, aber das stört mich gar nicht. Ihre rosigen Brustwarzen sind hart und perfekt, und ich kann mich nicht dagegen wehren, sie zu berühren.

Ich lasse eine Hand von ihrem Haar herabsinken, um die viele neue Haut zu erkunden. Währenddessen wandern ihre Lippen wieder zu meinem Schwanz. Ich weiß nicht, woran es liegt, aber zuzusehen, wie mein Schwanz gegen diese Lippen stößt, ist fast besser, als richtig einen geblasen zu bekommen. Sie wirkt so unschuldig und es fühlt sich so verdammt verboten an, als würde ich sie irgendwie verderben, indem ich sie so berühre. Als wäre sie ein Engel und ich derjenige, der sie zu Fall bringt.

»Deine Shorts auch. Zieh alles aus.«

Sie steht auf, und ich kann nicht widerstehen, sie zu küssen. Ich lasse meine Zunge zwischen ihre Lippen dringen, rein und wieder raus, schnell und hart, in Nachahmung dessen, was ich mit ihr machen will. Der Stoff ihrer Shorts streift im Fallen meine Haut, und ehe ich sie richtig ansehen kann, kniet sie wieder auf dem Boden.

Ich will sie schon bitten, noch mal aufzustehen, als ihre Lippen sich um mein Glied schließen und kräftig saugen.

Bei ihrem Anblick bekomme ich richtiggehend weiche Knie. So oft habe ich mir das vorgestellt, und jede ihrer Berührungen übertrifft meine Fantasie um Meilen. Ihre Zunge schnellt über die empfindliche Unterseite, und ich muss kämpfen, um nicht zu kräftig an ihren Haaren zu ziehen.

»Gut so, Babe. Gott, deine Lippen sind das Perfekteste auf der ganzen Welt.«

Sie weicht ein Stück zurück und nimmt dann mehr von mir auf. Ihr Mund ist heiß und nass und so verdammt gut.

Ich gebe ihr Anweisungen, sage ihr, was sie tun soll, wann sie Hände und Zunge benutzen und wann sie saugen soll, und kein einziges Mal zögert sie. Aber immer mal wieder tut sie etwas von sich aus, ohne dass ich es ihr gesagt habe. Bloß ein leichtes Streifen ihrer Zähne, ein fester Druck, ein heißer Atemhauch, und vor lauter Überraschung kämpfe ich bereits dagegen an, zu kommen.

Sie drückt ihren Kopf noch weiter hinab, bis ich die Enge hinten in ihrem Hals spüre, und dann zieht sie ihn wieder ganz zurück und meinen Schwanz über ihre Lippen. Und ich weiß … ich werde mich für den Rest meines Lebens daran erinnern, wie sie jetzt aussieht. Dieses Bild werde ich nie mehr aus meinem Kopf bekommen, und ich will es auch nicht.

»Scheiße, das ist perfekt«, sage ich zu ihr. »Dein Mund ist perfekt, Baby. Ja, so. Nimm mich noch tiefer.«

Ihr Kopf bewegt sich wieder auf und ab, und ich bin so verdammt kurz davor. Aber ich will in ihr sein, wenn ich das erste Mal mit ihr komme. Weil ich weiß, dass das noch etwas ist, das ich im Gedächtnis behalten werde.

Ich ziehe sie hoch auf die Beine und küsse sie. Ihre Lippen sind schlüpfrig und weich, und wieder werde ich von allem überwältigt, was ich mit ihr machen will. Ich habe Angst, dass ich nur dieses eine Mal mit ihr habe und es bereuen werde, wenn ich nicht alles über sie lerne, was ich kann.

Sanft drehe ich sie um und drücke gegen ihren Rücken, bis sie mit dem Oberkörper auf meinem Bett liegt und sich ihr runder Po über die Bettkante wölbt.

Ich lächele, weil ich wusste, dass auch dieser Teil von ihr perfekt sein würde. Ich streichle mit einer Hand über ihre Kurven und schlage leicht mit der offenen Handfläche zu. Sie quietscht, krallt sich in die Bettdecke unter sich und zieht am gemachten Bett.

»Eines Tages versohle ich dir deinen prachtvollen Hintern, Dylan Brenner.«

Sie sieht mich über die Schulter hinweg an und fragt: »Nicht heute?«

Ich stöhne, denn sie scheint es regelrecht herauszufordern.

»Nicht heute. Heute will ich nur schauen und berühren.«

Ich nehme mir Zeit, während sie so über mein Bett gestreckt liegt. Ich wechsele zwischen leichtem Berühren und Kneten ihrer Haut. Ich beuge mich hinüber und drücke ihr einen Kuss ans Ende ihrer Wirbelsäule, und sie biegt sich meinem Mund entgegen. Ich wandere ihren Rücken hinauf, greife unter sie, um ihre Brüste in meine Hände zu nehmen, und als mein Penis mit ihrer heißen Mitte in Kontakt kommt, schnappen wir beide nach Luft. Instinktiv stoßen meine Hüften nach vorn, und ich streife über ihre Öffnung, und dann, nur für einen kurzen Moment, tauche ich in sie ein.

Ich lasse meine Stirn auf ihren Rücken sinken, überwältigt, wie verdammt gut sich das angefühlt hat. Ich wollte mir Zeit lassen. Ich hatte mir schon überlegt, wo ich sie überall küssen und lecken und beißen wollte, aber ihre Hüften heben sich auf der Suche nach meinen und machen mir einen Strich durch die Rechnung.

Kondom. Ich brauche ein scheiß Kondom, denn ich muss in ihr sein, sofort. Alles andere kann ich hinterher immer noch machen, aber wenn ich jetzt nicht den Druck nehme, wenn ich *sie* nicht *nehme*, vergesse ich mich.

Bedauernd ziehe ich mich von ihr zurück und verabschiede mich, indem ich mit einer Hand ihren Rücken hinabfahre. Ich tätschele noch einmal ihren Hintern, weil ich es einfach nicht lassen kann, und sage: »Geh aufs Bett, Dylan.«

Während sie das tut, streife ich mir ein Kondom über, so schnell wie noch nie in meinem Leben. Sie sitzt auf meinem Bett, ein Knie hochgezogen und das andere daruntergeklemmt. Ich weiß nicht, ob das ihre Absicht ist, aber es verdeckt all meine liebsten Teile ihres Körpers.

Es sieht aus, als wäre sie so in Pose gesetzt worden, nur um mich mit Beinahe-Einblicken zu quälen.

»Ich wollte es eigentlich langsam angehen. Mir Zeit lassen, aber das müssen wir wohl auf später verschieben. Ich bin bei dir einfach zu ungeduldig.«

Ich knie mich neben sie aufs Bett, drücke ihr Knie hinunter und spreize ihre Beine. Sie atmet langsam aus und starrt an die

Decke. Sie ist nervös, und als ich mich zwischen ihre Schenkel bewege, starrt sie weiter an die Decke.

»Dylan.« Ihr Blick geht zu mir runter, ihr Kinn bleibt aber oben, als wäre es das Einzige, was sie zusammenhält. »Du brauchst mir nur zu sagen, wenn du das nicht willst. Ich *kann* mich gedulden. Ich kann langsam machen. Ich hab dir gesagt, alles, was du willst.«

Ich sage die Wahrheit. Ich muss die Wahrheit sagen. Ich habe gesagt, ich würde ihr alles geben, und daran muss ich mich halten.

»Tut mir leid.«

Ich habe das Gefühl, dass mein Herz gleich kollabiert, einfach in sich zusammenfällt, immer wieder, wie ein schwarzes Loch in meiner Brust, das mehr und immer mehr in sich aufsaugt. Und bald wird nichts mehr von mir übrig bleiben.

»Oh Gott«, sagt sie, und ihr bleibt der Mund offen stehen. Sie setzt sich auf. »So hab ich es nicht gemeint. Ich meinte … *ich entschuldige mich*. Nicht dass ich es mir anders überlegt habe. Ich wollte nur, dass du mich küsst, ich wollte drollig sein, aber oh Gott, tut mir leid. Bitte küss mich einfach, damit ich den Mund halte.«

Ich bin so erleichtert, dass ich praktisch in sie stürze, als ich es mache. Ich vergrabe meine Arme unter ihr und wickele sie komplett ein, presse ihre nackte Brust an meine, bis sie so nah an mir ist, wie ich sie kriegen kann.

Ihre Beine kleben an meinen Hüften, und obwohl ich es nicht geplant hatte, bin ich direkt vor ihrer Pforte. Als ich sie küsse, stöhnt sie in meinen Mund und sagt: »Jetzt.«

Ich schüttele den Kopf, will sie erst noch heißer machen.

Aber sie bleibt stur und wiederholt: *»Jetzt.«* Dieses Mal hebt sie ihre Hüften, und ich gleite über ihre nasse Hitze und schwöre, wir werden wie Magneten voneinander angezogen, denn ich bin perfekt ausgerichtet.

Ich bin bereit, meinerseits genauso stur zu sein, sie zu quälen und dann wegzuziehen, nur um das Ganze von vorne zu beginnen. Wenn es irgendein anderes Mal wäre, irgendein anderes Mädchen, hätte ich das vielleicht gemacht. Aber Dylan hebt ihr Becken wieder an und flüstert: »Bitte.«

Und in dem Augenblick wird mir etwas klar.

Ich werde niemals fähig sein, diesem Mädchen etwas abzuschlagen. Was immer die Kleine von mir verlangt, es gehört ihr. Egal, worum sie mich bittet, ich werde einen Weg finden, es ihr zu geben. Sie mag nicht mir gehören, aber seit irgendeinem Punkt gehöre ich ihr.

Und als ich in ihr versinke, habe ich solche Angst wie noch nie in meinem Leben. Es erinnert mich an jene Momente auf dem Spielfeld, wenn ich weiß, dass ein Zweikampf auf mich zukommt, wenn ich den *Defender* aus meinen Augenwinkeln sehen oder ihn hinter mir hören kann und mich für den Sturz wappne. Sie umschließt mich so eng, ihre Augen fixieren meine, und ich hab mich so in diesem Mädchen verloren. Sie hat sich an mich herangeschlichen, mich zur Strecke gebracht, und ich weiß nicht, wie ich da je wieder rauskommen soll.

Ich weiß nicht mal, ob ich das überhaupt will.

Ich küsse sie, und ich schwöre, mein Herz schlägt mir die ganze Zeit bis zum Hals. Wenn sich die Welt groß angefühlt hat, als ich in der Highschool auf diesem *State Championship*-Spielfeld stand, dann fühlt sie sich jetzt unendlich an. Jedes Mal, wenn ihr Mund sich an meinem öffnet, drängen ganze neue Galaxien, komplette Universen von Gedanken und Gefühlen in meinen Kopf.

Und ich hatte so unrecht. Dylan ist nicht meine nächste große Flucht. Sie ist kein Weg aus dem ganzen verkorksten Zeug in meinem Kopf und in meiner Vergangenheit.

Sie ist ein Eingang. Sie ist der Weg zu etwas Größerem und Besserem, als ich es mir je hätte träumen lassen, und zum ersten Mal in meinem Leben habe ich nichts zu sagen. Keine schmutzigen Worte, um sie zu ärgern oder zu drängen. Ich brauche ihr nicht zu sagen, was ich will, oder sie bitten, dasselbe zu tun, weil es so gut ist, einfach nur in ihr zu sein, dass ich an gar nichts anderes denken kann.

Es gibt nichts, das ich mehr will, als genau das, was ich habe.

Als ich mich aus ihr zurückziehe und wieder hineindränge, bewegen sich ihre Hüften mir rhythmisch entgegen. Ihr Haar ist auf dem Bett ausgebreitet, und ihr Kopf neigt sich nach hinten, die Augen geschlossen. Ich wiederhole die Bewegung und sorge dafür, dass ich dabei an ihr reibe, damit es sich für sie genauso gut anfühlt wie für mich.

In ihr vergesse ich die Zeit. Irgendwann schlüpfen wir unter die Decke, und sie steigt auf mich, bewegt sich auf mir vor und zurück, und ihr Haar schwingt, wie ich es mir immer gewünscht habe. Über mir schwebend explodiert sie, und wenn das möglich ist, ist es noch atemberaubender als beim ersten Mal, als ich sie dabei beobachtet habe.

Ich rolle sie wieder unter mich und setze mich auf meine Fersen. Ich hebe ihre Hüften auf das Gefälle meiner Oberschenkel und sehe zu, wie ich in sie eindringe. Ich sehe zu, wie ihr Körper mich aufnimmt und wie sie sich anspannt und windet, jedes Mal, wenn ich hinausgleite. Ich presse einen Daumen auf ihre Klitoris, und sie ist so empfindlich von ihrem letzten Orgasmus, dass sie aufschreit und gegen mich zuckt.

Ich mache langsam, lasse meine Hände sanft über ihren Körper gleiten, warte darauf, dass sie wieder bereit ist, und ich weiß, dass sie es ist, als sich ihre Fersen in meinen Hintern graben.

Dann stoße ich in sie hinein, hart und gierig. Sie streckt die Arme über den Kopf, und ich folge ihnen, verschränke unsere Finger miteinander und drücke ihre Hände in die Matratze.

Endlich fange ich an, mich daran anzupassen, wie sich meine Gedanken um sie herum neu geordnet haben, und jetzt scheint es so offensichtlich. Es war immer klar, dass das passiert. Es ist unmöglich, sich in ein Mädchen wie sie nicht zu verlieben. Ich bin mir noch nicht mal sicher, was Liebe ist. Mit dem Wort habe ich nicht viel Erfahrung, geschweige denn damit, es zu fühlen, aber ich weigere mich, zu glauben, dass irgendwas größer sein könnte als das hier – als das, was ich für sie empfinde.

»Niemals«, sage ich zu ihr. »Niemals werde ich hiervon genug haben. Du musst wieder für mich kommen, Baby. Ich brauche das Gefühl, wie du dich eng um mich zusammenziehst. Und ich brauche deine Augen, die in meine schauen.«

Das ist das erste Mal, dass ich einem Mädchen sage, was ich brauche, und nicht, was ich will. Vielleicht ist es auch das erste Mal, dass dieser Unterschied überhaupt eine Rolle spielt.

Aber ich brauche sie wirklich, muss wissen, dass diese verrückten Dinge nicht nur in *meinem* Kopf und Herzen passieren. Ich schließe meine Lippen über einer rosigen Spitze, und sie biegt ihren Körper, den Bauch gegen meinen gepresst. Ich werde mich einen ganzen Tag lang ihren Brüsten widmen. Ich will mit jedem Teil von ihr Tage verbringen.

Ich beschleunige das Tempo, und jedes Mal, wenn ich tief zustoße, gibt sie diesen winzigen Laut von sich, ihre Lippen zu einem kleinen Kreis geformt. Ihre Fingernägel graben sich in meinen Handrücken, ihr Rücken wölbt sich, und sie spannt sich um mich herum an. Ich lege meine Stirn an ihre, und ihr Atem keucht über meine Lippen, als sich ihre Muskeln wieder zusammenziehen. Eine Lust, die so stark ist, dass es schon fast schmerzt, jagt meinen Rücken hinunter, und vor meinen Augen verschwimmt alles, als ich komme.

Die Zeit scheint stehen zu bleiben, und das Gefühl dehnt sich so lange aus, dass ich denke, ich träume. Das kann unmöglich echt sein, und dann sind ihre Hände an meinem Gesicht, ziehen mich hinunter zu ihren Lippen.

Ich verbringe die halbe Nacht damit, mich gleichzeitig in ihr zu verlieren und zu finden, und sie hält mit mir mit, gibt mir Kuss für Kuss zurück, Berührung um Berührung, und ich fange an zu hoffen.

Zum ersten Mal in meinem Leben denke ich daran, was vielleicht als Nächstes kommt, und nicht an das, was mir dicht auf den Fersen ist.

Kapitel 21

Silas

Ein Hämmern an der Tür weckt mich, und ich habe kaum Zeit, ein Laken über Dylans nackten Rücken zu ziehen, bevor Torres den Kopf hereinsteckt.

»Alter, du kommst noch – ups. 'tschuldigung, Mann.«

Dylan wacht auf und macht Anstalten, sich umzudrehen.

»Raus hier, Torres.«

Schnell schmeißt er die Tür wieder zu und sagt dann durch sie hindurch: »Ich wollte dir nur sagen, dass du zu spät zum Training kommst, wenn du nicht hinmachst. Zay und ich gehen jetzt.«

Ich sehe auf meinen Wecker und fluche. Ich habe letzte Nacht total vergessen, ihn zu stellen.

»Kommst du zu spät?«, fragt Dylan schläfrig.

»Ja, wenn ich mich nicht beeile.«

Trotzdem beuge ich mich zu ihr und küsse sie, bevor ich aus dem Bett steige. Sie dreht sich auf die Seite, um mir zuzusehen, wie ich mir Kompressionsshorts anziehe. Sie sieht so verdammt gut aus in meinem Bett, und dieses Laken verhüllt kaum etwas von ihren Kurven. Fast bin ich versucht, das Training sausen zu lassen und mit ihr zu Hause zu bleiben.

»Tut mir leid, dass ich so plötzlich wegmuss.«

Gähnend streckt sie einen Finger in die Luft. »Für diese Entschuldigung schuldest du mir was.«

Mir war nicht klar, wie nervös ich war, ob das hier weitergeht oder nicht, bis sie diese Worte sagt.

»In dem Fall tut es mir sehr, sehr leid. Mehr als je irgendwas.«

Sie lacht, und zwei Finger gesellen sich noch dazu, bevor sie ihr Gesicht in meinem Kopfkissen vergräbt und die Beine ausstreckt.

Ich ziehe mich fertig an und behalte den Wecker im Auge. Ich schnappe mir noch ein paar Sachen und beuge mich über sie, um ihr mit einer Hand über die Wange zu streicheln. Sie blinzelt zu mir auf, und ich bin mir ziemlich sicher, dass sie in der Minute, seit wir miteinander gesprochen haben, wieder eingeschlafen ist.

»Bleib, so lange du willst«, sage ich zu ihr. »Keiner ist hier, der dich stört.«

»Ist das die Stelle, wo du mir sagst, dass du mich anrufst? Und ich mir Gedanken mache, ob du die Wahrheit sagst oder nicht?«

»Bleib hier, bis ich nach Hause komme, dann brauche ich dich nicht anzurufen. Und wenn du dann immer noch nackt sein willst, werde ich mich auch nicht beschweren.«

»Du kommst zu spät.«

Ich küsse sie noch mal und lasse die Hand um ihre Kehrseite gleiten, um sie dort flüchtig zu streicheln.

»Das ist es wert.«

Sie lacht. »Jetzt hau schon ab.«

»Wenn ich heute umgeknockt werde, weil ich zu sehr mit Tagträumen von deinem Mund beschäftigt bin, erwarte ich von dir, dass du mich wieder gesund pflegst.«

»Geh, oder ich knocke dich persönlich um.«

»Klingt nach Spaß, aber lass uns das für heute Abend aufheben.«

Ich kann sie immer noch lachen hören, als ich die Treppe runterrenne. Ich merke nicht mal, dass ich meine Sportshorts verkehrt herum anhabe, bis ich in meinem Truck sitze und aus der Einfahrt biege.

Mein Kopf ist zu voll von ihr, als dass mich irgendwas anderes kümmert.

Ich gehe auf das Büro vom Coach zu, diesmal, ohne hinzitiert worden zu sein. Meine Handflächen schwitzen, und meine Kehle ist vor Nervosität wie zugeschnürt. Die meisten anderen Trainer haben das Büro bereits verlassen, um in letzter Minute noch das eine oder andere zu erledigen, aber Coach Cole ist noch in seinem Büro und telefoniert.

Er kehrt mir den Rücken zu, und ich höre ihn sprechen. »Das machen wir, bald, Annaiss. Versprochen. Sie ist endlich an einem Punkt, wo sie mit mir über Sachen redet. So gut haben wir uns nicht verstanden, seit sie klein war, und ich will sichergehen, dass sich das gefestigt hat, bevor ich sie damit wieder aus der Bahn werfe.«

Ich komme mir ziemlich arschig vor, ihn zu unterbrechen, aber wenn ich es nicht tue, wird keine Zeit bleiben, um vor dem Training noch mit ihm zu sprechen.

Ich klopfe an den Türrahmen, und sein Stuhl wirbelt herum. Sein Gesicht ist undurchdringlich, als er mich sieht, und ohne sichtbare Reaktion sagt er: »Ich muss gehen. Wir sehen uns heute Abend.«

Es gibt Gerüchte, dass der Coach sich mit einer Frau trifft, einer Dozentin an der Uni, aber Carson und Dallas geben sich darüber ziemlich wortkarg, also dachte ich mir, es stimmt nicht.

Da lag ich wohl falsch.

»Morgen, Silas. Komm rein.«

Ich schließe die Tür hinter mir und nehme auf demselben Stuhl Platz, auf dem meine Welt letzte Woche komplett auf den Kopf gestellt wurde.

»Brookes sagt, du hattest eine kleinere Verletzung.«

Verflucht, Zay. Ich habe ihn gebeten, dem Coach zu sagen, dass ich mich um meinen Kram kümmere. Das sollte keine Lizenz sein, ihm alles auf die Nase zu binden, was ich mache.

»Nur eine leichte Prellung, Sir.«

Als ich nervös mit dem Knie wippe, verbiete ich mir, daran zu denken, dass das Gelenk immer noch steifer ist als früher.

Er nickt brummend und fährt sich mit einer Hand über den kurzen Bart, den er sich neuerdings wachsen lässt.

»Er hat mir auch erzählt, dass es passiert ist, als du irgendeine gemeinnützige Arbeit geleistet hast.«

Ich seufze. »Ja, so was in der Art.«

Der Coach steht auf und lässt sich auf der Kante seines Schreibtischs nieder. Auf die Weise blickt er jetzt auf mich herab, was meinen Nerven nicht gerade hilft.

»Ich gebe zu, ich hätte nicht damit gerechnet, dass du deine Sperrzeit so nutzt. Ich finde, es zeugt von großer Reife.«

Es ist seltsam, für etwas gelobt zu werden, das nicht meine Idee war, etwas, das ich eigentlich nur für ein Mädchen gemacht habe. Und ich will ihn nicht anlügen, denn ich bin ja nicht auf wundersame Weise über Nacht zum Musterbürger geworden. Ich bin immer noch der Versager, der versucht, den Tag rumzukriegen, ohne sein Leben in den Sand zu setzen.

»Eigentlich war es die Idee einer Bekannten.« Ich stolpere über das Wort, denn es ist so verdammt klein dafür, wie groß sich das mit Dylan für mich anfühlt. »War immerhin was, auf das ich mich konzentrieren konnte, anstatt zu Hause rumzusitzen und wütend zu sein.«

Er nickt. »Das ist gut, mein Junge. Wirklich gut.«

Verdammt … das läuft ganz anders, als ich erwartet hätte. Ich war darauf vorbereitet, dass der Coach immer noch sauer ist, dass er mich wieder mit Oz rennen lässt, bis ich tot umfalle.

»Hat es geholfen?«, fragt er.

Ich zucke die Achseln. »Keine Ahnung. Wenigstens hatte ich was zu tun.«

»Und wie geht es der Prellung jetzt?«

Er fragt, als wenn er sich wirklich Gedanken macht, und es nervt mich, weil ich weiß, dass es so ist. Er macht sich Gedanken, und ich hatte in meinem Leben noch nie so viele Menschen gleichzeitig, die sich über mich Gedanken machen. Ich hatte noch nie so viele Menschen, die ich enttäuschen konnte.

»Ein bisschen steif, aber nichts, womit ich nicht klarkomme.«

»Und jetzt, da du etwas Zeit hattest, dich abzukühlen, hast du noch irgendwas zu der Prügelei mit Keyon zu sagen? Oder mit Levi?«

Ich vermisse die Wut. Sich daran festklammern zu können hat mir Halt gegeben, etwas, worauf ich mich konzentrieren konnte, und es hat mich davon abgehalten, zu viel nachzudenken. Ich weiß nicht, ob es die letzte Nacht mit Dylan war oder diese ganze Woche, aber wenn ich jetzt danach suche, ist sie schwerer zu greifen … als versuche man, Rauch festzuhalten. Und ohne diese Wut weiß ich nicht, wie ich seine Frage beantworten (oder ihr ausweichen) soll.

»Es war ein gutes Gefühl, wütend zu sein«, sage ich zu ihm. »Auf Levi. Auf Keyon. Auf Sie. Solange ich wütend war, habe ich die Angst nicht gespürt.«

»Angst wovor?«

Ich kratze mich im Nacken und widerstehe dem Drang, mir an den Haaren zu ziehen, den Kopf zu senken und auf den Boden zu starren.

»Es zu verbocken. Wie Levi. Wozu ich leider neige.«

Der Coach lacht, bewegt sich zu dem Stuhl neben mir und setzt sich. Zusammen starren wir nach vorn auf seinen leeren Schreibtisch, auf die Trophäen und Plaketten, die an der Wand dahinter aufgereiht sind.

»Ich weiß das eine oder andere über dich, Moore. Ich habe deine Akte gelesen, alle deine Statistiken von der Highschool bis heute. Ich weiß, dass du in der Schule einige Probleme hattest, bevor du mit Football angefangen hast. Aber wie viel weißt du von mir?«

Ich zucke die Achseln. »Alles, was im Internet stand, als Sie letztes Jahr zum Saisonbeginn eingestellt wurden.« Ich deute auf die Auszeichnungen an seiner Wand. »Das ganze Zeug. Plus die Schulen, die Sie auf Vordermann gebracht haben, die Programme, die Sie aus dem Nichts aufgebaut haben.«

»Wir alle gehen auf unsere eigene Art mit Schlappen um. So wie du diese Woche an diesen Häusern gearbeitet hast, habe ich mein Leben damit verbracht, Dinge aufzubauen, die vor mir lagen, damit ich nie auf die zerstörten Dinge hinter mir schauen muss. Für eine Weile funktioniert das. Für mich hat es fast zwanzig Jahre funktioniert, aber früher oder später musst du dich den Dingen stellen, die du immer ignoriert hast. Die Wut mag sich gut angefühlt haben, war vielleicht einfacher, aber sie wäre irgendwann erschöpft gewesen, mein Junge. Aber wenn du ihr folgst, wird sie dir vorher alles nehmen. Oder du kannst tun, was ich versäumt habe, aufhören, Jahrzehnte zu vergeuden, und deinen Problemen jetzt ins Gesicht blicken.«

Ich schlucke. Ist es das, was ich jetzt mache? Ihnen ins Gesicht blicken? Oder habe ich nur einen neuen Weg gefunden, sie zu ignorieren? Eine neue Ablenkung in Gestalt von Dylan?

»Es ist ein Spiel im Kopf, Silas. Wenn du hier auf dem echten Spielfeld stehen und die ganze Zeit an all die Möglichkeiten denken würdest, wie die *Defense* dich zu Fall bringen könnte, würdest du nie auch nur ein einziges Yard gutmachen. Du bist ein verdammt guter Spieler, weil du weißt, wie du die Lücken auf dem Feld aufspürst, dich durchsetzt und dir einen Zugang verschaffst, wenn keiner da ist. Lebe so, wie du Football spielst, und alles wird gut, das verspreche ich dir.«

So leben, wie ich spiele.

Es klingt so einfach, dass ich mir total blöd vorkomme, als hätte er ein Licht angeknipst, von dem ich gar nicht wusste, dass es da ist, während ich jahrelang im Dunkeln herumgestolpert bin. Es ist immer noch nicht ganz durchgesickert, als er mir auf die Schulter klopft und leicht zudrückt.

»Du machst für den Rest des Trainingslagers Drills mit Gallt und den anderen *Running Backs*, aber wenn wir Spielzüge und Trainingsspiele machen, gehe ich mit Williams. Er muss in wenigen Wochen startklar sein. Kommst du damit klar?«

Ich presse die Kiefer aufeinander und nicke, denn ich habe keine echte Wahl.

»Gut. Und jetzt aufs Spielfeld mit dir. Coach Oz wartet auf dich und die *Running Backs*. Diese Prügelei zählt als dein zweiter Verstoß, was bedeutet, dass du und deine Gruppe rennt. Wenn du nicht willst, dass Gallt Hackfleisch aus dir macht, sieh lieber zu, dass du keinen dritten begehst.«

Scheiße. Genau so wollte ich wieder ins Training starten – damit, dass alle stinksauer auf mich sind.

Es ist das schlimmste Training meines Lebens. Nicht, weil ich schlecht spiele. Ich spiele ausgezeichnet. Aber die verständnisvolle Haltung vom Coach hat sich nicht auf den Rest der Mannschaft ausgeweitet. Die anderen waren einfach nur sauer. Keyon hat noch Schorf auf der Lippe, und immer wieder ertappe ich ihn dabei, wie er mich anfunkelt, als warte er nur auf den perfekten Augenblick, sich auf mich zu stürzen. Coach Gallt konnte mich von Anfang an nicht besonders leiden, und seine Meinung von mir hat sich natürlich nicht verbessert. Wenn irgendeiner der anderen *Backs* mir noch wohlgesinnt war, ist das verflogen, ehe wir mit meiner Strafe, *unserer Strafe*, mit Oz fertig sind.

Als wir mit dem Rennen durch sind, machen wir Drills, Drills und noch mehr Drills, was nicht so schlimm wäre, wenn ich nach den Drills spielen dürfte, aber ich darf nicht. Stattdessen stehe ich zum ersten Mal seit Jahren an der Seitenlinie und sehe zu. Selbst als *Red Shirt*, als ich noch nicht bei Spielen mitspielte, bekam ich im Training trotzdem Spielzeit auf dem Feld. Und seit dem Scheiß mit Levi schreibt der Coach die Tiefe der Mannschaft ganz groß. Er wechselt Ersatzspieler ein, und die Ersatzspieler der Ersatzspieler, um sicherzugehen, dass immer jemand da ist, der den Job erledigen kann.

Ich werde kein einziges Mal eingewechselt, und als der Schlusspfiff ertönt, kann ich die vertraute Wut direkt unter meiner Lunge spüren, und jetzt ist es schon wieder viel leichter, sie aufzurufen. Jedes Mal, wenn ich atme, ist sie da und wartet darauf, rausgelassen zu werden.

Aber ich halte sie zurück. Halte die Luft an, selbst als Williams mir auf die Schulter klopft, als er vorbeikommt, um sich Wasser zu holen. Es wäre so einfach, auf ihn loszugehen, und zwar diesmal nicht mit einem Fausthieb. Wenn ich etwas davon hatte, an der Seitenlinie zu stehen, dann war es Zeit, zu beobachten und zu analysieren. Der Kerl mag schnell sein, aber er ist nicht *flink*. Gib ihm ein freies Feld oder ein missglücktes *Tackling*, und er wird die Yards einstreichen. Aber wenn ihm nur ein Sekundenbruchteil bleibt, um durch eine Lücke zu brechen, verfehlt er sie in fünfzig Prozent der Fälle. Und obendrein macht er sich beim Laufen groß. Statt ein möglichst kleines Ziel abzugeben, um weniger Angriffsfläche zu bieten, ist es ihm wichtiger, anzugeben, und das macht ihn einfacher zu *tacklen*.

Der Typ kann mich also aufziehen, so viel er will, aber solange er sein *Pad Level* nicht in den Griff bekommt und fixer wird, hat er mir einen Scheiß voraus.

Das und die Möglichkeit, dass Dylan noch in meiner Wohnung ist, wenn ich heimkomme, sind die einzigen Dinge, die mich das Training durchstehen lassen, dazu die Blicke im Umkleideraum und die abschließende Aufgabe, die ich mir für heute gestellt habe.

Ich warte draußen auf dem Gehsteig, als Keyon aus dem Gebäude kommt.

Er geht mit ein paar anderen *Freshmen*, wahrscheinlich zurück in ihre Wohnheime, und als ich zu ihnen trete, bricht ihre Unterhaltung ab.

Er hebt das Kinn und sagt: »Bist wohl schlauer geworden, was? Wartest, bis der Coach nicht mehr in der Nähe ist?« Er lässt seine Tasche fallen und die Finger knacken und schüttelt die Schultern aus.

Ich seufze und schüttele den Kopf. War ich in meinem ersten Jahr auch so ein Idiot?

»Entspann dich, Mann. Ich geh schon nicht auf dich los.« Auch, wenn ihm ein kleiner Dämpfer nicht schaden würde. »Ich wollte nur sagen …« Ich verziehe den Mund und spucke das Wort aus. »Entschuldigung. Du hattest einen schlechten Tag erwischt, und anstatt es an mir abprallen zu lassen, hab ich es an dir ausgelassen.«

Er dreht den Kopf zur Seite und blinzelt zu mir auf. Dann sieht er seine Freunde an und lacht. »Mann, bist du ein Weichei. Sollen wir uns jetzt in die Arme fallen?«

Gott, ich würde diesen Bengel so gern windelweich prügeln.

Stattdessen hole ich tief Luft und weiche ein paar Schritte zurück. »Wir sehen uns aus dem Spielfeld, du Pimpf.«

»Du meinst wohl an der Seitenlinie, oder? Das wird nämlich für eine Weile das Einzige sein, was du siehst.«

Geh weiter. Geh einfach nur weiter.

Bevor mir überhaupt klar wird, was ich mache, stelle ich mir Dylan vor – ihr süßes Lachen, dieser verführerische Schmollmund, ihre blauen Augen, die mich ununterbrochen mustern. Ich stelle sie mir vor und setze einen Fuß vor den anderen, den ganzen Weg bis zu meinem Truck. Ich halte das Bild fest über drei rote Ampeln, ein Stoppschild und ein saulangsames Auto, das beschlossen hat, in einer Fünfzigerzone fünfundzwanzig zu fahren.

Aber dann bin ich zu Hause, steige die Treppe hoch, reiße meine Tür auf und erblicke ein perfekt gemachtes Bett und ein leeres Zimmer.

Ich werde in Stücke zerfetzt. Es fühlt sich an, als wären meine Rippen auseinandergerissen worden wie das Brustbein eines Hühnchens, und mir wären irgendwie nur die kleineren Stücke geblieben. Ich werfe meine Sporttasche gegen die Wand, aber der dumpfe Schlag, mit dem sie auftrifft, ist alles andere als befriedigend. Unten höre ich Brookes und Torres herumlaufen und knalle meine Tür zu. Ich lehne die Stirn an das Holz, kneife die Augen fest zusammen und versuche mich zu beruhigen.

Ich darf mich nicht davon runterziehen lassen. Football ist zu wichtig. Meine Zukunft ist zu wichtig, um sie jedes Mal zu verlieren, wenn etwas nicht so läuft, wie ich will.

Ich habe zwei tiefe Atemzüge hinter mir, als ich ein Klopfen an der Tür höre.

»Hau ab, Brookes. Ich bin nicht in Stimmung.«

»Ähm, Silas?«

Es ist nicht Brookes. Ich reiße die Tür so schnell auf, dass ihr blondes Haar wie von einem Windstoß hochfliegt. Vor Überraschung macht sie große Augen, und innerhalb von Sekunden ziehe ich sie in meine Arme. Quietschend wirft sie mir ihre Arme um den Hals. Ich mache die Tür wieder hinter uns zu, und als ich sie dagegendrücke, schlingen sich ihre Beine um meine Hüften.

Ich küsse ihren Mund, ihre Wange, ihren Kiefer, ihren Hals. Ich küsse jeden Teil von ihr, den ich erreichen kann, und als sie mir ausgehen, ziehe ich ihre Beine hinunter und stelle sie wieder auf die Füße. Dann gehe ich vor ihr auf die Knie und schiebe dasselbe durchscheinende Hemd von gestern hinauf, um meine Zunge über das zarte Fleisch ihres Bauchs wandern zu lassen.

»S-Silas?«, fragt sie leise. »Alles in Ordnung?«

Ich ziehe die Shorts ihre Beine hinunter und warte, dass sie die Füße hebt, damit ich sie wegwerfen kann, und dann küsse ich ihre nackte Hüfte, dicht über dem Rand ihres Slips. »Alles perfekt.« Ich ziehe auch den kleinen Fetzen Spitze hinunter und bewege meinen Mund dahin, wo ich ihn seit Tagen haben will. Eine ihrer Hände greift nach meinem Kopf, und die andere umklammert Halt suchend den Türknauf. Sie stöhnt, während ich sie koste, und zwischen meinen Zungenschlägen sage ich noch mal: »Absolut perfekt.«

Und ich hatte recht, an jenem Tag in der Küche. Mit meinem Mund auf ihr, ihren Händen in meinen Haaren und diesen kleinen Japsern, die sie von sich gibt, löst sich die ganze beschissene Welt in Wohlgefallen auf.

Kapitel 22

Dylan

Das hier ist entweder die schlechteste Idee, die ich je hatte, oder die beste. Wenn der wirbelnde Gefühlstaumel hinter meinen Rippen irgendein Indikator ist, würde ich sagen, die beste.

Silas kommt durch das Spielzimmer auf mich zu, auf dem Arm einen knuffigen, braungrau gefleckten Welpen.

»Der kleine Drecksack hier ist ganz schön schnell. Ich hätte ihn fast nicht gekriegt.«

Der Welpe ist ein Labrador-Cattledog-Mischling, und selbst als Welpe ist er fast zu groß für meine Arme, als Silas ihn mir reicht.

»Wie heißt er noch mal?«, fragt er.

Ich sehe auf der Hundemarke nach. »Leo.«

Er runzelt die Stirn. »Das ist ja ein schrecklicher Name. Mit so einem jämmerlichen Namen wird er nie genommen.«

Ich lächele. »Weißt du einen besseren?«

»Aber hallo. Ich finde, wir sollten ihn umbenennen zu Bo Jackson.«

Er beugt sich vor und krault dem Hund die Ohren.

»Hast du dir diesen Namen mal eben aus dem Ärmel geschüttelt?«

Silas hält sich das Herz und macht ein schmerzverzerrtes Gesicht. »Du bringst mich um, Baby. Bo Jackson ist nur einer der größten Sportler aller Zeiten. Vielleicht *der* größte. Und er war wahnsinnig schnell.« Er krault den Welpen wieder an den Ohren und bedeckt seinen Kopf mit seiner großen Hand. »Genau wie dieser kleine Kerl.«

Eventuell schlägt mein Herz ein bisschen schneller. Vielleicht. Und das, was er nach Baby gesagt hat, habe ich nicht wirklich verarbeitet.

Ich weiß nur, Silas plus Hundewelpen ist eine brandgefährliche Kombination.

»Hat dir schon mal jemand gesagt, dass du irgendwie süß bist?«

Er lässt von dem Hund ab, um seine Aufmerksamkeit auf mich zu richten. Er greift nach meinem Zopf und wickelt ihn sich um die Hand, wie er es so gern macht, und zieht gerade so fest daran, um meinen Kopf nach hinten zu neigen.

»Hat dir schon mal jemand gesagt, dass du verdammt hinreißend bist?«

»Ja, du. Heute Morgen.«

Er schließt die Augen und lächelt. »Stimmt. Heute Morgen warst du unglaublich heiß. Und gierig. Und feucht –«

Ich hantiere mit dem Hund, bis ich eine Hand frei habe und Silas damit auf den Mund hauen kann. »Du bist schlimm. Was, wenn dich jemand hört?«

Er knabbert mit den Zähnen an einem meiner Finger, und seine Augen sind dunkel, als ich die Hand wegziehe.

Ich lenke das lieber in eine andere Richtung, bevor wir hier in aller Öffentlichkeit ein bisschen zu persönlich werden und ich keine freiwillige Arbeit mehr im Tierheim leisten darf.

Ich mache einen Schritt zurück. »Dann bringe ich *Bo Jackson* mal wieder in seinen Käfig. Und du holst den nächsten Hund, mit dem wir Gassi gehen sollen.«

Bis ich den kleinen Racker in seinen Käfig gesetzt und mir die Hände gewaschen habe, wie wir es zwischen dem Kontakt mit verschiedenen Tieren tun sollen, ist Silas von drei College-Mädchen umringt. Er hält unseren nächsten Gassikandidaten in den Armen, irgendeinen Pitbull-Mischling, und die Mädchen betrachten glucksend und lächelnd den Hund. Ich bin mir hundertprozentig sicher, dass ihre Aufmerksamkeit weniger dem Hund gilt als vielmehr demjenigen, der ihn hält.

Ich komme gerade rechtzeitig dazu, um Silas sagen zu hören: »Ihr solltet ihn mit nach Hause nehmen. Er wäre ein guter Wachhund. Gut, einen zu haben, vor allem, wenn ihr drei allein wohnt.«

Eins der Mädchen greift nach der Hundemarke, um seinen Namen zu lesen, aber Silas hält sie davon ab. »Ignoriert die Marke. Ihr solltet ihn Emmitt nennen. Das ist ein guter, starker Name für einen Hund wie ihn.«

»Emmitt«, sagt eins der Mädchen und sieht eine seiner Freundinnen mit hochgezogenen Augenbrauen an.

Fünfzehn Minuten später ist Emmitt auf dem Weg in sein neues Zuhause, und Silas sieht denkbar selbstzufrieden aus.

Als wir zu unserem letzten Gassigang unserer vierstündigen freiwilligen Schicht aufbrechen, haben fünf Hunde ein neues Zuhause (und neue Namen mit Footballbezug) gefunden, und es besteht keine Chance, Luft aus Silas' aufgeblasenem Ego zu lassen, also versuche ich es gar nicht erst.

»Ich bin mir ziemlich sicher, dass das heute mehr Aufnahmen waren als wahrscheinlich den ganzen Rest der Woche. Vielleicht bist du die neue Geheimwaffe des Heims gegen potenzielle Tierhalter mit zwei X-Chromosomen.«

Er nimmt die Leine unseres derzeitigen Hunds in die andere Hand. Ich war mir ziemlich sicher, dass er mit den Footballnamen aufhören würde, wenn wir zu den Hündinnen kommen, aber offenbar gab es mal einen berühmten *Running Back* namens Gale, der nun der Namensvetter der Cocker-Spaniel-Dame ist, die wir gerade ausführen.

»Also, welche Lektion habe ich heute gelernt?«, fragt er.

Ich lächele. »Eigentlich gar keine. Ich war nur gestresst und hatte Lust, mit Welpen zu spielen.«

Er schüttelt den Kopf und legt mir einen Arm über die Schulter. »Du hast mich reingelegt.«

Ich schlinge meinen Arm um seine Taille. »Wenn du dich dann besser fühlst, kannst du ja sagen, dass wir an deinem Mitgefühl gearbeitet haben.«

Wir sind zu sehr damit beschäftigt, uns gegenseitig anzusehen, und merken zu spät, dass die kleine Gale sich direkt vor Silas' Fuß hingehockt hat. Er sieht hinunter und zieht fluchend seinen Turnschuh aus der Lache.

»Ach, Mist. Mein ganzer Schuh ist nass.«

»Vielleicht solltest du dir einen Hund anschaffen. Es würde dir wahrscheinlich einiges über Wutbewältigung beibringen.«

Er benutzt den Arm um meine Schulter, um mich näher an sich zu ziehen.

»Gehen wir wieder zu mir. Ich glaube, jetzt bin definitiv ich an der Reihe, dir was beizubringen.«

Ich schnappe nach Luft, gefolgt von einem Stöhnen, als Silas mich an die Tür seines Zimmers presst. Meine Brüste werden flach gegen das Holz gedrückt, und ich kann die muskulösen Wölbungen seines Körpers an meinem Rücken spüren.

Sein Mund senkt sich an meinen Hals, und er beugt sich leicht, sodass die herausragende Spitze seiner Erektion sich in die Kurve meines Pos drückt.

»Und …« Ich unterbreche mich für ein paar Sekunden, während seine Zähne über meine Schulter streifen und meine Gedanken sich verflüchtigen. Dann fahre ich fort. »Was willst du mir jetzt beibringen?«

»Das überlege ich noch.«

Oh Gott. Ich bin ängstlich und gierig, aber beide Gefühle sind irrelevant, sobald er mich umdreht, sodass ich ihm ins Gesicht sehe. Er ragt über mir auf, und seine Hände lösen flink meinen Zopf, sodass er seine Finger in meinem Haar vergraben kann. Er beugt meinen Kopf so weit nach hinten, wie es geht, und presst sich dicht an mich, sodass ich ihn jetzt an meinem Bauch spüre.

Er fährt mit einem Daumen über meinen Mund, und instinktiv schließe ich meine Lippen darum und sauge.

Sein Griff wird fester, und sein Becken stößt härter gegen mich. Sein Oberschenkel ist zwischen meinen Beinen eingepasst und presst sich eng in meinen Schritt.

»Hatte ich schon erwähnt, dass ich deinen Mund liebe?«

Ich weiche zurück und lächele. »Vielleicht, ein paar … hundertmal.«

Er beugt sich hinunter, leckt und saugt und beißt, bis sich meine Lippen köstlich geschwollen anfühlen, während ich mich rhythmisch gegen seinen Oberschenkel bewege.

Ich greife zwischen uns, um über die Beule in seiner Jeans zu fahren, und er lässt von mir ab.

»Fuck, Baby. Ich hatte einen Plan. Ich wollte dich dazu bringen, zu betteln, mir zu sagen, was du willst.«

»Aber?«, füge ich für ihn hinzu.

»Aber du machst mich wahnsinnig, und ich kann es nicht erwarten, in dir zu sein.«

Es ist mein neues Lieblingsspiel, Silas die Kontrolle verlieren zu lassen.

»Dann warte nicht.«

Er knurrt und küsst mich wieder. Mir ist schon fast schwindelig vor Verlangen, als er wieder zurückweicht. Er zeigt mit einem Finger auf mich und sagt: »Klamotten. Aus. Jetzt.« Dann sprintet er zum Nachttisch, wo er Kondome in einer Schublade gebunkert hat.

Ich bin gerade vornübergebeugt und versuche, meinen Schlüpfer loszuwerden, der gerade hartnäckig an meinem Fußknöchel hängt, als er zurückkehrt.

Dann geht alles ziemlich schnell. Seine Hände streicheln über die Kurve meines Pos, und meine Brust findet sich an die Tür gepresst wieder, wie zu Anfang.

»Es wird hart und schnell werden, Babe. Kommst du damit klar?«

Meine einzige Antwort ist, mit einem Arm hinter mich zu greifen und ihn um seinen Hals zu haken. Mit seinem Fuß schiebt er meine etwas weiter auseinander. Seine Finger graben sich in meine Hüften, und er zieht sie ein wenig zurück, sodass sich mein Rücken wölbt. Dann dringt er in mich, und ich halte die Luft an.

So ist es anders. Nicht nur, weil wir stehen und ich ihm den Rücken zukehre. Er trifft irgendwas in mir, das meine Beine ein bisschen schwach werden lässt, und für ein paar Augenblicke denke ich, dass ich nicht werde stehen bleiben können.

Aber er hält mich fest, und die Tür hindert mich daran, nach vorn zu fallen. Und gerade, als ich wieder zu Atem komme, bewegt er sich. Er gleitet zurück und dann hinein, hart, und ich schreie auf. Ich kann nicht anders. Und jedes Mal, wenn ich denke, ich hätte es unter Kontrolle, stößt er zu, und ein weiterer Laut entfährt meinen Lippen, bevor ich überhaupt daran denken kann, es zu verhindern.

Und es ist so gut, dass ich ganz vergessen habe, zu atmen.

Und es stört mich überhaupt nicht.

Zehn Minuten später liegen wir nackt und ineinanderverschlungen in seinem Bett, sein großer Körper um meinen geschmiegt, und mein Herz schlägt immer noch schnell.

»Also, welche Lektion war das genau?«

Er lacht, und ich spüre das Vibrieren seiner Brust an meinem Rücken.

»Diese Lektion drehte sich speziell um die Tatsache, dass dein Hintern mich verrückt macht.«

»Noch verrückter als mein Mund?«

»Alles an dir«, flüstert er an meinem Nacken. »Jeder Teil von dir macht mich an, gräbt sich tief in mich hinein.«

Er lässt einen Arm um meine Taille gleiten, dann nach oben und durch das Tal zwischen meinen Brüsten. Sein Handgelenk presst sich direkt auf mein rasendes Herz, seine Hand legt sich um meine Schulter, und er drückt mich fest an sich. So von ihm gehalten zu werden fühlt sich zugleich seltsam und normal an. Ich hätte nie gedacht, dass es nach der Art von Sex, die wir gerade hatten, noch irgendeine Intimität geben würde, aber bei Silas … funktioniert das einfach.

Und dann vermassele ich alles.

»Kannst du jetzt meine Frage beantworten?«

Er brummt hinter mir, und seine Erwiderung klingt erschöpft, als wäre er kurz vor dem Einschlafen, obwohl die Sonne noch nicht mal untergegangen ist. »Was für eine Frage?«

»Die Frage. Die allererste, die ich dir gestellt habe.«

Ich spüre, wie er sich hinter mir verkrampft, und der Arm, den er um meinen Körper geschlungen hatte, fällt herunter. Er rollt sich auf den Rücken, und schon vermisse ich die Wärme seiner Haut auf meiner.

Aber ich muss es wissen.

Er wirkt wie ein völlig anderer als der Silas, dem ich vor ein paar Wochen begegnet bin. Er ist glücklich und lustig und süß, und ich habe keine Spur mehr von der Wut gesehen, durch die er so viel Ärger bekommen hat.

Aber ich bin nicht so naiv, zu glauben, dass sie nicht mehr da ist. Und ich tue ihm nicht den Gefallen, mit ihm so zu tun, als ob.

»Ich habe gewartet«, sage ich. »Ich habe dir Zeit gegeben. Aber jetzt frage ich dich wieder, Silas. Was ist es, was dir Angst macht? Was hat es mit Levi und deinem Heimatort und dem Football auf sich, das dich immer so auf die Palme bringt?«

Ich höre ihn seufzen und will mich umdrehen, um sein Gesicht zu sehen, aber ich denke, vielleicht ist es so einfacher für ihn. Weniger Druck.

»Ich habe Angst zu versagen«, sagt er. »Das ist alles. Nichts Bestimmtes.«

»Zu versagen?« Jetzt drehe ich mich doch um, denn er redet Blödsinn. »Und das konntest du mir beim ersten Mal, als ich gefragt habe, nicht sagen?«

»Ich bin nicht klug, Dylan. Oder reich. Oder bei irgendwas besonders talentiert, außer Football. Wenn ich meinen Platz in der Mannschaft verliere, verliere ich meine einzige Chance auf eine vernünftige Zukunft. Tut mir leid, wenn ich das nicht einem Mädchen erzählen wollte, das ich gerade erst kennengelernt habe.« Er beugt sich zu mir und küsst mich. Kurz. Flüchtig. Als versuche er, mich zum Schweigen zu bringen. »Ein Mädchen mit einem Hintern, der mich auch damals schon verrückt gemacht hat.«

Mit seinem Mund fährt er meinen Hals hinunter, aber ich erkenne das Ablenkungsmanöver. Er sagt mir nicht die Wahrheit. Oder zumindest nicht die ganze.

Ich entziehe mich ihm und murmele: »Ich muss mal zur Toilette.« Ich ziehe eins von seinen T-Shirts und meinen Slip an und husche aus seinem Schlafzimmer über den Flur ins Badezimmer.

Das Badezimmer, in dem alles begonnen hat.

Also, das Polizeirevier nicht mitgerechnet.

Ich sehe mich selbst im Spiegel an und will mich ärgern, dass er sich mir immer noch nicht öffnet. Ich meine, ich kann mir die Grundzüge erschließen. Er läuft vor seiner Vergangenheit davon. Ich weiß nur nicht, warum. Das Einzige aus seinem Leben vor Rusk, worüber er je gesprochen hat, ist Football. Er hat weder Familie noch Freunde oder irgendwas erwähnt.

Aber selbst mit dem Wissen kann ich keinen Ärger darüber aufbringen, dass er mich ausschließt. Denn wie kann ich von ihm verlangen, sich mit seiner Vergangenheit auseinanderzusetzen, wenn ich meine eigene selbst so gut totschweigen kann?

Was es auch ist, was ich ihn bitte auszugraben, es ist zweifellos unschön. Wahrscheinlich schmerzhaft. Und Gott weiß, ich begreife die Versuchung, solche Sachen Vergangenheit sein zu lassen. Ich habe mir immer selbst gesagt, dass es keinen Sinn hat, solches Zeug hervorzuzerren, wenn man es eh nicht ändern kann.

Aber ich glaube, das ist Silas' Problem. Er denkt, weil man die Dinge nicht ändern kann, kann man auch die *Gefühle* nicht ändern, die sie bei einem auslösen.

Und vielleicht ist es an der Zeit, ein bisschen was von meiner eigenen Medizin zu nehmen und den Dingen ins Gesicht zu blicken, die ich nicht ändern kann. Vielleicht weiß ich dann, wie ich ihm besser helfen kann.

Kapitel 23

Silas

Drei Tage lang höre ich nichts von Dylan. Sie ist nicht vorbeigekommen. Hat mir nicht geschrieben, ob ich ihr bei irgendeiner wohltätigen oder ehrenamtlichen oder sonstigen Sache helfe.

Ich habe ihr geschrieben, aber sie hat nicht geantwortet. Bis Samstagabend, zwei Nächte bevor die Kurse wieder anfangen, ist meine Geduld am Ende. Das Leben ist so schon beschissen genug, mit dem Football und so, und ich werde nicht zulassen, dass sie mich einfach ignoriert. Ich beschließe, einfach in ihrer Wohnung aufzukreuzen und sie dazu zu bringen, mit mir zu reden, aber das Problem ist, ich habe nur eine ungefähre Ahnung, wo sie wohnt. Ich kenne die Straße, und ich weiß mit einiger Sicherheit, welcher Gebäudekomplex es ist, habe aber keinen blassen Schimmer, welche Wohnung. Also setze ich mich mit ihrem Kumpel Matt in Verbindung, der mir ihre Adresse gibt.

Als ich am Abend das Haus verlasse, bin ich bereit, zu ihrer Wohnung zu stürmen und so lange an die Tür zu hämmern, bis sie mit mir redet, aber als ich auf meinen Truck zugehe, bleibe ich abrupt stehen.

Sie ist schon da.

Sie trägt ein Kleid, das aussieht wie ein Männershirt in Übergröße, hat ihr Haar über eine Schulter geflochten, und ihr Gesicht ist frei von jedem Make-up. Wie sie da an meiner Autotür lehnt, ungewohnt nachlässig und die Arme vor der Körpermitte verschränkt, sieht sie so bedrückt aus. Normalerweise ist sie ein Sonnenschein. Leicht und glücklich und unsinkbar. Heute ist es, als wäre ihre Flamme ausgepustet worden.

Und mir wird klar, was gerade passiert.

Sie macht Schluss. Deswegen hat sie nicht angerufen, deswegen sieht sie jetzt so verzweifelt aus. Eine warme Abendbrise weht ein paar lose Strähnen ihres Haars vor ihr Gesicht, und als sie den Kopf hebt, um sie beiseitezustreichen, sieht sie mich. Ihre Arme lösen sich von ihrem Körper, und sie macht ein paar Schritte vorwärts, weg von meinem Truck.

Bei ihrem Anblick bekomme ich ein hohles Gefühl in der Brust. Nach den Tagen der Trennung will ich sie aufsaugen und gleichzeitig Abstand halten.

»Hi«, flüstert sie, und ich höre das Wort weniger, als dass ich es auf ihren Lippen sehe.

»Hi.«

»Tut mir leid, dass ich nicht hier war.«

Ich will zu ihr rübergehen, sie an meinen Truck pressen und ihr die Entschuldigung sofort von den Lippen küssen. Aber ich mache es nicht. Ich bleibe wie angewurzelt stehen.

»Wo warst du?«

Sie zuckt die Schultern. »Nirgendwo. In meinem Zimmer eingeschlossen, hauptsächlich.«

Ich weiß nicht, wie man so was macht. Ich hatte nie eine Beziehung. Die letzten paar Wochen mit ihr sind das Ernsthafteste, was ich je hatte, die einzige Liebes- oder auch sonstige Beziehung, die mir je so viel bedeutet hat. Ich kenne die Regeln nicht. Alles, was ich weiß, ist, dass ich sie vermisst habe, dass mein Leben ohne sie nicht im Gleichgewicht zu sein scheint.

»Dylan, bitte, du musst es mir sagen. Was du auch immer jetzt gerade denkst, bitte nimm mir diese Qual und sag es mir einfach.«

Sie hebt eine Hand und fährt den äußeren Rand meines übergroßen Rückspiegels nach.

»Können wir irgendwohin fahren oder so? Einfach für eine Weile fliehen?«

Ich zögere, unsicher, was ich denken soll. Ich weiß vielleicht nicht viel über Beziehungen oder Trennungen, aber der gesunde Menschenverstand sagt mir, man fährt nicht mit jemandem irgendwohin, wenn man vorhat, ihn abzuservieren.

Obwohl ich mir Gedanken mache, was sie mir sagen wird, kann ich es ihr nicht abschlagen.

»Ja. Klar. Spring rein.«

Sie geht nicht hinüber zur Beifahrerseite. Stattdessen öffnet sie meine Tür und steigt zuerst ein. Ich bin überrascht, als sie sich auf den mittleren Platz setzt, und das macht es etwas leichter, um all die Sorge herum zu atmen. Sie verhält sich nicht, als würden wir uns trennen, vor allem, als ich neben sie klettere und sie ihren Arm um meinen schlingt, als ich nach dem Schalthebel greife.

»Irgendeine Präferenz, wo es hingehen soll?«

Sie schüttelt den Kopf. »Irgendwohin, wo es ruhig ist.«

Ich biege auf den Highway Richtung Süden stadtauswärts und nehme dann eine Ausfahrt auf einen kleineren Highway, der zu ein paar kleineren Orten zwischen hier und Westtexas führt. Ich hatte gar nicht vor, diesen Weg zu nehmen, in die Richtung zurück nach Hause, aber aus dem Stegreif fällt mir nichts anderes ein, wo ich mit ihr hinfahren könnte. Kurz bevor wir zum ersten kleinen Ort gelangen, fahre ich auf dem Highway an die Seite. Hier draußen gibt es hauptsächlich Ranches und Farmen, sodass die einzigen Lichter über Meilen hinweg meine Scheinwerfer sind. Ich parke so, dass das Licht durch den Stacheldrahtzaun und auf das grüne Feld jenseits davon fällt. Ich überlege kurz, und dann schalte ich das Licht aus, und wir sitzen im Dunkeln.

»Komm.«

Ich öffne meine Tür, rutsche raus und strecke ihr eine Hand hin, damit sie sich zu mir gesellt. Dann führe ich sie zur Heckklappe meines Trucks und lasse sie herunter.

Wenn ich besser in solchen Dingen wäre, hätte ich eine Decke oder so was, damit sie nicht auf der schmutzigen Ladefläche meines Trucks sitzen und sich ihre hübschen Kleider ruinieren muss.

Aber ich habe keine Decke und nicht die leiseste Ahnung, was ich hier mache. Also mache ich, was mir eben in den Sinn kommt. Ich klettere auf die Ladefläche und hebe Dylan zu mir hoch. Ich setze mich, den Rücken an das Fahrerhaus gelehnt, und ziehe sie hinunter auf meinen Schoß. Ich werde wohl die Decke spielen müssen, das, was sie sauber und warm hält.

Sie duckt den Kopf unter mein Kinn und zieht die Knie an die Brust. Die Zikaden geben heute alles, und ihr Geräusch erinnert mich an starken Regen. Sie sind so laut, dass ich nicht merke, dass Dylan weint, bis ich ihre feuchte Wange an meinem Hals spüre.

»Dylan?«

Sie antwortet nicht, und als ich versuche, ihr ins Gesicht zu blicken, presst sie sich dicht an meinen Hals, wo ich nicht hinsehen kann.

»Baby, was ist los?«

»Ich hätte nie fragen sollen.«

»Was nie fragen sollen?«

Sie schüttelt sich in meinen Armen, und ihr Schluchzen wird stärker und lauter.

»Ich bin die ganze Zeit durch die Dunkelheit gegangen, und so hätte es bleiben sollen. Aber ich dachte, ich müsste. Dachte, ich müsste es erfahren.«

»Du machst mir Angst, Dylan.« Ich bin so schlecht in diesem Zeug. Verflucht, wenn ich mit meinen Gefühlen nicht klarkomme, raste ich aus und schlage Menschen. Wie soll ich mit denen von jemand anderem umgehen? Wie soll ich damit umgehen, wenn sie weint, wenn sich jeder ihrer zerrissenen Atemzüge anfühlt, als würde ein Messer meine Brust aufschlitzen? »Rede mit mir. Bitte.«

»Ich bin adoptiert.«

Ich erstarre. »Und das hast du gerade rausgefunden?«

Sie schüttelt den Kopf an meinem Hals. »Nein. Ich habe es immer gewusst. Ich war im Pflegeheim, bis ich neun war, und dann wurde ich adoptiert.«

Es versetzt mir einen Stich, dass ich das nicht wusste. Sie hätte es mir *sagen* müssen.

Aber ich habe ja nie gefragt. Ich habe aufgehört, ihr Fragen zu stellen, weil ich nicht wollte, dass sie mich fragt.

»Okay. Und … was hat sich geändert?«

Ich spüre, wie sie schluckt, und sie spielt nervös mit ihren Händen, bis ich meine auf ihre beiden lege.

»Mittwoch«, antwortet sie. »Als ich dir diese Frage wieder gestellt habe … ich fing an zu denken, dass es nicht fair von mir ist, von dir zu verlangen, dass du dich mit deiner Vergangenheit auseinandersetzt, wenn ich mich bewusst entschieden habe, so viel von meiner zu ignorieren. Ich habe mir immer geschworen, dass ich es nicht wissen will. Ich dachte, es würde irgendwie mein Verhältnis zu den Brenners, meinen Adoptiveltern, gefährden. Aber als ich aus deiner Sicht darüber nachgedacht habe, wusste ich, dass ich es wissen muss. Dass ich es wissen *will*.«

»Dass du was wissen willst?«

»Meine leibliche Mutter. Ich weiß, sie ist g-gestorben. Deswegen war ich im Pflegeheim, aber ich wusste nicht woran. Am Donnerstag hab ich meine Eltern gefragt, und sie haben es mir gesagt.«

Ich fahre mit den Fingern ihren Zopf entlang, lasse sie gelegentlich daruntersinken, um leicht ihren Hals zu streicheln, und presse meine Wange fest an ihren Scheitel.

»Und?«

Sie zittert heftiger in meinen Armen, und ich ziehe sie näher an mich, weil ich denke, wenn ich sie fest genug halte, kann ich vielleicht das in Schach halten, was sie so zum Zittern bringt.

»Sie wurde umgebracht«, sagt sie. »Ihr Freund. Vielleicht mein Dad. Wir wissen es nicht genau. Jedenfalls haben sie sich viel gestritten. Meine Mutter hat mir das erzählt, meine Adoptivmutter, aber jetzt glaube ich, mich daran erinnern zu können. Vielleicht. Oder vielleicht füllt mein Kopf auch nur die Lücken aus, aber ich glaube, ich kann mich an das Geschrei erinnern. Er war Trinker. Und er schlug sie. Er schlug sie ständig. Aber in einer Nacht machte er weiter, schlug sie immer weiter, und er muss irgendwie übergeschnappt sein oder so, denn er hat immer weitergemacht, bis er sie umgebracht hatte. Dann war es vorbei, und er hat sich selbst auch umgebracht.«

»Oh, Baby. Das tut mir leid. Das tut mir so leid.«

Ich presse meine Lippen auf ihre Stirn, und sie zittert immer noch so sehr, dass es mir Angst macht. Ich habe mich in meinem ganzen Leben nicht so hilflos gefühlt. Ich drücke und küsse und berühre sie die ganze Zeit, aber es reicht nicht. Es ändert sich nichts.

»Ich weiß nicht, warum«, schluchzt sie. »Ich weiß nicht, warum ich so aufgewühlt bin. Ich wusste ja schon, dass sie tot ist, aber … ich kann nicht. Ich kann nicht aufhören, daran zu denken. Ich stelle mir vor, wie es passiert sein muss. Und ich stelle mir vor, wie mein Leben aussähe, wenn es nicht passiert wäre. Und –«

Sie schluchzt lauter denn je und schlingt ihre Arme eng um sich. Ich will, dass sie ihre Arme um mich legt, mich in ihren Schmerz hineinzieht. Es ist zehnmal so schlimm, sie so zu einer Kugel zusammengerollt zu sehen, während ich ausgeschlossen bin.

»Ich stelle mir dieses Leben vor und bin froh, Silas. Ich bin froh, dass sie gestorben ist und ich adoptiert wurde. Was bin ich für ein schrecklicher Mensch, wenn ich darüber *froh* sein kann? Ich rede davon, Menschen zu helfen, und über Mitgefühl, aber in Wahrheit bin ich egoistisch und abscheulich.«

Sie sagt noch mehr, oder versucht es zumindest, aber sie weint so heftig, dass ich die Worte nicht verstehen kann.

»Bist du nicht. Du bist nicht abscheulich.« Ich sage diese Worte immer wieder, aber ich bin nicht sicher, ob sie mich hört.

Ich weiß nicht, wie ich es besser machen soll, also tue ich einfach mein Bestes, um es nicht noch schlimmer zu machen. Ich halte sie. Halte sie und weiß jetzt, warum es so verdammt Furcht einflößend ist, wenn einem eine andere Person etwas bedeutet. Es ist nicht, dass man ihr nicht auch etwas bedeutet, denn entweder ist das so oder nicht. Man lebt damit oder tut alles, was man kann, um es zu ändern. Das wirklich Beängstigende ist der Augenblick, in dem einem klar wird, dass man den Rest seines Lebens doppelt so viel Schmerz, doppelt so viel Freude und doppelt so viel Angst verspüren wird.

Und auch doppelt so viel Hilflosigkeit, das alles zu kontrollieren.

Ich denke an das, was der Coach mir gesagt hat … so zu leben, wie ich spiele.

Ich weiß nicht, ob es das Richtige ist, aber ich versuche es einfach. Wenn ein Teamkamerad Probleme hat, wenn die *Defense* ihn in die Enge treibt, ist das Beste, was ich tun kann, für ihn abzublocken, die Schläge für ihn abzufangen. *Mit ihm.*

»Ich bin auch froh«, sage ich. »Ich bin froh, dass du in einem Zuhause warst, wo du sicher warst und sich jemand um dich gekümmert hat. Ich bin froh, dass du zu genau dem Menschen heranwachsen konntest, der du bist. Also, wenn du ein abscheulicher Mensch bist, bin ich das auch. Aber froh über die Dinge zu sein, die du hast, und darüber, wo du bist, ist nicht dasselbe, wie froh darüber zu sein, dass deine Mutter gestorben ist. Du bist ein kluges Mädchen, und du weißt, dass das Leben nicht nur schwarz und weiß ist. Du kannst diese beiden Dinge voneinander trennen. Genauso, wie ich nicht froh bin, dass ich aus der Mannschaft ausgeschlossen wurde, aber darüber, dass diese Sperrung mir die Gelegenheit gab, dich kennenzulernen. Alles in der Welt mag miteinander verknüpft sein, aber deswegen müssen unsere Gefühle dafür es nicht sein.«

Es dauert eine Weile, aber irgendwann hört sie auf zu weinen. Sie hebt den Kopf, den sie an meinem Hals vergraben hatte, und legt ihn stattdessen auf meine Schulter. Sie erzählt mir von den Pflegeheimen, an die sie sich erinnert, und von den Brenners, die sie adoptiert haben.

Ich dachte, ich wüsste, wer sie ist … mein perfektes Mädchen, das seine ganze Energie dafür aufwendet, es anderen Menschen recht machen zu wollen oder ihnen zu helfen. Und das steckt sicher in ihr, aber es sind nicht nur die anderen, die sie beeindrucken will. Sie hat immer versucht, sich selbst davon zu überzeugen, dass auch *sie* in diese Welt gehört.

Und ich weiß *verdammt genau*, wie sich das anfühlt.

Ich denke darüber nach, ihr auch von meiner Kindheit zu erzählen, aber ich weiß nicht, ob das alles besser oder noch schlimmer macht. Vielleicht würde es ihr zeigen, dass sie nicht allein ist, dass die Vergangenheit uns alle verfolgt, um uns wieder in lang vergessene Erinnerungen und Schmerzen zu stürzen, die geheilt werden sollten. Oder vielleicht würde es ihr dann auch wieder schlechter gehen, jetzt, da ich sie gerade beruhigt habe.

Wenn nur die geringste Möglichkeit besteht, dass sie sich so fühlt wie ich, dann wird sie meinen Schmerz womöglich genauso annehmen, wie ich ihren angenommen habe. Und das will ich ihr nicht antun … nicht heute Abend.

Also rutsche ich stattdessen ein Stück nach vorn und lege mich auf der Ladefläche hin. Ich halte sie auf mir in der Balance, an meinen Körper gekuschelt, und zusammen starren wir in den blauschwarzen Himmel, bis die Welt anfängt, sich wieder groß anzufühlen.

Kapitel 24

Dylan

Am Abend, bevor das Semester wieder beginnt, soll ich auf diese Cocktailparty für alle Dekane, Mitglieder des Universitätsrats und wichtige Ehemalige gehen.

Offiziell gehe ich auf die Einladung meines Vaters hin. Aber Dad ist nicht in der Stadt, und daher nutze ich es als letzte Chance, um Unterstützung für das Obdachlosenheim zu buhlen.

Und weil ich verrückt bin (und er mich darum gebeten hat), nehme ich Silas mit. Ich rede mir ein, dass es gut für ihn ist, mal diese Atmosphäre zu schnuppern. Er kann nicht so toll mit Autoritätsfiguren umgehen, und so kann er mit mir dort üben, die groben Kanten zu schleifen.

Ich habe keine Ahnung, warum er zu so etwas gehen will. Vielleicht macht er sich Sorgen, dass ich wieder zusammenbrechen könnte wie gestern Abend. Oder es ist bloß ein Vorwand, um mich im kleinen Schwarzen zu sehen.

Vermutlich Letzteres.

Ein kleiner Teil von mir (oder auch ein großer) hat sich auch darauf gefreut, ihn zu beäugen. Silas Moore im Anzug ist wahrscheinlich ein sicheres Rezept für Herzrhythmusstörungen. Als er mit Jeans und einem schönen durchgeknöpften Hemd aufkreuzt, bin ich nur ein bisschen enttäuscht. Nicht der Anzug meiner Träume, aber er sieht trotzdem gut aus. Groß und breit und geradezu verboten attraktiv.

Und was es noch besser macht: Er ist locker und charmant. Bis zu dem Augenblick, als wir die Party betreten. Sie findet in einer der alten Bibliotheken auf dem Campus statt, und alles ist vollgestopft mit Leder, seltenen Büchern und Glaskästen.

Und Silas – er verstummt. Er ist so schweigsam, dass man meinen könnte, er versuche so zu tun, als wäre er ein Einrichtungsgegenstand.

Er scheint sich damit zufriedenzugeben, um das Buffet herumzuschleichen, und wirkt jedes Mal gequält, wenn ich ihn in ein Gespräch einbeziehe. Also lasse ich ihn schließlich sein Ding machen und picke mir ein paar Leute aus der Menge, die ich kenne, beantworte Fragen über das Studium und meine Eltern, bevor ich scheinbar ganz nebenbei das Obdachlosenheim erwähne.

Eine Weile lang funktioniert das, aber irgendwann kann ich das Gefühl von Silas' Augen auf mir nicht mehr ertragen, als er schmollend an der gegenüberliegenden Wand steht.

Also entschuldige ich mich höflich bei Mrs Simon, der kleinen alten Dame, mit der ich zehn Minuten geplaudert habe. Sie ist lieb und kennt meinen Vater, und sie könnte eine Fürsprecherin für das Heim sein. Alles Gründe, warum ich bleiben und mit ihr reden sollte, aber ich kann nicht.

»Hey, McBroody«, sage ich. »Du weißt, du *musst* nicht hierbleiben, wenn du dich nicht wohlfühlst. Ich schaffe das auch allein.«

Er schüttelt den Kopf. »Ich gehe nicht.«

»Na guuut. Aber könntest du dann vielleicht aufhören, alles und jeden böse anzufunkeln?«

Seine Miene verfinstert sich noch mehr. »Tut mir leid.«

Ich lege ihm eine Hand auf den Arm und beuge mich zu ihm. »Ist das ein Spiel, mit dem du mich dazu bringen willst, dich zu küssen?«

Einer seiner Mundwinkel zieht sich nach oben. »Vielleicht. Funktioniert es?«

Ich versuche gar nicht erst, mein Lächeln zu verbergen, weshalb ich gerade ziemlich idiotisch grinse, als jemand meinen Namen ruft, ich mich umdrehe und meine Eltern erblicke, die mich anstarren.

Ich blinzele, und als Moms Blick auf meine Hand auf Silas' Arm fällt, lasse ich sie schnell an meine Seite sinken.

»Dad. Ich dachte, du wärst unterwegs.«

»Mein Termin wurde auf nächste Woche verschoben, also haben deine Mutter und ich beschlossen, doch auf die Party zu gehen.«

»Oh.« Mehr sage ich nicht. *Oh.*

Es ist mein Dad, der zu Silas geht, um sich vorzustellen, denn ich höre dieses Dröhnen in meinen Ohren, als wenn gleich ein Unglück geschieht, weil das hier eigentlich niemals passieren sollte. Das war meine einzige Regel. Alle anderen in meinem Leben habe ich Silas beugen und brechen lassen, aber diese beiden Welten sollten eigentlich voneinander getrennt bleiben.

»Richard Brenner«, sagt mein Vater und streckt die Hand aus.

Ich weiß nicht, ob sich Silas aufregt. Ich bringe es einfach nicht fertig, ihn anzusehen. Aber er erwidert den Händedruck meines Vaters und sagt: »Silas Moore.«

Ich sehe, wie Mom auf Silas' Jeans schaut, und kann mir die herablassenden Gedanken nur zu gut vorstellen, die ihr durch den Kopf gehen. Sie findet, ich sollte bei Henry sein. Dass wir das perfekte Paar wären und ich einfach warten sollte, bis er zu mir zurückkommt.

Ich sollte ihr die Meinung sagen, aber nicht so. Nicht wenn Silas hier ist und die Hälfte des Sturzes mit abfedern müsste. Wir sind nicht fest zusammen. Wir sind einfach nur … einfach.

Eine Reihe von Bedürfnissen und Wünschen, mehr nicht.

Er ist *nicht* der Typ, den man seinen Eltern vorstellt. Genauso gut könnte ich ihn gleich bitten, schreiend wegzulaufen.

»Silas«, sagt meine Mutter. »Woher kennen Sie unsere Tochter?«

Ich antworte für ihn. »Wir sind uns ein paarmal an der Uni über den Weg gelaufen.«

Ich hoffe, sie belassen es dabei. Aber Dad hat ein verflixt gutes Gedächtnis.

»Ihr Name kommt mir bekannt vor«, sagt mein Vater. »Haben Sie Familienmitglieder im Universitätsrat? Ehemalige vielleicht?«

Ich höre Silas lachen, ein Lachen, das *eindeutig* nicht fröhlich ist. Aber ich kann ihn immer noch nicht ansehen.

»Nein, Sir. Ich bin im Footballteam. Vielleicht ist es das.«

Dads Augenbrauen wandern nach oben. »Im Rusk-Footballteam?«

»Ja, Sir. *Running Back*.«

Jetzt fallen Dads Brauen hinunter, und seine Lippen ziehen sich zusammen. »Richtig. Silas Moore. Jetzt weiß ich es wieder.« Seinem stählernen Blick nach zu urteilen, hat er von Silas' Sperrung gehört. Ich versuche, mir meine Panik nicht anmerken zu lassen. *Natürlich* hat Dad davon gehört. Er weiß immer alles, was an der Rusk vor sich geht. Alles, was Einfluss auf den Ruf der Schule hat und damit auf ihre Möglichkeit, Geld reinzuholen.

Das hier geht nicht nur bergab. Wenn ich dem jetzt kein Ende mache, wird es einem freien Fall gleichkommen. Dad wird bohren und stochern und Silas festnageln, bis er alle Antworten bekommt, die er braucht. Das ist seine Methode.

Und wie ich Silas kenne, wird er eher dagegen ankämpfen, als sich geschlagen zu geben.

»Tja, wir haben uns gerade über die Kurse unterhalten, aber jetzt, wo ihr da seid …« Ich trete näher zu meinen Eltern und begegne zum ersten Mal Silas' Blick. Sein Ausdruck ist leer, beinahe versteinert. Und ich kann nichts in seinen Augen lesen. »Wir sehen uns, Silas.« Ich versuche es mit einem Lächeln und hoffe, dass er die Entschuldigung in meinen Augen lesen kann. Ich hänge eine Weile bei meinen Eltern rum, und dann täusche ich Bauchweh vor und komme ihn holen.

Meine Eltern drehen sich zum Gehen um, und ich folge ihnen, aber nicht ohne ihm noch »Bin gleich wieder da« zuzuraunen.

Ich gehe hinter meiner Mom her, und wir stehen etwas abseits, während Dad ein paar seiner Freunde die Hand schüttelt. Lächelnd folgt Mom seinem Beispiel. Ich winke nur kurz. Als Dad ganz ins Gespräch vertieft ist, wendet sich Mom mir zu.

»Hast du Henry mal getroffen?«

Gott, sie ist so was von stur.

»Nein, Mom. Hab ich nicht.«

»Ach nein? Ich habe mit seiner Mutter gesprochen, und sie hat etwas erwähnt, dass ihr beide euch bei diesem Bauprojekt über den Weg gelaufen seid, bei dem du mitgemacht hast.«

Mist. Ich frage mich, wie viel Henry seiner Mutter erzählt hat. Hat er Silas erwähnt?

»Ach so. Das hab ich ganz vergessen. Wir haben nicht viel geredet.«

»Gloria sagt, Henry hätte den Eindruck, dass du schon mit jemand Neuem zusammen wärst.«

Mist. So. Ein. Mist.

Ich presse die Lippen aufeinander und brumme. »Hm … nö. Kein neuer Freund.«

Sie blickt zwar nicht hinüber zu Silas, dreht aber ihren Körper kaum merklich in die Richtung. »Bist du sicher?«, fragt sie.

»Ziemlich sicher, dass ich wüsste, wenn ich mit jemandem zusammen wäre, ja … aber wer weiß.«

Sie kneift die Augen zusammen, und ich weiß, dass ich vorlaut bin. Ich glaube, ich habe nie irgendwas anderes als hundertzehnprozentigen Respekt an den Tag gelegt. Ich kann den Augenblick genau erkennen, in dem sie daraufkommt, was meine kleine Rebellion verursacht haben muss, und sie blickt nach hinten zu der Wand, an der Silas steht.

Stand.

Er ist nicht mehr da, und mich verlässt der Mut.

Mom sieht wieder zu mir und mustert mich.

»Ich habe keine Zeit für einen Freund«, sage ich. »Morgen fängt das Semester an, und ich versuche immer noch, Unterstützung zu bekommen, damit das Obdachlosenheim nicht schließt. Ich bin beschäftigt. Zu beschäftigt für einen Typen.«

»Ich dachte, das mit dem Heim wäre beschlossene Sache.«

Ich zucke die Achseln. »Beschlossene Sache oder nicht, das heißt doch nicht, dass ich es einfach akzeptieren muss. Ich weigere mich, es zu akzeptieren.«

»Liebling, manchmal muss man einfach realistisch sein und es sich eingestehen, wenn man verloren hat.«

»Wenn wir verloren haben, ist es am allerwichtigsten, dafür zu sorgen, dass unsere Stimmen gehört werden. Damit wir beim nächsten Mal vielleicht nicht verlieren.«

Eine Wahrheit lernt man ziemlich schnell in der Aktivistenszene: Die meisten Proteste sind schon verloren, ehe sie begonnen haben. Wir hoffen auf Veränderung. Betteln darum. Aber auch wenn wir wissen, dass sie nicht kommen wird, stehen wir trotzdem mit unseren Bannern da und skandieren unsere Sprüche. Trotzdem zeigen wir uns. Denn aufzugeben und nichts zu sagen bedeutet, die Sache stirbt mit uns, und ein kleines Stück von *uns noch* dazu. Also skandieren wir. Und skandieren. Und sagen immer und immer wieder dasselbe. Immer lauter. Wir tun es, um dem Schmerz, den wir in unseren Herzen spüren, Worte zu verleihen. Und da ist diese kleine, unschuldige Hoffnung irgendwo in unseren Hinterköpfen, selbst dann, wenn es keinen Sinn hat, selbst dann, wenn es *beschlossene Sache* ist … wir hoffen, dass die Leute, wenn wir oft genug etwas sagen, schließlich doch irgendwann zuhören. Oder dass es, wenn wir es oft genug sagen, endlich irgendwann Sinn ergeben wird.

Und was ergibt für mich in dem Moment keinen Sinn? Die Tatsache, dass ich hier immer noch mit meinen Eltern rumstehe und ihnen schon wieder etwas vorheuchele, statt Silas zu finden.

»Mom, ich muss gehen.«

»Was?«

»Sag Dad tschüss von mir. Und dass ich mich irgendwann diese Woche mit ihm über das Heim unterhalten will.«

»Dylan …«

Ich bleibe nicht, um zu hören, was sie mir sagen will. Stattdessen gehe ich auf die Wand zu, an der ich Silas zuletzt gesehen habe, bleibe stehen und suche die Menge ab. Er ist nicht am Buffet. Ich kann ihn nirgendwo entdecken. Ich gehe durch alle Räume, warte darauf, dass sein Kopf über all den kleineren grauhaarigen aufragt. Aber keine Spur von ihm.

Und als ich rausgehe, in der Hoffnung, ihn an seinem Pickup zu finden, ist der weg.

Ich brauche fünfzehn Minuten, um von der Bibliothek zu meiner Wohnung zu laufen, und meine Füße fühlen sich an, als wäre ich auf Nägeln gegangen, statt nur mit hohen Absätzen über den Campus. Ich wechsele zu flachen Schuhen und greife nach meinen Schlüsseln.

Als ich rausgehe, fragt Nell, wo ich hinwill.

»Zu Silas nach Hause.«

Sie blickt von der Couch auf, wo sie ihre Büchertasche für morgen packt. »Also bist du jetzt mit ihm zusammen oder so?«

»Nein. Ja. Keine Ahnung. *Oder so*.«

»Bleib nicht so lange weg!«, ruft sie, als ich zur Tür rausmarschiere. »Erster Vorlesungstag morgen!«

Gott, letztes Jahr hätte ich neben ihr auf diesem Sofa gesessen und mich vorbereitet, als stehe der Tag des Jüngsten Gerichts bevor und nicht der Semesterbeginn. Verrückt, wie sich alles geändert hat.

Ich schlüpfe in mein Auto und bin in guten fünf Minuten am Haus von Silas. Als ich in die Einfahrt biege, streifen meine Scheinwerfer über seine vordere Veranda und lassen ein Mädchen mit wasserstoffblonden Haaren erkennen, das rauchend neben seiner Haustür steht.

Ich stelle den Motor ab und blicke angestrengt zur Veranda, um das Mädchen noch mal zu sehen, aber jetzt, wo meine Scheinwerfer aus sind, erkenne ich nichts als das orangene Glimmen am Ende ihrer Zigarette.

Er würde doch nicht so schnell was mit einer anderen anfangen, oder? Sie muss eine Freundin sein. Oder vielleicht will sie zu Torres oder Brookes. Es kann nicht viel länger her sein als eine halbe Stunde, seit ich ihn zuletzt gesehen habe. Sie müsste ein Callgirl sein, um so rasch hier zu sein, und …

Und genau so was würde ich Silas zutrauen. Er hat wahrscheinlich fünfzig Nummern von Mädchen, die bereit wären, mal eben für einen Quickie vorbeizukommen.

Ein Teil von mir denkt, dass ich einfach wieder fahren sollte. Mein Auto wieder starten und mich aus dem Staub machen. Schadenbegrenzung betreiben, bevor alles noch schlimmer wird.

Aber ich gehöre nicht zu den Mädchen, die einfach abhauen. Ich halte nicht die Klappe, wenn ich mich aufrege. Und ich fange damit auch jetzt nicht an, bloß weil der Gedanke, dass irgendein anderes Mädchen mit Silas in die Kiste hüpft, bei mir Brechreiz auslöst.

Ich öffne meine Tür und knalle sie hinter mir zu, als ich draußen bin. Ich marschiere die Einfahrt entlang zu seiner Veranda, und bevor ich irgendwas sagen kann, fragt sie: »Wer bist du?«

»Dylan«, antworte ich.

Fast gebe ich die Frage zurück. Fast.

Aber dann beschließe ich, dass ich die Antwort nicht wissen will. Die Kleine ist hübsch, zweifellos, aber ihre Kleidung ist knapp, und sie hat so viel Mascara und Eyeliner aufgetragen, dass es aussieht wie Ölspritzer um ihre Augen. Sie ist älter als wir. Nicht weil ich unbedingt Falten oder andere Altersanzeichen sehe, sondern eher, weil sie aussieht wie ein College-Girl, ohne auf dem College zu sein. Bei näherem Hinsehen gibt es weitere Hinweise. Ihre Hände zum Beispiel. Als ich auf die Zigarette blicke, die sie hält, ist ihre Haut dort gegerbter, und es bringt mich dazu, sie noch mal mit ganz anderen Augen zu betrachten.

Der Gedanke, dass Silas ausgerechnet dieses Mädchen anrufen sollte, kommt mir so komisch vor. Eine Frau, die wahrscheinlich mindestens zehn Jahre älter ist als wir, wenn nicht noch mehr.

»Ist Silas da?«

Ich weiß nicht, warum ich gefragt habe. Natürlich ist er da. Ich kann seinen Truck sehen.

Sie schnaubt. »Oh ja. Er ist da.«

Ich zucke zusammen. Ich will gar nicht wissen, was die versteckte Botschaft dieser Aussage ist.

Ich will gerade die Türklingel betätigen, als sie mehrmals an die Tür hämmert und gellend schreit: »*Baby!* Du hast Besuch!«

Auf der anderen Seite höre ich die Dielen knarren, das Trampeln von Füßen, und die Tür wird aufgerissen, während die Blondine wieder in aller Seelenruhe an ihrer Zigarette zieht.

»Ich hab dir doch gesagt –« Silas verstummt, und seine Augen werden groß, als er mich sieht. »Was machst du denn hier?«

Ich runzele die Stirn. Ich verstehe das nicht. Absolut nicht.

»Du bist verschwunden. Ich bin dich suchen gegangen, und du warst weg.«

»Na ja. Du warst ja beschäftigt. Ich dachte, ich werde nicht mehr gebraucht.«

»Ich hab dir doch gesagt, dass ich gleich wieder da bin. Ich musste nur kurz –«

»Lügen wegen uns?«

Die Frau neben mir fabriziert eine Rauchsäule und sagt: »Ach. Beziehungskrach. Wie süß.«

Silas wendet sich an sie. »Halt die Klappe. Und hau ab. Ich sag es dir nicht noch mal.«

»Wenn du gelernt hättest, wie man mit einer Frau redet, müsstest du dich jetzt vielleicht nicht mit ihr streiten.«

»Das reicht. Ich rufe die Polizei.«

Er holt sein Handy hervor, und plötzlich stürmt sie an mir vorbei und versucht, mit Gewalt ins Haus einzudringen, aber Silas ist zu stark und versperrt ihr den Weg.

»Du Arschloch! In deinem ganzen Leben hab ich dich um nichts gebeten, und du kannst mir nicht in dieser einen Sache helfen? *Nur dieses eine Mal.*«

»Ich hab dir doch gesagt, ich habe das Geld nicht. Und selbst wenn, warum sollte ich es dir geben?«

»Weil ich deine Mutter bin!«

Ich muss nach Luft schnappen, denn Silas' Blick schnellt zu mir, und er reißt die Augen auf, als hätte er total vergessen, dass ich da bin.

»Dylan, du solltest besser gehen.«

Ich kann nicht glauben, dass dieses Mädchen … diese Frau, die ich für einen Aufriss gehalten habe, seine *Mutter* ist.

»Du willst wohl nicht, dass dein Mädchen das mitkriegt, was? Wie du deine eigene Mutter abservierst?«

Bei Silas rastet etwas aus, er macht einen Schritt nach vorn und knallt die Tür hinter sich zu. Er packt seine Mutter am Arm und beginnt, mit ihr über den Rasen zu marschieren, auf ein Auto zu, das an der Straße geparkt ist. Aber sie hört nicht auf. »Bist du dir jetzt zu fein für mich? Ist es das? Du hast dein neues Leben hier. Deine tolle Schule. Deinen tollen Sport. Du bist bereit, mich komplett zu vergessen. Wenn du im Jahr Millionen verdienst mit einem dämlichen Spiel, das du ohne mich nie gespielt hättest, wirst du nicht mal mehr meinen Namen kennen. Ich habe dich spielen *lassen*. Du hättest die viele Zeit nach der Schule auch damit verbringen können, zu arbeiten und Geld zu verdienen, damit wir ein Dach über dem Kopf haben.«

Sie reißt sich aus seinem Griff los und stolpert auf dem Rasen ein Stück zurück.

Ich kann Silas' Gesicht nicht sehen, als er antwortet, aber seine Stimme klingt härter, als ich sie je gehört habe.

»Du hast mich und Sean vergessen, lange bevor ich dich vergessen habe, Ma. Wenn du Teil meines Lebens sein wolltest, hättest du vielleicht wirklich zurückkommen sollen, wie du es behauptet hast, als du uns in diesem Witz von einem Haus zurückgelassen hast.«

Sie nimmt einen letzten Zug von ihrer Zigarette und wirft sie ihm dann vor die Füße. »Sean? Du denkst, ich hätte euch beiden unrecht getan? Dann solltest du wohl wissen, dass dein Bruder, als er rauskam, direkt zu mir gekommen ist. *Ich* war es, die ihn aufgenommen hat, die sich um ihn gekümmert hat. Du warst ja zu beschäftigt, um ihm auch nur zu *schreiben* oder ihn zu besuchen.«

Silas erstarrt, und seine Stimme klingt weicher, als er fragt: »Sean ist draußen? Ich dachte, er hat noch ein Jahr?«

Sie lacht verbittert. »Letztes Jahr auf Bewährung raus.«

»Letztes Jahr?« Zum ersten Mal wirkt Silas durch dieses Gespräch verletzt, das von dem Moment an, als er die Tür aufgemacht hat, voller Spitzen war. »Wo ist er jetzt?«

»Wieder drin. Kam auf die Idee, nach drei Monaten seiner Bewährung einen Schnapsladen auszurauben.«

Silas flucht und blickt sich nach mir um. Im Dunkeln kann ich seinen Ausdruck nicht lesen, aber ich habe das Gefühl, er will nicht, dass ich das alles höre. Das ist die Vergangenheit, die er hinter sich gelassen hat, über die er sich weigert, mit mir zu reden.

Die Stimme seiner Mutter versagt, als sie sagt: »Ich weiß, ich hab euch verlassen. Das tut mir *leid*, Baby. Wirklich. Aber du hast uns auch verlassen. Wenn du da gewesen wärst, als Sean rauskam, wäre er vielleicht sauber geblieben.«

Es dauert lange, bis Silas antwortet, und sein Ton ist mir völlig fremd. Niedergeschlagen. Verletzt. »Hör zu, tut mir leid, dass dein Freund im Gefängnis sitzt, aber ich kann dir nicht helfen. Du und Sean. Ihr werdet eben lernen müssen, euch um eure Probleme selbst zu kümmern, so wie ich es auch immer musste.«

»Behandele mich nicht so von oben herab. Als wärst du was Besseres als ich, wo ich dich *gemacht* habe. Ein besserer Mann würde sich um seine Mutter kümmern. Ein besserer Mann würde nicht den Kontakt zu seiner Familie abbrechen. Komm ja nicht wieder angekrochen, wenn du endest wie dein Bruder, wie dein Vater, wie jeder verdammte Mann, den ich je kannte.«

»Letzte Chance«. Er hält warnend sein Telefon hoch, klingt aber müde. So müde. »Ich will dir nicht die Polizei auf den Hals hetzen, aber ich werde es tun.«

»Du undankbares –«

»Mach's gut, Mutter.«

Als er anfängt zu wählen, geht sie fluchend davon. Er bleibt da im Garten stehen, bis sie ihren Wagen gestartet hat und losfährt.

Ich warte darauf, dass er zum Haus zurückkommt, aber das tut er nicht. Er bleibt, wo er ist, steif und stumm. Und obwohl er ein ausgewachsener Kerl ist, groß und breit, wirkt er auf mich so klein. Wie ein Kind. Ein Kind, das viel zu schnell groß werden musste.

Ich gehe zu ihm. Und als ich ihm die Hand auf die Schulter lege, erstarrt er und zuckt vor meiner Berührung zurück. Er dreht sich um und sieht ähnlich aus wie bei unserer ersten Begegnung. Er hat zwar keine blauen Flecken und blutende Wunden, aber er sieht wie fest verschlossen aus. Und wütend.

»Du solltest gehen.«

Dann läuft er los, marschiert so schnell auf die Tür zu, dass ich rennen muss, um ihn einzuholen.

»Silas, warte!«

Ruckartig bleibt er oben auf der Treppe zur Veranda stehen und wirbelt herum, um auf mich herabzublicken.

»Du willst wissen, wovor ich Angst habe? *Davor* habe ich Angst. *Das* wartet auf mich, wenn das mit dem Football nicht klappt.«

»Nein, tut es nicht –«

»Doch. Ich kann den Saubermann spielen, mit dir in Tierheimen und bei Bauprojekten auf heile Welt machen, aber damit mache ich mir nur was vor. Ich werde immer der Typ sein, der mit Jeans zu feinen Gesellschaften geht und sich lautstark in seinem Vorgarten herumstreitet. Meine erste Reaktion wird immer sein, die Dinge mit den Fäusten zu lösen. Vielleicht tue ich alles, um es zurückzuhalten, aber es wird immer in mir sein. Und ich passe nicht in deine Welt. Du konntest mich noch nicht mal deinen Eltern vorstellen, und das war vor dem ganzen Drama.«

»Ich dachte – ich dachte, ich tue dir einen Gefallen. Ich dachte, es würde dich aufregen, wenn ich dich meinen Eltern vorstelle. Du willst keine Beziehung, und das –«

»Du hast recht. Ich will keine. Ich dachte, vielleicht könnte ich es, aber es wäre nur eine Frage der Zeit gewesen, bis ich in deiner Welt erstickt wäre. Seien wir realistisch … du und ich, wir passen nicht zusammen. Haben wir nie und werden wir auch nie.«

Das alles läuft so schnell aus dem Ruder, dass ich nicht mehr mitkomme. Und ich verspüre den Drang, ihn zu packen und festzuhalten, weil ich dabei bin, ihn zu verlieren, aber ich habe das Gefühl, noch so viel mehr zu verlieren. Etwas, das zu groß ist, um es zu benennen.

»Silas, es tut mir leid. Ich wollte nicht, dass das alles so rüberkommt. Tut mir leid.«

Er wirft mir ein Lächeln zu, das nicht bis zu seinen Augen reicht, und mein Herz hämmert so wild in meiner Brust, so rasend, dass ich kaum noch was anderes hören kann.

»Immer noch so verflucht höflich.«

Dann geht er zu seiner Haustür, tritt hinein und schließt sie von innen mit einem leisen, ruhigen Klicken.

Und sperrt mich aus.

Und ich weiß nicht, ob Trennung das richtige Wort ist, aber so fühlt es sich an. Sogar noch größer als das. Dieses Mal ist es nicht wie bei Henry. Ich bin nicht erleichtert.

Ich fühle mich aufgeschlitzt und außer Atem und … es tut mir leid. So unglaublich leid.

Kapitel 25

Silas

Der erste Vorlesungstag ist scheiße. Absolut durch und durch scheiße.

Alle wissen von der Suspendierung, und alle wollen darüber sprechen, wollen wissen, was passiert ist und was es für das erste Spiel bedeutet.

Alle denken, ich wäre aufgebracht darüber … dass ich darüber reden *will*. Aber ich zerbreche mir den Kopf nicht über die Sperrung, sondern über Dylan.

Ich konnte letzte Nacht nicht schlafen, weil mein Bett noch nach ihr riecht. Verflucht, ich kann noch nicht mal duschen, ohne mir ihren Gesichtsausdruck vorzustellen, als sie in jener ersten Nacht in diesem Raum mit meinen Fingern in ihr kam. Selbst mein gottverdammter Truck gehört jetzt ihr.

Alles.

Sie ist überall.

Ich sitze in Jogginghose und T-Shirt ganz hinten in meinen Kursen, weil mir der Semesterbeginn scheißegal ist. Ich bin in der Stimmung, angepisst zu sein, und die Welt wirkt viel zu fröhlich, um mir genügend Gründe zu geben.

Zum Elf-Uhr-Training mache ich mich auf zum Sportgelände. Coach Gallt hat Dienst. Keyon ist auch da. Also muss ich mir natürlich eine Stunde lang unter die Nase reiben lassen, dass ich diesen Samstag nicht spiele. Und nächsten auch nicht.

Und um alles noch schlimmer zu machen … sitzt Dylan in meinem Geschichtskurs um eins. Ihr Haar ist offen und geglättet und zieht die ganze Zeit über meinen Blick auf sich. Sie sitzt vier Reihen weiter unten direkt vor mir und findet immer wieder Gründe, um sich umzusehen. Sie streckt sich. Dann lässt sie ihren Stift fallen. Dann sieht sie auf die Uhr an der Rückwand des Vorlesungssaals. Und diese Blicke machen mich so nervös, dass ich nicht weiß, ob ich rausgehen oder sie mitnehmen, sie anschreien oder küssen will. Ich weiß nur, ich kann diese Augen auf mir nicht ertragen.

Vor Beginn des Kurses konnte ich es vermeiden, mit ihr zu sprechen, weil ich in letzter Minute reinkam, die Haare noch nass vom Duschen nach dem Mittagstraining, aber beim Rausgehen holt sie mich ein.

Der Blick, den sie mir zuwirft … zurückhaltend und schüchtern … bringt mich verdammt noch mal um.

»Hi«, sagt sie.

Ich erwidere den Gruß, gehe aber einfach weiter. Mein nächster Kurs ist im Gebäude nebenan, also habe ich es überhaupt nicht eilig, aber ich tue trotzdem so.

»Silas, warte!« Sie ergreift meinen Ellbogen und bringt mich auf der Treppe zum Stehen. Ich könnte mich widersetzen. Mich losreißen und einfach weitergehen. »Können wir reden?«

Ich will nicht. Oder doch. Scheiße, ich hab keine Ahnung.

Ich weiß, dass sie auch eine schwere Kindheit hatte. Das ist mir klar, aber bei ihr ist es was anderes. Sie wurde da rausgeholt, und ihre Pflegeheime waren wenigstens eine feste Größe. Man hat sich um sie gekümmert, sie umsorgt. Sie ist *normal*.

Ich nicht. Ich werde es nie sein.

Alles, was ich weiß, ist, dass ich verdammt erschöpft bin und nicht die Energie für das hier habe. Aber selbst jetzt … weiß ich nicht, wie ich ihr etwas abschlagen soll.

»Na, dann los.«

»Ich wollte nur … ich dachte, dass das gestern ein blöder Abschluss war. Und ich wollte reden.«

»Dann rede.«

»Das mit der Party tut mir leid.« Ihr Blick fällt auf meinen Mund, als sie sich entschuldigt, und ich balle die Fäuste, um dem Drang zu widerstehen, sie an mich zu reißen. Dieses Mädchen … was sie auch immer für Gefühle bei mir auslöst … sie ist nicht gut für mich. Ich werde ihren Ansprüchen niemals gerecht werden können, und es zu versuchen wird mich in den Wahnsinn treiben. Denn ich bin jetzt dahintergekommen … Der Mist mit Levi und Keyon und alles andere – das kam, weil ich versucht habe, etwas zu sein, das ich nicht bin. Und wenn diese Party mit Dylan irgendein Anhaltspunkt ist, habe ich meine Zeit verschwendet.

Ich habe nicht vor, zum alten Silas zurückzukehren. Ich muss einen klaren Kopf behalten, mein Stipendium behalten, aber ich werde mich auch nicht ändern oder verleugnen, wer ich bin.

Nicht für Rusk. Nicht für Dylan. Für niemanden.

Ich muss nur verdammt noch mal aufhören, mich dafür zu schämen, wo ich herkomme, denn das erledigen andere Leute schon ausreichend für mich.

Ich zucke als Antwort auf ihre Entschuldigung mit den Achseln. »Schon gut. So oder so hast du mir einen Gefallen getan. Das ist nicht meine Welt.«

»Ich weiß. Aber deswegen hätte ich mich noch lange nicht so verhalten dürfen, als wenn du da nicht hingehörst. Es war falsch und stimmt auch gar nicht.«

»Doch, es stimmt, Dylan. Und das ist okay für mich. Ich will und muss nicht an solche Plätze gehören. Zu solchen Leuten.«

Sie schluckt, und ihre Augen wirken verletzt, und mir kommt in den Sinn, dass sie denkt, ich meine sie. Tue ich nicht … na ja, nicht unbedingt. Aber ich lasse sie es denken. So ist es einfacher.

»Na gut. Das ist dann wohl alles. Mehr wollte ich nicht sagen.«

Aber sie rührt sich nicht und spielt nervös vor der Brust mit ihren Fingern.

»Ist es nicht. Komm schon, Dylan. Was willst du noch sagen? Spuck's aus, und dann lassen wir das Ganze auf sich beruhen.«

Sie holt tief Luft und strafft die Schultern. »Deine Mom?«

Meine Miene verfinstert sich. »Was ist mit ihr?«

»Wann hast du sie das letzte Mal gesehen?«

Mir wird schlecht bei dem Gedanken, mit ihr darüber zu sprechen. Aber keine Scham mehr. Ich will das in den Griff bekommen. Ich muss.

»Keine Ahnung. Acht Jahre, plus minus.«

Ich kann ihren Schock in der Stille geradezu hören, und ihr Körper ist so reglos, so steif, dass ich sie nicht durchschauen kann. »Mit dreizehn?«

»Ja. Etwa ein Jahr später wurde ich zum ersten Mal verhaftet. Auch wegen einer Prügelei.«

Ich versuche, sie abzuschrecken, dieses Gespräch jetzt zu beenden, und nach dem alarmierten Blick zu urteilen, den sie zu verbergen sucht, funktioniert es.

»Du wurdest schon mal verhaftet?«

»Zweimal vor dir. Beim zweiten Mal hatten sie sich allerdings geirrt. Sie dachten, ich hätte Shit geklaut, aber das war alles mein Bruder. Mein Bruder, der offenbar immer noch klaut.«

Sie seufzt, und ich kann mein Mundwerk nicht halten. »Das wolltest du doch wissen, oder? Wie verkorkst ich bin? Los, weiter. Stell deine Fragen. Ich weiß, dass du noch welche hast.«

Sie rückt ein bisschen näher an mich heran und legt mir ihre Hand auf den Arm. Ich sollte sie abschütteln, tue es aber nicht.

»Ich denke, du *musst* darüber reden.«

»Nein. Ehrlich gesagt nicht. Es ist immer in meinem Hinterkopf. Jeden Tag. Es klebt an mir wie ein Schatten, der mir immer auf den Fersen ist, egal, wohin ich gehe oder was ich mache. Ich muss nicht auch noch darüber reden.«

»Vielleicht hilft es dir ja, darüber zu reden. Du bist so wütend, Silas.«

Jetzt schüttele ich sie doch ab. Ich fahre mir mit der Hand übers Gesicht und lache verbittert. »Ja. Allerdings. Aber Reden ändert daran auch nichts.«

»Woher willst du das wissen? Vielleicht doch.«

»Verdammt, Dylan. Ich brauche dich nicht, um mich zu flicken. Ich komme mit diesem Scheiß jetzt bestens klar. Aber meine Familie … meine Vergangenheit … das kann man nicht flicken.«

»Also geht es dir jetzt *bestens*?«

»Ich musste aufhören, mir was vorzumachen. Das habe ich nämlich. Jetzt ist es gut. Ich brauche nicht mehr dein Wohltätigkeitsprojekt zu sein.«

»Lass das. Du bedeutest mir etwas. Und ich mache mir Sorgen um dich und –«

»Brauchst du nicht. Ich hab doch gesagt, es geht mir gut. Und jetzt muss ich in meinen nächsten Kurs.«

Sie ergreift meinen Arm und versucht, mich zu sich zu ziehen, aber ich rühre mich nicht vom Fleck.

»Du hast mich *gebeten*, dir zu helfen. Du hast mich gebeten, alles einfach zu halten. Ich weiß nicht, warum du mich dafür bestrafst, dass ich genau das versucht habe.«

Weil ich dumm genug war, zu denken, wir wären auf einer Wellenlänge.

»Du willst nur Sex? Ist es das?«

Ich gebe dem Arm nach, der versucht, mich zu ihr zu ziehen, und dränge sie gegen die Wand. Sie schluckt schwer, und ihr Blick fällt auf meine Lippen, und *Scheiße*. Ich schiebe meine Gedanken weg und gebe dem dunklen Verlangen tief in mir nach.

Ich lasse unsere Lippen aufeinanderprallen, und dieser Kuss ist nicht weich, nicht süß. Unsere Zähne schlagen aneinander, und ich packe sie, um sie an mich zu reißen. Ich gieße meinen ganzen Frust in sie hinein, meine Verzweiflung, meine Angst. Ich will all diese Dinge ausstoßen und sie stattdessen reinziehen.

Sie küsst mich lange, aber dann dreht sie den Kopf weg und bricht den Kontakt ab. Ich küsse ihre Wange, ihren Kiefer, fahre mit meinen Zähnen ihren Hals hinab. Sie legt ihre Hände auf meine Brust und schiebt mich ein Stück weg. »Nein. Das löst gar nichts.«

»Dann willst du also doch kein Einfach?« Gott, ich kann die Grausamkeit in meiner Stimme hören und weiß, dass ich mich wie ein Arschloch verhalte, aber ich fühle mich besser dadurch. So tut alles nicht so verdammt weh.

»Ich will nicht, dass du Sex benutzt, um deine Probleme zu ignorieren. Du musst darüber reden. Das ist nicht gesund.«

»Ich habe nichts mehr dazu zu sagen. Gib endlich auf.«

»Nein. Ich gebe dich nicht auf. Ich gebe nie ein …«

Sie verstummt, und anstatt fortzufahren, schlüpft sie zwischen mir und der Wand hervor und weicht ein paar Schritte zurück.

»Was gibst du nie auf? Ein Projekt? Ich wusste es. Verdammte Scheiße, ich hab's gewusst.«

»Nein, das ist es nicht.« Trotzdem geht sie noch einen Schritt zurück.

»Herrje, geh einfach, Dylan. Es ist alles gesagt. Dieses eine Projekt musst du wohl einfach in den Wind schreiben.«

»Das meinst du nicht wirklich so.«

»Doch. Vielleicht habe ich ein Problem mit Wut, und vielleicht treffe ich nicht immer die besten Entscheidungen, aber zumindest weiß ich verdammt noch mal, was ich will. Du bist so sehr damit beschäftigt, wer du glaubst, sein zu müssen, dass du wie eine verdammte leere Hülse bist. Du kannst genauso gut wieder zu Henry zurückgehen. Ich bin sicher, dass er gern deine Entscheidungen für dich trifft.«

Ein verletzter Ausdruck huscht über ihr Gesicht, und ich weiß, dass ich zu weit gegangen bin, aber ich balle die Fäuste und sage mir, dass es das Beste ist. Ich habe mich davor bewahrt, noch tiefer reinzugeraten, als ich es ohnehin schon war. Denn ein paar Wochen mit ihr haben mein Leben so ziemlich umstrukturiert, meine Art zu denken und wie mein verfluchtes Herz schlägt. Wenn es noch weiter geht, wenn ich ihr noch mehr Zeit gebe, wird es keinen Weg mehr da raus geben.

Und wenn sie in sich geht und darüber nachdenkt, wird ihr mit Sicherheit klar werden, dass ich auch sie gerettet und vor vielen Problemen bewahrt habe.

Kapitel 26

Dylan

Als ich zum Kurs für Medienfotografie, meinem letzten für heute, in der zweiten Reihe Platz nehme, fühle ich mich wie die leere Hülse, als die Silas mich bezeichnet hat.

Ich versuche mich auf die Schule zu konzentrieren. Auf die Dinge, die zählen. Die Dinge, die ich kontrollieren kann.

Das Beste daran, Studentin im *Junior*-Jahr zu sein (und noch dazu eine überambitionierte), ist, dass ich meine Grundanforderungen größtenteils abgehakt habe. Daher sind dieses Semester alle meine Kurse, bis auf zwei, in meinem Hauptfach. Das sind die Sachen, die ich liebe, mit denen ich den Rest meines Lebens verbringen will.

Ich bin keine leere Hülse.

Nein.

Ich liebe alle Kurse, die mit Fotografie zu tun haben, denn Fotografie ist nicht kompliziert. Sie ist machtvoll und ehrlich und … *einfach*. Nicht wie Worte. Worte können verbogen und manipuliert werden.

Bilder. Ich versuche einfach, weiter über Bilder nachzudenken. Denn wenn ich mitten in diesem Kurs in Tränen ausbreche, kann ich mich hier für den Rest des Semesters nicht mehr blicken lassen.

Als der Dozent gerade die Tür schließen und mit dem üblichen Kursprozedere des ersten Tages beginnen will, schlüpft noch jemand in den Raum. Sie rückt die Umhängetasche auf ihrer Schulter zurecht und sieht sich nach einem freien Platz um.

Ich erkenne sie an der zierlichen Figur und dem hübschen Gesicht.

Stella.

Sie entdeckt mich auch und winkt, während sie nach hinten geht und sich setzt. Ich versuche, ihr Lächeln zu erwidern, aber mir rutscht das Herz in die Hose.

Nicht dass ich Stella nicht mag. Wirklich, ich finde sie witzig und selbstbewusst und cool. Aber das ist Teil des Problems. Sie ist ein witziges, selbstbewusstes und cooles Mädchen, das mit dem Typ geschlafen hat, der jetzt nicht mehr mein … was immer wir auch waren, ist.

Sie erinnert mich also nicht nur an ihn.

Sie erinnert mich an die Tatsache, dass er bald mit anderen schlafen wird. Und mehr als das … ich habe einfach das Gefühl, dass sie ihn auf eine Weise versteht und erkennt, wie ich es nicht kann. Ich muss immer darüber nachdenken, wie er auf bestimmte Dinge reagieren würde, innehalten und versuchen, sein Motiv und seine Sichtweise festzumachen, und sie scheint es immer einfach zu wissen.

Stella betritt ein Zimmer und ist automatisch jedermanns Liebling. Manchmal sogar meiner.

Es ist schwer, auf so ein Mädchen nicht eifersüchtig zu sein.

Aber ich versuche es. Vor allem, als sie nach dem Kurs zu mir kommt und mich umarmt.

»Es ist so cool, dass du in diesem Kurs bist. Ich dachte, hier wären nur so spießige, verkopfte, politische Typen.«

Ich lächele.

Spießig?

Manchmal.

Verkopft?
Definitiv.
Politisch?
Naturgegeben.
Das bin ich.

Sie schüttelt den Kopf, »Du weißt, dass ich nicht dich meine. Du bist klasse. Ich meine nur … Ich belege das nur, weil es mir mein Dozent für Kunstfotografie letztes Semester vorgeschlagen hat. Ich habe ein Projekt gemacht, in dem sich Kunstfotografie und Medienfotografie überschnitten haben, und ta-da! Hier bin ich.«

»Das ist toll.« Ich klinge jämmerlich, nicht annähernd glaubwürdig. »Ich bin sicher, dass du eine wirklich interessante, frische Perspektive in den Kurs einbringen wirst.«

»Und Lautstärke. Ich bringe immer eine Menge Lautstärke ein.«

Ich zwinge mich zu einem Lächeln.

»Weißt du, was«, sagt sie. »Ich treffe mich zum Mittagessen mit Dallas. Magst du mitkommen?«

Mit Dallas hatte ich bisher nur minimal zu tun, seit sie und Carson uns vom Polizeirevier abgeholt haben. Zwischen ihr und Silas herrscht irgendwie böses Blut, und da ich immer mit Silas zusammen bin, landen wir, wann immer seine Freunde dabei sind, tendenziell an entgegengesetzten Enden des Raums. Nur dass ich nicht mehr mit Silas zusammen bin. Wäre dieser Kurs nicht gewesen, hätte ich diese Leute wahrscheinlich nie wiedergesehen.

»Ähm … Ich weiß nicht.«

»Ach, Süße.« Stella lächelt mich an. »Das war eigentlich keine Frage. Du kommst definitiv mit.«

»Und was, wenn ich einen Kurs habe?«

»Hast du?«

Ich sollte lügen, mache es aber nicht. Ich schüttele den Kopf, und sie sagt: »Super! Gehen wir.«

Ich folge ihr ins Studentenzentrum in der Mitte des Campus, und Dallas wartet bereits an einem Tisch auf uns. Sie hat schon einen Salat vor sich stehen, in dem sie mit ihrer Gabel herumstochert.

»Salat? Im Ernst?«, fragt Stella sie. »Kannst du am ersten Unitag nicht wenigstens ein bisschen leben?«

»Wenn du gesehen hättest, wie die Mädchen diesen Sommer alle in Form waren, würdest du mir auch sagen, ich soll Salat essen.«

Stella verdreht die Augen und klärt mich auf. »Dallas war diesen Sommer bei diesem Elite-Intensiv-Tanzkurs, und jetzt hat sie einen kleinen Komplex, dass sie auch wettbewerbsfähig bleibt.«

»Das ist bestimmt stressig.«

Dallas wirft eine Hand hoch. »Danke! Wenigstens eine, die ein bisschen Mitgefühl zeigt.«

Stella wirft ihre Tasche auf den Stuhl neben Dallas. »Apropos Gefühl … ich hab ein ganz schönes Hungergefühl, das ich gleich stillen werde, und zwar mit einem schönen, großen, fettigen Stück Pizza, begraben unter so viel Ranch-Dressing, wie ich die knauserige Dame an der Kasse überreden kann, mir zu geben. Wartet!« Sie macht eine Pause. »Sagen wir lieber: zwei Stücke. Von wegen erster Tag und so.«

Während Stella davonstürmt, um ihre Pizza zu holen, entscheide ich mich für ein Hühnchen-Sandwich von einem der anderen Essensstände. Die Schlange am Pizzastand ist länger, also bin ich als Erste wieder am Tisch, wo Dallas mich fragt: »Also, seid ihr beiden euch draußen über den Weg gelaufen oder so?«

»Nein, eigentlich hatten wir gerade einen Kurs zusammen.«

Ich zögere, mich hinzusetzen. »Ich hoffe, es ist okay, dass sie mich mitgebracht hat.«

»Na klar«, sagt Dallas. »Warum denn nicht?«

Ich stelle mein Tablett ab und hänge meine Tasche über meine Stuhllehne. Schulterzuckend setze ich mich Stellas freiem Platz gegenüber. »Weiß nicht. Wir kennen uns halt noch nicht so gut.«

»Tut mir leid. Ich bin nur einfach kein Riesen-Footballfan, also halte ich mich eher zurück, wenn Carson und ich zu Sachen mit der Mannschaft gehen.«

»Ach so.«

»Wieso? Hat Silas was gesagt?«

Sie kräuselt die Nase auf eine Art, die Abneigung bedeuten könnte.

»Also hasst du auch Silas? Oder nur Football?«

In dem Moment setzt sich Stella hin und mischt sich ein: »Oh, sie hasst Silas definitiv.«

Drohend richtet Dallas ihre Gabel auf ihre Freundin und sagt: »Bist du still. Ich *hasse* ihn nicht.«

Stella nimmt einen Schluck von ihrer Limo, rückt ihren Stuhl ran und fügt hinzu: »Na schön. Sie hat eine starke Abneigung gegen ihn.«

»Warum?«

Ich weiß nicht, warum ich mich selbst quäle, aber ich muss es wissen. Dallas zögert, und ich habe absolut kein Verlangen, mein Hühnchen-Sandwich in die Hand zu nehmen.

»Ach, nichts. Es ist eine alte Geschichte, und ich bin drüber weg.«

Stella überdeckt ein lautes Lachen mit einem schlecht nachgemachten abgehackten Husten. »Klar. Total drüber weg.«

»Wart ihr …« Ich hole tief Luft und presse die Frage hervor. »Wart ihr mal zusammen oder so?«

Diesmal versucht Stella gar nicht erst, ihr Lachen hinter einem Husten zu verstecken.

»Nein«, antwortet Dallas. »Nichts in der Art.«

»Jetzt sag's ihr doch einfach«, sagt Stella. »Sie sollte wenigstens wissen, was ihr Freund sich in der Vergangenheit so geleistet hat. Gib dem Mädchen ruhig ein bisschen was als Druckmittel.«

»Oh, wir sind nicht … er ist nicht *mein* Freund.«

Stella erstarrt mit einem Stück Pizza auf halbem Weg zum Mund, von dessen Ende Dressing auf den Tisch tropft.

»Du machst Witze, oder? Ihr seid doch immer zusammen. Ihr könnt keinem was vormachen.«

»Ich weiß nicht, was wir waren. Es war so eine komische Nicht-Beziehungs-Beziehung, aber was immer es war … es ist zu Ende. Seit gestern Abend.«

Stella und Dallas hören beide auf zu kauen.

Stella findet als Erste die Sprache wieder. »Dieser Mistkerl. Ich wusste, dass er es verkackt.« Sie wendet sich an Dallas. »Jetzt solltest du die Geschichte definitiv erzählen! Dann können wir ihn alle zusammen hassen.«

»Eigentlich … glaube ich … ich glaube, es war hauptsächlich meine Schuld.«

Schockiert beschreibt nicht annähernd den Blick, den sie mir zuwerfen.

»Um es kurz zu machen: Wir sind meinen Eltern über den Weg gelaufen, und anstatt ihn vorzustellen, habe ich sie darüber angelogen, woher wir uns kennen. Ich dachte, er würde erleichtert sein, sie nicht kennenzulernen müssen, aber stattdessen war er verletzt. Und dann sind noch andere Sachen passiert, und der Schneeball ist irgendwie immer größer geworden, und er sagt, wir sind zu unterschiedlich. Dass wir nicht in die Welt des anderen passen.«

»Klingt für mich wie gequirlte Scheiße«, sagt Stella.

»Nein. Ich glaube … ich weiß nicht. Vielleicht hat er recht. Ich habe die ganze Zeit so getan, als wenn wir nur miteinander rummachen, aber tief in mir wusste ich eigentlich, dass er es ernst meinte. Dass er wollte, dass es mehr ist.«

»Ach du Scheiße«, sagt Dallas. »Das hätte ich nie gedacht.«

Ich lächele traurig. »Ich auch nicht.« Und dann, weil ich eine Ablenkung brauche, aber gleichzeitig dieses kranke Bedürfnis habe, weiter über ihn nachzudenken, über ihn zu reden, frage ich: »Verrätst du mir, warum du ihn nicht leiden kannst? Ist es was Schlimmes?«

Dallas seufzt. »Es gab nur mal diese bescheuerte Wette, die mein Exfreund angefangen hat. Es ging darum, dass Typen aus der Mannschaft versuchten, mich ins Bett zu kriegen. Silas und Levi, mein Ex, waren befreundet, und Silas hat mich auf einer Party angebaggert, weil er die Wette gewinnen wollte.«

»Aber ihr habt nicht …«

»Gott, nein. Ich habe gehört, wie die beiden sich darüber unterhalten haben, mich rumzukriegen, und bin getürmt, als ich Silas mit Levi gesehen habe. Von der Wette brauchte ich gar nichts zu wissen, um mir darüber im Klaren zu sein, dass dieser Typ nur Schwierigkeiten bedeutet.«

Dallas zuckt zusammen und murmelt: »Au«, und ich vermute, Stella hat sie unter dem Tisch getreten.

»Was sie meint, ist … Levi hat Schwierigkeiten bedeutet. Aber Silas ist nicht mehr mit ihm befreundet.«

Ich bin nicht sicher, ob sie Silas verteidigt, weil sie mit ihm befreundet ist oder weil sie nicht will, dass ich glaube, einen dummen Fehler begangen zu haben.

Ich habe mein Hühnchen-Sandwich immer noch nicht angerührt, aber ich verspüre sowieso das Bedürfnis, das Mittagessen abzukürzen. Für heute habe ich mich genug gequält.

Ich hatte den Gedanken nicht zugelassen, dass es ihm mit mir tatsächlich ernst werden könnte. Ich war einfach davon ausgegangen, dass es nicht dazu kommen würde. Stattdessen habe ich meine ganze Energie darauf verwendet, dafür zu sorgen, dass es *mir* nicht zu ernst mit ihm wurde. Ich habe mich jeden süßen Kuss, jedes Mal, wenn er mich Baby genannt hat, jeden Morgen, an dem er mich eng an sich gezogen hat, als würde er mich nicht gehen lassen wollen, einfach so abtun lassen.

Und jetzt ist es, als hätte jemand den Deckel von der Linse genommen, und ich sehe alles aus einer neuen Perspektive … aber es ist zu spät. Viel zu spät.

Ich murmele irgendwelche Ausreden und stehe auf, um zu gehen, aber Stella ergreift meinen Arm.

»Du solltest am Samstag mit uns zum Spiel gehen.«

Ich schüttele den Kopf. »Ich glaube, das ist das Letzte, wo ich hingehen sollte.«

»Ach, komm schon. Er spielt ja noch nicht mal. Außerdem könnten Dallas und ich ein paar neue Freundinnen gebrauchen. Im Moment versinken wir sozusagen in Testosteron.«

»Ich denke drüber nach«, sage ich.

Schließlich gehe ich doch zu dem Spiel.

Denn ich habe etwas an meinem neuen Nicht-Hülsen-Ich entdeckt: Ich bin ein bisschen masochistisch veranlagt.

Außerdem war ich noch nie bei einem College-Footballspiel. Ich war noch nie bei einem Footballspiel. Punkt. Ich gehe mit Stella, Dallas und Matt zu einer *Pre Game*-Parkplatzparty, wo eine Menge betrunkener Typen mit angemalter Brust und Gesicht sind, die sich wie Idioten aufführen. Ich finde sie nervig, aber Stella versichert mir, dass das eine klassische Footballtradition ist. Ich frage nicht, ob sie den Teil mit der Körperfarbe, dem Saufen oder dem idiotischen Verhalten meint. Ich nehme an, sie meint alles.

Als wir endlich ins Stadion gelangen, ist die Sonne untergegangen, aber auf der Tribüne ist es immer noch drückend heiß. Dallas hat Decken dabei, was ich nicht verstehe, bis sie sie auf die heißen Metallsitze legt, damit wir Platz nehmen können, ohne das Gefühl zu haben, mit unseren Allerwertesten auf einen George-Foreman-Grill zu sitzen.

Und während wir warten, bringen die drei mir was über Football bei. Und ich versuche mein Bestes, nicht bei allem, was ich höre, eine Verbindung zu Silas herzustellen.

Dallas fängt an: »Also, jede Mannschaft hat *Offensive*-Spieler und *Defensive*-Spieler. Das Ziel der *Offense* ist es logischerweise, Punkte zu machen, und das der *Defense*, die andere Mannschaft davon abzuhalten, Punkte zu machen.«

»Ich glaube, das Offensichtliche kannst du überspringen. Ich bin kein völlig hoffnungsloser Fall. Sag mir einfach, wie ich erkenne, ob es gut läuft oder nicht.«

»Okay. Also, in der *Offense* hat die Mannschaft vier Versuche, die *Downs* genannt werden, entweder zu punkten oder sich zehn Yards von ihrem Ausgangspunkt weiter zu bewegen. Dann springt alles wieder auf null und sie starten mit vier weiteren *Downs*. Das nennt man: einen *First Down* kriegen. Wenn wir in der *Offense* sind, bewegen wir also idealerweise den Ball immer so viel weiter, um immer wieder von vorn anzufangen, bis wir in den Bereich kommen, wo wir Punkte erzielen und den Ball durch Rennen oder Werfen in die *End Zone* bringen können. In der *Defense* ist das Ziel, die anderen daran zu hindern, *First Downs* zu bekommen, und wir wollen so weit wie möglich von ihrer *End Zone* wegbleiben. Kannst du mir folgen?«

»Glaub schon. Also, Carson ist der *Quarterback*, richtig? Er führt sozusagen die *Offense* an?«

»Ganz genau«, sagt Dallas.

Da mischt sich Stella ein. »Silas ist *Running Back*. Er gehört auch zur *Offense*.«

Ich versuche, bei der Nennung seines Namens nicht zu zucken oder allzu eifrig zu wirken. Ich denke, Stella versucht, uns wieder zusammenzubringen, weil sie immer wieder nicht gerade beiläufig seinen Namen ins Gespräch einfließen lässt.

Matt nimmt den Faden auf. »Wenn Coach Cole seine Taktik vom letzten Jahr beibehält, machen sie eine *Shotgun*-Aufstellung, bei der Silas, oder dann wohl Silas' Ersatzmann neben Carson steht, bereit, entweder ein *Handoff* anzunehmen oder für ihn zu blocken.«

Ich hebe die Hände. »Brrr. Langsam.«

Stella verdreht die Augen. »*Shotgun?* Dachtest du im Ernst, dass sie dir folgen kann?«

»Also. Silas oder ein anderer *Running Back* nimmt, wenn möglich, den Ball an, und entweder muss er schnell genug sein, um durch Lücken in der *Defense* zu rennen, bevor die ihn abfängt, oder er muss stark genug sein, um die Leute, die ihm im Weg stehen, umzurennen.«

»Okay. Schnell. Stark. Kapiert. Was ist mit den anderen Positionen?«

Ich will was über Silas erfahren. Wirklich. Aber ich ertrage es nur in kleinen Dosen.

Sie reden und reden, erklären mir die verschiedenen Positionen und ihren Zweck, und Stella hilft mir, die Leute, die ich kenne, mit ihrem Platz im Team in Verbindung zu bringen.

»*Wide Receiver* sind typischerweise die protzigen Typen. Sie kriegen die großen, aufregenden Spielzüge und fangen den Ball für größere Vorwärtsbewegungen, als Silas oder Carson sie normalerweise machen können. Das heißt, falls sie es tatsächlich schaffen, den Ball zu fangen. Dreimal darfst du raten, welcher Angeber, den du kennst, ein *Wide Receiver* ist.«

»Torres?«

»Dingdingding! Der Kandidat hat hundert Gummipunkte.«

Dallas schaltet sich ein. »Er ist auch einer von den Idioten, die ihren eigenen kleinen Tanz aufführen, wenn er einen *Touchdown* erzielt.«

»Hey«, sagt Matt. »Zufälligerweise mag ich *Touchdown*-Tänze.«

Ich schnaube verächtlich. »Typisch.«

Er hebt die Hände. »Ich werde mir kein schlechtes Gewissen machen lassen, weil ich die Wunder enger Footballhosen genieße. Genauso, wie ich es genieße, wie die Cheerleader auf und ab hüpfen, wenn wir punkten. Alles in allem bin ich großer Fan davon, wenn wir punkten.«

Stella steht auf und geht rüber, um sich auf Matts andere Seite zu setzen. »Ich sehe mir das Spiel mit dem hier an. Der weiß wenigstens, wie man diesen Sport genießt.«

Dallas verdreht die Augen.

»Du magst das Spiel nicht, stimmt's? Aber du kommst wegen Carson? Und deinem Dad?«

Sie sagt: »Langsam gewöhne ich mich wieder dran. Noch mehr werde ich es mögen, wenn der Herbst kommt und es nicht mehr so verflixt heiß ist.«

Darin stimme ich ihr zu. Immer wieder sehe ich auf meine Uhr, denke daran, wie lang das Spiel sein wird, und überlege, einen von diesen beknackten Handventilatoren mit Wasserzerstäuber zu kaufen, die es an den Souvenirständen auf dem Weg hinein gab.

Als das Spiel endlich begonnen hat, vergeht die Zeit etwas schneller. Ich folge dem Beispiel der Gruppe, halte meine Hand zu einer Kralle geformt hoch und kreische, während die andere Mannschaft rennt und den Ball zu uns kickt. Dallas kommentiert ununterbrochen das Geschehen für mich, zeigt mir Carson, als einer der großen Kerle auf der Linie den Ball zu ihm zurückwirft. Am Anfang läuft es gut. Torres und Brookes holen einen *First Down* nach dem anderen.

(Ich komme mir so versiert vor, als ich *First Down* laut ausspreche und sogar weiß, wovon ich rede.)

Dann läuft Carson mit dem Ball, statt ihn abzugeben, und der Studentenblock um uns herum dreht durch. Ich sehe ein paar von den halb nackten angemalten Jungs unten in der ersten Reihe nach Leibeskräften brüllen.

Sie fangen an, irgendwas von *Bleeding Rusk Red* zu skandieren (igitt!), aber für eine Weile schaffe ich es, nicht an Silas zu denken, und amüsiere mich einfach nur mit ein paar neuen Freunden.

Beim nächsten Spielzug gibt Carson dann an einen kleineren schwarzen Typen ab, der zu Fall gebracht wird, als er versucht, durch eine Lücke zu rennen. Die Leute um mich herum zucken stöhnend zusammen, und ich frage: »Was? War das schlecht?«

Dallas erklärt: »Du weißt doch, dass zu Beginn des Spielzugs der eine den Ball zu Carson zurückwirft, oder?«

»Ja.«

»Wenn sie den Ball zurückwerfen, verlieren sie Yards, was normalerweise nicht so tragisch ist, solange sie es während des Spielzugs über den Startpunkt hinaus schaffen.«

»Und das haben wir diesmal nicht?«

»Nein, leider nicht. Also haben wir uns im Prinzip bloß rückwärts bewegt statt vorwärts, also müssen wir jetzt *mehr* als zehn Yards für einen *First Down* erzielen.«

Aha. Daher das Gestöhne.

Stella beugt sich hinter Matt vor, um zu sagen: »Und der Kerl, der gerade abgekackt ist, ist Keyon Williams. Er ist ein *Freshman* und Silas' Ersatzspieler.«

Zum ersten Mal entdecken meine Augen Silas, der an der Seitenlinie steht. Er trägt nicht seine Montur wie die restlichen Spieler, also ist er nicht hinter Polstern und einem Helm versteckt. Und mein Blick fixiert ihn, unfähig, sich abzuwenden, selbst als noch ein Spielzug in die Hose geht und Matt neben mir flucht.

Ein paar Minuten später reiße ich meine Augen los, um das Spiel zu verfolgen, aber immer wieder wandern sie zurück.

Silas' Ersatzspieler bekommt einen vernünftigen Lauf hin, aber die vier danach sind genau wie sein erster. Sie hören auf, den Ball an ihn abzugeben. Carson rennt entweder selbst damit oder wirft ihn. Aber die *Defense* scheint es jetzt stärker auf ihn abgesehen zu haben, wo klar ist, dass Keyon keine große Bedrohung ist. Es ist leicht zu verstehen. Die *Defense* konzentriert ihre Anstrengung auf die Spieler, die statistisch gesehen am wahrscheinlichsten Schaden anrichten können.

Und als es schlimmer und schlimmer wird, beobachte ich, wie Silas an der Seitenlinie auf und ab geht. Immer wieder fährt er sich mit der Hand durchs Haar, jedes Mal, wenn die *Offense* versagt.

Als noch drei Minuten zu spielen sind und Rusk mit dreizehn Punkten zurückliegt, fangen die Leute an, zu den Ausgängen zu strömen. Wir bleiben zusammen mit den angemalten Typen und noch ein paar Leuten im Studentenblock. Stella lässt sich stöhnend auf den Sitz plumpsen. Dallas bleibt stehen, kaut an einem Fingernagel, und ihr Blick schnellt zwischen Carson und ihrem Vater hin und her.

Dann ist die Zeit um. Und wir haben verloren.

Silas geht in die Hocke, stützt die Ellbogen auf seine Knie und legt sich die Hände über den Hinterkopf. Und er wirkt einfach so … klein.

Und ich weiß, er fühlt sich auch so, und ich leide mit ihm.

Mehr als nur ein Freund oder nicht, er hat ein größeres Stück von mir als jeder andere, und ich bin nicht sicher, ob ich es je zurückbekomme.

Ich bin nicht sicher, ob ich es überhaupt zurück*will*.

Kapitel 27

Silas

Nach dem Spiel bin ich die ganze Nacht ruhelos.

Ich schlafe kaum. Meine Gedanken springen zwischen der Mannschaft und Dylan hin und her. Keyon und Dylan. Meine Mom und Dylan. Und ich frage mich, wie lang dieser Scheiß noch dauern wird. Wie lang wird die Erinnerung an sie unter meiner Haut bleiben, in meinen Gedanken, in diesem Bett? Nach ein paar Stunden Schlaf mache ich das Einzige, was ich kenne, um meine Gedanken zu beruhigen.

Ich ziehe was an, dehne mich ein bisschen, und dann gehe ich laufen. Levi und ich haben uns dieses Haus ausgesucht, weil es auf der Seite vom Campus ist, wo der ganze Sportkram liegt. Wir sind etwa eine Meile von der Sportanlage entfernt, also laufe ich dorthin. Ich überlege mir, ein paar Gewichte zu stemmen, bevor ich wieder nach Hause laufe. Versuche, mich auf die Dinge im Leben zu konzentrieren, die ich kontrollieren *kann*. Womit ich nicht rechne, ist, dass im Kraftraum am Sonntagmorgen nach einem Spiel schon jemand da ist.

Keyon hat zwei der größeren Kurzhanteln in den Händen und macht Ausfallschritte quer durch den Kraftraum. Er kehrt mir den Rücken zu, und einen Moment lang denke ich darüber nach, wieder zu gehen, aber stattdessen sehe ich ihm zu. Er hat den Kopf gesenkt und bewegt sich in schnellem Tempo. Er ist konzentriert. Entschlossen.

»Es liegt nicht an deiner Kraft, dass du keinen *Tackle* durchbrechen kannst.«

Er lässt die Gewichte sinken und wirbelt herum, um mich anzusehen.

Augenblicklich ist er angespannt und in Abwehrhaltung.

»Was willst du?«

»Dass diese Mannschaft Spiele gewinnt.«

Keyon macht ein finsteres Gesicht und winkt ab. »Schon klar. Ich hab mein Maul aufgerissen, und jetzt bist du an der Reihe, es mir zurückzugeben. Na los. Ich halte es schon aus.«

»Ich bin nicht hier, um dich fertigzumachen, Mann. Ich bin zum Trainieren da, genauso wie du. Aber ich meine es ernst. Stärke ist nicht dein Problem. Es ist dein *Pad Level*. Du wirst runtergerissen, weil dein Körper zu hoch aufragt und du sie nicht abschütteln kannst, wenn sie von unten her kommen. Hat dir nie jemand gesagt, dass der niedrigste Mann gewinnt?«

»Sehe ich aus wie ein Idiot? Natürlich weiß ich das.«

»Und warum arbeitest du dann nicht daran, anstatt hier drin Gewichte zu stemmen?«

»Ich arbeite doch daran. Stärkere Beine können länger niedrig bleiben.«

»Ich sage doch gerade, Stärke ist nicht dein Problem. Sondern dein Kopf. Und dein Muskelgedächtnis. Du musst dich daran gewöhnen, niedrig zu bleiben.«

»Ich versuche es ja.«

Wahrscheinlich werde ich das hier bereuen. Ich kann den Typen noch nicht mal leiden, aber ich denke daran zurück, wie ich mich bei dem Spiel gefühlt habe. Als würde mir das Einzige, was ich noch habe, durch die Finger gleiten, ohne jede Kontrolle über meine eigenen Hände.

Anscheinend fühle ich mich in letzter Zeit öfter so.

»Ich habe eine Idee. Gehen wir laufen. Ich glaube, ich weiß, was dir helfen könnte.«

Ich schnappe mir einen Football aus dem Umkleideraum und sage Keyon, dass er mir folgen soll.

Manchmal renne ich, um einen Hebel umzulegen, nicht zum Campus, sondern von dort weg. Daher weiß ich, dass in der Gegend hinter unserer hauptsächlich Familien leben. Dozenten, die in der Nähe des Campus wohnen wollen, Doktoranden, die verheiratet sind und Kinder haben. Wenn ich da entlanglaufe, komme ich immer irgendwann an diesem Park mit einem coolen, modernen Spielplatz vorbei.

Williams sieht total verwirrt aus, als unser Lauf dort endet.

»Soll das ein Witz sein? Etwa ein Einführungsritual oder so? Denn, wenn ja, bist du beschissen darin.«

Ich lache. »Kein Witz, Mann. Wir hätten das auch mit dem offiziellen Kram auf dem Campus machen können, aber ich habe keinen Schlüssel zum Geräteschrank, also improvisieren wir.«

»Und was? Das Kinderkarussell?«

Ich betrete das so früh am Sonntagmorgen noch menschenleere Spielplatzgelände und spüre, wie meine Füße in die weichen Holzschnitze einsinken, die den Boden bedecken. Das wird es für ihn noch schwerer machen, aber vielleicht ist das gar nicht so schlecht.

»Hat dich schon mal jemand Bogen laufen lassen?«

Er zuckt mit den Achseln.

»Sie sehen aus wie riesige Ausgaben dieser Metall-Krocket-Dinger, durch die man den Ball schlägt. Weißt du, was ich meine?«

»Keinen blassen Schimmer.«

Ich lache. »Ja, ich hatte auch noch nie davon gehört, als mein Highschool-Coach davon gesprochen hat. Es ist wohl so ein

Reichen-Ding. Oder von älteren Leuten. Wahrscheinlich beides. Jedenfalls sind sie so klein, dass man nicht aufrecht durchrennen kann, und schmal, sodass du deine Arme eng halten und den Ball fest an den Körper pressen musst. Renn oft genug da durch, und es wird zu deiner zweiten Natur, die Knie zu beugen und niedrig zu bleiben.«

»Aber solche Dinger haben wir nicht.«

»Nein, wir haben das hier.« Ich lege meine Hand auf ein lang gezogenes Klettergerüst für Kinder. An die ein Meter siebzig hoch, würde ich schätzen. Der Punkt ist, es ist niedrig genug, um es Kerlen wie uns schwer zu machen, in vollem Tempo darunter durchzurennen. Ich werfe ihm den Football zu, und automatisch presst er ihn sich fest an den Bauch, wie wir es gelernt haben. Ich gehe an das Ende einer Reihe Kletterstangen und blicke der Länge nach hindurch. Es sind etwas weniger als zehn Yards, also nicht ideal, aber ich denke, es kann funktionieren. Ich beschließe, ihn gleichzeitig an seinen Füßen arbeiten zu lassen.

»Machen wir es so.« Ich zeige ihm, was er tun muss, indem ich zunächst langsam mit gebeugten Knien und gebückter Haltung unter den Stangen durchlaufe. An den Seiten der Kletterstangen befinden sich je drei Stützen, die auch als Mini-Feuerwehrstangen dienen, und ich benutze sie wie Hütchen, komme unter den Stangen hervor, umrunde eine Stütze, tauche dann wieder unter die Stangen, bis ich die nächste Feuerwehrstange auf der gegenüberliegenden Seite umrunde. Ich laufe um noch eine Stange herum und umkreise dann komplett die Leiter am anderen Ende des Klettergerüsts, bevor ich darunterschlüpfe und auf dem Rückweg den Ablauf wiederhole. Es ist ein bisschen niedriger als die Übungsbogen, die wir in der Mannschaft haben, aber er trägt ja weder Helm noch Polster, also denke ich, gleicht das den Schwierigkeitsgrad aus.

Er macht es mir nach, bewegt sich einmal mit halber Geschwindigkeit hindurch, um ein Gefühl dafür zu bekommen, und dann versucht er es mit voller Geschwindigkeit. Nachdem er die zweite Feuerwehrstange umrundet hat und wieder unter die Kletterstangen taucht, stößt er sich den Kopf und fällt auf ein Knie.

Er flucht, und ich tue mein Bestes, mein Lächeln zu verbergen.

»Ich will ja kein Drecksack sein«, sage ich. »Aber ich hab dir ja gesagt, du läufst zu hoch.«

»Ich dachte, du wolltest kein Drecksack sein?«

»Es liegt in meiner Natur. Ich habe mir abgewöhnt, dagegen anzukämpfen.«

»Also wenn es so einfach ist, mach du es doch.«

Er wirft mir den Ball zu, und ich versuche, nicht zu überheblich auszusehen, als ich rüber zum Startpunkt gehe. Ich mag jetzt vielleicht ein Drecksack sein, aber mein Highschool-Ich war ein absolutes Arschloch. Das passiert, wenn man keinen Elternteil hat, der einen in die Schranken verweist – man bildet sich schnell ein, man wüsste bei allem, was das Beste ist. Coach Cervera, mein Footballtrainer während der letzten beiden Highschool-Jahre, hatte kein Problem damit, mir zu zeigen, wie falsch ich damit lag. Der Kerl ließ mich jeden Tag Bogen laufen, bis ich – ich schwöre es – sogar außerhalb des Trainings gebückt herumgelaufen bin. Ich hole tief Luft, blinzele, um sicherzugehen, dass meine Sicht absolut klar ist, und dann renne ich so schnell ich kann durch den Parcours. Meine Füße rutschen ein paarmal auf den Holzschnitzen, aber ich glaube nicht, dass Williams es merkt, jedenfalls nicht nach dem verdächtig leeren Ausdruck zu urteilen, den er aufgesetzt hat, als ich fertig bin.

»Schön. Gib den verdammten Ball her.«

Jetzt lächele ich und werfe ihm, wie verlangt, den Ball zu.

Ich vergesse die Zeit, während wir arbeiten. Das geht mir beim Football immer so. Dylan ist das einzige andere, bei dem es je so war. Ich könnte zuhören, wie sie redet, ihr beim Schlafen zusehen, mit meinen Fingern durch ihr Haar wandern … egal was. Ich könnte es den ganzen Tag machen, ohne dass mir je langweilig werden würde.

Scheiße.

Das ist vorbei.

Aus.

Ich schüttele den Kopf und konzentriere mich wieder auf die aktuelle Aufgabe.

Keyon ist jetzt so gut, dass er den Drill fünfmal hintereinander läuft, bevor er anhält, statt nur die eine Runde. Er läuft nicht unbedingt mit voller Geschwindigkeit, dafür ist er noch zu unsicher, aber er ist schon viel besser. Ich glaube, die schnellen Drehungen um die Feuerwehrstangen helfen auch, seine Sehkraft zu trainieren. Es ist ein guter Anfang. Und er braucht mich nicht mehr. Nicht hierfür.

Als wir es gut sein lassen, sage ich: »Ich weiß noch ein paar Drills, die dir helfen würden, wenn du dich diese Woche mal vor oder nach dem Training mit mir treffen willst.«

Er beendet seine Runde und sagt: »Warte.«

Ich hatte mich noch gar nicht vom Fleck bewegt, ziehe aber fragend die Augenbrauen hoch.

»Warum machst du das?«

»Hab ich dir doch gesagt. Ich will, dass die Mannschaft gewinnt.«

»Aber ich bin dein Konkurrent. Was, wenn ich am Ende deinen Platz einnehme?«

»Wenn du nach ein paar Stunden Drills so viel besser bist als ich, dann hast du es verdient, meinen Platz einzunehmen.«

»Aber du musst noch ein Spiel aussetzen. Was, wenn ich dich vorführe?«

»Ich sitze nicht unbedingt untätig auf meinem Hintern, Williams. Außerdem, wenn du gut genug bist, geht der Coach vielleicht auch auf eine *Two Back Offense* über. Du, ich und McClain? Ich glaube, wir könnten verdammt viel Eindruck schinden.«

Er nickt. »Cool. Ja.« Er hält den Football hoch. »Brauchst du den zurück?«

»Nee, behalt ihn. Es kann dir nicht schaden, das noch, ach, so etwa tausendmal zu machen.«

Ich jogge los, zu mir nach Hause.

»Immer noch ein Drecksack«, ruft er mir hinterher.

»Wir sehen uns beim Training, Pimpf.«

Kapitel 28

Dylan

Am nächsten Spieltag sage ich zu, bei meinen Eltern Mittag zu essen, denn ich bin nicht sicher, ob ich es ertrage, noch ein Spiel zu sehen, bei dem Stella alle paar Minuten Silas erwähnt. Irgendwann muss das mit dem Masochismus auch mal ein Ende haben.

Aber noch ehe ich den Tisch fertig gedeckt habe, weiß ich, dass das ein Fehler war. Mom hat schon dreimal von Henry gesprochen. Sie findet, wir sollten ihn und seine Eltern vielleicht mal zum Abendessen zu uns einladen … *da ich ja keinen neuen Freund habe*.

Beim letzten Satz wirft sie mir einen Blick zu, und ich weiß, ich konnte ihr auf der Party nichts vormachen.

Ironischerweise brauche ich ihr gar nichts mehr vorzumachen. Denn Silas ist so was von fertig mit mir.

Da ist ja wieder die kleine Masochistin. Und streut Salz in die eigenen Wunden.

Als wir zum Essen Platz nehmen und Mom die perfekt angerichteten Platten herumreicht, ringe ich darum, ihn aus meinem Kopf zu kriegen. Ich ringe mit all den Dingen, die früher mal ganz einfach waren. Das Bitte und Danke. Dad merkt es.

»Was hast du denn, Liebes?«

»Hm?« Ich blicke von dem Essen auf, das ich auf meinem

Teller hin und her geschoben habe. »Ich hab wohl nur viel im Kopf. Entschuldigung.«

Gott, ich will dieses Wort nicht mehr sagen. Nie wieder. Lieber werde ich die unhöflichste Person aller Zeiten, als dieses Wort je wieder sagen zu müssen, ohne dass ein Kuss darauf folgt.

Das Gespräch über irgendeine große Spende, die Dad für Rusk aufzutreiben versucht, blende ich aus und hole stattdessen verstohlen unter dem Tisch mein Telefon hervor.

Telefone sind während der Mahlzeiten nicht gestattet. Es ist eine von Moms Regeln, aber ich kann nichts dagegen tun. Ich muss wissen, was bei dem Spiel passiert.

Ich weiß nicht, ob sie gegen eine schlechtere Mannschaft spielen oder ob sich seit letzter Woche irgendwas geändert hat, aber auf meinem Handy kann ich quasi zusehen, wie die Punktzahl steigt. Regelmäßig mache ich eine Pause, um etwas von meinem Teller zu essen, damit meine Eltern keinen Verdacht schöpfen. Rusk führt mit drei. Zehn. Dann sechzehn. Und ich ertappe mich dabei, wie ich mir Silas' Gesicht an der Seitenlinie vorstelle. Freut er sich für seine Mannschaft? Oder ist er noch zu frustriert darüber, dass er selbst nicht spielen darf?

»Dylan? Ist das etwa ein Telefon unter dem Tisch?«

Ich lasse mein Handy in den Schoß fallen und blicke zu Mom auf. Schuldig.

»Ja. Entschuldigung, Mom. Ich musste nur was nachsehen.«

»Erwartest du einen Anruf?«

»Nein, ich wollte … tut mir leid. Das war unhöflich von mir.«

In meinem Kopf höre ich Silas sagen, ich solle aufhören, mich zu entschuldigen, und dann stelle ich mir vor, wie er mich küsst, und es fühlt sich an, als wäre meine Lunge mit Wasser gefüllt.

»Was siehst du denn nach?«, fragt Dad.

Ich könnte lügen. Sagen, ich warte auf eine E-Mail wegen der Uni oder dem Obdachlosenheim oder sonst was. Aber ich habe es so satt, zu lügen.

»Ich habe nach dem Punktestand des Footballspiels geschaut. Rusk führt mit sechzehn Punkten, wenn du es genau wissen willst.«

»Liebling.« Dieses eine Wort von Mom klingt tadelnd, und ich weiß nicht, ob es dafür ist, dass ich mein Telefon bei Tisch benutzt habe, oder für die Schlussfolgerung, die sie aus diesem Geständnis zieht.

Dad kommt wie immer gleich auf den Punkt. »Dieser Footballspieler, mit dem du auf der Party geredet hast. Ich will nicht, dass du dich mit ihm einlässt. Ich weiß nicht, was er dir erzählt hat, aber er ist gewalttätig und problematisch und wurde deswegen von der Mannschaft suspendiert.«

Ich weiß nicht, was ich dazu sagen soll, denn *technisch betrachtet* stimmen die Dinge, die er über Silas gesagt hat. Ich würde zwar nicht so weit gehen, ihn *gewalttätig* zu nennen. Aber es geht in die Richtung.

»Er hat wirklich hart daran gearbeitet, das zu ändern, Dad. Ich denke, wenn du dich jetzt umhören würdest, würdest du eine andere Geschichte hören.«

»Kinder wie er haben immer dieselbe Geschichte. Und es endet immer gleich.«

Diese Worte lassen etwas in mir auflodern, und jetzt bin ich es, die gegen Gewalttätigkeit ankämpft. Solche Worte, *Menschen* wie mein Vater … sie sind der Grund, warum Silas das Gefühl hat, nicht in meine Welt zu passen. Und ehrlich gesagt bin ich nicht mal sicher, ob das die Welt ist, in der ich sein will.

»Warum habt ihr mich dann adoptiert?«, frage ich. »Wenn du glaubst, Menschen sind nichts als Produkte ihrer Herkunft und können sich nicht ändern, wozu dann die Mühe?«

»Ach, Liebling«, sagt Mom und greift über den Tisch nach meiner Hand. »Du warst eine von den Guten.«

Ich ziehe meine Hand weg und stehe auf. »*Silas* ist einer von den Guten. Er hatte … er hat einiges durchgemacht. Und wenn ihr ihn kennen würdet –«

»Ich brauche ihn nicht zu kennen«, sagt mein Vater. »Meinst du, ich habe nicht Hunderte Kerle wie ihn diese Universität durchlaufen sehen? Ich bin froh, sie dort zu haben, damit sie im Austausch gegen das Geld, das sie für die Mannschaft reinholen, eine Ausbildung erhalten. Aber das heißt noch lange nicht, dass ich ihn in der Nähe meiner Tochter wissen will.«

Ich schüttele den Kopf und presse die Lippen zusammen, um nicht zu weinen. Ich kann nicht glauben, dass ich je zu dem hier beigetragen habe, dass ich Silas je das Gefühl vermittelt habe, irgendwas davon würde stimmen.

»Du wirst ihn aber kennenlernen müssen, Dad. Denn ich bin mir ziemlich sicher, dass ich in ihn verliebt bin.«

»Jetzt sei nicht albern«, sagt Mutter schnell. »Du und Henry, ihr seid erst seit ein oder zwei Monaten auseinander.«

Jetzt sehe ich sie an, mache eine Pause und sorge dafür, dass sie in meinem Gesicht sieht, wie ernst es mir ist. »Henry und ich kommen nie wieder zusammen. Ich liebe ihn nicht. Ich will nicht mit ihm zusammen sein. Das wird sich nicht ändern. Niemals.«

»Du überreagierst. Henry hat dich verletzt, und jetzt schlägst du zurück, so gut du kannst. Das verstehe ich ja. Und dieser Silas ist sicherlich attraktiv, ich kann dir also nicht verübeln, dass du verwirrt bist.«

»Du denkst, ich bin verwirrt?« Ich kann nicht anders, ich muss lachen. »Zum ersten Mal, vielleicht in meinem ganzen Leben, weiß ich genau, was ich fühle und was ich denke. Und du kannst mir nicht erzählen, ich wäre verwirrt oder würde mich irren, und du wirst mich nicht überzeugen, dass ich nicht wüsste, wer ich bin. Denn jetzt weiß ich es. Endlich.«

»Niemand sagt, dass du nicht wüsstest, wer du bist«, schaltet sich Dad ein. »Aber vielleicht, wenn du mal innehältst und nachdenkst – «

»Ich wusste nicht, wer ich bin«, sage ich. Und dieses Mal bin ich wirklich den Tränen nah. »Nicht vor Silas. Davor … war ich, was ihr wolltet. Oder Henry. Ich habe mir solche Sorgen gemacht, euch zu verlieren, dass ihr mich nicht lieben oder es bereuen würdet, dass ihr mich aufgenommen habt. Und darum hatte ich zu viel Angst, irgendwas anderes zu sein als das, was ihr als die perfekte Tochter anseht. Aber ich bin nicht perfekt. Das kann ich gar nicht sein. Nicht mal, wenn ich noch daran interessiert wäre, es zu versuchen. Und Silas … er war der Einzige, der das erkannt hat. Der erkannt hat, wie hohl ich mich selbst habe werden lassen. Ja, ich liebe ihn. Und ich bin nicht verwirrt oder in die Irre geleitet. Nicht mehr.«

Mom steht auf und kommt um den Tisch herum auf mich zu. Sie nimmt mein Gesicht in die Hände und sagt: »Wir könnten *niemals* bereuen, dich aufgenommen zu haben. Du bist unsere Tochter. Und wir lieben dich mit all deinen Unvollkommenheiten. Ich mache mir nur solche Sorgen, Liebling. Es geht nicht mal um seine Probleme. Du weißt, wie Typen in diesen Mannschaften sind. Sie brechen ein Herz nach dem anderen, und ich will nicht, dass deins dazugehört. Ich glaube dir ja, dass du ihn liebst. Wirklich. Ich bin nur nicht sicher, ob es klug ist, sich mit einem Jungen einzulassen, der deine Liebe vielleicht nicht auf dieselbe Art erwidert. Ich will nicht, dass du dir einredest, dass es etwas Dauerhafteres werden könnte.«

Das schmerzt. Denn es ist genau das, was ich dachte. Dass es naiv von mir wäre, sich irgendeine Zukunft mit Silas auszumalen, aber neuerdings habe ich Schwierigkeiten, mir eine ohne ihn vorzustellen. Wenn ich meine Ängste bloß schneller überwunden hätte, etwas mehr auf mein Herz und weniger auf meinen Kopf gehört hätte – vielleicht hätte ich ihn dann jetzt noch.

»Tut mir leid, Mom. Dad. Aber ihr habt unrecht. Silas ist gut für mich. Und er verdient *so viel mehr*, als ich ihm gegeben habe. Also, ich gehe jetzt und versuche, das Ende seines Spiels noch mitzubekommen. Und ich weiß nicht … vielleicht werdet ihr mir ja irgendwann vertrauen können, dass ich weiß, was ich tue.«

Denn endlich vertraue ich mir selbst.

Als ich das Haus verlasse und in mein Auto steige, stelle ich einen Radiosender ein, der das Spiel überträgt, und beginne meine Reise durch die Stadt.

Ich denke an all die Dinge, die ich über mich selbst weiß, die Wahrheiten, die ich herausgefunden habe und immer noch herausfinde.

Ich kann impulsiv und hitzköpfig sein. Ich takele mich nicht gern für ein schickes Dinner auf. Ich will auf Partys gehen. Richtige Partys, ohne Pflichten, keine Dinner- oder Gartenpartys oder Derartiges. Ich will Leute treffen. Alle möglichen Leute. Und ich will lachen. Das habe ich in meinem bisherigen Leben nicht genug gemacht. Ich will nicht bloß Menschen helfen. Ich will für sie *kämpfen*. Ich will nie wieder unsichtbar sein. Ich will dreist sein. Ich will …

Silas. Ich will Silas so sehr, dass ich seinen Namen in jedem meiner Atemzüge geflüstert spüre, ich kann immer noch die Wärme seiner Berührung fühlen, als säße er neben mir und lehne sich über die Mittelkonsole, um mich an der roten Ampel zu küssen. Er sitzt so tief in mir, dass die Erinnerung an ihn in meine Knochen graviert ist, sich durch mein Blut rankt.

Während ich noch im Verkehr feststecke, höre ich, wie das Spiel zu Ende geht und Rusk mit dreizehn Punkten gewinnt.

Ich kreische mit den Fans, die ich im Hintergrund des Kommentars hören kann, und zum ersten Mal seit zwei Wochen atme ich wieder voll durch.

Ich werde nach diesem Spiel zu Silas gehen. Ich muss einfach.

Ein kurzer Anruf bei Stella verrät mir, dass die Mannschaft ihren Sieg heute Abend auf einer Verbindungsparty auf dem Campus feiert. Ich eile nach Hause, ziehe meinen Lieblingsrock an und suche mir eine durchgeknöpfte Bluse raus, von der ich weiß, dass sie Silas verrückt macht. Aber heute Abend lasse ich einen Knopf mehr offen.

Als ich auf die Party komme, ist Silas noch nicht da, aber ich finde Stella im Wohnzimmer. Die Feier ist bereits in vollem Gange, und Stella hockt bei einem schnuckeligen Verbindungstypen auf dem Schoß und lacht. Als sie mich sieht, winkt sie mich zu sich.

Ich bin unheimlich nervös. Was, wenn er uns keine Chance mehr gibt? Was, wenn er schon ein neues Mädchen hat? Oder er aufgewacht und ihm klar geworden ist, dass er doch keine feste Beziehung will? Gott, was, wenn seine Mutter noch da ist? Ich weiß gar nicht, wie er damit umgeht, wenn er überhaupt damit umgeht. Er könnte wieder die Kontrolle verlieren, und ich wäre eine der Ursachen dafür.

»Süßes Outfit!«, ruft Stella über die Musik hinweg. »Aber könntest du versuchen, nicht auszusehen, als wenn du dich gleich übergeben musst? Das vermittelt nicht gerade: *Ich bin hier, um dich zurückzugewinnen.*«

Ich nehme neben ihr und dem Verbindungstypen auf der Couch Platz und fahre mir mit den Fingern durchs Haar. »Ich weiß gar nicht, was ich hier mache. Was, wenn er mich abblitzen lässt? Ich bin nicht sicher, ob ich damit klarkäme.«

Stella blickt seufzend zur Decke hinauf, bevor sie den letzten Rest Was-auch-immer austrinkt. Mit einem spielerischen Lächeln reicht sie den leeren Becher dem Typen, und er schiebt sie von sich runter, um ihn wieder auffüllen zu gehen. Als er weg ist, wendet sie sich an mich. »Wie kommt es eigentlich, dass ich immer diejenige bin, die Beziehungstipps gibt? Euch ist schon klar, dass ich die totale Beziehungsgegnerin bin, oder?«

»Aber du kennst Silas.«

Sie stellt eine Augenbraue schräg. »Nicht so gut wie du.«

»So meine ich das auch nicht. Ich meine … du verstehst ihn.«

»Früher vielleicht. Hauptsächlich, weil ich denke, er ist mir sehr ähnlich. Aber du hast das Buch irgendwie neu geschrieben, Schwester. Ich weiß auch nicht. Sei einfach ehrlich. Such keine Ausreden. Das würde ihm gar nicht gefallen.«

»Wie sauer ist er? Hast du ihn die Woche mal gesehen? Wie war er?«

Sie zuckt die Achseln. »Normal.«

Mein Herz rutscht mir in die Hose. Normal? Heißt das … wie der alte Silas?

»Soweit ich weiß, hat er nichts mit 'ner anderen angefangen, wenn du das meinst. Aber er vergeht auch nicht direkt vor Kummer. Dallas sagt, er hat sich auf den Football konzentriert und dem Kerl geholfen, der auf seiner Position spielt. *Gott sei Dank*. Wenn ich noch ein Spiel wie das letzte Woche hätte mit ansehen müssen, hätte ich mich vergessen.«

Ich sollte froh sein, dass es ihm gut geht. Das wünsche ich mir für ihn, das habe ich mir von Anfang an für ihn gewünscht. Aber alles, woran ich denken kann, ist, wie ich mich nach Henry gefühlt habe. Klar, ich war aus der Bahn geworfen, weil sich mein Fünfjahresplan gerade in Luft aufgelöst hatte, aber als sich der Staub gelegt hatte, war ich nicht traurig. Überhaupt nicht. Was, wenn sich Silas genauso fühlt?

»Ach, Mist. Ich hätte dir das nicht erzählen sollen, oder? Es regt dich auf. Hör zu … Silas sind Fehler nicht fremd. Alles wird gut. Er wird es verstehen.«

Ich höre einen Jubelschrei vor dem Haus und nehme das als Zeichen, dass die ersten Mannschaftsmitglieder angekommen sind. Ich hole ein paarmal tief Luft, habe aber immer noch das Gefühl, dass der Boden unter meinen Füßen nicht ganz fest ist.

Stellas Anhängsel kommt mit einem neuen Getränk zurück, und als ich aufstehe, um mich auf die Suche nach Silas zu machen, meldet Stella sich hinter ihrem Becher noch mal zu Wort. »Sollte Plan A nicht funktionieren, gibt es immer noch Plan B!«

»Was ist denn Plan B?«

»Nackt entschuldigen. Funktioniert jedes Mal.«

Seinen Mitbewohner Brookes sehe ich zuerst, und ich kann den Blick, den er mir zuwirft, zwar nicht deuten, bin aber zu neunundneunzig Komma neun Prozent sicher, dass der Typ mich nicht leiden kann. Silas sagt, er ist ein lustiger Kerl, aber davon habe ich bisher nichts gemerkt.

Ich bahne mir einen Weg hindurch und stelle mich neben die Treppe, während die Leute hereinströmen. Ich erkenne fünf oder sechs Typen aus dem Team, aber umgeben sind sie von Leuten, die ich nicht kenne. Mädchen. Kerle. Sie grölen lautstark, und ich gehe jede Wette ein, dass die meisten schon betrunken sind.

Als Silas reinkommt, scharwenzeln hauptsächlich Mädchen um ihn herum, aber den Arm hat er um einen kleineren schwarzen Kerl geschlungen. Er schüttelt ihn an den Schultern, und der Typ lächelt, und die Leute, die sie umringen, lachen und jubeln, und er sieht gut aus. Nicht annähernd so zerrissen, wie ich mich fühle.

Er geht an mir vorbei, ohne mich überhaupt wahrzunehmen, und ich denke darüber nach, die Fliege zu machen. Ich könnte das ein andermal machen, irgendwo mit weniger Öffentlichkeit.

Dann höre ich von der Tür her: »Captain Planet! Was machst du denn hier?«

Torres hat an jedem Arm ein Mädchen, aber er lässt sie beide stehen und läuft flink die Stufen in den Eingangsbereich hinunter, um seinen Arm stattdessen um mich zu werfen.

Er beugt sich hinunter, um mir etwas zu sagen, aber ich höre es gar nicht, denn jetzt sieht Silas mich definitiv. Sein Blick ist fest auf mich gerichtet, eigentlich auf Torres, und ich glaube, der Typ merkt es noch nicht mal.

Ich will gerade etwas sagen, als ich endlich registriere, was Torres mir zuflüstert. »Und Angriff in 3, 2, 1 …«

Silas sagt etwas zu einem Spieler, mit dem er sich unterhalten hat, und kommt dann auf mich zu.

Torres lacht. »Na, kenne ich meinen Jungen, oder was? Gern geschehen. So, jetzt hau ich mal ab, bevor ich noch einen Zahn verliere.«

Er flüchtet in die Küche und stimmt aus voller Kehle das Schulkampflied an. Die halbe Party singt mit, und vor lauter unmusikalischen Stimmen und Betrunkenen kann ich nichts hören. Aber ich brauche nichts zu hören, um zu sehen, wie Silas jetzt, da ich allein bin, zögert. Er bleibt stehen, mustert mich kurz, nur ein schneller Blick von oben bis unten, dann dreht er sich um und geht wieder zu der Gruppe, die er verlassen hat.

Sie ziehen ins Wohnzimmer, und ich stehe da, den Rücken gegen das Treppengeländer gepresst, und versuche, nicht zu reagieren, nicht jeden sehen zu lassen, dass ich innerlich zerfalle.

Ich hatte immer Angst, dass Silas mir wehtut, aber ich hätte nie gedacht, dass es so sein würde.

Ich hätte nie gedacht, dass ich mich unsichtbar fühlen würde.

Ich bleibe, wo ich bin, während die Party zu Hochtouren aufläuft. Ich sollte gehen. Ich sollte irgendwas machen, aber es ist einfacher, nur dazustehen und so zu tun, als wäre ich so unsichtbar, wie ich mich fühle.

»Ein wie großes Arschloch bin ich, wenn ich sage, ich hab's dir doch gesagt?«

Ich drehe mich um, und auf den Treppenstufen direkt über mir sitzt Brookes.

»Wenn du noch fragen musst, ein wie großes Arschloch du dann bist, lautet die Antwort, du bist jetzt schon ein Arschloch.«

Er stützt die Stirn in seine Hände und lacht leise und heiser.

»Angenommen.«

»Und ich nehme das ›Ich hab's dir doch gesagt‹ an.«

Was hatte ich zu Silas gesagt? Wenn ich zu Boden gehen würde, dann weil ich gesprungen bin, nicht weil er mich zu Fall gebracht hat? Tja, ich bin gesprungen.

Und auf dem Boden gelandet.

»Du brauchst was zu trinken, Mädchen. Komm.«

Ich denke zurück an meinen Vorsatz von vorhin. Ich wollte auf Partys gehen und dreist sein. Ich wollte Leute treffen. Tja, hier ist meine Chance.

Ich werde nicht unsichtbar sein. Egal, wie Silas Moore mich ansieht. Oder ob er mich überhaupt ansieht.

Kapitel 29

Silas

Ich hatte angenommen, dass Dylan längst gegangen ist, stattdessen hat sie mir meine ganzen Freunde geklaut.

Ein paar Stunden später gehe ich in die Küche, um mein Bier aufzufüllen, und da sitzt sie oben auf dem Esstisch. Brookes, Torres, McClain und Dallas umringen sie und lauschen gebannt, wie sie eine Geschichte erzählt.

Mit dem Rücken zu der Gruppe nähere ich mich ein bisschen und bekomme gerade noch das Ende mit.

»Ich denke gar nicht nach. Schnappe mir einfach die Handschellen von Matt und mache sie am Erstbesten fest, das ich sehe, und der Polizist starrt mich nur an, als hätte ich vollkommen den Verstand verloren. Was natürlich auch so war.«

»Mal eine Frage«, sagt Torres. »Wozu hat dein Freund Matt Handschellen bei sich?«

Sie lacht, dieser hohe, klingelnde Laut, der mir durch und durch geht.

»Matt ist … oh Gott, wie soll ich es erklären? Matt hat kein Quäntchen Ernst in sich. Er hat die Handschellen zum Spaß mitgebracht. Ich glaube, er wusste nicht mal mehr, dass er sie in der Tasche hatte.«

»Seht ihr«, fährt Torres fort. »So was will ich auch. Meinen ganz persönlichen Spleen. Wie … der kauzige Typ, der immer ein Paar Handschellen dabeihat.«

»Du hast doch deinen Spleen«, sagt Dallas. »Du kannst einfach deine Klamotten nicht am Leib behalten, wenn Alkohol im Spiel ist.«

»Falls du es nicht bemerkt hast, im Moment bin ich vollständig bekleidet.«

»Du hast keine Schuhe an«, wirft Brookes mit tiefer, nüchterner Stimme ein, und der ganze Tisch bricht in Gelächter aus.

Ich sehe hin, weil ich einfach total krank bin. Dylan hat den Kopf nach hinten geworfen, ihre goldenen Haare fächern sich hinter ihr auf, ihr langer, köstlicher Hals ist zur Schau gestellt.

Torres zuckt die Achseln. »Ich hab's mir eben bequem gemacht. Wo ist das Problem?«

»Hast du irgendeine Ahnung, wo deine Schuhe *sind*?«, fragt Dallas.

Er denkt einen Moment nach, macht den Mund auf und dann wieder zu.

Das Gelächter verdoppelt sich, Dylan verbirgt ihr breites Lächeln hinter ihrer Hand und beugt sich vor, und da begegnen sich unsere Blicke. Ich schnappe mir mein Bier und gehe aus der Küche, bevor der Rest der Gruppe mich auch noch entdeckt.

Ich habe mir gerade einen Weg ins Wohnzimmer gebahnt, als ich warme Finger über meinen Arm streifen spüre.

Ich drehe mich um, und sie ist da, zu verdammt nah, um mich wohlzufühlen, zu verdammt weit weg für alles andere, was ich will.

»Ich hatte unrecht«, sagt sie. »Aber du auch.«

»Soll das eine Entschuldigung sein?«

Sie macht eine Pause und lächelt. »Nein, eigentlich nicht.«

»Und warum bist du dann hier?«

»Weil ich hier sein will.«

»Hast wohl endlich rausgefunden, was du willst, was?«

Sie zuckt mit den Schultern. »Vielleicht hab ich mir nur selbst die Erlaubnis erteilt, es zu wollen.«

Die Musik wechselt zu einem dröhnenden Rocksong, und der Lärm lässt sie die Augen zusammenkneifen.

»Können wir irgendwo reden?«, fragt sie.

»Worüber?«

»Über alles.«

»Keine Ahnung, ob ich Lust hab, über alles zu reden.«

»Silas, bitte.«

Wie kommt es bloß, dass ich ihr nichts abschlagen kann?

»Na gut. Oben. Wir finden schon einen ruhigen Platz.«

Es ist ein Déjà-vu, als ich ihr die Treppe hinauffolge, ihr perfekter Po genau auf Augenhöhe, nur dass hier doppelt so viele Stufen sind wie bei mir zu Hause.

»Also, sag das noch mal. Du entschuldigst dich nicht?«

Sie wird langsamer und blickt über ihre Schulter zurück. »Du, ich und Entschuldigungen führen typischerweise nicht zu fruchtbaren Gesprächen.«

Ich kann nicht erkennen, ob sie es ernst meint oder mich verarscht. Und ich bin zu ungeduldig, um zu warten, bis wir in einem Zimmer sind, um es rauszufinden. Oben an der Treppe halte ich sie auf, meine Hand umfasst ihren Ellbogen.

»Sag es mir bitte ohne Umschweife, Dylan. Du weißt, ich rede nicht gern, also was ist das hier?«

Sie nimmt meine Hand von ihrem Ellbogen und hält sie fest.

In dem Moment öffnet sich auf dem Treppenabsatz über uns eine Tür, ich nehme an, ein Badezimmer, und ich sehe Carter heraustreten, der noch dabei ist, sich den Reißverschluss der Hose hochzuziehen. Er erstarrt für eine Sekunde, als er mich sieht, und ich funkele ihn böse an. Ich mag es nicht, wenn jeder meine Angelegenheiten kennt. Und dieser Ort ist zu öffentlich für das, was hier gleich abgeht, was es auch ist. Außerdem bin ich immer noch sauer auf Carter wegen der Sache mit den Brownies. Jedes Mal, wenn ich sein Gesicht sehe, steigt wieder die Wut in mir hoch. Dylan gehört vielleicht nicht mehr zu mir, aber so sicher wie das Amen in der Kirche will ich ihn nicht in ihrer Nähe wissen.

Dylan schweigt, bis Carter seinen massigen Körper an uns vorbeigequetscht hat und die Treppe hinunterstampft. Dann drückt sie meine Hand und bewegt sich vorwärts, sodass sie eine Stufe über mir steht, ausnahmsweise mal fast mit mir auf Augenhöhe.

»Ich könnte eine große Rede halten«, sagt sie. »Ich könnte dir erklären, wie es ist, im Pflegeheim aufzuwachsen. Ich hatte eine Vorstellung davon, wie das perfekte Leben aussehen könnte, und alles getan, um dem all die Jahre nachzujagen, ohne zu merken, dass nichts davon real war. Ich wollte ein perfektes Zuhause und eine perfekte Zukunft, und stattdessen hat sich alles einfach nur leer angefühlt. Ich könnte dir erzählen, wie schlecht es mir die letzten beiden Wochen ohne dich ging oder wie sehr ich mich selbst dafür hasse, dass ich dir das Gefühl gegeben habe, du würdest nicht in meine Welt passen. Aber du bist kein Typ für große Reden, also halte ich es einfach … Ich glaube nicht, dass du geflickt werden musst. Und du musst in meine Welt passen, denn du *bist* meine Welt. Ich weiß auch, dass du eigentlich noch nie eine Beziehung hattest, und ich weiß, ich habe das alles so richtig vermasselt, und es tut mir leid –«

»Halt die Klappe.«

»Aber –«

Ich küsse sie.

Ich küsse sie, und ihr Atem vermischt sich mit meinem, als sie in meinen Mund hineinkeucht, und ich vergrabe meine

Finger in ihrem Haar. Und wie immer bei ihr will ich nur nehmen und nehmen und nehmen, aber dieses Mal will ich, dass sie dasselbe tut.

Ich will ihr geben, was sie mir gibt. Ich will, dass sie sich perfekt fühlt. Ich will, dass sie das gute Leben und das gute Zuhause und alles hat, was sie sich je gewünscht hat.

Sie schlingt die Arme um meinen Hals, und zusammen stolpern wir die letzten paar Stufen zum ersten Stock hinauf, lachen über die Fehltritte, weil keiner von uns bereit ist, lang genug mit dem Küssen aufzuhören, um vier lächerliche Stufen hochzugehen.

Als wir auf ebener Erde ankommen, packe ich sie an den Hüften und hebe sie hoch. Sie schlingt ihre Beine um meine Taille, und ich drücke sie fest an meinen Körper und öffne die Tür zum Badezimmer. Ich lasse die Tür hinter mir zufallen und presse sie mit dem Rücken dagegen. Drinnen ist es dunkel, und ich taste mit einer Hand nach dem Lichtschalter, weil ich an nichts anderes denken kann als an jene Nacht im Badezimmer bei mir zu Hause und wie sehr ich sie wieder kommen sehen will. Ich senke meinen Mund an ihren Hals, schmecke und sauge, *und Himmel … wie habe ich zwei Wochen ohne das überlebt*?

»Gott, ich hab dich vermisst. So sehr, Baby.«

Endlich finde ich den Lichtschalter und knipse ihn an.

»Silas.« Ihre Hände ziehen mich leicht an den Haaren nach hinten, und zur Antwort knabbere ich an ihrem Schlüsselbein.

Aber dann gleiten ihre Hände aus meinen Haaren, hinunter zu meinen Schultern, und sie drückt, drückt mich zurück.

»Oh Gott, Silas. Hör auf.«

Ich gehorche, obwohl ich das Gefühl habe, als müssten meine Knochen zerbersten, wenn ich mich auch nur einen Millimeter von ihr wegbewege. Ich löse meinen Griff an ihrer Hüfte, und sie gleitet mir aus den Armen.

Ein Gefühlschaos beginnt in meiner Brust zu brodeln, dann huscht sie um mich herum, und es dauert eine Sekunde, bis ich über das Dröhnen in meinen Ohren hinweg hören kann, was sie sagt.

»Stella? Stella!«

Ich wirbele herum und brauche einen Moment, um klar sehen zu können, damit meine Welt sich wieder über Dylan und das Gefühl, das sie mir gibt, hinaus ausdehnen kann. Aber ich kann mir auf nichts einen Reim machen, denn wir sind nicht in einem Bad, wie ich angenommen hatte, sondern in einem Schlafzimmer. Und wenn Dylans Bitte, aufzuhören, ein Schock für mein System war, schaltet das hier einfach alles aus, legt es total lahm.

Mein Blick fällt auf das Bett, und ich nehme die Informationen auf, aber es ist alles zusammenhanglos, bruchstückhaft, verwirrend.

Nackte, dünne Beine. Das registriere ich zuerst. Ein Slip an einem Fußknöchel. Die Teile fügen sich langsam, viel zu langsam zusammen – verrutschte Kleidung, verschmiertes Make-up, geschlossene Augen. Ich versuche mein Bestes, meine Gedanken nicht auf das große Ganze zu richten, denn das ist nichts, was ich jemals mit dem Mädchen da auf dem Bett in Verbindung bringen will.

Dieses Mädchen ist lebhaft und freundlich und … Scheiße.

Dylan berührt Stellas Gesicht, spricht mit ihr, aber sie ist bewusstlos. Endlich schaffe ich es, meine Füße in Bewegung zu setzen, durchquere das Zimmer und ziehe eine Decke über sie, damit niemand sonst sie so sieht.

Dann denke ich nur noch in Schritten.

Schritt eins. Sich um Stella kümmern.

Schritt zwei. Carter finden.

In diesem Moment ist alles andere egal.

Ich sehe Dylan an, lege ihr eine Hand auf die Schulter und sage: »Weich ihr nicht von der Seite.« Ich gebe ihr mein Handy. »Ruf erst Dallas an. Dann die Polizei.«

Ich drehe mich zum Gehen um, und sie kämpft mit kurzen, abgehackten Atemzügen. »Wo willst du hin?«

»Ich komme wieder.«

Ich sage ihr nicht, wo ich hingehe, denn sonst macht sie sich nur Sorgen. Aber ich bin sicher, das hier ist das Zimmer, aus dem Carter kam, als wir auf der Treppe standen, und ich dachte, er richtet sich die Jeans, weil es die Toilette ist. Mein Gehirn fängt an, die Teile von dem zusammenzufügen, was hier passiert sein muss – bevor er Stella das Licht ausgeknipst und sie einfach hier liegen gelassen hat. Und ich fühle mich so verflucht wütend und hilflos.

Ich muss ein paar Minuten herumfragen, aber als die Leute meinen Blick sehen, zögert niemand, mir zu sagen, ob er Jake gesehen hat.

Ich finde ihn draußen auf dem Parkplatz, wie er gerade ein anderes Mädchen zu überreden versucht, mit ihm nach Hause zu gehen, und ich scheiße auf einen fairen Kampf. Ich stürze mich auf ihn und stoße ihn rückwärts gegen seinen Truck.

Ich sehe zu dem Mädchen rüber, aber es stolpert schon davon und wieder auf die Party.

»Scheiße, was soll denn das?«, fragt Carter.

»Ich wusste ja, dass du ein verdammtes Arschloch bist, aber ich hatte keine Ahnung, dass du so weit gehen würdest.«

Carter hält die Hände hoch. »Ich hab keinen Dunst, wovon du redest.«

Er versucht, mich wegzuschieben, aber ich werde mich nicht von der Stelle rühren, bis ich fertig bin. »Ich war in dem Zimmer. Dem Zimmer, aus dem du gekommen bist. Ich hab sie gefunden. Stella. Du glaubst doch nicht etwa, dass ich dich damit davonkommen lasse.«

»Ich habe nichts gemacht«, schwört er, aber dieses Mal versetzt er mir einen heftigen Stoß, und ich stolpere ein Stück zurück.

»Ist sie mit dir in dieses Zimmer gegangen?«, frage ich. »War sie überhaupt bei Bewusstsein, oder hast du sie da hingebracht?«

»Du kannst einen Scheißdreck beweisen.« Dann versucht er, abzuhauen, und ich tackele ihn. Er mag doppelt so groß sein wie ich, aber er geht leicht zu Boden. Wir ringen ein paar Sekunden um die Oberhand, und er schlägt als Erster zu. Er trifft mich hart direkt an die Kante meines Kiefers, und meine Zähne schlagen aufeinander.

Ich ramme ihm kräftig meinen Ellbogen in die Mitte, und er rollt keuchend von mir runter. Ich nutze die Lücke, um mich auf ihn zu werfen und ihn noch einmal ordentlich ins Gesicht zu schlagen.

Aber er ist so viel größer als ich und schubst mich weg. Mühsam komme ich auf die Beine.

»Lass die Scheiße doch einfach auf sich beruhen«, sagt Carter. »Du willst doch nicht noch eine Prügelei auf deinem Konto haben. Wir gehen jetzt, und niemandem ist etwas passiert.«

Verfluchtes Arschloch.

»Ist Stella etwa niemand?«

»Komm schon, Mann. Du weißt doch, wie sie ist.«

Ich habe genug von der Scheiße, die aus seinem Maul kommt. Ich stürze mich wieder auf ihn, und schon sind wir ein Knäuel und versuchen beide, den Schlägen des anderen auszuweichen und dabei dem anderen ein paar zu verpassen. Ich treffe seine Nase und spüre, wie sie unter meiner Faust knirscht. Er stößt mich weg und schützt sie mit der Hand. Blut benetzt seine Finger.

In der Ferne heulen Sirenen auf, und ich sehe Carters panischen Blick.

»Ich habe nichts Schlimmes gemacht, Mann. Ich schwöre, sie war wach.«

»Schwachsinn. Warum war sie dann bewusstlos, als ich kam? Warum hat sie ihre Kleidung nicht gerichtet? Wenn du nichts Schlimmes gemacht hast, warum hast du sie dann so da liegen lassen? Warum hast du das Licht ausgemacht?«

Er sagt nichts, aber ich kann sehen, wie sich alles in seinem Gesicht abzeichnet. Je näher die Sirenen kommen, desto verzweifelter wird er. Dann hört er auf, seinen Mund zu benutzen, und lässt die Fäuste sprechen.

Ich verpasse ihm einen saftigen Schlag in die Magengrube, und er krümmt sich. Aber ich unterschätze sein Stehvermögen, und er kommt schnell wieder zurück und holt aus. Seine Faust rammt meinen Kiefer, und die Welt wird für ein paar Sekunden unscharf. Ich stolpere rückwärts. Carter versucht, abzuhauen, und ich werfe mich gegen seinen Rücken und reiße uns beide aufs Pflaster hinunter. Ich kann keinen solchen Kampf gegen ihn gewinnen. Er ist zu groß. Also konzentriere ich mich darauf, ihn festzuhalten. Ich stecke einen Schlag in die Rippen ein, aber es ist mir scheißegal. Der haut mir nicht ab.

Mein Kopf knallt ein paarmal hart auf den Beton, aber ich halte ihn fest und bringe selbst noch ein paar Treffer unter. Und als zwei Bullen uns auseinanderzerren, sind wir beide voller Blut.

Mein Mund ist aufgeplatzt und es tut weh, als ich rede, aber ich sage: »Er war es. Das Mädchen oben … das war er.«

Dann verschwimmt alles, und ich kippe einfach um.

Als ich sechzehn war, wurde ich in einem Spiel bei einem besonders harten *Tackling* mal bewusstlos. Ich erinnere mich noch, wie ich auf dem Spielfeld wieder zu mir kam, das Gefühl hatte, bloß einmal kurz geblinzelt zu haben, und nicht begriff, warum sich plötzlich so viele Coaches um mich scharten.

Das hier ist ganz anders.

Ich fühle mich, als wäre ich eine Ewigkeit weg gewesen, so lange, dass mein Körper verrotten und mein Mund austrocknen konnte und sich die ganze Welt um mich gedreht hat, aber als ich die Augen aufschlage, kann es nicht länger als ein paar Minuten gewesen sein, denn ich bin an ein Auto gelehnt, und neben mir knien ein Polizist und ein Sanitäter.

»Er hat die Augen aufgemacht.«

Dann tauchen, wie damals auf der Highschool, weitere Gesichter über mir auf.

McClain. Brookes. Torres.

Und Dylan.

Ich versuche aufzustehen, aber die Welt kippt zur Seite, und der Sanitäter legt mir eine Hand auf die Schulter, um mich festzuhalten.

»Langsam. Ich vermute, Sie haben eine Gehirnerschütterung.«

»Hab ich«, antworte ich. Ich hatte in meinem Leben schon ein paar davon, und das hier fühlt sich so ähnlich an.

»Stella?«, frage ich.

»Sie ist wach«, antwortet Dylan. »Ein Polizist ist auch bei ihr. Und ein Sanitäter. Sie …« Sie zögert, dann redet sie weiter. »Sie erinnert sich nicht, was passiert ist.«

»Carter?«

Diesmal antwortet der Polizist.

»Mr Carter ist bei einem Sanitäter, genau wie Sie.«

»Werden Sie ihn verhaften?«

Bei dem Blick, mit dem der Polizist mich bedenkt, wird mir schlecht. Oder vielleicht liegt es auch an der Gehirnerschütterung.

»Wenn Sie beide medizinisch versorgt sind, nehmen wir Ihre Aussagen auf, und dann sehen wir weiter.«

»Er war es«, sage ich.

»Haben Sie ihn dabei gesehen?«

»Ich habe ihn aus dem Zimmer kommen sehen.«

Der Polizist nickt. »Also dann.« Er deutet mit dem Kopf auf den Sanitäter und sagt: »Lassen Sie sich von dem da die Wunden reinigen und untersuchen, und wenn er fertig ist, reden wir darüber, was Sie gesehen haben.«

Insgesamt dauert es zwanzig Minuten, bis der Sanitäter mich verarztet hat. Es muss nichts genäht werden. Nichts ist gebrochen. Ich habe eine leichte Gehirnerschütterung, lehne aber das Angebot des Sanitäters ab, mich ins Krankenhaus zu bringen.

Meine Zeugenaussage nimmt sogar noch weniger Zeit in Anspruch, und als sie beendet ist, bleibt ein bitterer Geschmack in meinem Mund zurück, denn niemand erwähnt etwas davon, dass Carter verhaftet wird. Ich höre nur immer wieder, dass Stella sich an nichts erinnert und Dylan und ich nicht *gesehen* haben, was tatsächlich passiert ist. Ich sage ihnen, was er während unseres Kampfs gesagt hat – dass ich nichts beweisen könne. Aber sie nicken nur und notieren es. Sie sagen nicht, dass er sich geirrt hat. Die Bullen versprechen, dass sich um alles gekümmert wird, aber für mich fühlt es sich nicht so an. Kein bisschen.

Kapitel 30

Silas

Nach meinem morgendlichen Lauf sitze ich auf dem Bett. Ich habe nicht gut geschlafen. Weder letzte Nacht noch die Nacht davor. Die Matratze senkt sich, und ich spüre, wie Dylan hinter mich rutscht und ihre Wange auf meinen Rücken legt. Ich bin verschwitzt, aber es scheint sie nicht zu stören.

»Redest du heute früh mit dem Coach?«

Ich nicke.

»Alles wird gut, Silas.«

Ich zucke die Achseln. Denn da bin ich mir nicht so sicher.

Alles, was ich weiß, ist, dass Carter immer noch frei herumläuft. Stella spricht darüber, als wäre das alles halb so wild, als ginge es ihr gut. Und ich bin schon wieder in eine Prügelei mit einem Teamkollegen geraten, genau am letzten Tag meiner Sperrung wegen Prügelns.

Sie rückt näher, platziert ihre Oberschenkel rechts und links von meinen und schmiegt sich an meinen Rücken.

»Was auch passiert … du bist diesmal nicht im Unrecht.«

Ich seufze und reibe mir mit den Händen übers Gesicht.

»Es ist alles so krank. Ich dachte, er wäre ein Freund. Er war in meinem Haus. In deiner Nähe. Ich hätte ihn schon an dem Abend, als das mit dem Hasch war, krankenhausreif prügeln sollen. Ich wusste es.«

»Wenn du dich da mit ihm gekloppt hättest, hätten wir

höchstwahrscheinlich in dieser Nacht nicht miteinander geschlafen. Außerdem wäre das eine Überreaktion gewesen. Das jetzt war keine.«

Ich greife nach dem Arm, den sie um meinen Leib geschlungen hat, und verschränke unsere Finger ineinander. »Was, wenn er damit davonkommt? Wie könnte ich je wieder mit ihm in einer Mannschaft spielen?«

»Es gibt Möglichkeiten«, sagt sie. »Wir finden einen Weg, dagegen vorzugehen.«

»Nicht, wenn der Staatsanwalt dem Fall gar nicht nachgeht.«

Ich hatte gestern den ganzen Tag damit verbracht, die Rechtsprechung und vergangenen Fälle in Texas zu recherchieren, und unsere Chancen stehen nicht gut. Dallas sagt, zu viele der Partygäste haben erwähnt, dass sie gesehen haben, wie Stella mit unterschiedlichen Typen rumgemacht hat. Das, gepaart mit der Tatsache, dass sie sich an nichts erinnern kann, macht sie zu einer unzuverlässigen Zeugin. Und sie ist nicht die Einzige. Ich bin offensichtlich auch unzuverlässig. Alles, was Carter während des Kampfs gesagt hat, ist Hörensagen, und bei meinem Vorstrafenregister und meiner Vergangenheit gibt niemand viel auf das, was ich sage.

»Selbst dann«, erwidert Dylan. »Vielleicht erreichen wir nichts auf gerichtlichem Wege, aber es gibt Gesetze, die von Universitäten verlangen, dass sie für die Sicherheit ihrer Studenten sorgen. Mit deren Hilfe wurden schon in der Vergangenheit Opfer von nicht strafrechtlich verfolgten Fällen unterstützt. Stella hat Möglichkeiten. Und sie hat Leute, denen sie genug bedeutet, um sich dem ungleichen Kampf zu stellen.«

Nur dass sie gar nicht kämpfen will. Ich habe sie gestern getroffen, und sie hat das halbe Gespräch lang versucht, mich dazu zu bringen, über das nächste Spiel zu reden, darüber, wie ich mich fühle, weil ich endlich wieder spielen darf.

Ich habe es nicht fertiggebracht, ihr zu sagen, dass das vielleicht gar nicht der Fall ist. Nur sie … es war nichts, was sie gesagt oder getan hat, aber irgendwas in ihrem Gesicht hat mir gesagt, dass sie über dieses Spiel sprechen *musste*. Sicher sein musste, dass das Leben weitergeht. Sie ist zu sehr wie ich. Eher würde sie alles ignorieren und so tun, als wäre es nicht da … bis zum allerletzten Moment.

Und weil ich verstehe, wie sie tickt, lasse ich sie gewähren. Zumindest für den Augenblick. Aber ich werde nicht zulassen, dass sie wie ich wird, dass sich alles um sie herum aufbaut, bis sie darunter begraben wird. Irgendwann wird sie mit jemandem reden müssen. Mit Dallas. Ryan. Mir. *Irgendwem.*

Dylan küsst mich auf die Schulter, zieht mich zurück in die Gegenwart und fügt hinzu: »Auch du hast Leute auf deiner Seite, weißt du. Deinem Coach bist du nicht egal. Er wird dich nicht wegen so was abschreiben.«

Ich drehe meinen Kopf, küsse sie, versuche dabei, etwas von ihrer Überzeugung aufzusaugen, und dann springe ich unter die Dusche, um mich für die Uni fertig zu machen.

»Herein.« Die Stimme vom Coach dringt durch die geschlossene Tür.

Ich öffne sie langsam und stecke den Kopf hinein.

»Silas. Ich habe dich schon erwartet. Komm rein.«

Mist. Wenn das mal gut geht.

Ich schließe die Tür hinter mir und gehe zu seinem Schreibtisch. Ich nehme auf dem linken Stuhl Platz, denn auf dem rechten habe ich gesessen, als ich suspendiert wurde, und ich hoffe inständig, dass es sich diesmal anders entwickelt.

»Ich habe viel gehört über das, was am Wochenende passiert ist. Wie wär's, wenn du mir mal deine Version erzählst?«

Das tue ich, wobei ich alles mit Dylan auslasse, zum Beispiel, dass ich, als wir in dieses Zimmer gestolpert sind, ziemlich sicher war, dass ich dieses Mädchen liebe, und jetzt ganz sicher bin. Ich bleibe bei den Tatsachen, und obwohl es mich in Schwierigkeiten bringen könnte, erwähne ich auch den Vorfall mit dem Brownie. Ich versuche, gelassen zu bleiben, während ich alles für ihn Revue passieren lasse, aber mir zittern die Hände.

Stella ist ein guter Mensch und eine gute Freundin, und wenn es stimmt, was Dylan mir erzählt hat, hat sie sich die letzten zwei Wochen bemüht, uns wieder zusammenzubringen. Als ich Dylan mit meinen Freunden an diesem Tisch sitzen sah, hätte mir auffallen müssen, dass Stella nicht da war. Jemand hätte nach ihr sehen müssen.

Wir alle.

Und jetzt, da geschehen ist, was geschehen ist, sollte es nicht so verdammt schwer sein, jemanden dazu zu bringen, etwas zu unternehmen. Das Leben ist schon unfair genug gewesen – Stella sollte nicht auch noch *damit* leben müssen.

»Bist du dir sicher, dass es Jake war?«

»Ja«, sage ich. »Wenn Sie sein Gesicht gesehen hätten und wie er in Abwehrhaltung gegangen ist, wären Sie das auch. Und selbst wenn er es nicht vorhatte, selbst wenn sie wach war, als sie in dieses Zimmer gegangen sind, ein unschuldiger Mensch hätte sich anders verhalten. Er hätte sie nicht so zurückgelassen. Und ich weiß, sich mit ihm zu prügeln war wahrscheinlich keine Lösung, und es ist mein dritter Verstoß, und Sie haben jedes Recht, mich aus der Mannschaft zu werfen. Ich hoffe, Sie tun es nicht, aber ich muss sagen, lieber fliege ich aus dem Team, als noch ein einziges Spiel an der Seite von Jake zu spielen. Diese Mannschaft hat Herz, Stärke und Mut, und es steht ihm nicht zu, das so zu beschmutzen.«

Der Coach schweigt lange. Er blickt mich an, dann hinauf zur Decke. Er kratzt sich am Kinn und seufzt, bevor er woanders hinsieht und die ganze Prozedur von vorne losgeht. Schließlich steht er auf und geht durch den Raum ans Fenster, das auf eine freie Rasenfläche auf dem Campus geht, wo bei schönem Wetter Studenten Spiele machen oder lernen.

»Du weißt, als ich dich aus der Mannschaft ausgeschlossen habe, habe ich dir gesagt, dass ich dich als Anführer brauche. Ich war mir nicht sicher, ob das in dir steckt. Ich wusste, dass du spielen kannst, wusste, dass du das Spiel liebst. Aber ich konnte nicht erkennen, ob es dir nur um deine eigene Zukunft geht oder um die der Mannschaft als Ganzes. Selbst ohne gehört zu haben, was du gerade gesagt hast, wusste ich die Antwort schon, bevor du diese Tür aufgemacht hast. Weißt du, woher?«

Ich schüttele den Kopf, zu viele Gefühle stecken mir im Hals fest, um zu sprechen.

»Als Erstes war da Carson. Nachdem er mir Samstagabend erklärt hat, was passiert ist, hat er mir gesagt, dass ich dich nicht wieder suspendieren dürfe. Er meinte, die Mannschaft brauche dich. Dann, am nächsten Morgen, sind Brookes und Torres an meiner Tür aufgetaucht und haben dasselbe gesagt. Keyon hat gestern mitten beim Abendessen bei mir geklingelt. Er kam in mein Haus gestürmt, hat meine Verabredung gestört und mir gesagt, dass du es verdienst zu spielen. Und wenn das noch nicht reicht: Meine Tochter hat mir unmissverständlich klargemacht, dass sie für den Rest der Saison nicht mehr mit mir redet, wenn ich dich nicht unterstütze. Die Leute lieben dich, Silas. Sie respektieren dich. Sie vertrauen dir, und ich auch. Und ich sollte das wahrscheinlich nicht sagen, aber ich bin verdammt froh, dass du es warst, der Stella gefunden hat, und nicht irgendjemand anders. Eine Prügelei war vielleicht wirklich nicht der beste Weg, damit umzugehen, aber mir tut nicht leid, dass es so verlaufen ist. Und dir sollte es auch nicht leidtun. Dieses Mädchen …« Er hält eine Minute inne, schließt die Augen und sucht nach Worten. »Ich liebe Stella, als wäre sie mein eigenes Kind. Sie hat meine Tochter aus ihrem Schneckenhaus geholt, und sie ist …« Er verstummt und sieht eine Weile aus dem Fenster. Ich kann ihn immer wieder schlucken sehen, als versuche er, die Fassung zu bewahren.

Als er sich mir wieder zuwendet, ist sein Ausdruck ernst. »Du bist ein guter Kerl, Silas. Ein guter Spieler. Und ich bin froh, dich in dieser Mannschaft zu haben.«

Verfluchte Kacke. Ich werde jetzt nicht emotional. Auf gar keinen Fall.

»Ich habe vielleicht keine rechtliche Autorität, um über das zu entscheiden, was dieses Wochenende passiert ist, aber ich habe Autorität über meine Mannschaft. Jake wird auf unbestimmte Zeit suspendiert, und vorbehaltlich einer Untersuchung durch die Universität wird er wahrscheinlich ganz aus der Mannschaft entlassen. Alles, was ich brauche, ist das Okay des Sportdirektors, und ich verspreche dir, das bekomme ich. Irgendwie.«

Ich umklammere die Armlehnen meines Stuhls und nicke. »Danke, Sir. Danke vielmals.«

Er kommt um den Tisch herum, und ich stehe auf, um ihm entgegenzugehen, als er die Hand ausstreckt. Er schüttelt mir die Hand, fest und rasch mit der Geschmeidigkeit eines Kobrabisses, aber das gibt mir fast den Rest.

Ich schlucke schwer, nicke, danke ihm noch mal und gehe dann auf die Tür zu.

»Silas«, ruft er, bevor ich ganz draußen bin. »Williams hat mir von dem Spielplatz erzählt. Sehr kreative Idee.«

Ich zucke mit den Achseln. »Kann sein.«

»Ich hoffe natürlich, dass du mit deinem Spiel Erfolg haben wirst, Junge. Aber falls nicht, denke ich, du würdest auch einen verdammt guten Coach abgeben.«

Mit einem leisen Klicken schließe ich die Tür hinter mir und lasse die Erleichterung durch meine Schultern einsickern.

Ich schwöre bei Gott, es ist, als hätte die gesamte Mannschaft beschlossen, heute Morgen zum Training zu erscheinen. Torres und Brookes tun so, als würden sie sich im Lounge-Bereich vor dem Trainerbüro Footballfilme ansehen, und sobald ich rauskomme, springen sie auf. Und noch ein halbes Dutzend Spieler stehlen sich aus der Umkleide, um mich die Neuigkeiten verkünden zu hören. Coach Oz und sogar Coach Gallt nicken mir zu, als sie das Büro verlassen und in den Kraftraum gehen.

Es fühlt sich immer noch nicht so ganz real an, als ich das Sportgelände verlasse und zu meinem Pick-up gehe, um zu meinem ersten Kurs auf der anderen Seite des Campus zu kommen. Dann sehe ich ein vertrautes schnittiges kleines Gefährt neben meiner Rostlaube, und auf der Fahrerseite steigt Dylan aus.

Der Wind spielt mit ihrem Haar, wirbelt es in einer goldenen Säule hoch, die das Sonnenlicht einfängt. Sie kommt rasch zu mir und schmiegt sich eng an mich, sodass mein Körper den Wind ein bisschen abschirmt.

»Und?«

»Ich bin noch im Team. Keine Suspendierung.«

Sie quietscht und wirft mir die Arme um den Hals, und ich hebe sie vom Boden hoch, damit ich mein Gesicht an der warmen Haut ihres Halses verbergen kann. Die letzte Spannung, die noch in mir war, beginnt sich aufzulösen, und ich könnte für immer an diesem Fleck bleiben.

»Ich wusste, dass alles gut wird. Ich wusste es.«

»Carter ist suspendiert, und wenn es nach dem Coach geht, fliegt er bald ganz.«

Sie weicht zurück und streicht mir lächelnd mit einer Hand über die Wange. »Noch mehr gute Nachrichten.«

Ich küsse sie leicht und setze langsam ihre Füße wieder auf dem Boden ab.

Gute Nachrichten ist gar kein Ausdruck.

Sie grinst zu mir hoch, entschlüpft meinen Armen, geht zu meinem Truck und lehnt sich dagegen. Sie trägt Shorts und dasselbe von der Schulter fallende Shirt wie in der Nacht unserer ersten Begegnung. Sie schenkt mir ein verruchtes Lächeln.

»Was sagst du dazu, unsere Vormittagskurse zu schwänzen und stattdessen einen Ausflug zu machen?«

»Ich sage, schwing deinen hübschen Hintern in den Truck und dann los.«

Beim Fahren lasse ich die Fenster unten, sodass mir Dylans Haar im Wind über Brust und Gesicht weht. Aber es stört mich nicht, denn sie drückt sich eng an meine Seite, und mein Arm ruht in der Senke zwischen ihren Oberschenkeln, damit ich schalten kann.

Ich fahre nicht so weit raus wie beim letzten Mal, aber ich lasse alle Häuser und Geschäfte hinter uns, bis nichts mehr da ist als weite, grüne Fläche. Als ich parke, ziehe ich eine Decke unter meinem Sitz hervor, und Dylan lacht.

»Oh … du wirst ja immer besser.« Ich hebe sie auf die Ladefläche, und zusammen breiten wir die Decke aus.

»Ich gebe mir Mühe.«

»Jetzt brauche ich mir keine Sorgen mehr zu machen, ganz rostig und schmutzig zu werden.«

Ich lasse mich mit ausgestreckten Beinen neben ihren Füßen auf der Decke nieder und ziehe sie auf meinen Schoß hinunter. Am Ende sind unsere Beine ineinanderverschlungen, und sie lacht, als sie versucht, eine Position zu finden.

»Rostig nicht. Aber für das andere … kann ich nicht garantieren.«

Der Sommer arbeitet schon auf den Herbst hin, und obwohl es draußen warm ist, erzählt der Wind eine andere Geschichte. Sie drückt sich eng an mich.

Der Himmel über uns ist riesig. Die Landschaft erstreckt sich meilenweit in alle Richtungen, und unsere beiden Leben waren noch nie so kompliziert. Aber ich fühle mich nicht von alldem überschattet. Nicht, wenn ich sie in meinen Armen halte.

Das mit ihren Eltern bereitet mir immer noch Sorgen. Und sie hat mich dazu gebracht, bei der Mannschaft die Netze auszuwerfen, um mehr Leute dazu zu bewegen, bei einem neuen Protest wegen des Obdachlosenheims zu helfen. Stella gegenüber habe ich erwähnt, dass Dylan ihr vielleicht helfen kann, mehr Aufmerksamkeit auf ihren Fall zu lenken, damit der Staatsanwalt ihn sich doch näher ansieht. Aber sie hat einfach das Thema gewechselt.

Ich weiß nicht, wann das Leben aufgehört hat, sich klein anzufühlen, und angefangen hat, zu groß zu erscheinen, zu riesig, um es zu bewältigen. Aber mit Dylan in meinen Armen ist es einfacher.

Ich und sie zusammen …

Ich glaube, dass wir groß genug sind, um allem entgegenzutreten, was da kommen mag.

Epilog
Eine Woche später

Dylan

Ich habe Footballuniformen total unterschätzt.

Während des ersten und einzigen Spiels, dem ich bisher beigewohnt hatte, hatten wir einen Platz ganz weit oben im Studentenblock, daher hatte ich eigentlich nur riesige, schwerfällige graue und rote Massen gesehen. Aber Silas' erstes Spiel nach der Sperrung ist ein Auswärtsspiel. Es ist nur eine sechsstündige Fahrt, also machen Dallas, Matt und ich sie und ergattern wesentlich bessere Plätze. Und, du liebe Güte, Silas in seiner Montur ist einfach … Dafür habe ich gar keine Worte. Und das Spiel hat noch nicht mal angefangen.

Stella hat gesagt, sie müsste an einem großen Kunstprojekt arbeiten, und an Dallas' immerzu besorgtem Blick (und der Häufigkeit, mit der sie auf ihr Handy sieht) kann ich ablesen, dass sie sich mies fühlt, weil sie sie allein gelassen hat.

Stella liebt Football. Oder liebte ihn mal.

Aber wir müssen darauf vertrauen, dass sie weiß, was sie tut. Und vielleicht hat sie ja wirklich ein Projekt, für das sie arbeiten muss, aber wenn nicht, kann ich es ihr auch nicht verübeln.

Trotzdem brauchen wir ohne sie eine Weile, um in Stimmung zu kommen. Matt versucht, sie zu ersetzen, und spielt während der Fahrt für uns den DJ. Aber die Fahrt hat sich ohne sie irgendwie nach *weniger* angefühlt.

»Ryan hat mit ihr gesprochen«, sagt Dallas, nachdem sie eine Nachricht aufs Handy bekommen hat. »Er sagt, sie ist wirklich im Atelier. Er hat sie mit ein paar anderen Studenten reden hören.«

»Gut. Das ist gut«, sage ich.

Dallas nickt. »Sie ist stark.«

»Ja.«

»Sie wird schon wieder.« Ich komme nicht dahinter, ob sie es als Frage oder Feststellung meint, also wiederhole ich ihre Worte, und dann scheint sie sich besser zu fühlen.

Kurz vor dem *Kick-off* bekommen wir eine Rundnachricht von Stella.

Ich erwarte Fotos! Und dass ihr mich ja auf dem Laufenden haltet! Und wenn es einer von den Drecksäcken vergeigt, geigt denen was von mir!

Dallas lächelt, und wir schicken ihr ein Foto von uns dreien in voller Rusk-Montur, unsere Wildkatzenkrallen in die Luft gestreckt. Dallas hält einen ständigen Informationsfluss für sie aufrecht, als das Spiel beginnt, und dann werde ich davon aufgesaugt, Silas beim Spielen zuzusehen.

Ich kann sein Gesicht nicht sehen. Aber an seiner Haltung, seinen Bewegungen erkenne ich es … ich weiß, dass er in seinem Element ist. Und ich weiß, dass er glücklich ist. Und ich schwöre, ich platze fast vor Stolz und Freude für ihn. Oder fange gleich an zu heulen. Eins von beidem.

Ich könnte mich bemühen, mehr über das Spiel zu lernen, die Kenntnisse, die ich beim letzten Mal gewonnen habe, zu vertiefen, aber ich denke, das kann warten. Heute kleben meine Augen einfach nur an Nummer zweiundzwanzig und sehen ihm dabei zu, wie er das tut, was er liebt.

Football erdet ihn, und schon allein aus diesem Grund werde ich Football für den Rest meines Lebens lieben.

Es ist eigentlich merkwürdig, wie schnell sich mein Leben verändert hat. Ich bin immer noch dabei, rauszufinden, was ich mag und was nicht (mit Silas' Hilfe natürlich). Und ich weiß, ich kann ein Leben voller Heuchelei nicht in einer Woche ungeschehen machen. Es wird seine Zeit brauchen. Zeit, um mit Gewohnheiten zu brechen und neue zu entwickeln.

Aber ich freue mich darauf.

Ich habe neue Freunde, neue Ziele, neue Interessen. Es ist aufregend und überwältigend, aber unter alldem liegt eine Ruhe, die ich nie zuvor verspürt habe. Ich habe nicht mehr das Bedürfnis, nach Sachen zu suchen, die ich anderen zuliebe tun soll, nach Wegen, mich einzuschleimen. Ich brauche nichts zu beweisen, zumindest niemand anderem.

Und Silas …

Er ist praktisch auch ein neuer Mensch, aber es fühlt sich nicht so an.

Wenn ich ihn über das Spielfeld laufen sehe, graziös, stark und furchtlos, kann ich mich kaum noch daran erinnern, wie ich mich vor der Zeit mit ihm gefühlt habe. Ich versuche, daran zurückzudenken, wie es mit Henry war, aber das erscheint mir wie ein anderes Leben, ein anderes Ich.

Und alles an diesen Erinnerungen ist dumpf und öde.

Die Mannschaft hat sich mittlerweile über das Spielfeld bewegt und ist nur noch wenige Yards von der *End Zone* des Gegners entfernt. Ich sehe zu, wie Carson den Ball an Silas abgibt, und der drängt durch die Masse gebückter Spieler, bricht hindurch und überquert die weiße Linie, die auf das Feld gemalt ist, und zaubert Rusks erste Punkte auf die Tafel. Ich weiß, es war wahrscheinlich unglaublich schwierig, all diese großen, massigen Körper zu überwinden, aber Silas lässt es ganz leicht aussehen.

Er ist gut darin, Linien zu überqueren. Grenzen zu überschreiten.

Er hat meine überschritten, und nur deswegen kann ich atmen.

Ich liebe Silas Moore, und ich bin ziemlich sicher, dass mein Leben deswegen nie wieder dumpf sein wird.

Anmerkung der Autorin

Die Definition von »Ungerechtigkeit« lautet »ungerechtes Verhalten, unverdiente Zuführung von Schmerz und fehlender Respekt der Rechte anderer Menschen«. Für mich persönlich bringen Ungerechtigkeiten auch immer ein gewisses Schockmomemt mit sich.

Schock darüber, dass Menschen sich so verwerflich benehmen. Schock darüber, dass sie niemand aufgehalten hat. Und viel zu oft Schock über fehlende Empathie und die fehlende Ahndung von Ungerechtigkeit auf dieser Welt.

Ist es nicht seltsam, wie uns die Grausamkeit, die es auf dieser Welt gibt, noch immer überraschen kann, obwohl wir sie schon so oft miterlebt haben?

Die Idee für dieses Buch kam mir nach einem solchen ungerechten Ereignis. Das, was ich darüber las und sah, hat mich bewegt, allerdings nicht so sehr wie die Art und Weise, wie die Menschen darauf reagiert haben. Wie sie sich zusammengetan haben, ihre Stimme erhoben haben, auch wenn sie wussten, dass sie das, was passiert war, nicht rückgängig machen konnten. Ihre einzige Hoffnung war, andere darauf aufmerksam zu machen und ihre Sicht auf die Dinge zu ändern. In dieser Nacht habe ich Dylan erfunden. Ich habe ein paar ihrer Gedanken auf ein Post-it gekritzelt und es an meinen Schreibtisch geklebt – wo es blieb, bis ich die Geschichte zu Ende geschrieben hatte.

Und ich habe mir damals selbst das Versprechen abgenommen, besser aufzupassen. Mehr wahrzunehmen. Meine Meinung zu sagen. Mich mehr zu sorgen.

Und heute fordere ich dich heraus: Pass besser auf. Nimm Ungerechtigkeit wahr. Sorge für die, er sie wiederfährt. Diese Welt gehört uns allen, und morgen könntest du es sein oder jemand, den du kennst, dessen Schicksal unbemerkt bleibt.

Und sollten deine Rechte verletzt worden sein als Mensch, Bürger oder Person, sprich mit jemandem. Bitte um Hilfe. Du bist hundertprozentig nicht allein!

Die traurige Wahrheit ist: Laut Statistiken, die RAINN erhoben hat (ein Netzwerk in den USA für Menschen, die Opfer von Vergewaltigung, Missbrauch und Inzest wurden), wird in Amerika alle zwei Minuten eine Person sexuell angegriffen. Sechzig Prozent aller sexuellen Übergriffe werden nicht zur Anzeige gebracht. Sogar noch weniger führen zu einer Verhaftung oder zu einem Verfahren. RAINN schätzt, dass von hundert Vergewaltigungen vierzig gemeldet werden, zehn zu einer Verhaftung führen, für acht ein Verfahren eingeleitet wird, vier davon mit einer Verurteilung enden und schließlich nur drei Vergewaltiger Zeit im Gefängnis verbringen. Diese Statistik ist für mich unbegreiflich und tut mir im Herzen weh. Aber es ist nicht nur das. Denn wenn die Justiz versagt, wenden sich viele junge Frauen und Männer hilfesuchend an ihre Universitäten. Und obwohl eine von vier Frauen während ihres Studiums sexuell belästigt wird, haben einundvierzig Prozent der Universitäten in den letzten fünf Jahren keine einzige Ermittlung infolge eines solchen sexuellen Übergriffes durchgeführt. Dies besagt die Studie »Sexuelle Gewalt am Campus«, die die Senatorin Claire McCaskill 2014 in Auftrag gegeben hat.

Ich könnte euch stundenlang mit Statistiken bombardieren, aber ich denke, es ist klar, dass Opfer sexueller Gewalt kontinuierlich und auf abscheuliche Weise übersehen, beschuldigt und somit erneut zu Opfern werden, nur um dann, ohne Gerechtigkeit erfahren zu haben, allein zurückgelassen zu werden.

Als Leser und als Menschen haben wir vielleicht nicht die Möglichkeit, unser Justizsystem zu ändern. Aber es ist, wie Dylan im Buch sagt: Wir können eine Person nach der anderen auf dieses Problem aufmerksam machen. Wir können aufpassen. Wir können unsere Stimme erheben. Wir können dieser Generation, meiner Generation, beibringen, dass die Art und Weise, wie in diesem Land, in dieser Welt mit sexueller Gewalt umgegangen wird, nicht in Ordnung ist. Und wenn wir dann an der Reihe sind und es an uns ist, Politik zu gestalten und Gesetze zu erlassen, haben wir die Macht, den Lauf der Geschichte zu ändern.

Und was noch viel wichtiger ist: Wir können unterstützen und helfen. Wir können ermächtigen. Wir können lieben.

Wir können besser sein.

Danksagung

Es braucht eine außerordentlich große Anzahl an Menschen, um ein Buch entstehen zu lassen. An den meisten Tagen weiß ich kaum, wo oben und wo unten, wieviel Uhr es ist oder in welchem Monat ich mich befinde. Noch verlorener würde ich allerdings ohne meine Familie und meine Freunde sein und ganz besonders ohne meinen Vater, der mich so hilfreich mit Footballdetails versorgt hat, damit ich die Welt der Rusk University so lebhaft wie möglich darstellen kann. Alle Fehler sind natürlich auf meinen Mist gewachsen. Außerdem gibt es da noch meine Schwester Amy, die meine Manuskripte testliest und mir ihre Gedanken mitteilt. Und meine Mutter, die mir Beim Dampf ablassen und Toben zuhört. Und ich muss viel Dampf ablassen und toben. Dasselbe gilt für dich, Lindsey: Ich fühle mich immer unglaublich sicher dabei, wenn ich meine Worte mit dir teile, und das alles hier wäre ohne dich definitiv nicht möglich. Und Danke an Jen, Mer, Kristin, Bethany, Patrick, Shelly und Michelle für eure Liebe und Ermutigung.

An Amanda: Danke, dass du Silas mit mir liebst, und dafür, dass du mich immer herausforderst, tiefer zu graben und *noch* mehr herauszuholen. KP – oh mein Gott, was würde ich nur ohne dich machen, meine Liebe? (Okay, wem mache ich was vor? Ich wäre ein nervöses Wrack!) Danke dafür, dass du mich für zurechnungsfähig hältst. Und für dafür, dass du dich so sehr um mich sorgst. An Suzie, Jessie, Molly, Kathleen, Pouya, Danielle und alle anderen, die so hart gearbeitet und meinen Büchern zum Erfolg geholfen haben – vielen Dank! Tausendmal Danke!

Danke an die unvergleichlichen *Carmcats*! Ich kann mit bedingungslosem Vertrauen sagen, dass es einer der besten Entscheidungen meines Lebens war, dieses *Rusk University Street Team* auf die Beine zu stellen. Ihr alle habt mich herausgefordert, euch für mich eingesetzt und mich nicht ein einziges Mal im Stich gelassen. Für mich fühlt es sich an, als ob ihr diese Charaktere ebenso sehr kennt und liebt, wie ich es tue, und daher werde ich niemals in der Lage sein, meine Dankbarkeit in Worte auszudrücken. Danke an: Alana, Amber, Amoolya, Andy, Anabel, Betsy, Christine, Danielle, Elizabeth, Emily, Ethan, Jen, Kaitlan, Katelyn, Kim, Krista, Lucy, Maggie, Megan, Momo, Sara, Stephanie C., Stephanie G., Yesi und Yvette.

Und an alle anderen großartigen Leser und Blogger, die ich über die letzten Jahre hinweg kennengelernt habe. Danke für eure harte Arbeit, euren Einsatz und eure Liebe. Ein großes Hallo auch an ein paar tolle Menschen, die ich dieses Jahr kennengelernt habe: Misha aus Seattle, Leah aus Austin, Caitlin aus Nashville und so viele andere mehr! Danke auch an Jen, Jay, Kathleen, Sophie, Monica, die Chelseas, Molly, Beccy, Jamie und ein Dutzend anderer Autoren, die sich spät nachts mit meinen Texten und Klappentexten befassen, mir tolle Sachen zum Lesen geben und weiß Gott noch was alles mehr. Und an alle, die meine Bücher lesen: Ihr rockt! *Bleed Rusk Red!*

Leseprobe

CORA CARMACK
Losing it – Alles nicht so einfach

Ich holte tief Luft. *Du bist fantastisch.* Ich konnte es nicht so recht glauben, deshalb dachte ich es noch mal.

Fantastisch! Du bist so fantastisch. Wenn meine Mutter meine Gedanken hören könnte, würde sie mich ermahnen, bescheiden zu sein, aber Bescheidenheit hatte mich noch nirgendwohin gebracht.

Bliss Edwards, du bist eine verdammt gute Partie.

Wie kam es dann, dass ich zweiundzwanzig Jahre alt und der einzige Mensch auf der Welt war, der noch nie Sex gehabt hatte? Irgendwo zwischen *Saved by the Bell* und *Gossip Girl* war es für ein Mädchen undenkbar geworden, das College abzuschließen und noch immer Jungfrau zu sein. Und jetzt stand ich in meinem Zimmer und bereute, dass ich meinen ganzen Mut zusammengenommen hatte, um dies meiner Freundin Kelsey zu beichten. Sie sah mich an, als wäre mir soeben ein zweiter Kopf gewachsen. Und noch bevor ihr der Kiefer ganz herunterklappen konnte, wurde mir klar, dass es eine schlechte Idee gewesen war.

»Im *Ernst?* Wegen Jesus? Sparst du dich irgendwie für ihn auf oder was?« Für Kelsey schien Sex einfacher zu sein. Sie hatte den Körper einer Barbie und den sexuell aufgeladenen Verstand eines Jungen im Teenageralter.

»Nein, Kelsey«, erwiderte ich. »Es wäre ein wenig schwierig, mich für jemanden aufzusparen, der vor zweitausend Jahren gestorben ist.«

Kelsey riss sich das Oberteil vom Leib und warf es auf den Fußboden. Ich musste wohl ein komisches Gesicht gemacht haben, denn sie blickte mich an und lachte. »Entspann dich, Prinzessin Keuschheit, ich ziehe mich nur um.« Sie ging zu meinem Schrank und sah meine Klamotten durch.

»Warum?«

»Weil wir unbedingt dafür sorgen müssen, dass dich jemand flachlegt, Bliss.« Sie sagte das Wort »flachlegt« mit einem Zungenschlag, der mich an die nächtlichen Werbungen für Sexhotlines erinnerte.

»Großer Gott, Kelsey.«

Sie zog ein Oberteil heraus, das bei mir schon eng saß und an ihrer kurvenreichen Figur regelrecht skandalös aussehen würde. »Was ist? Ich dachte, um den geht es nicht.«

Ich widerstand dem Bedürfnis, mir mit der flachen Hand auf die Stirn zu schlagen. »Tut es auch nicht, ich glaube kaum … ich meine, ich gehe in die Kirche und alles, manchmal zumindest. Es ist nur … ich weiß es nicht. Ich hatte nie so großes Interesse daran.«

Sie hatte sich ihr neues T-Shirt gerade halb über den Kopf gezogen, als sie innehielt. »Kein großes Interesse? An Typen? Bist du lesbisch?«

Zufällig hatte ich mal mitbekommen, wie meine Mutter, die nicht verstehen kann, dass ich das College ohne einen Ring am Finger abschließen werde, meinem Vater genau diese Frage gestellt hatte. »Nein, Kelsey, ich bin nicht lesbisch, du kannst also dein Oberteil ruhig weiter anziehen. Keine Panik, ich gucke dir nichts weg.«

»Wenn du nicht lesbisch bist und Jesus nichts damit zu tun

hat, dann geht es nur darum, den richtigen Kerl zu finden mit dem richtigen gewissen Etwas.«

Genervt verdrehte ich die Augen. »Ach nee! Das ist schon alles? Den richtigen Kerl finden? Warum hat mir das noch keiner gesagt?«

Sie fasste ihr blondes Haar zu einem hohen Pferdeschwanz zusammen, was ihre Brust sogar irgendwie noch mehr betonte. »Ich meine damit nicht den richtigen Kerl zum Heiraten. Ich meine den richtigen, um dein Blut in Wallung zu bringen. Einer, der es schafft, dass du deinen analytischen, voreingenommenen, hyperaktiven Kopf abschaltest und stattdessen mit dem Körper denkst.«

»Körper können nicht denken.«

»Siehst du!«, sagte sie. »Analytisch. Voreingenommen.«

»Schön! Schön. In welche Bar gehen wir also heute Abend?«

»Ins Stumble Inn natürlich.«

Ich stöhnte. »Sehr edel.«

»Was?« Kelsey sah mich an, als hätte ich eine vollkommen eindeutige Frage falsch beantwortet. »Das ist eine gute Bar. Was noch wichtiger ist – es ist eine Bar, die Männer mögen. Und da wir Männer mögen, ist es auch eine Bar, die *uns* gefällt.«

Es hätte schlimmer kommen können. Sie hätte mich auch in einen Club schleifen können. »Schön. Dann mal los.«

Ich stand auf und ging zu dem Vorhang, der mein Schlafzimmer vom übrigen Teil des Lofts abtrennte.

»*Halt!* Langsam.« Kelsey packte mich am Ellbogen und zog so heftig an mir, dass ich rückwärts auf mein Bett fiel. »So kannst du nicht gehen.«

Ich blickte auf mein Outfit hinunter – einen ausgestellten Rock mit Blumenmuster und ein schlichtes Tanktop, das ein vernünftiges Maß an Dekolleté zeigte. Ich sah süß darin aus.

So könnte ich ohne Weiteres einen Kerl aufgabeln … vielleicht. »Ich weiß nicht, wo das Problem ist«, bemerkte ich.

Sie verdrehte die Augen, und ich kam mir wie ein Kind vor. Ich hasste es, wenn ich mir wie ein Kind vorkam, und das war so ziemlich immer so, wenn Sex zum Gesprächsthema wurde.

Kelsey sagte: »Schätzchen, im Moment siehst du aus wie die entzückende kleine Schwester von jemandem. Kein Kerl will mit seiner kleinen Schwester poppen. Und wenn doch, dann suchst du ohnehin besser das Weite.«

Jep, ich kam mir absolut wie ein Kind vor. »Schon kapiert.«

»Hmm … das hört sich ja glatt so an, als würdest du schon üben, deinen hyperaktiven Kopf abzuschalten. Gut so. Jetzt stell dich mal da hin und lass mich meinen Zauber wirken.«

Und mit Zauber meinte sie Folter.

Nachdem ich gegen drei Röcke mein Veto eingelegt hatte, in denen ich mir vorkam wie eine Prostituierte, sowie gegen einige Hosen, die eher Leggins waren, und einen Rock, der so kurz war, dass er schon bei schwachem Wind bestimmt der ganzen Welt *alles* gezeigt hätte, einigten wir uns auf eine enge, hüfthohe Caprijeans und ein schwarzes Spitzen-Tanktop, das einen Kontrast zu meiner blassen weißen Haut bildete.

»Beine rasiert?«

Ich nickte.

»Alles andere … auch?«

»So gut es je rasiert sein wird, ja, und jetzt weiter.« Genau hier zog ich die Grenzen in dieser Unterhaltung.

Sie grinste, widersprach jedoch nicht. »Schön. Schön. Kondome?«

»In meiner Handtasche.«

»Kopf?«

»Abgeschaltet. Oder na ja … jedenfalls *runtergefahren*.«

»Hervorragend. Ich glaube, wir sind bereit.«

Ich war nicht bereit. Ganz und gar nicht.

Es gab einen Grund, weshalb ich noch nie Sex hatte, und jetzt kannte ich ihn. Ich war ein Kontrollfreak. Deshalb war ich mein Leben lang so gut in der Schule gewesen. Das hatte mich zu einer guten Inspizientin gemacht – niemand konnte eine Theaterprobe so leiten wie ich. Und wenn ich dann schon mal all meinen Mut zusammennahm und selbst in eine Rolle schlüpfte, war ich immer besser vorbereitet als alle anderen Schauspieler der Truppe. Aber Sex … das war das Gegenteil von Kontrolle. Da waren Gefühle, Anziehungskraft und diese lästige andere Person, die darin verwickelt sein *musste.* Nicht gerade meine Vorstellung von Spaß.

»Du denkst zu viel«, meckerte Kelsey.

»Besser als zu wenig.«

»Aber nicht heute Abend«, bemerkte sie.

Sobald wir im Auto waren, drehte ich die Lautstärke an Kelseys iPod hoch, damit ich in Ruhe nachdenken konnte.

Ich würde das schon schaffen. Es war nichts weiter als ein Problem, das gelöst, ein Punkt auf meiner To-do-Liste, der abgehakt werden musste.

So einfach war das. Ganz simpel. Warum sollte man es sich auch unnötig kompliziert machen?

Ein paar Minuten später hielten wir vor der Bar, und der Abend fühlte sich alles andere als unkompliziert an. Meine Hose kam mir zu eng vor, mein Oberteil zu tief ausgeschnitten und ich selbst zu verwirrt. Am liebsten hätte ich mich übergeben.

Eigentlich wollte ich keine Jungfrau sein. So viel war mal klar. Ich wollte mir nicht wie die unreife Prüde vorkommen, die nichts über Sex wusste. Und ich hasste es, wenn ich nicht Bescheid wusste. Das Problem war nur … ich wollte zwar keine Jungfrau mehr sein, aber ich wollte auch keinen Sex haben.

Das Problem aller Probleme. Warum konnte dies nicht eins

von diesen Ein-Quadrat-ist-ein-Viereck-aber-nicht-jedes-Viereck-ist-ein-Quadrat-Problemen sein?

Kelsey stand vor meiner Wagentür, ihre hohen Absätze klapperten im gleichen Takt, wie sie mit den Fingern schnippte, um mich zum Aussteigen zu bewegen. Ich drückte die Schultern nach hinten, warf (halbherzig) mein Haar zurück und folgte Kelsey in die Bar.

Schnurstracks ging ich zum Tresen, schwang mich auf einen der Hocker und winkte dem Barmann zu.

Er stellte einen möglichen Kandidaten dar. Blonde Haare, durchschnittlich gebaut, nettes Gesicht. Nichts Besonderes, aber er kam durchaus infrage. Er könnte gut sein, wenn man es unkompliziert wollte.

»Was wollt ihr trinken, Ladys?«

Südstaatenakzent. Definitiv einer von hier.

»Für den Anfang zwei Tequila bitte«, sagte Kelsey.

»Sagen wir vier«, krächzte ich.

Er stieß einen Pfiff aus und sein Blick traf meinen. »Diese Art von Abend also.«

Noch war ich nicht bereit, in Worte zu fassen, was für eine Art Abend das werden würde. Deshalb sagte ich nur: »Ich muss mir Mut antrinken.«

»Und dabei bin ich gern behilflich.« Er zwinkerte mir zu und war kaum außer Hörweite, als Kelsey auf ihrem Hocker auf und ab hüpfte und rief: »Das ist er! Das ist der Richtige!«

Ihre Worte gaben mir das Gefühl, in einer Achterbahn zu sitzen – als wäre die Welt gerade abgesackt und alle meine Organe würden versuchen, ihr zu folgen. Ich brauchte einfach mehr Zeit, um mich auf das alles einzustellen. Das war es. Ich packte Kelsey an der Schulter und zwang sie still zu sitzen. »Mach dich mal locker, Kels. Du führst dich ja auf wie ein verdammter Chihuahua.«

»Wieso denn? Er ist eine gute Wahl. Süß. Nett. Und ich habe gesehen, wie er dir so was von in den Ausschnitt gelinst hat – und zwar *zwei*mal.«

Sie hatte recht. Aber ich war trotzdem nicht besonders erpicht darauf, mit dem Typen zu schlafen, was ihn wohl nicht automatisch ausschloss, aber das Ganze wäre wahrscheinlich deutlich einfacher, wenn ich wirklich *Interesse* an dem Kerl hätte. Also wandte ich ein: »Ich bin mir nicht sicher. Da ist kein richtiger Funke übergesprungen.« Ich ahnte schon, dass sie gleich die Augen verdrehen würde, deshalb fügte ich rasch »Noch nicht!« hinzu.

Als der Barkeeper mit unseren Getränken zurückkam, bezahlte Kelsey, und ich trank meine beiden Tequilas, noch bevor sie ihm ihre Karte gereicht hatte. Er blieb einen Moment stehen und lächelte mich an, dann ging er weiter zu einem anderen Gast. Ich klaute eines von Kelseys Gläsern.

»Du hast Glück, dass das ein großer Abend für dich ist, Bliss. Normalerweise lasse ich niemanden zwischen mich und meinen Tequila kommen.«

»Nun, und ich lasse niemanden zwischen diese Beine da kommen, bevor ich nicht so richtig betrunken bin, deshalb musst du mir den letzten auch noch geben«, konterte ich.

Kelsey schüttelte den Kopf, aber sie lächelte. Nach ein paar Sekunden gab sie nach, und mit vier Tequilas im Blut kam mir die Aussicht auf Sex schon ein bisschen weniger beängstigend vor.

Noch ein Barkeeper kam herein, dieses Mal weiblich, und ich bestellte einen Jacky Cola, an dem ich nippen konnte, während ich mir dieses ganze Chaos noch mal durch den Kopf gehen ließ.

Da war der Barkeeper wieder, aber der würde erst weit nach zwei Uhr morgens von hier wegkommen, und ich war jetzt schon ein nervliches Wrack. Wenn sich das also noch bis in die frühen Morgenstunden hinzöge, würde ich bis dahin bestimmt total psychotisch sein. Ich konnte es mir bildlich vorstellen: wegen Sex in der Zwangsjacke abgeführt.

Neben mir stand ein Typ, der mit jedem Schluck Alkohol, den ich zu mir nahm, ein paar Zentimeter näher zu rücken schien, aber er war mindestens schon vierzig. Nein danke.

Wieder nahm ich einen Schluck von meinem Drink – zum Glück hatte der Barkeeper nicht am Jack Daniels gespart – und ließ meinen Blick durch die Bar schweifen.

»Wie wäre es mit dem da?«, fragte Kelsey und zeigte auf einen Kerl an einem Tisch in der Nähe.

»Zu geleckt.«

»Und der dort?«

»Zu sehr Hipster.«

»Und der da drüben?«

»Würg. Zu haarig.«

Die Liste ging noch weiter, bis ich mir irgendwann ziemlich sicher war, dass der Abend ein Reinfall werden würde. Kelsey schlug vor, in eine andere Bar zu gehen, aber das war das Letzte, was ich wollte. Ich gab vor, auf die Toilette zu müssen, in der Hoffnung, dass sie in der Zwischenzeit ein Auge auf jemanden werfen würde, sodass ich ungeschoren davonkäme. Die Toiletten waren hinten, hinter den Billardtischen und Dartscheiben und einem Bereich mit kleinen, runden Tischen.

Und da entdeckte ich ihn.

Na ja, eigentlich bemerkte ich zuerst sein Buch. Und da konnte ich einfach nicht den Mund halten. »Wenn das eine Methode sein soll, um Mädchen aufzureißen, dann würde ich vorschlagen, dass du dich an einen Tisch setzt, an dem ein bisschen mehr los ist.«

Er blickte von seiner Lektüre auf, und ich hatte plötzlich

Schwierigkeiten zu schlucken. Er war mit Abstand der attraktivste Typ, den ich heute Abend gesehen hatte – blondes Haar, das ihm über die kristallblauen Augen fiel, Bartstoppeln auf dem Kiefer, die ihm ein maskulines Aussehen verliehen, ohne dass er zu haarig wirkte, insgesamt ein Gesicht, das die Engel zum Singen bringen würde. Mich brachte es nicht zum Singen. Nur zum Gaffen. Warum war ich stehen geblieben? Warum musste ich mich dauernd zum Idioten machen?

»Wie bitte?«

Mein Gehirn verarbeitete noch immer sein perfektes Haar und die hellblauen Augen, deshalb dauerte es einen Augenblick, bis ich erwiderte: »Shakespeare. Kein Mensch liest Shakespeare in einer Bar, es sei denn als Masche, um Frauen aufzugabeln. Alles, was ich sagen wollte, ist, dass du vorne vielleicht mehr Glück hast.«

Für einen langen Augenblick sagte er nichts, doch dann verzog sich sein Mund zu einem Grinsen, das – was sagt man dazu! – seine perfekten Zähne zeigte.

»Es ist keine Masche, aber wenn es eine wäre, dann habe ich, wie es aussieht, direkt hier großes Glück.«

Ein Akzent. *Er hat einen britischen Akzent.* Gott, ich sterbe.

Atme. Ich musste atmen. *Flipp jetzt nicht aus, Bliss.*

Er legte sein Buch aus der Hand, aber erst nachdem er die Stelle, an der er zuletzt war, mit einem Lesezeichen markiert hatte. Mein Gott, er las wirklich Shakespeare in einer Bar!

»Du versuchst nicht, ein Mädchen aufzureißen?«

»Eigentlich hatte ich es nicht vor.«

Meinem analytischen Gehirn entging die Vergangenheitsform nicht. Es klang wie … eigentlich hatte er nicht vorgehabt, jemanden zu verführen, aber vielleicht hatte er es ja *jetzt* vor.

Wieder warf ich ihm einen Blick zu. Er grinste – weiße Zähne und Drei-Tage-Bart, was ihn wirklich zum Anbeißen aussehen ließ. Jep, ich war definitiv verführbar. Und allein dieser Gedanke versetzte mir einen Schock.

»Wie heißt du, Liebste?«

Liebste? *Liebste! Ich sterbe wirklich gleich.* »Bliss.«

»Ist das aus einem Gedicht?«

Ich wurde puterrot. »Nein, das ist mein Name.«

»Hübscher Name für ein hübsches Mädchen.« Das Timbre seiner Stimme bewegte sich jetzt in solche Tiefen, dass sich meine Innereien um sich selbst kringelten – es war, als würde meine Gebärmutter einen Freudentanz auf dem Rest meiner Organe vollführen. Himmel, ich starb den längsten, qualvollsten und erregendsten Tod in der Geschichte der Menschheit. Fühlte es sich immer so an, wenn man total angeturnt war? Kein Wunder, dass Sex die Menschen dazu brachte, die verrücktesten Dinge zu tun.

»Nun, Bliss, ich bin erst vor Kurzem hierhergezogen und habe mich bereits aus meiner Wohnung ausgesperrt. Eigentlich warte ich hier auf den Schlüsseldienst und wollte die freie Zeit sinnvoll nutzen.«

»Indem du deinen Shakespeare auffrischst?«

»Das versuche ich zumindest. Ehrlich. Ich mochte den Kerl nie so besonders, aber das bleibt jetzt unter uns, okay?«

Mit Sicherheit waren meine Wangen noch immer knallrot, der Hitze nach zu urteilen, die sie verströmten. Tatsächlich fühlte sich mein ganzer Körper an, als hätte er Feuer gefangen. Ich weiß nicht, ob das an meiner Verlegenheit lag oder an seinem Akzent – jedenfalls stand ich kurz vor einer Selbstentzündung.

»Du siehst enttäuscht aus, Bliss. Bist du ein Shakespeare-Fan?«

Ich nickte, weil sich sonst vielleicht meine Kehle zusammengezogen hätte.

Daraufhin kräuselte er die Nase, und meine Finger sehnten

sich danach, der Linie von der Nase bis hinunter zu seinen Lippen zu folgen.

Ich war dabei, verrückt zu werden. Genau genommen, nachweislich geisteskrank.

»Sag mir jetzt nicht, dass du ein Fan von *Romeo und Julia* bist?«

Und jetzt das. *Das* war etwas, worüber man mit mir diskutieren konnte. »Nein, von *Othello.* Das ist mein Lieblingsstück.«

»Ah, die schöne Desdemona. Treu und jungfräulich.«

Mein Herz machte einen Satz bei dem Wort »jungfräulich«. »Ich, ähm …« Ich bemühte mich, meine Gedanken zu sortieren. »Mir gefällt die Gegenüberstellung von Vernunft und Leidenschaft.«

»Ich selbst bin ein Anhänger der Leidenschaft.« Er ließ den Blick von oben nach unten über meinen Körper schweifen. Mein Rückgrat prickelte, und ich hatte das Gefühl, gleich aus der Haut zu fahren.

»Du hast mich nicht nach meinem Namen gefragt«, bemerkte er.

Verlegen räusperte ich mich. Daraus ließ sich nichts Reizvolles machen. Leider war ich ungefähr so redegewandt wie ein Höhlenmensch. »Wie heißt du?«, brachte ich hervor.

Er neigte den Kopf, und sein Haar bedeckte fast seine Augen. »Setz dich zu mir, dann sage ich es dir.«

In dem Moment dachte ich an nichts anderes als an die Tatsache, dass sich meine Beine wie Wackelpudding anfühlten. Wenn ich mich jetzt hinsetzte, würde mich das davon abhalten, etwas Peinliches zu tun, zum Beispiel ohnmächtig zu werden von den Hormonen, die aus meinem Gehirn gerade eine gesetzesfreie Zone machten. Ich ließ mich auf den Stuhl sinken, doch anstatt lockerer zu werden, legte die Spannung noch eine ganze Ecke zu.

Als er anfing zu sprechen, heftete sich mein Blick auf seine Lippen. »Ich heiße Garrick.«

Wer hätte gedacht, dass auch Namen heiß sein können? »Schön, dich kennenzulernen, Garrick.«

Er beugte sich vor und stützte sich auf die Ellbogen. Dabei bemerkte ich seine breiten Schultern und die Art und Weise, wie sich seine Muskeln unter dem Stoff seines T-Shirts bewegten. Dann trafen sich unsere Blicke, und die Bar um uns herum versank von Dämmerlicht in Dunkelheit, als mich diese babyblauen Augen umgarnten.

»Ich hole dir etwas zu trinken.« Das war keine Frage. Als er mich ansah, hatte er nichts Fragendes an sich, vielmehr strahlte er pures Selbstbewusstsein aus. »Dann können wir ein wenig weiterplaudern – über Vernunft und … Leidenschaft.«

Natasha Boyd

Eversea

Ein einziger Moment

Roman

Sie ist ein normales Südstaatenmädchen. Er Hollywoods größter Superstar.

Die Kellnerin Keri Ann traut ihren Augen nicht, als eines Abends der angesagte Schauspieler Jack Eversea in ihrem Restaurant auftaucht. Ihr verschlafenes Heimatstädtchen im Süden der USA ist so ziemlich der letzte Ort, an dem sie erwartet hätte, auf einen skandalumwitterten Hollywoodstar wie ihn zu treffen. Auch wenn Keri Ann sich nicht von Jack beeindrucken lässt, sprühen zwischen den beiden sofort die Funken. Doch sie wissen, dass eine Liebe zwischen ihnen eigentlich unmöglich ist …

»Ich liebe dieses Buch so sehr. Ich konnte nicht genug davon bekommen.«
Book Passion for Life

Band 1 der Serie
352 Seiten, kartoniert mit Klappe
€ 9,99 [D]
ISBN 978-3-8025-9743-5

www.egmont-lyx.de

LYX
EGMONT